L'Écossais sans mémoire

DE LA MÊME AUTRICE
AUX ÉDITIONS J'AI LU

Sans foi ni loi

PATRICIA
POTTER

L'Écossais sans mémoire

*Traduit de l'anglais (États-Unis)
par Paul Benita*

J'AI LU

Titre original
BELOVED STRANGER

Éditeur original
Berkley, New York

Merci à Carolyn McSparren, Phyllis Appleby,
Kenlyn Spence et Barbara Christopher
pour votre soutien, vos conseils
– douloureux parfois, judicieux toujours –
et, par-dessus tout, pour votre amitié.
Je vous aime toutes.

Prologue

Flodden Field, Angleterre, 9 septembre 1513

La promesse de rédemption se transformait en descente aux enfers.

Lachlan Maclean approcha sa monture de son suzerain, le roi Jacques IV d'Écosse, et contempla le désastre qui se déroulait en contrebas.

Cette bataille, prélude à l'invasion de l'Angleterre par le roi Jacques, aurait dû constituer l'étape finale de sa rédemption, l'acte qui rachèterait sa faute, à savoir la mort de son père, dont il était responsable. En engageant les Maclean dans la bataille, il avait espéré épargner à son frère aîné le sort de leur père.

Ce dernier était mort parce que Lachlan, qui voulait devenir prêtre, s'était révélé incapable de tirer son épée pour repousser un Campbell. En dépit de ses années d'entraînement, il s'était pétrifié, et son père était tombé en le protégeant.

Il était considéré comme un lâche aux yeux de son clan.

Même maintenant, il se demandait s'il serait capable de prendre une vie, ou si, une fois de plus, son bras refuserait de lui obéir...

Les canons tonnèrent de nouveau et la scène en bas se transforma en antichambre des enfers. Aux hennissements affolés des chevaux fauchés en plein galop se mêlaient les cris et les hurlements des blessés ou des agonisants. L'épaisse fumée qui montait de la vallée assombrissait l'atmosphère, son odeur âcre se mélangeant à celle, douceâtre, du sang.

C'était un véritable chaos. Et un désastre qui n'aurait jamais dû se produire. Les canons anglais avaient détruit ceux des Écossais et visaient maintenant les rangs de fantassins qui attendaient pour passer à l'attaque. Hector, le lieutenant de Lachlan, un homme qui lui était aussi proche qu'un père, se trouvait parmi eux.

Lachlan échangea un regard sombre avec Jamie Campbell qui lui aussi accompagnait le roi. Au cours de ces deux dernières années, Jamie était devenu son meilleur ami. Les deux hommes s'étaient souvent rendus ensemble à la cour du roi Jacques. À présent, Jamie commandait son contingent de loyaux Campbell, tandis que Lachlan menait les Maclean.

Le sourire d'ordinaire arrogant de son ami avait disparu. À peine une heure plus tôt, ses yeux brillaient d'excitation. Il avait laissé sa jolie femme au pays pour satisfaire son besoin d'aventure. Une aventure qui se transformait en cauchemar.

Tous avaient cru en la victoire. Les Écossais tenaient la position dominante et étaient plus nombreux. Ils avaient forcé les Anglais à approcher par le bas. À un moment, certains avaient proposé à Jacques d'attaquer sans attendre que leurs adversaires se soient organisés.

— Il n'y aurait aucun honneur à agir ainsi, avait répondu Jacques.

Ils avaient donc attendu.

Trop longtemps.

Au nom de l'honneur, Jacques et ses troupes avaient été encerclés, renonçant de fait à leur avantage.

L'honneur avait toujours un prix mais, cette fois, Lachlan se demandait s'il en valait la peine.

Il restait néanmoins aux côtés de son suzerain, accablé de voir les canons anglais décimer leurs rangs avec une précision impossible à contrer.

Un cavalier les rejoignit au galop pour apporter un message. Le roi fronça les sourcils en le lisant, puis se tourna vers les hommes qui l'entouraient.

— Lord Holmes a désobéi aux ordres. Il a lancé la charge sur l'Anglais.

Lachlan sut aussitôt ce que cela signifiait. Le roi Jacques et lord Holmes étaient proches. Pour sauver son ami, le roi allait renoncer à leur position dominante, leur ultime atout tactique, pour attaquer l'ennemi à son tour.

— Pour l'Écosse ! rugit Jacques avant de s'élancer.

Lachlan sentit son cœur sombrer. Le gros de l'armée, les fantassins, ne pourrait les suivre. Jacques les privait de leur chef.

Jamie et lui n'eurent d'autre choix que d'accompagner leur roi tandis que celui-ci dévalait la colline. Galvanisé par la vision de leur suzerain chargeant comme un possédé, Lachlan fonça en direction de Surrey qui commandait les Anglais. Un boulet de canon explosa juste devant lui. Son destrier se déroba, tandis que l'odeur de la mort et celle du sang les enveloppaient et que le vacarme devenait assourdissant.

Qu'est-ce que je fais ici ?

Mieux vaut que ce soit moi plutôt que mon frère, qui a femme et enfants.

Cette unique pensée en tête, il se porta aux côtés de Jamie et de son roi. L'honneur. Seuls comptaient l'honneur et le devoir. Il avait failli une fois, il ne faillirait pas aujourd'hui.

Ils déferlèrent sur l'ennemi. Le contact avec la première ligne fut d'une violence inouïe. Lachlan dirigea sa lance sur un Anglais, fracassant son bouclier. Il frappa de nouveau et cette fois, la pointe plongea dans le corps du fantassin. Dès son plus jeune âge, il avait appris à tuer. Et à le faire bien. Il avait détesté chaque seconde de son entraînement.

Aujourd'hui, ces talents si durement gagnés étaient les bienvenus. *Piquer, reprendre, piquer encore.*

— Anglais ! cria l'un de ses compagnons. Derrière nous !

Il se retourna. Des cavaliers se ruaient vers eux à partir du sud.

— Avec moi ! hurla Jacques.

Lachlan se fraya un chemin jusqu'à son roi, fauchant des vies autour de lui tel un paysan les blés, mais ne tarda pas à se retrouver encerclé. Quand sa lance lui fut arrachée des mains, il dégaina son épée. À présent, il se battait pour son roi, pour son honneur, pour l'Écosse, mais aussi pour sa vie. Des masses d'hommes à pied ou à cheval déferlaient sur eux.

Il chercha Jamie Campbell du regard, le vit au sol, submergé par une nuée de fantassins. Il allait se porter à son secours quand un cri angoissé retentit.

— Le roi est à terre !

Avant que Lachlan puisse se retourner, une violente douleur explosa dans sa jambe et une lance heurta sa cotte de mailles avec une puissance terrifiante. Sa monture hennit et tomba à genoux.

Il essaya de sauter pour se libérer, mais il n'en avait plus la force. Son cheval, fidèle compagnon depuis tant d'années, s'effondra et Lachlan se retrouva à terre, impuissant, aux côtés de son roi, les Anglais grouillant autour d'eux. Plusieurs lames se plantèrent dans le corps de Jacques avant que les soldats enragés se tournent vers lui.

L'honneur n'était pas toujours récompensé, pensa-t-il avant que la douleur se transforme en néant.

1

Flodden Field, Angleterre, 9 septembre 1513

Kimbra Charlton avait pris sur elle pour accompagner les femmes qui s'en allaient rejoindre le champ de bataille. En vêtements de deuil, elle était blottie contre la paroi d'un chariot aux côtés des autres maraudeuses.

Cedric Charlton, le cousin de feu son mari, était venu chez elle quelques heures plus tôt lui annoncer que des dizaines de milliers de cadavres – écossais comme anglais – gisaient à Flodden Field. Ils devaient se dépêcher s'ils ne voulaient pas que d'autres récupèrent tout ce qui pouvait l'être.

Comme toutes les grandes familles de la frontière, les Charlton avaient été appelés à se battre aux côtés des Anglais, pourtant Cedric n'avait aucune blessure, pas même une goutte de sang sur son gambison[1]. Elle les soupçonnait, lui et beaucoup d'autres, d'avoir quitté le champ de bataille avant le combat, pour y retourner ensuite afin de détrousser les morts et les mourants.

---

1. Vêtement matelassé porté sous une cotte de mailles ou utilisé comme armure. *(N.d.T.)*

Elle se concentra sur le grincement des roues et essaya de ne pas tousser dans la fumée âcre qui devenait plus dense à mesure qu'ils avançaient. Elle restait à l'écart des autres femmes qui évoquaient avec excitation les richesses qui les attendaient. Elle ne partageait pas leur enthousiasme.

Pouvait-elle tomber plus bas ?

Elle s'efforça de penser à des jours meilleurs, quand elle chevauchait aux côtés de son mari, Will Charlton le Sauvage, lors des raids de l'autre côté de la frontière. Il était rare de voir une femme parmi les maraudeurs, mais Will n'était pas un homme ordinaire. Rapineur depuis toujours, il avait été fasciné par ce qu'il appelait sa « nature aventureuse » et avait cédé à ses suppliques, lui apprenant à monter à cheval et à tirer à l'arc.

Il n'avait jamais eu conscience de la peur qui habitait Kimbra en permanence, cette certitude qu'un jour il lui faudrait fuir pour survivre, comme sa mère avait dû le faire des années plus tôt. Elle n'avait pas montré cette crainte que celle-ci avait semée en elle.

Si elle l'avait fait, il ne l'aurait peut-être pas épousée.

Même si elle appréciait ces raids et le sentiment de liberté qu'ils lui procuraient, elle ne les considérait pas comme un jeu, contrairement aux autres. Elle mettait la main sur une babiole ici ou là et la cachait. Encore une précaution que sa mère lui avait enseignée.

Depuis deux ans que Will était mort, elle les avait vendues l'une après l'autre afin d'assurer leur subsistance à sa fille et à elle.

Elle repensa à son premier raid. Elle avait souvent demandé à Will de l'emmener, mais il s'était contenté de rire de son « caprice », de même qu'il riait de son rêve d'apprendre à lire. Une nuit, cependant, elle s'était déguisée en homme pour se joindre à la troupe et avait volé Magnus, un cheval ô combien fougueux, l'un des meilleurs des deux côtés de la frontière. Will avait déclaré qu'elle était la plus intrépide de la bande et, avec un rire tonitruant, avait défié ses amis de lui interdire de les accompagner désormais.

La maternité avait mis fin à ces aventures.

Dès qu'elle songeait à son mari, un sentiment de perte la saisissait. Grand, beau et fort, Will avait un sourire insouciant et un sens de l'humour contagieux et tapageur. Il faisait rire des salles entières. Même s'il avait espéré un fils, il avait aimé leur fille. Quand il avait découvert Kimbra déguisée en homme, il s'était fendu d'un large sourire avant de lancer : « Personne n'a jamais eu une femme comme toi. »

Et elle s'était prêtée à son jeu, admirant son mari, qui faisait partie des maraudeurs les plus audacieux de la frontière, et qui l'avait choisie, elle – une femme sans dot et au passé inconnu –, pour être sa moitié. Il s'était battu pour elle comme elle se battait désormais pour leur fille.

Le pillage était une affaire de famille chez les Charlton. Ils lançaient des raids aussi bien contre leurs voisins anglais que contre les Écossais de l'autre côté de la frontière. Il en allait ainsi depuis plus d'un siècle et ils considéraient cette activité comme une profession respectable. C'était aussi une activité excitante. Voler du bétail. Prendre des otages pour en tirer rançon. Chaque partie prenait sa part et les morts étaient rares. En vérité, même quand l'Écosse et l'Angleterre s'affrontaient sur le champ de bataille, il arrivait que « ceux de la frontière » protègent ces mêmes voisins qu'ils avaient pillés la semaine précédente.

Et puis un raid avait mal tourné. Will avait été touché par une flèche. La blessure était vilaine et, en dépit de ses soins, elle s'était envenimée. Kimbra ne se le pardonnerait jamais. Si seulement elle avait fait davantage… ou su davantage. Ces jours terribles restaient gravés en elle telle une brûlure.

Ils étaient cinquante maraudeurs cette nuit-là, une troupe considérable. Ayant appris qu'un grand cheval noir, un véritable étalon arabe selon les dires, s'y trouvait, ils avaient attaqué le château des Armstrong. Kimbra ne s'était pas jointe à eux, sa fille étant souffrante. Elle avait aidé Will à enfiler sa tenue habituelle : un gambison bardé de protections en cuir, une tunique de futaine et des chausses noires. Elle avait posé son heaume en acier sur ses cheveux noirs.

Elle l'avait accompagné par la pensée, sachant exactement quand ils traverseraient Bewcastle Waste, un territoire sauvage de landes dominé par des collines escarpées. Leurs montures – des bêtes courtaudes, vives et endurantes – étaient grises ou noires pour se fondre dans l'obscurité.

L'aube venue, ils n'étaient pas rentrés et elle avait commencé à avoir peur. Ils étaient arrivés à midi. Will était descendu maladroitement de sa monture, ses chausses couvertes de sang.

— Ce n'est rien, avait-il dit avant d'accepter qu'elle cautérise la plaie.

Mais il était trop tard. Le poison s'était répandu, et malgré toutes ses herbes et ses baumes, il était mort trois jours plus tard après de terribles souffrances qu'il avait tenté de lui cacher.

Un cahot la ramena au présent. Ils approchaient du champ de bataille. L'odeur de la mort était partout. Un silence irréel s'était abattu sur la campagne. Elle n'entendait que les roues du chariot et les murmures occasionnels des hommes qui chevauchaient devant eux. Pas d'oiseaux nocturnes, ni de bêtes fuyant à leur approche.

Que Dieu lui pardonne ce qu'elle était sur le point de faire, mais elle n'avait pas le choix.

Depuis la mort de Will, elle n'avait plus le droit de participer aux raids. Et ne pouvait donc plus profiter des butins. Elle survivait en cultivant des plantes médicinales – un talent hérité de sa mère – et des légumes dans son jardin. Elle avait aussi planté un champ d'avoine, mais la moitié de la récolte allait aux Charlton et elle n'avait pas de quoi acheter des semences pour l'année prochaine. En cas de gel précoce, elle risquait de perdre ses herbes.

Depuis deux ans, elle se démenait pour garder leur petit cottage et Magnus, le cheval qu'elle avait volé. Après avoir perdu sa monture quelques années plus tôt, Will avait pris l'habitude de le lui emprunter. À présent, Audra et ce bel étalon étaient tout ce qu'il lui restait de son mari, et elle était prête à tout pour les protéger tous les deux.

Pourtant, ce soir, elle avait peur. Piller était une chose. C'était ainsi qu'on subsistait le long de la frontière. Voler des morts était bien différent. Un frisson la secoua.

Je peux le faire pour Audra.

Je peux dépouiller les morts et aller en enfer. Pour Audra.

Flodden Field. Elle avait entendu le canon toute la journée. Elle avait senti la fumée qui se mêlait à la brume, la transformant en purée de poix sale.

Le chariot finit par s'engager dans un champ. Il avait fallu des heures pour arriver ici, alors qu'à cheval elle aurait mis quatre fois moins de temps. Elle avait hésité à prendre Magnus, mais l'animal – de même que le cottage – était un sujet de conflit avec la famille de Will. Mieux valait ne pas l'afficher sous leur nez.

Elle n'était qu'une femme, lui rappelait-on sans cesse, et donc pas digne d'une telle monture, quand bien même c'était elle qui l'avait volée. Selon la loi anglaise, elle appartenait à Will. Et, selon la famille de Will, elle ne méritait pas non plus de rester seule avec sa fille dans un cottage très convoité. Elle n'était pas une Charlton de naissance. Ce cottage et la terre qui l'entourait devaient revenir à un vrai Charlton.

Sa seule option était le mariage. On la pressait de choisir parmi les célibataires, mais elle les avait tous rejetés, à commencer par Cedric, le cousin de Will, qui la dévorait toujours d'un regard lubrique. Elle craignait que ce ne soit le choix de Thomas Charlton, le chef de famille, dont les souhaits avaient force de loi.

Avant que cela arrive, elle s'enfuirait avec Audra.

Mais pour aller où ?

Elle n'avait pas de famille. Morte depuis dix ans maintenant, sa mère, fille d'un médecin, avait été violée par le fils d'un comte. Quand elle avait découvert qu'elle attendait un enfant, elle avait menacé d'aller trouver le juge de paix. Le noble lui avait ri au nez, affirmant que personne ne la croirait. Le lendemain, un incendie avait ravagé leur maison alors que son père était à l'intérieur. Par chance, elle était allée ramasser des champignons avec sa servante. À la vue de flammes, elles étaient revenues à toutes jambes. Le fils du comte était là, sur son cheval, et contemplait le cottage en feu.

Elles avaient gagné la frontière, où vivait la famille de sa servante. Sa mère avait changé de nom et était à son tour devenue domestique chez les Murray. Elle connaissait les herbes, mais redoutait d'en faire usage. Les guérisseuses possédant une certaine renommée, elle craignait que le fils du comte ne la retrouve et ne les tue, sa fille et elle.

Oui, Kimbra connaissait le pouvoir et la cruauté des nobles.

Elle se souvenait encore de la terreur qui saisissait sa mère dès qu'un étranger se présentait à la tour de guet des Murray. À sa mort, Kimbra avait treize ans et elle était devenue la servante de leur fille.

Sans dot et avec son ascendance douteuse, elle avait peu de chances de se marier. Jusqu'à ce que Will la remarque lors d'une de ces joutes traditionnelles qui réunissaient parfois les familles de la frontière. Elle était en train de servir des chopes de bière quand elle avait vu un homme frapper un cheval. Elle avait jeté le contenu d'une chope au visage du malotru et Will s'était porté à son secours quand l'autre avait voulu s'en prendre à elle. Quelques minutes plus tard, avec un grand sourire de gamin ravi, il avait déclaré qu'elle serait sa femme.

Elle sourit à son tour à ce souvenir. Il avait défié sa propre famille et avait combattu ses réserves à elle. Même s'il n'était pas noble, il était le cousin du chef des Charlton, et c'était là un rang bien trop élevé pour une simple servante.

Les gémissements et les plaintes des blessés effacèrent son sourire tandis que le chariot s'immobilisait. Elle connaissait l'odeur du sang, mais celle que produisait une telle multitude d'hommes et de chevaux abrutissait les sens. Des silhouettes, que la brume rendait fantomatiques, se déplaçaient déjà parmi les corps qui jonchaient le sol à perte de vue.

Cedric revint vers elles et leur remit à chacune une torche et un sac.

— Prenez les bijoux et les armes, ordonna-t-il. Ainsi que les bottes et les beaux vêtements. Le commandant anglais a ordonné d'achever tous les Écossais. Si vous en trouvez un encore en vie, appelez l'un des hommes. À moins que vous n'ayez envie de le tuer vous-même, ajouta-t-il en regardant Kimbra.

Elle l'ignora. Il avait toujours été opposé à sa participation aux raids.

Dès qu'elle eut pris un sac, Cedric se mit à la suivre.

Elle se retourna.

— Je préfère être seule.

— Je ne cherche qu'à te protéger. Certains sont peut-être encore en vie.

— Protège les autres. Je n'ai pas besoin d'aide. Je sais me servir d'une dague aussi bien qu'un homme.

— Tu ne devrais pas avoir à te défendre. Tu as besoin d'un homme.

— J'ai déjà eu un homme. Je n'en veux pas d'autre.

Elle lui tourna le dos et s'éloigna. C'était une besogne misérable qui l'attendait, elle préférait l'accomplir seule. Néanmoins, l'intervention de Cedric l'avait inquiétée. Jusqu'à présent, elle était parvenue à lui échapper, mais il se montrait de plus en plus insistant.

Elle ne tenait pas non plus à se joindre aux autres femmes et entendre leurs bavardages nerveux ou, pire, leurs commentaires enjoués à propos d'une trouvaille quelconque. On lui permettrait, elle le savait, de garder un ou deux objets et elle comptait bien en profiter. Si elle devait s'enfuir un jour, elle pourrait les vendre.

Les torches répandaient une lueur blafarde sur le champ de bataille. Les corps gisaient dans toutes sortes de positions, certaines grotesques, et la terre était gorgée de sang. Se déplaçant rapidement parmi les cadavres, elle se mit à la recherche de bagues, de ceintures incrustées de joyaux, de cottes de mailles. Tout ce qui avait une certaine valeur.

Le roi écossais avait été tué, disait-on. Elle était certaine que son corps avait déjà été dépouillé, mais dans son entourage, il devait bien y avoir quelques seigneurs fortunés.

Un gémissement la fit se retourner. *Un Anglais.* Elle s'accroupit auprès de lui et, au vu de ses blessures, comprit qu'elle ne pouvait plus rien pour lui.

— À boire, murmura-t-il.

Elle porta sa gourde à ses lèvres. Il but à peine une gorgée avant de mourir avec un regard de gratitude.

Elle resta assise près de lui quelques instants, refoulant les larmes brûlantes qui lui montaient aux yeux. Mais ce n'était pas le moment de se laisser aller.

Elle se releva et poursuivit sa sinistre besogne. Il ne restait plus grand-chose, semblait-il. D'autres étaient déjà passés par là. Elle dut se résoudre à fouiller sous les amoncellements de corps pour dénicher des objets oubliés. Elle récupéra deux bagues, plusieurs dagues. Chaque fois qu'elle prélevait un bien sur un mort, elle murmurait une prière. Pour lui et pour son propre salut.

Elle s'efforçait d'ignorer la puanteur et cette sensation angoissante que des esprits rôdaient autour d'elle. Elle finit par s'arrêter, s'adossa à un arbre et tenta de respirer normalement.

Une silhouette sombre surgit soudain et lui arracha son sac. Elle se lança aussitôt à la poursuite du voleur qui la privait de son travail de la nuit. Plus rapide, elle l'attrapa par la tunique, l'obligea à pivoter et agrippa le sac.

Elle s'était attendue à un homme. Au lieu de cela, elle contemplait un mince visage de femme. C'était une inconnue, mais il y avait chez elle quelque chose qu'elle reconnut d'emblée : le désespoir. Et la peur.

La femme fit volte-face pour fuir.

— Attends !

L'autre s'arrêta, se retourna.

Kimbra fouilla dans le sac et en sortit une bague.

— Prends ça, dit-elle. Tires-en un bon prix.

La femme la dévisagea.

— Pourquoi ?

— On dirait que tu en as encore plus besoin que moi, répondit Kimbra simplement.

La femme la fixa encore quelques secondes avant de faire une petite révérence.

— Je m'appelle Mary Armstrong, dit-elle. Je ne te voulais aucun mal, mais mon homme est mort ici et mes petits n'ont plus rien.

Une Armstrong. Elle appartenait à la famille qui avait tué Will. Mais c'était aussi une femme comme elle, qui faisait ce qu'elle avait à faire pour ses enfants.

— Va, Mary, murmura Kimbra. Pars avant que quelqu'un te reprenne cette bague.

— Merci. Tu es une vraie dame.

La femme tourna les talons et s'éloigna en courant.

Kimbra la suivit des yeux avant de se remettre à sa tâche. D'un seul coup, la puanteur, les cadavres et la tristesse l'accablèrent. Elle se plia en deux et vomit. Puis elle s'agenouilla là, parmi les morts, en songeant à Will et à toutes ces femmes qui attendaient le retour de leurs hommes.

Un gémissement déchira la nuit. Une épouse avait retrouvé son mari.

Que Dieu les aide.

Elle se força à se relever. Si elle ne prenait pas ce qui se trouvait ici, quelqu'un d'autre s'en chargerait. Il fallait faire vite à présent. Les premières lueurs de l'aube commençaient à poindre.

Soudain, elle crut déceler un mouvement derrière un bouquet d'arbres. Elle n'en était pas certaine et s'apprêtait à poursuivre son chemin quand un grognement à peine audible lui parvint. Dégainant sa dague, elle s'avança.

Un homme gisait sur le sol, le corps presque entièrement caché par les fourrés. Il avait à l'évidence échappé à la convoitise d'autres pillards dans la mesure où il portait toujours un tartan tissé dans une excellente laine et une cotte de mailles. Ses jambes étaient nues au-dessus de ses bottes en cuir et elle vit la plaie béante sur sa cuisse. Posant son sac, elle s'assit près de lui. Sa respiration était difficile, heurtée, mais il était vivant.

Et sa tenue indiquait qu'il s'agissait d'un seigneur.

La bataille ne l'avait pas épargné. Un énorme hématome ornait l'une de ses tempes. Son bras et sa cuisse étaient profondément entaillés.

Pourtant, il était parvenu à se traîner jusqu'ici, à l'écart des autres blessés et des charognards qui allaient de corps en corps pour donner le coup de grâce.

Il ouvrit les yeux et, à la lueur de sa torche, elle vit qu'ils étaient injectés de sang. Et voilés par la souffrance.

— À boire, murmura-t-il. S'il vous plaît.

Elle lui donna sa gourde. Il but avec avidité.

Elle entendit qu'on l'appelait au loin. Elle regarda ces yeux qui la fixaient avec la même gratitude que l'autre soldat avant de mourir quelques instants plus tôt. Sauf que celui-ci était écossais.

Les Écossais étaient leurs ennemis.

Elle savait ce qu'elle avait à faire. Appeler Cedric ou l'un des autres hommes. Le devoir exigeait qu'elle ôte la vie à cet homme.

Elle en était incapable. Tout comme il lui était impossible d'appeler quelqu'un pour le faire à sa place.

De toute manière, il allait sûrement mourir.

— Merci, souffla-t-il avant de fermer les yeux.

Et maintenant ?

Elle examina la jambe qui avait reçu un coup d'épée ou de lance. Le sang s'était arrêté de couler, mais dès qu'il bougerait, l'hémorragie reprendrait.

Soudain, elle prit une décision. Elle lui enleva son heaume et sa cotte de mailles qui risquaient d'attirer l'attention. Sous la cotte de mailles, il portait un tartan maintenu par une broche, une sorte d'écusson orné de joyaux ; elle la dégrafa et la glissa dans son corsage. Puis elle posa la gourde juste sous sa main, afin qu'il la trouve s'il revenait à lui.

Elle le recouvrit de feuilles et de branchages. Avec un peu de chance, il survivrait encore un jour. Elle reviendrait le chercher avec Magnus. Il était vêtu comme un seigneur et si elle lui sauvait la vie, il lui en serait peut-être reconnaissant. S'il lui offrait une récompense, elle pourrait quitter les terres des Charlton.

À condition qu'il survive.

— Kimbra !

Elle sursauta.

Cedric.

Et il n'était pas loin.

Son cœur se mit à cogner. Il ne devait pas voir l'Écossais.

Elle acheva de le recouvrir, sachant que pour la journée à venir il serait entre les mains de Dieu. Elle ne pourrait revenir qu'à la nuit tombée.

Elle se pencha sur lui.

— Pas un bruit. Je reviendrai, chuchota-t-elle. Ce soir. Cette nuit.

Elle lui recouvrit le visage avec des feuilles et se leva.

— Kimbra !

Cedric était tout près. Elle ramassa son sac, le heaume et la cotte de mailles, puis se déplaça de plusieurs mètres sous le couvert des arbres avant de lui répondre. Cette cotte de mailles de qualité allait lui plaire.

— Ici ! répondit-elle.

— Où étais-tu ?

Elle brandit son butin.

— Regarde ce que j'ai trouvé.

Il la dévisagea, les yeux étrécis, avant de tendre la main pour s'emparer de la cotte de mailles.

Elle refusa de la lui donner.

— Elle est à moi.

— Non, madame, rétorqua-t-il, moqueur. Elle appartient au Charlton.

— Alors, elle n'est pas à toi non plus.

Il ricana.

— Méfie-toi, Kimbra. J'ai demandé ta main au Charlton et j'ai bien l'impression qu'il va me l'accorder.

— Je ne te crois pas.

Il la fixa avec froideur.

— Il veut que tu te maries. Retourne au chariot. À moins que tu ne préfères chevaucher avec moi.

Tout plutôt que ça. La cotte de mailles serrée contre elle, elle chargea son sac sur son épaule et se fraya un chemin parmi les cadavres. Elle savait qu'elle n'oublierait jamais cette puanteur.

Elle savait aussi qu'elle reviendrait cette nuit.

Elle se demanda si l'Écossais serait encore vivant.

Elle se demanda aussi pourquoi elle risquait sa vie pour lui.

Elle trouva la réponse : si elle pouvait sauver ne serait-ce qu'une vie dans cet océan de morts, Dieu lui pardonnerait peut-être ses autres péchés.

2

Une fois le chariot arrivé à la tour des Charlton, Kimbra ajouta son sac – et la cotte de mailles – aux bijoux et aux armes entassés au centre de la cour. Consciente qu'elle ne devait jamais cesser de prouver sa valeur, elle fit en sorte que le Charlton remarque qu'elle avait rapporté bien plus que la plupart des autres. Mais elle garda l'écusson caché dans son corsage, même si elle avait l'impression que le bijou lui brûlait la peau.

On lui permit de prendre un objet et elle choisit une bague en or. Si elle devait participer à cette ignominie, autant en profiter pour protéger sa fille.

Une fois le butin rassemblé et les récompenses distribuées, elle regagna son cottage. Sur le sentier qui bifurquait de la route, Ours la rejoignit en courant gaiement. L'énorme chien, qui ressemblait à un ourson à la naissance, s'arrêta devant elle, flaira le sang sur sa robe et leva des yeux inquiets vers elle.

Submergée par l'énormité de ce qu'elle avait fait cette nuit, elle hésita avant de se pencher pour lui caresser la tête.

— Tout va bien, Ours.

Mais il recula et regarda autour de lui.

— Elle sera bientôt à la maison, le rassura Kimbra.

Ours protégeait Audra, en plus d'être son partenaire de jeu.

Elle nourrit le chien avec des restes avant de se changer. Elle lava sans attendre la robe qu'elle avait portée sur le champ de bataille. Elle l'aurait volontiers jetée, mais elle n'avait pas les moyens de s'en priver. Elle la mit à sécher sur une branche.

Cela fait, elle donna à manger aux poules et entreprit de traire la vache. Bess mugit sa désapprobation devant le retard de ce qui était un rituel matinal. Kimbra l'apaisa avec des mots doux et du foin frais. Puis elle sella Magnus avant de le sortir de la petite grange que partageaient les deux animaux.

La journée était bien avancée à présent, mais il était hors de question de retourner sur le champ de bataille avant la nuit. Elle avait besoin de Magnus pour ramener le blessé et un cheval tel que lui attirerait l'attention.

L'Écossais allait-il survivre assez longtemps ?

Elle l'ignorait. Plus le temps passait, plus le poison risquait de se répandre dans son sang. Le visage du blessé la hantait tandis que Magnus descendait le sentier à vive allure. Ses traits déformés par la douleur, ses yeux du bleu le plus pur qu'elle ait jamais vu.

L'image ne la quitta pas jusqu'à ce qu'elle atteigne la cabane de Jane Carey.

Jane, une veuve qui gardait souvent les enfants, était adorée par ces derniers. Contrairement à Kimbra, elle était une Charlton de sang, on l'avait donc autorisée à garder sa petite maison.

Audra franchit le seuil et se précipita vers sa mère, qui se laissa glisser à bas de sa monture et la serra dans ses bras. Sa fille, qui avait à peine sept ans, se tortilla de plaisir.

— Maman, dit-elle en se blottissant contre elle.

— Ma chérie. Tu as passé une bonne journée ? Jane t'a fait un gâteau ?

Audra fit la moue.

— Seulement du porridge.

— Oh, ma pauvre ! Je vais lui demander de t'en faire un demain matin.

— Tu vas repartir ?

— Oui, mais juste ce soir.

La déception voila les grands yeux bleus de la fillette.

— Quand nous rentrerons, tu pourras donner à manger à Magnus et à Bess.

Le visage d'Audra s'éclaira. Les animaux étaient sa passion et elle adorait se sentir utile. Magnus, qui était pourtant doté d'un caractère ombrageux, s'était toujours montré très doux avec elles deux. Quant à Bess, vieille et donnant de moins en moins de lait, c'était davantage un animal de compagnie qu'autre chose.

Après avoir prévenu Jane qu'elle lui ramènerait Audra ce soir, elle hissa celle-ci sur Magnus avant de grimper en selle. Le corps chaud de sa fille lové contre elle la réconforta.

Elle donnerait sa vie pour elle. La besogne qu'elle venait d'accomplir n'était pas grand-chose si elle lui permettait de la nourrir et de la protéger.

Elles regagnèrent le cottage que Will leur avait construit. À la différence de beaucoup d'autres, il disposait de deux pièces et d'un grenier. Elle adorait cette maison – la salle commune avec sa vaste cheminée et les meubles qu'il avait fabriqués de ses mains. Autrefois, elle partageait la chambre avec Will ; à présent, c'était avec Audra. Le grenier servait pour d'éventuels visiteurs.

Ce n'était pas une grande maison, mais elle était solide et agréable. Elle avait cousu des rideaux pour la fenêtre et au printemps et en été, elle la décorait avec des fleurs du jardin.

C'était *sa* maison.

Audra l'aida à desseller Magnus, ou du moins Kimbra fit en sorte qu'elle le croie, avant de lui tendre la bride pour qu'elle la range. Ensemble, elles donnèrent à manger et à boire à Bess et à Magnus. Puis, main dans la main, elles rentrèrent dans le cottage.

La journée passa rapidement, quand bien même ses pensées ne cessaient de retourner vers l'Écossais blessé. Elle ne comprenait pas pourquoi il occupait à ce point son esprit ; peut-être parce qu'il avait été un souffle de vie dans un champ de mort. L'aider serait une modeste rédemption pour ce qu'elle avait fait.

Le soir venu, elle ramena Audra chez Jane Carey. La petite s'endormit dans ses bras et elle fut submergée d'amour. Sa fille passerait toujours avant tout, songea-t-elle.

Alors pourquoi prendre de tels risques pour un ennemi ?

Parce qu'elle avait fait une promesse, tout simplement.

De retour au cottage, elle revêtit les vêtements d'homme qu'elle portait autrefois lors des raids. Elle enfila des chausses en cuir, un pourpoint et son gambison recouvert de plaques de corne en guise de protections. Pour finir, elle noua ses cheveux en chignon et enfila un petit casque en acier. En dehors de ceux qui avaient chevauché avec son mari, personne ne se douterait qu'elle était une femme.

Une femme à cheval éveillerait l'attention. Pas un maraudeur, surtout s'il avait une épée au flanc et une dague à la ceinture. Juste avant de partir, sous le coup d'une impulsion, elle fourra quelques vêtements de Will dans un sac.

Minuit était passé depuis longtemps quand elle grimpa en selle et prit la route du champ de bataille. Elle perçut le malaise de Magnus dès qu'il sentit l'odeur de mort. Comme la veille, des silhouettes fantomatiques se déplaçaient parmi les cadavres, cherchant encore tout en sachant que le butin serait maigre. Les armes, les bijoux, les vêtements et les bottes avaient disparu. Les pillards de la frontière étaient déjà passés.

Mais pour les pauvres, tout avait de la valeur.

La lune surgissait parfois entre les nuages. La fumée s'était dissipée, pas l'odeur âcre.

Magnus se dandinait nerveusement tandis qu'il avançait parmi les corps. Il avait beau être bien dressé, les chevaux n'aimaient pas l'odeur du sang et rechignaient à piétiner des cadavres.

Kimbra avait mémorisé des points de repère. L'endroit où le chariot s'était arrêté. Son propre cheminement parmi ce champ de désolation. Plusieurs corps près de l'endroit où elle avait trouvé l'Écossais avaient disparu. Ce devaient être des hommes importants, sinon on ne se serait pas donné la peine de récupérer leurs cadavres.

Avait-on trouvé l'Écossais ? Était-il encore en vie ?

Elle descendit de selle et conduisit Magnus vers le bosquet d'arbres. Un peu plus bas, elle aperçut un ruisseau qu'elle n'avait pas remarqué la veille.

Lui aussi était jonché de corps.

À la lumière de la lune, elle retrouva l'endroit où elle avait laissé l'Écossais. Elle s'agenouilla, écarta les branches et les feuilles.

Il ouvrit les yeux.

« Il est vivant ! » réalisa Kimbra avec émotion.

Il parut d'abord surpris, puis inquiet quand son regard se posa sur elle, sur ses vêtements. Il essaya de se redresser, mais retomba lourdement avec un gémissement.

— Ce n'est que moi, dit-elle. Celle qui vous a trouvé hier. Je vous ai laissé de l'eau.

Ses traits se détendirent légèrement.

— Vous... êtes revenue.

— Oui. Je vous l'avais dit.

— Soif...

Elle regarda autour d'elle et trouva la gourde. Vide. Il allait devoir attendre.

— Plus tard, dit-elle en passant le bras sous son épaule. Pouvez-vous vous asseoir ?

Il ne répondit pas, se concentrant pour essayer de l'aider à le redresser. Un gémissement lui échappa, mais elle sentit sa détermination. Il retomba en arrière.

— J'ai un cheval et une litière, mais il va falloir que vous m'aidiez. Je ne peux pas vous porter.

Avec un grognement, il fit une autre tentative et réussit enfin à s'asseoir. Elle devinait que le moindre mouvement était pour lui un supplice. Elle lui tendit néanmoins les vêtements de Will. Ils seraient trop grands pour lui, mais moins dangereux que ses habits typiquement écossais.

Avec sa dague, elle entreprit de découper le tartan pour le lui enlever.

Il tendit la main pour l'arrêter.

— Je suis anglaise, dit-elle. La famille de mon mari est anglaise. Vous aussi, vous devez être anglais. Le tartan vous trahirait.

Il la fixa un moment avant de hocher faiblement la tête.

— Pourquoi ? demanda-t-il. Pourquoi faites-vous cela ?

Elle était incapable de lui répondre, car elle ne le savait pas vraiment.

— Quelle importance ?

— Aucune, dit-il. Je vous... remercie.

Elle continua à couper le tissu, tandis qu'il luttait pour rester assis. À chaque geste, si infime soit-il, la douleur lui déformait les traits. Un grondement sourd s'échappa de sa gorge.

— Qui êtes-vous ? demanda-t-elle tout en continuant à travailler.

Pas de réponse.

— Votre nom ? répéta-t-elle.

Il parut déconcerté.

— Je ne sais pas. Je ne m'en souviens pas. Vous avez dit que j'étais écossais. Je ne m'en souviens pas non plus.

Kimbra faillit gémir. Il avait perdu la tête. Comment obtenir une rançon ou une récompense si elle ne connaissait pas son nom ?

Il s'exprimait comme un homme éduqué. Ses vêtements, son élocution, ses manières trahissaient la noblesse. Mais elle avait besoin de connaître son nom.

Elle se souvint de la broche qui maintenait son tartan. Devait-elle lui en parler ? Non, il voudrait la récupérer et elle méritait bien quelque chose pour tous ses efforts. De toute façon, si c'était un noble, il ne devait pas manquer de bijoux similaires en Écosse.

Elle décida de ne pas l'évoquer pour le moment.

Quant à sa perte de mémoire, il pouvait mentir. Même si la confusion dans son regard semblait bien réelle.

Elle ferait mieux de l'abandonner ici et de garder la broche. Mais elle savait qu'elle ne le ferait pas. Parmi tous ces morts, lui seul avait survécu. Dieu l'avait sans doute voulu ainsi. Et puis, il y avait quelque chose de si vulnérable chez cet homme.

Quand le tartan et la chemise furent entièrement découpés, elle l'aida à enfiler les affaires de Will en s'efforçant d'ignorer sa nudité. Lorsqu'elle tira les chausses sur la plaie béante de sa cuisse, elle le sentit se crisper. Il ne cria toutefois pas, et elle lui en fut reconnaissante.

Le problème suivant consistait à l'installer sur la litière.

— Vous allez devoir m'aider, le prévint-elle. Je ne peux pas vous soigner ici.

De nouveau, il acquiesça d'un signe de tête.

Elle se leva et lui offrit sa main. Il la contempla d'un air impuissant.

— Je suis forte, dit-elle.

Il s'empara de sa main, essaya de se lever et retomba en arrière. Entendant des voix, elle s'accroupit à ses côtés, repoussa rapidement le tartan et la chemise sous le tas de feuilles qui l'avait dissimulé.

— Pas un mot, chuchota-t-elle. Si on me pose des questions, je dirai que vous n'avez plus toute votre tête. Mais habillé comme vous êtes, on vous prendra pour un Anglais. Donc, pas un mot, répéta-t-elle. Votre vie en dépend.

Il avait peut-être oublié son nom, mais son regard était celui d'un homme intelligent. Il ne posa pas de questions et demeura immobile. Les voix s'éloignèrent.

Elle se redressa.

— Il faut partir. S'attarder ici est dangereux.

Elle lui tendit de nouveau la main et il parvint à s'agenouiller. La douleur et la détermination lui crispaient le visage. Au prix d'un effort terrible, il se hissa sur sa bonne jambe. Kimbra glissa l'épaule sous son aisselle pour lui éviter de prendre appui sur l'autre. Ils titubèrent ainsi jusqu'à la litière où il s'effondra littéralement. Elle l'y attacha pour qu'il ne glisse pas en route puis, tenant Magnus par la bride, elle prit le chemin du retour.

Elle réfléchit. La blessure à sa jambe était la plus grave, mais ce n'était pas la seule. Il avait le souffle court et respirer était à l'évidence douloureux. Elle avait remarqué l'énorme contusion sur son torse, là où il avait sans doute reçu un coup de lance. Elle pria pour que le choc ne lui ait pas brisé les côtes et endommagé les poumons.

Il y avait aussi cette grosse bosse sur la tête qui expliquait sans doute sa perte de mémoire.

Elle ne cessait de regarder par-dessus son épaule de peur que l'Écossais ne tombe de la litière. Elle n'était pas sûre d'être capable de le hisser de nouveau sur celle-ci...

Afin d'éviter qu'il ne fasse un mouvement brusque et de le rassurer, elle continua de guider Magnus jusqu'à ce qu'ils aient quitté le champ de bataille. Quand elle estima qu'ils étaient assez loin, elle grimpa en selle. Elle força le cheval à adopter un pas très lent pour ne pas secouer la litière inutilement.

S'ils croisaient quelqu'un, ce serait à coup sûr la mort pour l'Écossais et le bannissement pour elle. Ou pire.

Les vagues de douleur se succédaient, mais il s'interdisait de gémir. Son instinct l'alertait du danger et lui soufflait de faire confiance à cette femme.

Elle avait dit qu'il était écossais. Il connaissait ce mot, « écossais », mais il ne voyait pas le lien avec lui. Il y avait en lui un grand vide et la seule chose à laquelle se raccrocher, c'était la voix de cette femme.

Il commençait à perdre conscience lorsqu'un nouveau cahot sur le chemin envoya un éclair de douleur dans tout son corps, le ramenant à un présent qu'il n'était pas certain de vouloir. Les ténèbres étaient plus faciles. Les ténèbres n'exigeaient aucune réponse aux questions qui lui martelaient le cerveau.

Il essaya cependant de rester conscient.

Réfléchis. Souviens-toi.

Après ce qui lui parut une éternité, les mouvements cessèrent et il eut conscience que la femme se penchait sur lui pour s'efforcer de l'aider à se lever pendant qu'un chien aboyait quelque part. Il tenta de se mettre debout, crut y parvenir et tomba.

Elle freina sa chute. Il mit quelques secondes à comprendre qu'ils étaient tous les deux à terre. La douleur déferlait en lui par vagues d'une intensité presque aveuglante.

— Pouvez-vous bouger ? chuchota-t-elle.

— Je… je crois.

— Quelques pas. Juste quelques pas et nous serons à l'intérieur. Il y a un lit. Je pourrai vous soigner.

Avec son aide, il réussit à se hisser debout, ses jambes le soutenant à peine.

Un pas.

Un autre.

Il se força à continuer à avancer, ignorant la douleur qui se déchaînait dans sa jambe et dans sa poitrine.

Il se retrouva à l'intérieur d'une habitation. Où ?

Et qui était-il ? Cette question était comme une longue plainte dans sa tête. La femme l'aida à s'allonger sur quelque chose de mou et le besoin de bouger, de rester conscient, s'évanouit. Il ferma les yeux. Les ténèbres l'engloutirent.

3

Kimbra contempla l'Écossais allongé sur le lit de plumes que Will et elle avaient partagé.

À l'instant où il s'y était écroulé, ses yeux s'étaient fermés ; elle savait qu'il avait épuisé ses ultimes forces pour arriver jusque-là. Elle était soulagée qu'il ait de nouveau sombré dans l'inconscience.

Du feu. Elle avait besoin de feu. Il n'y avait plus de braises et en rallumer un lui était toujours aussi difficile, même après tant d'années. Elle y parvint néanmoins et suspendit une marmite remplie d'eau au-dessus des flammes. Puis elle retourna auprès de l'Écossais. Les chausses de Will étaient trempées de sang frais et, de même que sa robe ce matin, elle ne pouvait se permettre de s'en débarrasser. L'inconnu – s'il survivait – en aurait besoin. Elle allait devoir les laver, avant de les mettre à sa taille, en espérant que personne ne les reconnaisse comme ayant appartenu à Will. De part et d'autre de la frontière, Anglais et Écossais portaient le même genre de vêtements et avaient des accents similaires.

Mais cet homme-là n'avait malheureusement pas l'accent de la frontière. Elle devait le prévenir de faire attention à sa façon de s'exprimer et de se comporter.

Ce qui signifiait, réalisa-t-elle, qu'elle s'attendait à ce qu'il survive. Elle envisageait déjà un avenir pour lui.

Elle dénoua les lacets des chausses, les lui retira le plus délicatement possible et examina sa jambe. Elle était restée plus d'une journée sans soins, largement assez pour que l'infection se répande dans son sang. Elle drapa une couverture sur lui et retourna dans l'autre pièce où elle récupéra les herbes qu'elle avait cueillies dans la journée et les mélangea à l'eau bouillante. En quelques minutes, elle confectionna un cataplasme. Elle voulait essayer cette solution avant de brûler la plaie.

Elle souleva la couverture, évitant de regarder autre chose que sa blessure. Elle appliqua la pâte de consoude et d'aloès. C'était l'un des rares bénéfices de l'occupation romaine vieille de plusieurs siècles : les envahisseurs avaient laissé leurs herbes après leur départ.

L'Écossais tressaillit avant de se détendre tandis qu'elle fixait le cataplasme avec un bandage.

Elle lui ôta avec précaution la veste de Will. À en juger par sa respiration hachée, ses côtes avaient souffert. À son réveil, elle lui banderait le torse.

Son épaule gauche et son bras droit avaient eux aussi été transpercés par une lame. Et il y avait cette énorme bosse sur son crâne.

Son corps était couvert de sang séché et de boue. Avec un linge trempé dans l'eau chaude, Kimbra entreprit de le laver. Elle dut changer l'eau de la bassine à de nombreuses reprises. Elle se mit ensuite en devoir de recoudre les plus vilaines blessures, s'interdisant de se demander ce qu'il lui avait pris de sauver un homme qui était son ennemi.

L'aube se levait quand elle finit d'étaler un baume épais sur la dernière plaie. Pour la blessure à la tête, il n'y avait rien à faire.

Elle se redressa, luttant contre la fatigue. Il était temps de troquer ses vêtements d'homme contre une robe. Audra l'attendait.

Elle lava en hâte les habits ensanglantés qu'elle avait prêtés à l'Écossais et les étala devant la cheminée. Elle ajouta plusieurs bûches dans le feu afin qu'il tienne jusqu'à son retour.

Elle reviendrait avec sa fille, il fallait donc prévenir l'Écossais de faire attention à ce qu'il dirait.

Kimbra profita de ce qu'il dormait pour l'étudier. Il était svelte. Des cicatrices anciennes ornaient l'une de ses épaules et son bras gauche, il avait donc déjà combattu par le passé. Pourtant, son visage n'était pas celui d'un guerrier. C'étaient ses yeux qui avaient retenu son attention. Des yeux si bleus. Et un regard si torturé. Il avait touché son cœur, or, ni elle ni Audra – surtout Audra – ne pouvaient se permettre de réagir ainsi.

Elle dut s'y reprendre à plusieurs fois avant que ses paupières se soulèvent enfin. Son regard se posa sur elle. Elle lui tâta le front. Pas de fièvre.

Dieu doit veiller sur lui.

— Je vais vous chercher à boire, dit-elle.

Il devait avoir très soif après une journée et une nuit pratiquement sans boire.

— Mer... ci.

Elle passa dans l'autre pièce pour mélanger du romarin à de l'eau et versa la mixture dans un bol qu'elle lui apporta. Il but une gorgée. Le goût amer le fit grimacer.

— Cela vous aidera à dormir.

Il but encore, et encore, jusqu'à ce que le bol soit vide.

— Vous vous rappelez votre nom à présent ?

Le désarroi et la frustration emplirent son regard. Il secoua la tête.

— Je dois aller chercher ma fille. Elle a sept ans. Elle doit croire que vous êtes anglais. Il vous faut un nom.

— Connais... pas.

Elle y avait réfléchi pendant qu'elle le soignait.

— Vous êtes Robert Howard. C'est une grande famille aux nombreuses branches et, par ici, on préfère les éviter. Les Howard ont des amis puissants à la Cour.

Elle le dévisagea avant de répéter :

— Robert Howard. Vous vous en souviendrez ?

Il acquiesça.

— Mais je dois...

— Plus tard. J'ai beaucoup à faire.

— Votre... mari ?

— Mort. Tué par les Écossais.

Elle se leva.

— Votre nom ?

— Kimbra Charlton.

— Kimbra Charlton... je suis désolé pour votre mari.

Elle s'éloigna, consciente de son regard qui la suivait.

— Je vous remercie, dit-il de nouveau. J'ignore pourquoi vous faites tout cela, mais...

— Ce n'est pas pour vous, le coupa-t-elle sèchement.

— Pour qui, alors ?

— Vous avez l'air d'un noble ou, en tout cas, d'un homme fortuné. Il y aura peut-être une rançon. Une récompense.

La lueur dans son regard perdit de son éclat et le dégoût d'elle-même la transperça de manière inattendue. Elle avait soigné beaucoup d'hommes blessés par le passé, et seuls la pitié et le désir farouche de vaincre la mort l'avaient animée.

À présent, elle ressentait davantage. Elle essaya de se dire que c'était de la pitié, sauf qu'il n'y avait plus de pitié en elle. La féroce volonté de survivre de cet inconnu forçait son admiration. N'importe qui d'autre avec de telles blessures aurait succombé. Il y avait quelque chose d'indomptable en lui qui lui rappelait Will.

Elle n'avait pas réussi à sauver Will. Peut-être parviendrait-elle à sauver cet homme.

Il ferma les yeux. Le romarin faisait son effet. Il s'endormit enfin, quoique d'un sommeil agité.

Se souviendrait-il de ce qu'elle lui avait dit ? C'était essentiel. Audra était d'une franchise absolue et Kimbra ne voulait pas qu'en raison de telle ou telle circonstance, sa fille apprenne à mentir.

Elle prit Magnus pour se rendre chez Jane. Elle trouva Audra assise sur une pierre devant la porte. Le visage inquiet de sa fille s'illumina aussitôt d'un sourire.

— Comment va ma chérie ? demanda Kimbra en mettant pied à terre pour la prendre dans ses bras.

Elles s'embrassèrent.

— Il faut que je dise un mot à Jane. Tu veux bien m'attendre ici et surveiller Magnus ?

Audra rayonna.

— N'oublie pas ce que je t'ai dit. Ne t'approche pas trop et pas de mouvement brusque pour ne pas le surprendre.

— Je vais lui chanter une chanson.

— Oui, cela devrait lui plaire.

C'était fort possible. Audra possédait une voix délicieuse.

La porte s'ouvrit au moment où elle allait frapper. Jane l'accueillit avec un grand sourire.

— Merci d'avoir gardé Audra.

— Cette petite est un bonheur.

— Je serai à la maison ce soir et, je l'espère, les nuits prochaines.

— Elle va me manquer, avoua Jane, sincèrement déçue.

— Tu ne devrais pas tarder à la revoir. Nous viendrons te rendre visite et j'en profiterai pour t'apporter des feuilles de laurier pour tes jambes.

Jane hocha la tête. Une fois transformées en huile, les feuilles de Kimbra étaient le seul remède qui la soulageait.

Kimbra la salua et sortit, pressée de retrouver sa fille. Elle l'avait laissée à peine quelques secondes et s'inquiétait déjà pour elle.

Elle s'immobilisa devant la porte. Debout devant le cheval, sa fille était en train de lui chanter une vieille berceuse. L'image et la mélodie fendirent le cœur de Kimbra. Et si, en accueillant l'Écossais, elle mettait sa fille en danger ? Elle ferait mieux d'oublier ce caprice et d'aller trouver le Charlton sur-le-champ. À lui de décider s'il voulait en faire un otage.

Sauf que les heures passées à le soigner avaient créé une responsabilité. Non, mieux valait attendre que l'Écossais ait retrouvé un peu de forces. Elle déciderait ensuite.

Elle attendit qu'Audra ait terminé sa chanson et toutes deux grimpèrent en selle. Sur la route, elle lui demanda ce qu'elle avait fait la veille.

— J'ai fait du pain, répondit sa fille avec fierté.

— Alors, tu pourras faire le nôtre.

Ravie, Audra se retourna pour la regarder.

C'était le moment. Elle ne pouvait laisser sa fille découvrir un inconnu dans leur maison.

— Il y a un homme chez nous, commença-t-elle. Il a été blessé lors de la bataille il y a deux jours. Il faudra être très calme pour qu'il guérisse.

— Je pourrai t'aider ?

— Pas tout de suite. Plus tard, peut-être.

— C'est qui ?

— Un Howard, dit-elle, s'en voulant de lui mentir.

Audra ne connaissait sans doute pas ce nom, mais elle s'en souviendrait. Elle avait une excellente mémoire.

— C'est un ami de papa ?

— Oui, mentit-elle de nouveau.

Mais c'était plausible. Will ne manquait pas d'amis.

— Alors je suis contente qu'on l'aide.

— Il faudra que tu sois très gentille.

— Je le serai, promit Audra. Je vais lui cueillir des fleurs.

— C'est une très bonne idée.

Mais Kimbra avait encore quelque chose à lui demander. Au cas, par exemple, où Cedric leur rendrait visite.

— Il ne faudra parler de lui à personne.

— Pourquoi ?

Elle savait que cette question viendrait. Avec Audra, chaque affirmation déclenchait inévitablement un pourquoi.

— Parce que le Charlton ne voudra peut-être pas qu'un homme séjourne sous mon toit, et j'ai peur que personne d'autre ne soit capable de le soigner aussi bien que moi.

Cela, au moins, c'était vrai.

— Il est malade comme papa ?

— Oui.

— Il peut mourir ?

Elle n'allait pas lui mentir sur cela.

— C'est possible, mais je ferai tout pour que ça n'arrive pas.

— Je veux aider.

— Tu pourras chanter pour lui plus tard.

— Je peux aussi t'aider avec le feu.

C'était bien la dernière chose que Kimbra autoriserait.

— Non, dit-elle plus sèchement qu'elle ne l'aurait voulu.

Elle avait peur du feu. Depuis toujours. Elle était parvenue à dominer sa peur parce qu'elle n'avait pas le choix, mais la terreur n'était jamais bien loin.

Les yeux d'Audra s'embuèrent devant cette rebuffade inhabituelle.

Le cœur de Kimbra se brisa. Elle se pencha sur sa fille.

— Je ne veux pas qu'il t'arrive quoi que ce soit, ma chérie. Et puis, il y a bien d'autres façons de m'aider.

Audra, dont le petit dos s'était voûté, se redressa aussitôt.

— Je ferai très attention.

Elles arrivaient au cottage et furent accueillies par les joyeux aboiements d'Ours. Dès qu'elle posa le pied sur le sol, l'animal offrit un gros baiser mouillé à Audra, qui l'étreignit en retour.

— Tu peux m'aider à m'occuper de Magnus, si tu veux, proposa Kimbra, sachant que sa fille n'attendait que cela.

Dans la petite grange, Kimbra enleva la bride et demanda à Audra de l'accrocher. Puis elle souleva la selle et la fit glisser à terre.

— Tu veux bien aller lui chercher de l'eau ?

— Oui !

Kimbra lui tendit le seau vide. Avec un peu de chance, aller le remplir au tonneau éviterait qu'elle pose d'autres questions à propos de l'étranger.

Kimbra frictionna soigneusement son cheval. Elle drapait une couverture sur son dos lorsque sa fille réapparut avec le seau plein qui paraissait aussi lourd qu'elle. Elle avançait de deux pas avant de le poser sur le sol. Elle faisait de son mieux pour que l'eau ne déborde pas, sans succès. Kimbra vint la soulager de son fardeau qu'elle suspendit à un crochet pour Magnus.

Prenant Audra par la main, elle retourna au cottage en essayant de dissimuler son anxiété. Même si son absence n'avait pas été longue, elle se surprit à marcher vite, obligeant presque Audra à courir.

Une fois dans la maison, elle donna à sa fille le cheval en bois que Will avait sculpté pour elle. Deux ans maintenant qu'il était parti. La douleur s'estompait, mais il y avait toujours des moments...

Elle étreignit Audra avant de passer dans la chambre. L'Écossais était réveillé. Non seulement cela, mais il était assis avec juste un coin de couverture pour cacher ses attributs masculins.

Son front était humide de sueur, ses yeux voilés par la douleur.

— Je ne peux pas rester, dit-il.

— Et où irez-vous ?

— J'ai... réfléchi... à ce que vous avez dit. Je vous... mets en danger. Il faut que je parte.

— Vous ne feriez pas dix mètres.

Pour adoucir la sécheresse de son ton, elle posa la main sur son épaule. Ce simple contact déclencha une vague de chaleur en elle et cela n'avait rien à voir avec une fièvre quelconque.

Elle se figea, abasourdie. Elle vit dans son regard que lui aussi l'avait sentie.

— Il ne faut pas qu'on me trouve ici, protesta-t-il.

C'était le premier homme depuis Will qui se souciait de sa sécurité. Dans son état, une telle attention de sa part était bouleversante. Et gênante. Elle ne voulait pas l'apprécier. L'admirer. Elle ne voulait rien avoir à faire avec lui, sinon le soigner et toucher une récompense.

— Mes vêtements ? s'enquit-il.

Elle se demanda s'il se souvenait qu'elle avait découpé son tartan.

— Ils sont toujours sur le champ de bataille. Ceux qui les ont remplacés – ceux de mon mari – sont en train de sécher devant la cheminée. Ils étaient couverts de sang.

Il baissa les yeux, regarda les bandages autour de son bras et de sa jambe, la couverture qui ne cachait pas grand-chose. Il releva les yeux, cherchant quelque chose qu'elle ne pouvait lui donner.

— Je ne peux pas les accepter.

— Vous préférez vous promener nu ?

— Je ne peux pas vous payer. Je ne connais ni mon nom ni même d'où... Je ne sais même pas si j'ai une femme et des enfants.

Que lui dire. Elle n'avait jamais rencontré quelqu'un ayant perdu la mémoire.

Et si elle lui montrait la broche ? Cela pourrait réveiller un souvenir. Mais ce bijou et la bague que le Charlton lui avait octroyée étaient tout ce qu'elle avait gagné au cours de cette nuit immonde, la seule protection qu'elle possédait contre un mariage qu'elle redoutait, la seule assurance qu'elle pourrait veiller sur sa fille.

Il retrouvera la mémoire.

Il le fallait. Sans cela, il ne lui serait d'aucune utilité. Ni à elle. Ni à lui-même. Qu'arriverait-il à un homme blessé errant le long de la frontière sans cheval, sans arme et sans mémoire ?

Cette pensée la terrifia. D'autant plus qu'il semblait se soucier davantage de sa sécurité à elle que de la sienne. En attendant qu'il guérisse, elle pourrait tendre l'oreille, écouter les rumeurs. Si c'était un noble, les siens se lanceraient sûrement à sa recherche.

Avait-il un père, un frère prêts à payer tout renseignement le concernant ?

Avait-il une femme et des enfants qui l'attendaient ?

— Il faut vous rallonger. Ma fille est à côté et risque d'entrer à tout moment.

Il jeta un coup d'œil à son corps nu et lâcha, ironique :

— Je suppose que j'aurai besoin de ces vêtements.

— Vous les aurez plus tard. Quand ils seront secs. Pour le moment, vous devez me promettre de rester tranquille. Sans cela, vous ne guérirez pas.

Il croisa son regard. Il souffrait, c'était visible, mais il était surtout troublé, confus. Et entêté. Il refusait de renoncer.

Elle lui toucha doucement le visage. Sa peau était légèrement chaude sous le chaume de barbe. Il ne portait pas la barbe, ce qui était peu commun par ici, mais elle aimait cela. Ses cheveux étaient plutôt courts, et elle n'aurait su dire quelle était leur véritable couleur. Ils avaient besoin d'être lavés.

Finalement, il céda et se rallongea avec un soupir qui ressemblait davantage à un gémissement.

— Demain, dit-il. Demain, je partirai.

Il n'irait pas loin. Ni aujourd'hui. Ni demain. Ni après-demain. Même animé par une telle volonté. Il y avait des limites à ce qu'un corps pouvait endurer. Il avait perdu beaucoup de sang. Les douleurs dans sa jambe et dans sa poitrine devaient être insupportables.

Elle vérifia le bandage sur sa cuisse. Il était trempé de fluides divers. Il fallait le changer et lui préparer une potion contre la fièvre. Quelques prières ne seraient pas de trop, non plus.

Elle passa dans l'autre pièce et se laissa tomber sur une chaise. Ayant abandonné le cheval de bois, Audra jouait avec sa poupée en paille.

— Il va mourir, lui aussi ?

— Non, mon ange. Pas si je peux l'empêcher. Tu voudrais bien piler ces herbes pour moi ?

— Oh oui, répondit aussitôt sa fille.

— Fais attention à ne pas t'écraser les doigts.

— C'est promis.

Kimbra disposa les herbes sur la table et lui tendit un pilon en bois, avant de rajouter une bûche dans le feu pour chauffer de l'eau. Le manque de sommeil commençait à se faire sentir, ses gestes étaient de plus en plus lents.

Mais les blessures de l'Écossais ne pouvaient attendre. Tandis que l'eau commençait à bouillir, elle observa Audra. Concentrée sur son travail, elle faisait de son mieux pour réduire les plantes en poudre et s'en sortait fort bien.

— C'est très bien, la félicita-t-elle.

Kimbra mélangea la poudre à de l'eau chaude et du gruau d'avoine, et emporta la mixture dans la chambre. L'Écossais était toujours éveillé. Il la fixait.

— C'est un nouveau cataplasme, annonça-t-elle en montrant son bol.

Soulevant la couverture, elle plaça un linge sous sa jambe avant d'enlever l'ancien bandage. Elle essuya les substances malodorantes que la blessure sécrétait avant d'étaler la nouvelle mixture. Il se raidissait chaque fois qu'elle touchait ses chairs à vif. Enfin, elle noua un autre linge en guise de bandage.

— Vous êtes un soldat ?

La petite voix avait retenti derrière elle. Audra l'avait suivie. Harassée, elle n'avait pas pensé à fermer la porte.

Elle regarda son patient. Allait-il se souvenir de ses instructions ?

— Oui, je crois, dit-il en remontant vivement la couverture.

— Mon papa aussi était un soldat.

— Et il devait être très brave, dit l'Écossais.

Audra lui offrit un sourire en coin.

— Oui. Et il était très beau. Maman me l'a dit.

Audra s'approcha du lit.

— Vous n'avez pas de barbe.

Il se toucha le visage comme pour s'en assurer.

— Non, dit-il simplement.

— Pourquoi ?

La même expression de stupeur emplit de nouveau son regard tandis qu'il cherchait une réponse introuvable.

— Ce n'est pas poli d'interroger quelqu'un sur son apparence, la gronda Kimbra.

Le sourire d'Audra disparut et elle baissa la tête. Sa lèvre inférieure tremblait.

— Ce n'est pas si grave, dit l'Écossais. Et c'était une question parfaitement raisonnable.

Audra lui adressa un regard reconnaissant.

— En fait, je me sens mieux ainsi, reprit-il.

Une explication qui pouvait être la vraie raison, ou non, mais qui satisfit Audra. Pour le moment, du moins.

Il essaya de se redresser, tressaillit, avant de sourire gentiment.

— Et à qui ai-je l'honneur ?

Audra laissa échapper un gloussement.

— Je m'appelle Audra.

— Un joli nom pour une jolie jeune fille, déclara-t-il.

Chaque mot qu'il prononçait était un combat, Kimbra l'entendait dans sa voix, pourtant il faisait tout pour que la fillette se sente bien. Elle vit Audra sourire comme cela ne lui était pas arrivé depuis longtemps.

Son cœur se mit à battre plus fort. Pour sa fille qui n'avait plus son père. Pour cet homme à bout de forces.

C'est alors qu'elle entendit Ours aboyer de cette façon très particulière qui annonçait des visiteurs.

La peur la saisit.

Cedric ?

Les aboiements se déchaînèrent. *Que Dieu te bénisse, Ours.*

Elle s'accroupit devant Audra.

— Je veux que tu montes au grenier et que tu y restes jusqu'à ce que je te dise de descendre. Et surtout, silence.

Audra lui adressa un regard solennel. Elle savait ce qu'était le silence. Les Charlton avaient été pillés autant qu'ils pillaient et le cottage était éloigné de la tour de guet. Elles avaient souvent pratiqué le silence.

La fillette hocha la tête.

— Quoi que tu entendes, ajouta Kimbra. Tu promets ?

— Je promets, dit Audra d'une toute petite voix.

— Monte vite.

Elle attendit que sa fille ait quitté la pièce pour se tourner vers l'Écossais.

— Pas un bruit.

Il acquiesça.

Kimbra se précipita hors de la chambre et verrouilla la porte derrière elle. Elle était reconnaissante à Will d'avoir insisté pour poser cette serrure. Il comptait avoir de nombreux enfants et, selon lui, un peu d'intimité serait appréciable.

Quelqu'un martelait la porte du cottage à présent.

Au beau milieu de la journée, il y avait peu de chances que ce soit un raid. Jetant un coup d'œil par la fenêtre, elle vit que c'était pire que cela.

Cedric Charlton était là.

Elle courut vers la cheminée, ramassa les vêtements qui séchaient devant le feu et retourna en hâte dans la chambre. L'Écossais la regarda. Un doigt sur les lèvres pour lui intimer le silence, elle posa les habits sur le lit et ressortit.

L'estomac noué, et cependant prête à se battre, elle se dirigea vers la porte.

4

Ours continuait d'aboyer, puis soudain, elle l'entendit couiner.

Elle ouvrit la porte. Cedric se tenait au-dessus du chien, un fouet à la main. Babines retroussées sur ses crocs, Ours était tapi, prêt à bondir. Une traînée de sang était visible sur sa fourrure.

— Ours, non !

Le chien émit un gémissement de protestation, mais se coucha.

Kimbra se tourna vers Cedric.

— Qu'as-tu fait à mon chien ?

— Ce maudit clébard n'arrêtait pas d'aboyer.

— Il est là pour ça.

Ours gronda.

Elle s'inclina et lui caressa la tête.

— Ours, non, répéta-t-elle.

Le chien continua de gronder.

— Tu devrais l'attacher.

— Il nous protège, dit-elle en se redressant.

— J'ai quelque chose pour toi, annonça Cedric, visiblement décidé à ignorer son hostilité.

— Je n'ai besoin de rien.

— J'aimerais entrer.

— Ma fille dort.

Un éclair de colère s'alluma dans le regard de Cedric, si violent que Kimbra réprima un geste de recul. Pas question de montrer sa peur. Pas à quelqu'un comme lui.

Il sortit un objet de sa poche. Une broche.

C'était une jolie babiole avec une pierre grise.

— Elle est assortie à tes yeux, dit-il.

Cette déclaration la prit de court. Elle savait qu'il la désirait, y compris du vivant de Will, mais il ne lui avait encore jamais fait de compliment.

— Tu l'as prise sur un mort ?

Il parut surpris, puis répliqua, sur la défensive :

— Toi aussi, tu les as détroussés.

— Pour obéir au Charlton.

Un mensonge.

— Prends-la.

— Non.

La colère revint et il fit un pas en avant. Ours gronda.

Cedric s'immobilisa. Il n'était pas beaucoup plus grand que Kimbra, mais très massif, bien plus que l'Écossais. Ses cheveux étaient sombres, presque noirs, tout comme sa barbe.

— Le Charlton m'a donné la permission de te faire la cour.

— C'est trop tôt. Je suis encore en deuil de Will.

— Ta fille a besoin d'un père. Et toi d'un mari.

— Je ne suis pas prête.

— Le Charlton t'a accordé assez de temps pour ton deuil. Il s'impatiente. Le cottage doit revenir à un homme. À un soldat.

— C'est celui de mon mari.

— Une veuve n'a aucun droit dessus. Cette maison et les terres reviennent au Charlton.

— Will voulait qu'elles soient à moi.

Ses protestations ne feraient aucune différence, elle le savait, mais elle devait essayer.

— Offre-moi de quoi me rafraîchir, dit-il, soudain avenant. Un verre de bière. Et nous parlerons.

Elle ne s'y trompa pas : il essayait une tactique différente. Will avait toujours détesté Cedric, il trouvait qu'il avait trop de visages différents.

— Je t'ai dit que ma fille dormait.

— Tu ne pourras pas m'éviter éternellement.

— Je n'ai aucun sentiment pour toi.

— Cela viendra avec le temps, Kimbra. Je me sens seul. Je veux un fils.

Il veut le cottage. Et Magnus.

Il la désirait peut-être aussi, mais elle doutait que l'amour - ou même l'affection - joue le moindre rôle là-dedans.

— Pars, s'il te plaît, dit-elle. J'ai promis des herbes aujourd'hui et je dois les préparer.

— Si tu étais ma femme, tu n'aurais pas à travailler aussi dur.

Plus dur, assurément. Elle baissa les yeux vers Ours qui fixait leur visiteur d'un air mauvais. Si elle lui en donnait l'ordre, il attaquerait Cedric… et se ferait sans doute tuer.

— Mais je ne suis pas ta femme. J'ai du travail et une fille qui ne va pas tarder à se réveiller. Une autre fois, peut-être.

Elle s'en voulait de marchander avec lui, mais elle craignait de le mettre tellement en colère qu'il ne finisse par entrer dans la maison.

Il se rembrunit. Il ne voulait pas accepter le rejet et elle devina qu'il pesait le pour et le contre. S'il la prenait de force, alors un mariage serait inévitable.

Elle savait aussi que le Charlton avait de l'affection pour elle, comme il en avait eu pour Will. Abuser de sa veuve, c'était prendre un risque et elle avait la nette impression que cet homme était un lâche.

— Je pars, concéda-t-il finalement. Mais je reviendrai. Réfléchis à tout ce que je peux te donner. Tu aurais ma protection contre les maraudeurs. Je pourrais subvenir à tes besoins. La plupart des femmes seraient reconnaissantes de m'avoir.

Du doigt, il la força à lever le menton avant de lui caresser la joue d'un geste possessif. Avant qu'elle puisse reculer, il pivota sur ses talons et se dirigea vers sa monture. Elle rentra aussitôt et se barricada dans le cottage avec Ours.

Cedric ne se découragerait pas, c'était évident. Peut-être ferait-elle bien de rendre visite à Thomas Charlton dès le lendemain pour plaider sa cause. Mais elle n'osait laisser l'Écossais seul dans le cottage. Cedric pouvait très bien décider de revenir. Et forcer sa porte. Il en était capable.

Non, elle devait attendre que l'Écossais soit en état de quitter le cottage, ou au moins de se cacher dans le grenier.

Postée à la fenêtre, elle surveilla Cedric qui s'éloignait.

— Audra, appela-t-elle.

La tête de sa fille apparut à l'étage, puis elle descendit l'échelle.

— C'était qui ? demanda-t-elle.

— Cedric, répondit Kimbra en s'accroupissant pour examiner Ours.

Il avait une coupure sur le cou, mais ce n'était pas grave ; il n'était pas nécessaire de recoudre. Pour autant, cela devait être douloureux. Elle lui préparerait un baume.

— Ah, mon brave Ours !

Le chien donna l'impression de se rengorger comme s'il comprenait. Audra regardait le sang d'un air horrifié. Elle étreignit le chien en veillant à ne pas toucher la blessure. Ses yeux étaient brillants de larmes.

— Pourquoi il a fait du mal à Ours ?

— Peut-être parce qu'il avait peur de lui.

— Ours ferait jamais de mal à personne.

— Il le ferait s'il pensait que tu étais en danger, ma chérie.

— Mais je l'étais pas.

— Non, mais Ours ne le savait pas.

— J'aime pas Cedric.

Elle aurait voulu dire à sa fille qu'elle ne devait pas dire des choses pareilles, ni même les penser, mais elle ne put s'y résoudre. Pas quand c'était exactement ce qu'elle éprouvait.

— Va jouer dehors avec Ours. Il faut que je m'occupe de... du Howard.

Elle avait failli dire « l'Écossais ». C'était ainsi qu'elle l'appelait quand elle pensait à lui.

Elle regarda Audra et le chien sortir. Quelques secondes plus tard, ils se pourchassaient dans la cour. Ours faisait montre d'une grande douceur avec la petite fille, mais Kimbra savait qu'il serait prêt à se battre à mort si quiconque s'en prenait à elle.

L'angoisse la saisit. Cedric était un homme cruel. Les flancs de son cheval lardés de coups d'éperons en témoignaient. La blessure qu'il avait infligée à Ours n'était qu'un petit avant-goût de ce qu'il leur ferait subir s'il devenait le maître des lieux.

Robert Howard.

Il ne cessait de se répéter ce nom. Cela semblait essentiel pour la femme et il essayait de s'y accoutumer.

Sauf que ces deux mots ne lui étaient en rien familiers. Pas plus qu'aucun autre nom. Plus il essayait de se creuser la cervelle, plus le brouillard dans sa tête s'épaississait. Plus il cherchait à rameuter les souvenirs, plus ils le fuyaient.

En lui, il n'y avait que désolation. Comme si un puits sans fond avait pris la place de son esprit. Ignorant qui il était, séparé de tout et d'abord de lui-même, il était en proie à une solitude désespérante. À cela s'ajoutaient les douleurs, celles qui lui martelaient le crâne, celles qui lui étreignaient la poitrine, celles qui lui lacéraient la jambe. Mais son plus grand tourment, c'était ce vide absolu qui, désormais, dominait la souffrance. Il ne se souvenait de rien avant cette longue nuit et cette interminable journée dans les bois. Avant les cris.

Il avait combattu. Au service de qui ? Pour quelle cause ?

Il n'en avait aucune idée. Il ne comprenait pas non plus pourquoi la femme le soignait. D'autant qu'elle était effrayée. Quand elle l'avait amené ici, il avait perçu sa peur sous son incroyable bravoure.

Il tenta de s'asseoir. Le sang afflua dans sa tête et la torture dans sa poitrine devint presque insoutenable. Affreusement conscient de sa nudité, il tendit la main vers les vêtements qu'elle avait laissés sur le lit. Aussitôt, un voile noir tomba devant ses yeux et une nouvelle vague de douleur lui laboura le corps. Au bout d'un moment, son intensité diminua et il parvint tirer les habits vers lui.

Il ne voulait pas prendre ces vêtements qui appartenaient à son mari. Elle les avait gardés. Ce qui signifiait qu'ils étaient importants pour elle.

Mais il n'avait pas le choix. Il se souvenait vaguement qu'elle avait découpé les siens sur le champ de bataille.

Il avait entendu qu'on frappait à la porte du cottage. Elle lui avait demandé de garder le silence sur un ton aussi péremptoire qu'inquiet. Il avait senti son appréhension. Sa terreur, même. Et il craignait que ce ne soit à cause de lui. Il ne pouvait permettre qu'elle souffre par sa faute. Si quelqu'un entrait dans cette chambre, elle serait compromise. Il le savait, même s'il ne savait pas comment il le savait.

S'il était habillé, il pourrait toujours dire qu'il l'avait forcée.

Faisant appel à toutes ses maigres forces, il enfila la chemise de laine rugueuse. Chaque mouvement était une torture accompagnée d'un abominable sentiment d'impuissance. Sa nudité lui donnait l'impression d'être encore plus vulnérable.

Il n'entendait pas les voix. Il ignorait ce qu'il se passait. Il ôta le cataplasme sur sa jambe, le laissa tomber sur le sol et enfila la culotte encore humide. Nouvelle vague de douleur. Il se leva en chancelant et prit appui sur le mur pour gagner la porte. Celle-ci était épaisse et il n'entendait toujours rien. Il chercha une arme autour de lui et repéra une dague. Il s'en empara, éprouva instinctivement son équilibre dans sa main.

À l'évidence, il savait s'en servir.

Il s'assit sur une chaise. Il était si faible.

Incapable de l'aider si elle était danger.

Il essaya de se souvenir. Il le *fallait* !

La porte s'ouvrit. La femme s'encadra sur le seuil.

Il lui adressa un regard interrogateur.

— C'était le cousin de mon mari.

À son ton, cette visite n'avait pas été la bienvenue.

— Vous devriez être couché, reprit-elle.

— Vous... sembliez inquiète. J'ai pensé...

Il se dit alors qu'il avait vraiment perdu la tête. Qu'aurait-il fait ? Il ne tenait même pas debout.

— Il est parti. Vous n'auriez jamais dû quitter le lit.

Il eut tant de mal à se lever qu'il se demanda s'il serait seulement capable d'aller jusqu'au lit. Sa jambe le soutenait à peine, et ses côtes... c'était comme si elles avaient servi d'enclume.

Avant même qu'il s'en rende compte, elle fut à ses côtés, le soutenant. Elle était étonnamment forte pour une femme.

Il s'effondra sur le lit.

— Vous n'êtes pas doué pour obéir.

— J'avais peur pour... vous.

— Je sais me débrouiller, répliqua-t-elle sèchement. Et vous me donnez davantage de travail quand vous vous comportez comme un idiot. Maintenant, je vais devoir préparer un autre cataplasme.

Il voulait dire non. Qu'il allait partir tout de suite. Mais il avait épuisé ses dernières forces. Il n'avait pas le choix, il lui faudrait attendre encore un peu.

— Maîtresse Charlton...

— Kimbra. Appelez-moi Kimbra.

Il sourit lentement.

— Ce sera facile. C'est un joli nom, comme Audra.

Il surprit une larme qui hésitait dans ses yeux, les rendant presque lumineux. Elle se détourna.

Il se maudit. Il l'avait fait pleurer. Cette femme forte qui faisait preuve d'un courage exceptionnel. Il ne savait pas au juste ce qu'il avait dit pour provoquer ces larmes, mais il l'avait fait.

— Pardonnez-moi. Je ne voulais pas...

Elle pivota face à lui, les yeux brillants.

— Vous n'y êtes pour rien.

Il était clair qu'elle ne lui donnerait pas d'explication. Et il ne pouvait pas faire grand-chose pour la consoler.

— Où suis-je ?

— Dans le Northumberland. À la frontière.

Le Northumberland. Cela ne lui disait rien. Un grand froid l'envahit.

— Que s'est-il passé ?

— Une bataille entre votre roi écossais et notre roi Henry. Une grande bataille.

— Qui a gagné ?

— Les Anglais. Ils disent que le roi écossais est mort ainsi que la plupart de ses soldats.

— Le roi écossais ? Son nom ?

— Jacques.

Jacques.

Il s'était apparemment battu pour un roi. Le roi Jacques. Pendant une fraction de seconde, il crut que cela allait lui revenir. Puis, tout disparut comme de la fumée.

— Vous avez dit qu'un Écossais avait tué votre mari.

— Il y a deux ans. Lors d'un raid de l'autre côté de la frontière.

Il l'observa. C'était une femme séduisante. Pas belle, mais attirante.

Elle avait les yeux gris, des cheveux bouclés noir corbeau qui encadraient un visage plus intéressant que véritablement joli. Le menton était déterminé, la bouche large, le gris de ses yeux changeait au gré de ses émotions et de la lumière. Sous la robe noire presque informe, son corps semblait mince mais fort, son dos était très droit. Elle n'avait pas souri une seule fois et ses manières étaient délibérément distantes. Mais il avait vu sa gentillesse quand elle s'était adressée à sa fille, et ses mains étaient douces lorsqu'elle le soignait. Ce qui démentait la sécheresse de ton et les répliques très brèves.

— Pourquoi alors...

— Je vous l'ai dit. Vous valez peut-être une rançon. Ou une récompense.

Quelqu'un serait prêt à payer une rançon pour le libérer ? Comment pouvait-il ne pas se souvenir d'une personne assez proche de lui pour faire une telle chose ?

— Qu'est-ce qui vous fait croire que quelqu'un paierait une rançon ?

— Vous étiez près du roi. Vous portiez un beau tartan et une cotte de mailles de qualité.

Réfléchis !

Un tartan. Il se le rappela soudain, trempé de sang. Le sien ? Celui d'un autre ? Avait-il perdu un frère ? Un ami ?

Les questions ne donnaient naissance qu'à d'autres questions. D'après ce qu'elle avait dit, il avait survécu alors que de nombreux Écossais étaient morts. Le besoin d'en savoir davantage le rongeait.

— Je dois m'occuper de ma fille, reprit Kimbra d'une voix mal assurée. S'il vous plaît, ne bougez plus. Je ne peux pas passer la journée à préparer des cataplasmes.

— Je vous suis reconnaissant de ce que vous avez fait.

— Dans ce cas, restez tranquille.

Sur ce, elle quitta la pièce, laissant une senteur de roses derrière elle.

« C'est un joli nom. »

Will aussi disait cela, mais d'une façon un peu différente. Elle aimait bien la façon dont « joli » sonnait avec cet accent écossais. Une onde de chaleur la submergea.

Et de regrets. Ces mots avaient réveillé bien trop de souvenirs.

Voir cet homme allongé dans leur lit n'aidait pas non plus.

Dieu lui vienne en aide, elle avait failli pleurer. Will était mort depuis deux ans maintenant et elle s'était habituée à la solitude. Alors, pourquoi une remarque innocente provoquait-elle une telle émotion ?

La fatigue. C'était à cause de la fatigue. Rien de plus.

Elle avait entendu dire que des gens pouvaient perdre la mémoire subitement, mais elle n'en avait encore jamais rencontré. Elle ignorait quoi faire, comment l'aider à rassembler les morceaux de sa vie.

Pourtant, et bien qu'il ignore tout de lui-même, il y avait quelque chose chez cet homme qui l'attirait, une douceur qu'elle avait rarement vue chez les gens de la frontière. Et cette attirance la sidérait, car jusqu'à présent il n'y avait eu que Will. Pourquoi lui, un étranger ? Un Écossais. De sang noble, qui plus est.

Balivernes. Elle ne devrait pas songer à de telles inepties. Il ne représentait pour elle qu'un moyen d'être indépendante, d'échapper à un mariage dont elle ne voulait pas. Et, pour cela, elle devait savoir qui il était.

Il fallait absolument qu'il retrouve la mémoire. Son nom. Alors, elle irait voir les siens et, avec un peu de chance, ils lui donneraient assez d'argent pour trouver un autre cottage dans un lieu sûr, loin d'ici. Un endroit où personne n'exigerait qu'elle se marie.

Elle n'avait pas beaucoup de temps. Cedric avait été très clair.

Elle regarda par la fenêtre. Assise à côté d'Ours, Audra lui chantait une chanson.

Kimbra sortit et vint s'agenouiller auprès d'eux.

— Tu pourrais cueillir un peu de consoude pour M. Howard ?

Audra acquiesça.

— Tu veux que je te montre où elle est ?

— Je sais déjà.

— Montre-moi.

Audra alla dans le jardin et fila droit vers les plantes aux longues feuilles étroites, avant de lever vers sa mère un regard triomphant.

La fierté emplit Kimbra. Audra avait beau l'aider à s'occuper des herbes depuis l'âge de trois ans, elle ne s'était pas rendu compte qu'elle avait appris tant de choses. Elle avait certes toujours trouvé sa fille extraordinaire, mais en tant que mère c'était là un sentiment assez normal.

— Bravo, la félicita-t-elle.

Audra se mit en devoir de cueillir quelques pieds. Plus tard, Kimbra les pilerait avec de l'aloès pour confectionner son cataplasme. Le mélange des deux plantes avait le pouvoir d'empêcher le poison de se répandre.

Elles n'avaient pas eu d'effets sur Will.

Elle priait pour qu'elles en aient sur l'Écossais.

Installée sur une chaise au chevet de l'Écossais, Kimbra passa le reste de l'après-midi à le veiller. Son visage et son corps étaient plus chauds maintenant. L'infection menaçait. Parfois, la fatigue avait raison d'elle et elle s'endormait quelques minutes avant de se réveiller en sursaut.

Un sommeil agité dont lui aussi était la proie. Parfois, il marmonnait. Il lui arrivait de se débattre, aussi violemment que le permettait son état, et elle dut à plusieurs reprises se coucher carrément sur lui pour éviter qu'il ne tombe du lit. Elle crut entendre un nom de femme – ou celui d'un enfant ? – sans en être certaine.

À un moment, alors qu'il s'agitait, elle lui caressa la joue dans un geste de réconfort. Cela parut l'apaiser. Elle laissa sa main, essayant de lui insuffler un peu de sa force. À ce moment-là, il devint davantage qu'un Écossais qui représentait leur unique chance d'avoir une vie meilleure. Il devint un être dont la vie même était mêlée à la sienne. La chaleur irradiait entre eux, une chaleur qui ne devait rien à la fièvre.

Elle laissa retomber sa main. Non, il ne signifiait rien pour elle en dehors de l'argent qu'il lui rapporterait peut-être. Il ne pouvait signifier davantage. C'était un noble, de toute évidence. Il s'exprimait bien et était bien élevé.

N'y pense même pas !

Cet homme était d'un rang tellement supérieur au sien qu'elle ne pouvait s'offrir le luxe d'avoir le moindre sentiment pour lui. Dès qu'il retrouverait la mémoire, il la considérerait comme une moins-que-rien. Elle savait comment les nobles traitaient leurs servantes. Il était peu probable que celui-ci soit différent des autres.

Il se débattit de nouveau. Puis il se mit à frissonner. Elle s'allongea près de lui pour le réchauffer de son corps.

Will avait réagi ainsi, lui aussi. Fièvre. Frissons. Tremblements. Mais, Dieu merci, elle n'avait pas vu les mêmes traînées rougeâtres autour de la plaie de l'Écossais.

Quand les frissons se calmèrent, elle retourna dans l'autre pièce. Elle prépara une potion à base d'écorce de saule et fit bouillir de l'eau pour un nouveau cataplasme. L'obscurité était tombée. Elle alluma une lampe à huile. Audra dormait sur une peau de mouton devant le feu, un bras autour d'Ours. Depuis la mort de Will, sa fille dormait avec elle, chacune étant un réconfort pour l'autre.

Kimbra sortit et s'étira. L'air était frais en cette soirée de fin d'été, et enfin débarrassé de cette fumée qui s'était attardée sur la région pendant deux jours.

Elle rentra. L'eau avait bouilli et elle prépara le nouveau cataplasme. Il fallait le changer souvent pour attirer le poison hors de son corps. Munie du cataplasme et d'une tasse de l'infâme mixture à base d'écorce, elle retourna dans la chambre. Les couvertures étaient tombées. Il gisait là, à moitié nu, les yeux ouverts.

— Levez la tête, ordonna-t-elle.

Une main derrière sa tête, elle le soutint. Il essayait de l'aider. Son corps était brûlant de fièvre. Avec son aide, il parvint à se redresser suffisamment pour boire.

Il était plus faible que la veille, la fièvre sapant ses dernières forces. Quand il eut fini de boire, elle examina sa jambe. La plaie était vilaine et une grande partie de sa jambe était rouge.

Il faudrait la couper. Mais elle n'avait jamais appris faire cela. Ses connaissances se limitaient aux plantes. Elle sentit son regard sur elle. Il avait autant conscience qu'elle du danger, tout en ignorant peut-être comment il le savait.

— Non, dit-il.

— Vous risquez de mourir.

— Je préfère me présenter devant Dieu – ou le diable – sur mes deux jambes.

Sa voix était rauque.

— Vous êtes marié ? Vous avez une femme ?

Elle devait essayer d'aiguillonner sa mémoire, elle le savait.

Il se contenta de la fixer, le regard empli de cette frustration familière.

— Je sais que j'aurais voulu que Will survive, même avec une seule jambe. Quelqu'un doit vous attendre.

Son visage se crispa tandis qu'il luttait pour trouver des réponses qui ne cessaient de lui échapper.

Elle ferma les yeux. Qu'est-ce que Dieu attendait d'elle ?

Elle attendrait un jour supplémentaire. Si sa blessure s'envenimait, elle irait trouver le Charlton.

— Vous sentez-vous de force à manger quelque chose ?

Il secoua faiblement la tête.

Ce simple geste lui coupa la respiration. La douleur dans sa poitrine devait être terrible.

Elle se pencha, posa les mains sur ses épaules.

— Essayez de ne pas bouger, dit-elle. Le bandage doit rester en place et vos côtes ne guériront que si vous ne bougez pas.

Il hocha la tête, la remerciant du regard.

Elle demeura à son chevet jusqu'à ce que la boisson à l'écorce de saule et l'épuisement le fassent sombrer dans le sommeil. Elle ferma les yeux à son tour, désireuse de le rejoindre dans le sommeil.

5

L'Écossais hésita entre la vie et la mort pendant trois jours.

Si ses yeux étaient parfois ouverts, ils ne voyaient pas. Il s'agitait, sa respiration était laborieuse.

Il disait des choses dans une langue qu'elle ne comprenait pas. Du gaélique peut-être, ou du français. Elle l'ignorait. Elle ne connaissait aucune autre langue que celle de sa mère.

— Vous allez guérir, lui répétait-elle encore et encore, comme si les mots eux-mêmes étaient un remède.

Audra lui apportait de l'eau, parfois mélangée avec de l'écorce de saule, avant de s'asseoir en silence dans un coin. Refusant de le quitter des yeux. Serrant sa poupée de paille contre elle. Une fois, elle s'endormit dans les bras de Kimbra et elles se réveillèrent toutes les deux en sursaut quand l'Écossais, tourmenté par un cauchemar, poussa un cri.

Dans l'espoir de faire baisser la fièvre, Kimbra ne cessait de le bassiner avec de l'eau froide. Parfois, elle devait s'allonger contre lui pour apaiser ses violents tremblements ou l'empêcher de se cabrer. Il continuait à proférer des mots qu'elle ne comprenait pas.

Elle lui tâtait souvent le front pour juger de l'évolution de la fièvre. Une fois, elle laissa courir ses doigts dans les mèches épaisses trempées de sueur.

Même si sa jambe semblait aller mieux, la fièvre ne retombait pas et elle redouta que le poison qui se répandait en lui soit dû à sa blessure aux poumons. Elle continua à lui faire avaler ses potions et à humidifier son corps brûlant. Elle en vint à le connaître intimement. Toutes ces blessures, les nouvelles et l'autre plus ancienne : une cicatrice irrégulière sur son bras gauche. Son torse avait pris une teinte violacée en raison du coup qu'il y avait reçu.

Au quatrième jour, elle sut qu'elle avait gagné. Alors qu'elle en avait été incapable avec son mari, elle avait vaincu la fièvre chez l'Écossais.

C'était une pensée aussi douce qu'amère.

Angleterre

Jamie Campbell arpentait sa cellule dans le donjon d'un château anglais.

Il avait été autorisé à écrire un message à son père à Édimbourg pour lui annoncer qu'il serait libéré en échange d'une rançon. De son propre chef, il avait ajouté qu'il avait vu Lachlan Maclean tomber.

Il savait que le roi Jacques était mort. Il avait entendu les festivités, alors que son cœur saignait pour ce monarque qu'il avait tant admiré. Jacques avait assisté à son mariage avec Janet Cameron et avait joué un rôle prépondérant dans l'union entre Felicia, la cousine de Jamie, et Rory Maclean, mettant ainsi un terme à une querelle vieille d'un siècle entre les deux familles.

Jacques avait su unir les nobles, ralliant sous sa bannière jusqu'aux plus farouches d'entre eux.

Il aimait la musique, la poésie et la littérature. Il admirait le droit, estimant que c'était le seul moyen pour les clans de régler leurs vieilles disputes pour œuvrer ensemble au bien de l'Écosse.

Il laissait derrière lui un enfant pour gouverner un pays qui avait perdu les meilleurs de ses seigneurs, de ses lairds. Jamie connaissait les faiblesses de son pays. Le chaos régnerait tant que chaque clan tenterait de manipuler la reine et son fils à son seul bénéfice.

Pour l'amour de Dieu, il avait fait le serment de protéger son roi, ses soldats Campbell et son ami Lachlan. Il avait trois fois échoué.

Il avait vu le cheval de Lachlan s'effondrer, avant d'être à son tour submergé par les Anglais. Une pique l'avait désarçonné et quand il avait voulu se relever, une épée était déjà sur sa gorge.

On l'avait emmené comme otage, tandis que ses archers et lanciers étaient systématiquement massacrés. Il regrettait à présent que cette épée ne l'ait pas décapité. La fine fleur de l'Écosse avait été fauchée à Flodden et il aurait dû partir avec ses camarades. Il aurait dû mourir en protégeant son roi et son ami.

Son dégoût de lui-même n'avait d'égal que son envie d'être libéré pour découvrir ce qu'il était arrivé à Lachlan. Son ami était-il, lui aussi, retenu en otage ? Ou gisait-il encore sur ce champ de bataille maudit ?

Jamie pensa à Janet, à son sourire, à ses cheveux blonds et à ses yeux si bleus que le ciel lui-même en était jaloux. Elle avait tenté de le retenir, mais il était si pressé de partir à la guerre. Quel imbécile !

Combien de Campbell étaient morts à Flodden ? Il en avait pris deux cents avec lui. Combien rentreraient à Dunstaffnage ?

Il frissonna. En Écosse, les otages étaient traités comme des invités. Lui avait été enfermé dans une cellule froide et humide, et avait reçu l'ordre d'écrire à sa famille.

Combien de temps allait-il falloir à un cavalier pour atteindre son île et revenir ? Ensuite seulement, il pourrait se mettre en quête de Lachlan. Il avait juré à Rory de veiller sur son jeune frère. Il ne rentrerait pas chez lui avant de savoir ce qu'il était arrivé à l'homme qui était autrefois son ennemi et désormais son allié le plus proche.

Inverleith, sur le détroit de Mull, Écosse

Un cavalier apporta la nouvelle du désastre.

Le roi était mort. Le messager ne savait rien sur Lachlan Maclean. Ni sur Jamie Campbell, l'héritier du clan Campbell. On racontait cependant que tous ceux qui étaient aux côtés du roi avaient été massacrés avec lui.

Rory Maclean baissa la tête. Sa femme, Felicia, qui se trouvait près de lui, l'enlaça et appuya la joue contre son torse. Elle était très proche de Lachlan comme de Jamie Campbell, son cousin, qui pour elle était comme un frère.

Puis elle s'écarta.

— Je n'y crois pas, déclara-t-elle. Pas Lachlan, pas Jamie.

— Si le roi est mort, dit Rory, il y a peu de chances qu'ils aient survécu. Ils ont dû rester auprès de Jacques jusqu'à la fin.

Les yeux de Felicia s'emplirent de larmes.

— Lachlan nous a toujours réservé des surprises, protesta-t-elle. Et Jamie...

Elle s'interrompit avant d'ajouter d'une voix brisée :

— Il faut que j'aille voir Janet.

Rory lui toucha la joue.

— Va. Angus et elle auront besoin de toi. J'aurais dû y aller, ajouta-t-il avec véhémence après un silence.

La culpabilité le rongeait. Il n'aurait pas dû laisser Lachlan partir à sa place, mais son jeune frère l'avait imploré, et il s'était dit que cette quête chasserait peut-être les démons qui le hantaient. Par ailleurs, il faisait confiance au roi Jacques, il savait qu'il disposait de forces bien supérieures.

Et lui-même venait tout juste d'être père pour la deuxième fois.

Rory ferma les yeux. Mais c'était à lui, en tant que chef de clan, qu'il revenait de mener ses hommes au combat. Combien avaient perdu la vie ? Combien de veuves et d'orphelins ?

Il veillerait sur chacune et chacun d'entre eux.

Lachlan. Son frère à l'âme torturée qui cachait ses tourments derrière une chanson et un sourire. Rory n'avait compris que son frère était profondément marqué qu'une fois revenu à terre après dix ans passés en mer.

Il refusait de perdre un autre frère.

Patrick, leur aîné, avait disparu quelque part en Europe, voilà des années. Puis leur père était mort. Et maintenant, Lachlan. Rory avait cru vaincue la malédiction des Campbell qui accablait sa famille depuis un siècle, mais il se demandait maintenant si elle n'avait pas toujours été là, attendant de frapper de nouveau.

Il devait retrouver son frère. Peut-être était-il blessé quelque part, ou retenu comme otage. *Il ne peut pas être mort.*

Cette conviction arracha sa décision. Il ne laisserait pas son frère à la frontière. Il allait découvrir ce qu'il lui était arrivé et il le ramènerait à Inverleith.

Il ne cessait de se réfugier dans la grotte sombre. Là, au moins, la douleur ne le suivait pas. Pas plus que le terrible vide qu'était devenu son univers.

Une voix l'appelait. Encore et encore. Elle refusait de le laisser s'échapper.

Cela le mit en colère. Et la colère lui donna des forces.

Il sut avant même d'ouvrir les yeux qu'elle serait là. La femme qui avait décidé de l'empêcher de mourir. Il avait froid et terriblement soif. Chaque mouvement exigeait un effort suprême. Même ouvrir les paupières lui paraissait impossible.

Il reconnut les voix. Celle de la femme et celle d'une enfant. De la douceur chez cette dernière. De la détermination chez la première.

Pourquoi ne connaissait-il rien d'autre ? Pourquoi tout le reste se cachait-il derrière un rideau qu'il était incapable d'écarter ?

— Vous pouvez boire ?

Il connaissait ces mots. Il n'avait cessé de les entendre.

Ses paupières se soulevèrent enfin. La femme avait hanté ses rêves enfiévrés au point qu'il avait fini par croire qu'elle en faisait partie. Mais elle était réelle, sa longue tresse noire tombant sur son sein gauche, ses yeux gris si intenses.

— Oui, souffla-t-il.

Il but maladroitement.

— La fièvre diminue, dit-elle en lui touchant la joue.

Il sentit les cals sur ses doigts, mais son contact lui fit du bien. Il fut déçu quand sa main s'écarta.

Il posa la question qui le taraudait.

— Comment m'avez-vous trouvé ?

Elle hésita. Son regard refusait de croiser le sien.

— Je rassemblais des objets sur le champ de bataille, avec le reste de la famille Charlton. C'est ce que nous faisons.

Elle dut sentir quelque chose chez lui, car elle ajouta d'un air de défi :

— Oui, c'est ce que nous faisons. Nous volons, nous trafiquons, nous demandons des rançons.

Ses épaules étaient crispées. Elle n'aimait pas cette besogne, c'était évident. Lui-même n'appréciait pas non plus cette idée. Il se souvint des blessés suppliant qu'on leur donne de l'eau. Avait-on étanché leur soif comme elle l'avait fait avec lui ?

Et pourquoi lui et pas un autre ?

Elle avait parlé d'une rançon, mais il ne devait pas être le seul qu'on pouvait rançonner.

Alors, pourquoi lui ?

— Vous devez avoir vos raisons, dit-il finalement.

— Oui. Je dois penser à Audra.

— Personne ne veille sur vous ? Votre famille ? Celle de votre mari ?

— Je n'ai que moi. La famille de Will veut que je me remarie. Je refuse.

— Vous aimiez votre mari.

Ce n'était pas une question, mais une constatation.

— Oui. Je tenais à lui.

Ce qui n'était pas tout à fait la même chose que l'aimer. Il changea de sujet.

— J'ai entendu chanter.

— Ma fille. Elle a décidé de vous guérir avec des chansons. Elle aurait été très triste d'échouer et de vous voir mourir.

Il encaissa, mais répondre exigeait trop d'efforts. C'était une douce pensée, réconfortante même, de savoir que sa mort aurait attristé quelqu'un. Mais cela ravivait aussi la solitude d'un esprit vide de souvenirs.

— Il va falloir manger. Vous vous en sentez capable ?

Il était affamé.

— Oui.

En un éclair, elle fut de retour avec un bol de soupe. Il en but autant qu'il put avant de secouer la tête.

— Je vais la laisser près du feu. Vous la finirez plus tard.

— Vous n'avez pas dormi.

— Si, un peu. Les souvenirs vous reviennent à présent ? Votre nom ?

— Howard ?

C'était le seul dont il se souvenait.

— Vous ne vous souvenez de rien avant cela ? Où vous habitiez ?

Elle semblait pleine d'espoir et il s'en voulut de lui avouer la vérité.

— Non.

Elle hésita, puis demanda :

— Vous savez lire ?

Lire ? Soudain, il eut la certitude qu'il savait.

— Oui.

— Vous pensez pouvoir me montrer ?

— Je ne sais pas.

— Je vais trouver un livre.

Kimbra savait que ce ne serait pas facile. Les livres étaient des objets rares et précieux. Mais le prêtre pourrait lui prêter un livre de prières. Peut-être que s'il lisait quelque chose de familier...

Il y avait, gravés sur son écusson, des mots qui pourraient déclencher un souvenir. Mais si elle le lui montrait, il voudrait sûrement le récupérer.

Non. Elle devait protéger cet écusson. Elle essaierait de l'aider à retrouver la mémoire par d'autres moyens.

À moins qu'il ne l'ait perdue à jamais ?

Elle lui apporta une béquille grossière qu'elle avait fabriquée elle-même. Étant blessé à la main droite, il essaya de s'en servir avec la gauche et découvrit une faiblesse dans ce bras-là. Sans doute une vieille blessure. Il se demanda où il l'avait reçue, avant de chasser cette pensée. C'était l'une des trop nombreuses questions qui lui emplissaient la tête. Il essaya sa main droite. La douleur fusa dans son bras, mais il parvint à se mettre debout.

Chaque geste était atroce. Une fois levé, sa poitrine était moins douloureuse, sa jambe, en revanche... c'était abominable. Quand il essayait de la soulager, c'étaient ses côtes qui donnaient l'impression de rentrer dans ses poumons. Il parvint néanmoins à effectuer quelques pas hésitants avec l'aide de la béquille.

Et cela suffit à épuiser ses forces mais, au moins, il avait eu le contrôle de ses mouvements l'espace d'un instant. Il ne maîtrisait rien d'autre dans sa vie.

Les souvenirs allaient bien finir par revenir, se disait-il. Mais pour le moment, son esprit restait désespérément vide, même s'il ne cessait d'essayer de retrouver quelque chose de familier. Un nom. Un lieu. Ou même la langue qui était la sienne.

Il connaissait l'anglais et, selon Kimbra, sans doute d'autres langues. Elle l'avait entendu prononcer des mots inconnus lorsque la fièvre le faisait délirer, des mots qu'elle n'avait pas compris. Elle pensait que certains étaient du gaélique – qu'il lui arrivait d'entendre le long de la frontière –, mais elle n'avait pas reconnu les autres.

Après avoir fait quelques pas, il s'effondra de nouveau sur le lit et elle se mit en devoir de lui apprendre le parler des gens de la frontière. S'il voulait survivre, il devait être capable de se faire passer pour un Anglais.

Étonnamment, il n'eut aucune difficulté à imiter leur accent. Il semblait avoir des facilités avec les mots et les diverses manières de les prononcer.

La leçon se poursuivit pendant deux bonnes heures. Après cela, Audra vint dans la chambre et proposa timidement de lui chanter une chanson.

— Vous savez chanter ? demanda-t-elle quand elle eut terminé.

Il l'ignorait. Il se mit à fredonner l'air qu'elle venait de chanter, et soudain des paroles lui vinrent. Un mot ici, un autre là. Mais ce n'étaient pas ceux qu'avait employés Audra. Une chanson qu'il avait connue ? Qu'il aurait chantée à ses propres enfants ?

Il leva les yeux. Kimbra se tenait sur le seuil de la chambre, visiblement surprise.

— Vous connaissez d'autres chansons ? s'enquit-elle.

— Je ne savais pas que je connaissais celle-ci, avoua-t-il.

— Vous savez jouer d'un instrument ?

Il haussa les épaules.

— Nous avons un luth. Will l'a… trouvé lors d'un raid et l'a gardé, mais il n'a jamais appris à en jouer. Il n'a jamais pu se résoudre à le vendre non plus. Il a toujours pensé qu'Audra en jouerait un jour.

— C'était un homme bon, on dirait.

— En effet. Certains le traiteraient de voleur, mais c'est ainsi qu'on vit, ici, à la frontière.

— Comment est-il mort ?

— Une flèche. Son sang s'est empoisonné. Je n'ai pas pu le sauver.

— C'est pour cela que vous m'avez soigné avec autant d'énergie ?

— Je crois, oui.

— Je vous dois beaucoup, madame.

Ce titre parut la troubler.

— Je vais chercher le luth.

Pour la première fois depuis qu'il s'était réveillé dans ce monde étrange, il éprouva de l'amusement. Kimbra Charlton ne semblait pas être le genre de personne à se laisser facilement troubler. Ses compétences et son obstination étaient sidérantes. Qu'elle ait détroussé des cadavres ne le dérangeait plus vraiment. Il en aurait fait autant, supposait-il, si ç'avait été nécessaire pour nourrir les siens.

Les siens ? Avait-il une famille ? À l'évidence, il connaissait une berceuse. L'effroyable sentiment de solitude déferla de nouveau en lui. Quelqu'un le croyait-il mort ? Avait-il laissé derrière lui une femme sans aucun moyen de subsistance ? Chaque question était comme une nouvelle épée plantée dans ses entrailles.

Audra était restée auprès de lui.

— Je vous emmènerai à la cascade, dit-elle.

— La cascade ?

— Oui, c'est la nôtre, à maman et à moi. Personne d'autre la connaît.

— Alors, c'est sûrement un endroit magique.

Une lueur aussi joyeuse que complice s'alluma dans les yeux de la fillette.

— Il faudra le dire à personne.

— C'est promis.

— Et vous pourrez peut-être traire Bess aussi.

— Bess ?

— Notre vache.

— Je ne suis pas sûr de savoir traire une vache.

— Tout le monde sait traire une vache. Je sais, moi.

— Tu le fais toute seule ?

— Oui. J'aime bien Bess et elle m'aime bien.

Il n'imaginait pas que qui que ce soit – homme ou animal – puisse ne pas aimer cette gamine.

— Je suis impressionné, dit-il.

Elle rit.

— Je vous aime bien, confia-t-elle alors.

— Existe-t-il quelqu'un que tu n'aimes pas ?

— Cedric, répondit-elle aussitôt.

— Qui est Cedric ?

— Il était là il y a trois jours. Il veut se marier avec nous.

— Pourquoi tu ne l'aimes pas ?

— Il a fait du mal à Ours.

— Alors, je ne l'aime pas non plus, dit-il, sincère.

La cruauté le révulsait. C'était un aspect de lui-même qu'il découvrait.

La femme revint. Non, pas la femme. Kimbra. Kimbra Charlton. Il ne savait pas vraiment comment l'appeler, que ce soit en s'adressant à elle ou en pensant à elle. « Kimbra » lui paraissait trop intime. Soignante et patient. Geôlière et prisonnier.

Sauf que malgré la rançon qu'elle prétendait vouloir en échange de sa personne, il ne se sentait pas du tout prisonnier.

Elle lui tendit le luth. Il s'assit sur le lit et aussitôt ses doigts trouvèrent leur place sur les cordes. Il se surprit à jouer une mélodie avant de commencer à chanter. Les paroles lui venaient naturellement, mais elles n'étaient pas en anglais.

Il finit la chanson avant de lever les yeux vers elle.

— Je sais donc jouer du luth.

— Oui, dit-elle sans sourire.

Ses yeux gris étaient rivés sur l'instrument.

— Vous pourriez apprendre à Audra ?

— Je ne suis pas sûr d'en être capable. Je ne sais même pas comment j'ai appris, mais je veux bien essayer.

Son regard brilla pour la première fois. Tout à coup, il la trouvait jolie, même dans cette robe de deuil et avec ce très convenable bonnet qui lui couvrait les cheveux. Il se souvint de la tenue de soldat qu'elle portait la nuit où elle était venue le chercher. Il était presque inconscient, mais il se rappelait l'avoir vue s'agenouiller près de lui.

Même là, il émanait d'elle une vitalité rare.

Il commençait à éprouver davantage que de la gratitude pour elle, il s'en rendait compte. Il savait aussi que c'étaient des sentiments qu'il devait réprimer. Il était fort possible qu'il soit marié, qu'il ait des enfants. Pourtant, malgré tous ses efforts, il ne parvenait pas à extraire le moindre visage de sa mémoire. Ni celui d'une femme. Ni celui d'un enfant.

— Nous devrions laisser M. Howard dormir maintenant, dit Kimbra Charlton.

Il posa le luth près de lui.

— Je ne veux pas le laisser, dit Audra.

— Il sera là demain matin.

Elle sortit avec sa fille et ferma la porte derrière elles.

Il reprit le luth. Ce simple mouvement décupla la douleur. Devant la fillette, il n'avait pas voulu le montrer, mais il souffrait en permanence. Ses doigts firent de nouveau chanter les cordes avec assurance.

Que savait-il d'autre ?

Kimbra coucha Audra sur les épaisses peaux de bêtes devant le feu avant de préparer du pain pour le lendemain. À travers la porte, elle entendait le luth et la beauté du morceau la bouleversait. C'était un musicien aussi accompli que ces ménestrels qui venaient à la tour de guet raconter des histoires et chanter des chansons.

Elle ignorait si un tel talent était habituel ou non chez un noble. Elle savait seulement que ses mélodies étaient d'une mélancolie déchirante.

Dehors, Ours aboya soudain. Elle se rua vers la fenêtre en priant pour que ce ne soit pas Cedric.

S'appuyant sur une canne, Jane se dirigeait vers le cottage d'un pas raide.

La culpabilité étreignit Kimbra. Elle aurait dû aller voir son amie et renouveler sa provision de feuilles de laurier. Elle le lui avait promis. Elle fila dans la chambre de l'Écossais. Il jouait toujours, ses doigts caressant les cordes du luth.

— J'ai une visite, dit-elle. Ne faites pas un bruit.

Il hocha la tête.

Elle referma soigneusement la porte derrière elle avant d'aller ouvrir celle de la maison. Elle sortit et referma de nouveau derrière elle.

— Jane, qu'est-ce qui t'amène ?

— J'avais peur qu'il ne te soit arrivé quelque chose. Je ne te voyais plus.

— Non, j'avais juste besoin de me reposer.

— Ils n'auraient pas dû te forcer à aller sur le champ de bataille.

— Je n'étais pas la seule et ils m'ont permis de garder une bague.

— Ils auraient dû te laisser bien plus que ça. Will doit se retourner dans sa tombe en voyant comment ils te traitent.

— Je dois faire ma part. Comme Will à l'époque.

— Ton Will a travaillé dur pour cette maison. Pour toi. Thomas Charlton devrait respecter ça au lieu de vouloir te...

Elle s'interrompit brusquement.

— Au lieu de quoi ? insista Kimbra. Qu'as-tu appris ?

— Cedric et plusieurs autres se battent pour t'épouser.

— Il est venu ici il y a trois jours. J'avais peur qu'il ne revienne, mais je ne l'ai pas revu.

— Il est parti. Lui et quelques autres sont partis traquer les Écossais survivants.

— Il y en a beaucoup ?

— Je n'en sais rien, mais il y a une récompense pour chacun d'entre eux. Ils ramassent tous ceux qu'ils trouvent et les donnent à la Couronne qui les fait exécuter.

Kimbra était horrifiée.

— Pourquoi ne demandent-ils pas de rançons ?

— Certaines familles le font avec quelques Écossais de haut rang, mais le Charlton cherche à apaiser le roi anglais. Il y a eu des accusations comme quoi le clan n'avait pas accompli sa part dans la bataille. Il ne veut pas prendre le risque de désobéir maintenant.

Kimbra n'en doutait pas. Les Charlton étaient assez braves quand il s'agissait de s'enrichir, mais ils ne voyaient pas l'utilité de risquer leurs vies ou leurs chevaux pour le roi d'Angleterre.

Certains d'entre eux pouvaient se montrer impitoyables. Ceux-là – à l'image de Cedric – n'auraient eu aucun scrupule à achever des blessés après la bataille. Contrairement à leur chef. Thomas Charlton faisait grand cas de l'honneur très particulier des gens de la frontière.

Le ventre noué, elle invita Jane à entrer. Ne pas le faire éveillerait ses soupçons. Et puis Jane était son amie.

Celle-ci contempla longuement Audra endormie près du feu.

— Tu lui diras que je suis passée la voir ?

— Oui, dit Kimbra avant de lui offrir de la bière et une tranche du pain qu'elle venait de cuire avec du beurre qu'elle avait baratté. Sais-tu quand les hommes reviendront ?

Jane secoua la tête.

— Le Charlton est à la tour de guet ?

— Oui, il a de plus en plus de mal à tenir en selle.

— Je vais peut-être devoir lui rendre visite.

— Apporte-lui un peu de tes feuilles de laurier.

— Il a son propre médecin.

— Un incapable, à ce qu'on dit.

Kimbra réfléchit à cette réponse. Peut-être tenait-elle là un moyen d'approcher Thomas Charlton, le chef de tout le clan. Ce n'était pas un titre officiel. Il n'était ni baron, ni comte, ni duc, mais il régnait sur sa famille et avait le respect de toutes les autres le long de la frontière.

— Je lui en apporterai, dit-elle avant de récupérer celles qu'Audra avait cueillies un peu plus tôt. Celles-ci sont pour toi. Et prends une miche de pain.

Elle se rendait compte qu'elle était pratiquement en train de mettre son amie dehors.

Après le départ de Jane, elle s'adossa à la porte. Elle avait failli lui parler de l'Écossais, mais que les Charlton aient pour ordre de remettre tout survivant à la Couronne l'en avait dissuadée.

Cela signifiait qu'elle ne pourrait pas demander une rançon par l'intermédiaire du Charlton.

Et que si jamais quelqu'un le découvrait, l'Écossais mourrait.

Ce qu'elle ne pouvait tolérer. Pas après s'être donné autant de mal pour le sauver.

Et maintenant ? Que faire ?

La seule solution était de l'aider à se remettre, puis à s'enfuir, en espérant qu'il serait assez reconnaissant pour lui envoyer une récompense.

Sauf que si quiconque découvrait qu'elle hébergeait un ennemi de la Couronne, on la tuerait et Audra serait orpheline.

Quelle importance avait la vie de cet inconnu comparée à celle de sa fille ? En se lançant dans cette entreprise, elle n'avait pas pensé à Audra. Aucune récompense, si énorme soit-elle, ne justifiait les risques qu'elle était en train de prendre.

C'était un véritable dilemme qu'elle affrontait et elle n'avait pas la moindre idée de comment le résoudre.

6

Inverleith, Écosse

Rory avait rassemblé une petite troupe afin de partir dans le Sud à la recherche de son frère. Archibald, le capitaine de la garde, l'accompagnerait. Douglas, leur intendant, resterait pour protéger le château, Felicia et les enfants.

Il lui avait fallu plusieurs jours pour réunir les quelques hommes encore disponibles. La plupart étaient partis avec Lachlan.

Il avait profité de ce délai pour livrer de la nourriture et des semences aux fermes qui avaient perdu leurs hommes. Il avait pleuré avec les veuves et les orphelins, leur assurant qu'ils auraient toujours leur place à Inverleith. La visite à la femme d'Hector, Fiona, avait été la plus difficile. Archibald Maclean et lui avaient dirigé les forces du clan pendant trente ans. Hector était parti avec Lachlan tandis qu'Archibald, qui approchait des soixante ans, était resté pour entraîner les plus jeunes des Maclean à la bataille.

Hector avait été comme un deuxième père pour Rory.

— Je le chercherai, dit-il à Fiona, tout comme Lachlan et Jamie.

— Dieu te bénisse, murmura-t-elle. Je savais que tu ne l'abandonnerais pas là-bas.

— Je ne peux rien te promettre. Seulement que je vais essayer de retrouver ton mari. Mais si j'échoue, sache qu'on veillera toujours sur toi ici.

Felicia et lui s'étaient ensuite rendus à Dunstaffnage, le château des Campbell, demeure de Jamie et Janet Campbell. Il s'attendait à moitié à ce que le vieux chef de clan, Angus, soit rentré, mais ce n'était pas le cas. Il avait pourtant sûrement appris la défaite.

On les avait vus arriver, car la grille était levée, Janet les attendant juste derrière. Felicia glissa à bas de son cheval et alla l'étreindre. Janet était sa cousine par alliance, mais c'était surtout son amie. C'était grâce à Janet que Rory avait connu Felicia, raison pour laquelle lui aussi avait un faible pour elle.

À en juger par son visage triste, elle était au courant de la défaite.

— Tu as des nouvelles de Jamie ? s'enquit Felicia.

— Non. Son père dit que le roi Jacques a été tué, que le gros de son armée a été massacré. J'en connais tellement qui étaient là-bas avec lui. Jamie... Lachlan... Avez-vous de ses nouvelles ?

Felicia secoua la tête.

— Je suis désolée, dit Janet. Venez manger avec moi. Je ne supporte plus d'être seule.

Rory et Felicia la suivirent dans le grand hall, puis dans une petite pièce, plus intime.

— Je voulais vous annoncer quelque chose, dit Janet après avoir demandé qu'on leur apporte des rafraîchissements. J'attends un enfant.

Felicia la serra de nouveau dans ses bras.

— Depuis quand le sais-tu ?

— Juste avant le départ de Jamie, mais je n'ai pas voulu l'inquiéter. Et maintenant...

— Il reviendra. Et Lachlan aussi, assura Felicia d'un ton ferme.

Rory aurait aimé en être aussi sûr. Il avait emmené le messager à l'écart et avait appris que plus de quinze comtes écossais étaient morts, ainsi que de nombreux lairds, auxquels s'ajoutaient des milliers de soldats. S'il avait survécu, Lachlan serait déjà de retour, ou il aurait au moins envoyé un message. Même chose pour Jamie.

— Angus est au courant pour l'enfant ?

— Oui, et j'espère que ce sera une consolation pour lui. Il ne le montre jamais, mais il aime beaucoup Jamie.

— Reviendra-t-il ici ?

— Je ne pense pas. Il dit que les vautours se rassemblent déjà autour du petit Jacques V. Il redoute de laisser la reine et son fils seuls à la Cour.

— L'enfant a à peine plus d'un an et Margaret, Dieu la protège, n'est pas de taille face à tous ces ambitieux.

— Sans compter qu'elle aimait le roi. Elle doit être anéantie.

La main de Janet se posa sur son propre ventre et l'enfant en son sein.

— Peut-être devrais-tu aller à Édimbourg pour mettre ton enfant au monde, suggéra Felicia.

— Je préfère attendre ici, répondit Janet. Je veux être là si... quand... Jamie reviendra.

Ils mangèrent en partageant le peu qu'ils savaient sur la déroute écossaise.

— Il paraît que lord Home a tourné les talons et s'est enfui, dit Felicia.

— Si c'est vrai, il passera le restant de sa vie à le payer, commenta Rory d'un air sombre.

— Les Anglais vont-ils traverser la frontière et venir jusque dans le Nord ? s'enquit Janet.

Elle s'efforçait de garder son calme et de se montrer digne, mais les larmes brillaient dans ses yeux.

— J'en doute, répondit Rory. Eux aussi ont perdu beaucoup d'hommes et l'essentiel de leur armée est toujours en France.

Rory et Felicia restèrent encore une bonne heure, mais la route jusqu'à Inverleith était longue et ils ne pouvaient s'attarder davantage.

Ils effectuèrent le trajet du retour en silence. Quand ils arrivèrent en vue du château, Rory se tourna vers sa femme. Leurs regards se croisèrent. Ils se connaissaient si bien qu'ils n'avaient guère besoin de se parler.

— Trouve-les, dit-elle simplement.

La frontière

Kimbra continuait à faire travailler son parler à l'Écossais. La vitesse à laquelle il assimilait l'accent et les tournures de phrases spécifiques de la région alors qu'il ne se rappelait rien de son passé la stupéfiait.

Elle était tout aussi surprise par ses propres réactions à son endroit quand elle bandait sa poitrine ou quand elle soignait sa blessure à la jambe. Son cœur bondissait dès qu'il la regardait et une douce chaleur se répandait en elle dès qu'elle le touchait.

En même temps, elle était consciente du danger qu'ils couraient tous. Même sans cet ordre de tuer tous les Écossais, ses espoirs de toucher une rançon étaient réduits à néant. Il n'avait pas plus de souvenirs aujourd'hui que lorsqu'elle l'avait trouvé. Et il lui était impossible de partir pour le moment. Sa jambe ne le soutiendrait pas plus de quelques mètres et encore, grâce à la béquille. Et il n'avait ni argent, ni cheval, ni souvenirs.

Elle avait commis une erreur monumentale. Dans l'espoir d'une improbable récompense, elle se retrouvait à présent responsable de quelqu'un qui n'avait aucune valeur et risquait d'attirer le désastre sur Audra et elle.

Elle n'avait d'autre choix que de transformer ce seigneur écossais en homme de la frontière. Avec le temps, il serait de nouveau capable de marcher et pourrait retourner en Écosse où quelqu'un finirait bien par le reconnaître.

Mais sa guérison prendrait encore plusieurs semaines.

Cette constatation eut raison de ses dernières réticences. Chaque instant que l'Écossais passait chez elle sans que le Charlton le sache les mettait davantage en danger. Elle prétendrait l'avoir trouvé deux jours auparavant seulement, décida-t-elle, et dirait que c'était un Anglais de la frontière, un Howard.

Elle expliqua son plan à l'Écossais, lui demanda s'il se sentait capable de tenir ce rôle.

— J'essaierai, dit-il.

— Vous êtes un bâtard, banni par votre famille, et qui est devenu soldat à la solde de qui voulait bien vous engager. Ainsi, personne ne s'étonnera que vous n'ayez pas pris la peine d'avertir les vôtres.

— Vous avez un esprit retors, maîtresse.

— Ah… soyez prudent avec les mots que vous employez. Aucun homme de la frontière ne dirait cela.

Elle aurait dû se sentir offensée, mais elle ne l'était pas. Elle voulait être la maîtresse de son destin, et si cela l'obligeait à être retorse, qu'il en soit ainsi.

— Oui, acquiesça-t-il. Je ne voudrais pas qu'il vous arrive quoi que ce soit à cause…

— Dans ce cas, vous devez réfléchir avant de parler, le coupa-t-elle avant d'ajouter d'une voix plus douce : Vous pourrez partir d'ici quelques semaines.

— Et votre rançon ?

— Ce serait trop dangereux d'en demander une en ce moment. Le roi a ordonné de tuer tous les Écossais.

Il la dévisagea.

— Et vous continuez à vous occuper de moi ?

— Uniquement jusqu'à ce que vous soyez en état de partir.

— Où ? demanda-t-il d'une voix qui donna à Kimbra envie de pleurer.

— En Écosse. Vous portiez de beaux habits quand je vous ai trouvé. Vous devez être issu d'une riche famille, noble sans doute. À Édimbourg, quelqu'un vous reconnaîtra sûrement.

Elle marqua une pause, puis ajouta :

— Vous devez avoir une femme et des enfants.

Elle observait ses yeux et elle vit quelque chose passer fugacement. Un souvenir qui lui était revenu ou juste le rappel qu'il avait déjà songé à cette possibilité ?

Elle hésita. Et s'il laissait échapper accidentellement une expression ou un mot qui le trahiraient ? Elle allait dire au Charlton qu'il avait été victime d'une grave blessure à la tête et que, parfois, il perdait l'esprit.

— Je ne crois pas avoir d'enfants, dit-il. Ni de femme.

— Pourquoi ?

— Je m'en souviendrais sûrement.

Elle garda le silence. Elle se rendait soudain compte qu'elle ne voulait pas qu'il soit marié… et cela l'effrayait. Elle n'aurait pas dû s'en soucier. Seule comptait la sécurité de sa fille.

D'autant qu'il se moquerait bien de la veuve d'un maraudeur une fois qu'il aurait retrouvé sa vie d'avant. Même si elle discernait chez lui la même étincelle que chez elle, voyait comment son regard la suivait, et s'adoucissait quand il croisait le sien.

— Je dois y aller, dit-elle. Il se peut que je sois accompagnée à mon retour.

— Et Audra ?

— Elle vient avec moi. Je ne peux pas la laisser seule.

— Elle ne serait pas seule avec Ours et moi.

— Vous n'êtes pas en état de défendre qui que ce soit.

Elle vit la lumière quitter ses yeux.

— Bien sûr, vous avez raison.

Elle aurait voulu le toucher, le réconforter. C'était un guerrier, ses blessures le prouvaient. Et il était tombé pour son roi, se battant sans doute jusqu'au bout. Mais le toucher, ce serait franchir cette barrière qu'elle s'efforçait d'édifier entre eux.

— Je reviendrai très vite, dit-elle avant de sortir.

Elle espérait ne pas se tromper.

Thomas Charlton - le Charlton - était assis dans un fauteuil, l'une de ses jambes deux fois plus grosse que la normale reposant sur un tabouret rembourré.

— Maîtresse Kimbra, comme c'est gentil à toi de passer voir un vieil homme.

— Pfff, vous ne serez jamais vieux.

— Flatteuse.

— J'ai apporté des feuilles de laurier. Une bonne infusion bien chaude devrait soulager cette jambe.

— Ça c'est vraiment gentil.

— Et je suis aussi venue vous dire quelque chose.

Il hocha la tête et attendit la suite.

— Il y a trois jours, j'ai trouvé un Anglais près de mon cottage. Il était grièvement blessé. Je l'ai installé dans la maison en pensant venir vous prévenir, mais comme il avait une terrible fièvre, je n'ai pas voulu l'abandonner.

— Un Anglais ?

— Oui, il porte les vêtements de la frontière et il dit qu'il est un Howard.

— Alors, c'est l'un des nôtres et tu as bien fait. Il faut l'amener ici. Les gens parleront s'il reste chez toi.

— Ils parlent toujours.

— Oui, car il est temps que tu te remaries. J'ai été approché par plusieurs prétendants.

— Cedric prétend qu'il a votre préférence.

— Tiens donc ? Non, j'ai juste dit qu'il était temps pour toi de te trouver un autre mari.

— Donc, le choix m'appartient ?

— Sauf si tu attends trop. Les hommes râlent. On dit que je te favorise, que le cottage devrait revenir à un guerrier et à sa famille.

— Will vous a toujours été loyal, protesta-t-elle.

— C'est vrai, et c'est la raison pour laquelle je n'ai pas fait pression sur toi, mais je ne peux, ni ne veux, attendre beaucoup plus longtemps. Cela distrait mes soldats et ce n'est jamais bon. Par ailleurs, ils ne verraient pas d'un bon œil qu'un homme vive sous ton toit hors des liens du mariage.

— Il est très malade.

— Je boirai tes feuilles ce soir, et si je tiens en selle, j'irai voir ton Anglais au matin. Je déciderai moi-même de ce qu'il convient d'en faire.

Elle hocha la tête, sachant qu'elle avait fait son possible et que toute nouvelle protestation déclencherait son courroux. Thomas Charlton n'était pas réputé pour sa patience.

Elle fit sa révérence et s'en alla.

Néanmoins, en venant ici, elle n'en espérait pas tant. Maintenant, c'était à l'Écossais de jouer son rôle.

Elle retrouva Audra qui l'attendait dans le couloir, les mains sagement croisées. Elle avait deviné l'importance du moment.

Elle leva des yeux inquiets et Kimbra comprit qu'elle avait transmis sa propre appréhension à sa fille.

— Tout va bien, dit-elle.

— Alors, M. Howard peut rester ?

— Peut-être. Nous le saurons demain.

— Je l'aime bien. Et Ours aussi.

— Il doit retrouver sa propre famille.

Les lèvres d'Audra tremblèrent.

— Je veux pas qu'il parte.

— Il a sûrement des enfants qui l'attendent.

Elles se mirent en route. À pied. Le chemin était long, mais elle craignait que Magnus ne suscite la convoitise d'un Charlton.

Elle marchait vite, car elle était inquiète à l'idée d'avoir laissé l'Écossais seul. Audra avait du mal à la suivre, si bien que finalement elle la souleva dans ses bras. Pour une raison inconnue, elle avait peur.

Elle accéléra encore l'allure.

Heureusement qu'il avait cette béquille. Chaque pas était une souffrance. Sa poitrine était en feu et sa jambe une épée plantée dans sa hanche.

Dès que la femme et l'enfant étaient parties, il s'était levé, non sans mal, et s'était mis en route.

Le voyage s'annonçait difficile, mais il refusait de les mettre en danger. Il se reposerait dans les bois, avant d'essayer de passer la frontière. Elle avait raison. Quelqu'un en Écosse finirait bien par le reconnaître.

Et elle ne regretterait pas de l'avoir aidé. Il veillerait à ce qu'elle soit amplement récompensée.

Il devait partir, il le savait malgré cette voix tout au fond de lui qui murmurait que sa place était ici, ou du moins auprès de maîtresse Charlton et de sa fille.

Kimbra le sentait elle aussi. Pour cette raison, il devait découvrir qui il était, ce qu'il était. Il était attiré par cette femme, mais il était fort possible qu'il soit déjà marié. Il refusait de déshonorer celle qui l'avait aidé, or chaque jour qui passait, chaque instant qu'il partageait avec elle menait un peu plus vers cela.

Il n'avait aucune idée de sa destination, sinon qu'elle se trouvait quelque part dans le Nord.

Sauf qu'avec ce ciel nuageux, comment savoir où était le nord ?

Plus ennuyeux, Ours avait décidé de le suivre. À plusieurs reprises, il avait tenté de le renvoyer, mais cette satanée bête refusait de lui obéir.

Il trébucha, remuant l'épée plantée dans sa hanche. Son torse était une fournaise. Depuis quand marchait-il ainsi et quelle distance avait-il parcourue ? Pas grande, hélas, même s'il ne voyait plus la maison. Les arbres se refermaient autour de lui. Pourvu qu'il aille dans la bonne direction. Il s'orientait d'après la mousse qui recouvrait l'écorce des arbres. La face orientée au nord.

Il fit encore quelques pas avant de repérer une souche sur laquelle s'asseoir un instant. S'il tombait, il doutait d'être capable de se relever, mais il avait besoin de quelques minutes de répit.

Ours s'assit sur son séant.

— Va-t'en.

Le chien se contenta de le regarder.

Lachlan ne comprenait pas son attitude. C'était le chien d'Audra. Il était censé veiller sur une enfant, pas sur un guerrier.

Un guerrier, vraiment ? Le mot ne semblait pas adapté. Il avait envie de lire, de jouer du luth ou de chanter. Pas d'enfoncer son épée dans le corps d'un autre être humain. Ce qu'il avait pourtant dû faire.

Quel fameux guerrier, lui qui n'arrivait même pas à se faire obéir par un chien.

— Rentre à la maison !

Ours s'allongea et posa la tête sur ses pattes sans le quitter des yeux.

— Bon sang !

Il ne pouvait pas emmener le chien de la fillette.

Il allait devoir retourner à la maison et l'enfermer à l'intérieur, ou l'attacher.

Il essaya de se relever, vacilla et s'accrocha à sa béquille, mais celle-ci lui échappa et tomba sur le sol. Il remarqua alors que ses chausses étaient trempées de sang.

Kimbra Charlton avait raison. Il n'était pas… prêt.

Il voulut ramasser la béquille, mais dès qu'il se pencha, son propre poids l'emporta et il s'écroula près de la souche. Il leva les yeux. Le soleil était en train de disparaître. L'air humide était de plus en plus froid. Il frissonna.

Il allait se reposer quelques minutes. Juste quelques minutes.

Il tendit la main vers le chien, mais celui-ci s'écarta, le surveillant avec attention.

Avant de détaler.

Lachlan ferma les yeux.

Le crépuscule était tombé quand Kimbra et Audra arrivèrent au cottage.

Aucun aboiement ne les accueillit. Kimbra se précipita dans la maison. Elle avait laissé deux grosses bûches dans la cheminée, mais celles-ci s'étaient entièrement consumées et le cottage était sombre et froid.

Elle déposa sa fille déjà endormie sur la paillasse. Elle ne voulait pas l'alarmer. De toute manière, quand Audra dormait, rien ne pouvait la tirer de son sommeil. Elle n'allait sans doute pas se réveiller avant des heures.

Elle se rua dans la chambre. Malgré la pénombre, elle vit que le lit était vide.

Comment était-ce possible ? Il était trop faible pour aller où que ce soit.

De retour dans la pièce principale, elle ajouta du petit bois sur les braises. Il ne tarda pas à s'enflammer et elle put allumer une chandelle.

Audra s'agita et marmonna quelque chose.

Elle s'agenouilla près de sa fille et la réconforta, l'esprit en effervescence.

Où diable était l'Écossais ? Et Ours ?

Le chien ne serait jamais parti sans une bonne raison.

Elle regarda autour d'elle.

Rien n'avait été dérangé dans la maison. Seule la béquille et les vêtements de l'Écossais avaient disparu.

Était-il parti seul ?

Dans son état ? Cela étant, elle avait vu et soigné suffisamment d'hommes blessés pour savoir que chez certains la détermination pouvait remplacer les forces qu'ils n'avaient pas.

Il avait dit qu'il refusait de leur faire courir un danger à Audra et à elle.

Après avoir placé la chandelle dans une lanterne, elle sortit. La nuit était en train de tomber. Le vent soufflait, les nuages défilaient à toute allure dans le ciel. La nuit allait être froide.

Elle devait partir à sa recherche.

Mais pour cela, il fallait qu'elle laisse Audra seule.

Elle ferma les yeux. Elle ne voulait pas avoir à prendre ce genre de décisions.

Un aboiement et, soudain, Ours surgit de la nuit en courant. Il s'immobilisa à ses pieds et la fixa, la langue pendante.

— Ours ? Tu sais où il est ?

Le chien aboya de nouveau.

— Je ne peux pas laisser Audra.

Ours courut en direction des bois, avant de la regarder de nouveau, lui demandant à l'évidence de le suivre.

L'Écossais n'avait pas pu aller bien loin. Si elle ne s'absentait pas très longtemps, Audra ne risquait rien.

Elle s'enfonça à son tour parmi les arbres. Elle n'y voyait pas grand-chose. Le brouillard était tombé et sa lanterne avait du mal à le percer.

Ours courait devant elle, puis attendait en aboyant qu'elle le rejoigne. Il repartait ensuite, aboyant de plus belle, l'encourageant.

Cette étrange procession dura plusieurs minutes.

Ce n'est pas possible. Il n'a pas pu aller si loin.

Elle se mit à appeler Ours et commençait à faire demi-tour lorsque les aboiements changèrent, devenant plus aigus et frénétiques.

Elle continua à avancer lentement, les branches la frôlant telles autant de mains fantomatiques. Soudain, elle se figea.

Un corps gisait près d'une souche.

Elle se rua vers la silhouette inerte.

Son Écossais respirait encore, quoique difficilement. Le sol autour de lui était maculé de sang. Elle s'agenouilla en lâchant l'un des jurons préférés de Will.

Elle essaya de le réveiller. Il gémit faiblement et ses yeux s'ouvrirent, mais on aurait dit qu'ils étaient aveugles.

La fureur monta en elle. Il était en train de guérir et maintenant il gisait ici, dans le froid, et cette fuite insensée avait rouvert sa blessure à peine refermée.

Elle le traita d'idiot de toutes les manières qu'elle connaissait avant de convenir que cela ne servait pas à grand-chose.

Il perdait du sang et l'infection risquait de gagner ses poumons, si ce n'était pas déjà fait. Elle se dit qu'elle ferait mieux de le laisser ici, tout en sachant qu'elle en était incapable.

Elle le secoua aussi doucement que possible et il réagit avec une véhémence surprenante dans son état. Ses bras s'agitèrent et il rugit.

Va-t'en. Laisse-le. Il n'en vaut pas la peine.

Audra t'attend. Elle est toute seule.

— L'Écossais, dit-elle d'une voix forte.

Rien.

Elle le secoua plus fort. Cette fois, ses yeux parurent enfin la voir.

— Vous ne pouvez pas rester ici. Vous allez mourir. Vous devez m'aider.

— Fatigué… si fatigué…

— Ce n'est pas étonnant. Vous avez été assez bête pour vous éloigner du cottage alors que vous pouviez à peine bouger. Où pensiez-vous donc aller ?

— Voulais… pas… risque… pour vous.

— Oui, eh bien, maintenant, votre satanée conscience, ou je ne sais quoi, nous cause encore plus de problèmes.

Son ton était plus dur qu'elle ne l'aurait voulu.

La brume se transforma en pluie. Elle aurait dû prendre Magnus et la litière avec elle, mais elle ne pensait pas qu'il était allé si loin.

Une chose était sûre : il était incapable de revenir par ses propres moyens.

Comme pour le confirmer, un frisson le secoua.

Elle prit sa décision.

— Ours, reste avec lui. Allonge-toi près de lui et tiens-lui chaud. Je reviens.

Elle regagna le cottage en courant.

Il ne lui fallut pas longtemps pour seller Magnus. Elle fixa la litière au cheval et repartit.

Elle ne se rappelait que trop bien son autre voyage, quelques nuits plus tôt. Cette fois, la distance était plus courte, les dangers moins nombreux, mais son cœur battait la chamade et elle savait qu'il battait pour l'Écossais.

7

Il ne cessa pas de trembler, même de retour dans le cottage. Il était inconscient et elle était incapable de le hisser sur le lit, elle avait déjà eu bien du mal à traîner la litière dans la maison.

Elle parvint à le tirer près du feu dans la grande pièce avant de le couvrir avec tout ce qu'elle trouva.

Le froid n'était pas glacial, mais l'humidité pouvait se révéler mortelle pour quelqu'un d'aussi faible.

Elle ajouta des bûches dans le feu, puis essaya de lui enlever ses chausses. N'y parvenant pas, elle découpa le tissu autour de sa blessure avec sa dague. La plaie était béante, les points qu'elle avait cousus avec tant de soin avaient cédé.

Elle décida de s'occuper d'abord d'Audra, qui dormait toujours. Ours était entré lui aussi et s'était allongé près d'elle.

Elle souleva sa fille dans ses bras et alla la déposer sur le lit dans la chambre. Elle referma la porte derrière elle en revenant auprès de l'Écossais.

Elle aurait sans doute dû cautériser la plaie le premier soir. À présent, elle n'avait plus le choix. Il saignait abondamment et l'ouverture était trop large pour être recousue. Dieu merci, il était inconscient. Si seulement il pouvait le rester.

Elle plaça la dague dans les flammes et attendit que la lame rougisse.

Son estomac se révoltait déjà. Elle avait fait la même chose avec Will, avait vu la réaction de son corps même si aucun son n'avait franchi ses lèvres. Et cela ne l'avait pas empêché de mourir.

Elle enveloppa sa main dans plusieurs couches de tissu avant de s'emparer de la dague.

— Ne vous réveillez pas, l'implora-t-elle doucement.

Elle s'agenouilla, se préparant à ce qui devait être fait.

Elle pressa la lame contre la plaie, entendit les grésillements, sentit l'odeur de chair brûlée. Le corps de l'Écossais s'arqua violemment, avant de se détendre. Elle savait quelle souffrance serait la sienne à son réveil.

Il frissonna encore et elle s'allongea à ses côtés, l'enlaça, offrant sa chaleur à son corps épuisé.

Elle se leva à plusieurs reprises au cours de la nuit pour alimenter le feu avant de se recoucher contre lui.

Sans prononcer un seul mot, elle lui ordonna de se battre, de vivre, de prendre toutes les forces qu'elle pouvait lui donner. C'était comme si sa mort était aussi la sienne. Comme s'ils étaient devenus un.

Inverleith, Écosse

Rory avait prévu de partir le lendemain matin quand deux messagers arrivèrent. Le premier avait été envoyé par Janet à Dunstaffnage. Elle avait reçu une demande de rançon pour Jamie et l'avait fait suivre au père de celui-ci à Édimbourg. Jamie Campbell était vivant !

S'il avait survécu, cela signifiait que tout espoir n'était pas perdu pour Lachlan.

Le second message provenait de la reine Margaret. C'était une convocation à Édimbourg. Une supplique, plutôt. Son jeune fils, désormais roi, elle avait besoin de soutiens et il lui restait très peu d'amis, de conseillers dignes de confiance. La plupart étaient morts à Flodden.

Rory n'avait jamais été un confident du roi ni de sa jolie reine, mais Jacques lui avait offert la plus belle des récompenses : sa femme. Le souverain d'Écosse avait mis fin à une querelle qui durait depuis plus d'un siècle entre les Campbell et les Maclean et, pour cela, Rory lui avait prêté serment d'allégeance. Il n'était pas question de refuser d'apporter son concours à son épouse, même maintenant. Il irait à Édimbourg.

Archibald accompagnerait les Campbell qui partaient pour la frontière avec la rançon de Jamie. Rory les rejoindrait dès que possible.

Felicia aurait voulu venir avec lui, mais elle ne pouvait laisser Maggie et le petit Patrick aussi longtemps. Ses enfants étaient trop jeunes.

Rory vit les regrets dans son regard quand il lui fit ses adieux.

— J'aurais aimé t'avoir à mes côtés, dit-il, sincère.

— Mes jours passés à courir l'aventure sont derrière moi.

— Je ne crois pas, mon ange. Ils reviendront.

Cela parut la rassurer. Dès son plus jeune âge, elle avait eu tendance à semer le chaos partout où elle allait, une qualité qui amusait Rory autant qu'elle le déroutait. Toutefois, depuis la naissance des enfants, elle était un modèle de mère, même si le désir d'aventures brûlait toujours en elle. Un jour, lui avait-il promis, ils reprendraient la mer ensemble.

À présent, elle partageait son angoisse pour Lachlan. Elle aimait son frère autant que lui.

— Pourquoi ne pas demander à Janet de venir séjourner ici jusqu'au retour de Jamie ? proposa Rory.

— C'est une bonne idée, dit-elle.

Son cheval déjà sellé, il ne pouvait davantage retarder son départ. Il gratifia sa femme d'un long baiser ardent.

En s'écartant à contrecœur, il lui caressa le visage, comme pour graver dans sa mémoire la douceur de sa peau. Il ignorait combien de temps allait durer son absence.

— Reviens vite, souffla-t-elle. Ne m'oblige pas à venir te chercher.

Et elle le ferait, il le savait.

Kimbra défaisait le bandage autour de la poitrine de l'Écossais quand les aboiements d'Ours la prévinrent que quelqu'un approchait.

Elle regarda par la fenêtre. Thomas Charlton descendait de sa monture avec précaution. Il souffrait visiblement.

Elle avait espéré qu'il ne pourrait pas venir. L'Écossais avait passé une partie de la nuit à délirer. Heureusement, il avait fini par se calmer au petit matin. Les tremblements s'étaient arrêtés, mais sa respiration était encore hachée et effrayante.

Audra s'était réveillée de bonne heure, Kimbra lui avait donné du porridge et du lait. Elle avait aussi tenté de faire avaler un peu de lait à l'Écossais, mais il avait tout rendu. Il n'avait pas totalement repris conscience.

Audra adressa une jolie révérence au Charlton qui esquissa un sourire.

Il entra dans le cottage, s'approcha de l'homme allongé devant le feu.

— Un Howard, dis-tu.

— C'est ce qu'il a dit, mentit-elle.

— Il n'a rien dit d'autre ? De quelle branche de la famille Howard, par exemple ?

— Non.

— Il semble à deux doigts de la mort.

— Son état a empiré cette nuit.

— Je vais t'envoyer mon médecin.

— Il se contentera de le saigner, répliqua Kimbra. Il a déjà perdu assez de sang.

— Tu es prête à veiller sur lui ?

— Oui.

— Pourquoi ? demanda-t-il abruptement, l'air presque suspicieux.

— Parce que Will voulait toujours que je soigne les blessés. J'aurais aimé que quelqu'un fasse de même pour lui.

Le Charlton fronça les sourcils et regarda le blessé.

L'Écossais marmonna quelque chose… en français, crut-elle.

— Ce n'est pas de l'anglais, fit remarquer le Charlton, perplexe.

— Il a dit qu'il s'est battu contre les Français en Europe. Peut-être…

Du bout du pied, Charlton poussa celui de l'Écossais. Celui-ci grogna, mais n'ouvrit pas les yeux.

— Il ne passera sans doute pas la journée, déclara le Charlton. Mais s'il survit, nous le transporterons dans la tour. Je ne veux pas que ta réputation soit ternie parce que tu aides un soldat anglais. Cela pourrait gâcher tes chances de faire un bon mariage. Même avec le cottage en dot.

Il ne lui laissait pas le choix.

Il repartit vers la porte avant de se retourner.

— Les feuilles de laurier. Tu en as encore ?

— Elles vous ont fait du bien ?
— Oui.
— Envoyez quelqu'un. Je vous en préparerai.
— Tu arrives à te débrouiller ici ?
— Nous avons une vache pour le lait et j'ai mon jardin. Je vends mes herbes pour obtenir le reste.
— Il te faut quand même un mari. Audra et toi, vous êtes seules ici. Les Armstrong aiment s'en prendre aux fermes et aux cottages isolés.
— J'ai Ours. Et je sais me servir d'une dague.
— Ça ne suffit pas. Tu as besoin de protection. J'enverrai quelqu'un.

Elle hésita. Il croyait bien faire, mais elle ne voulait surtout pas d'un espion chez elle. Pas tant que l'Écossais n'était pas assez lucide pour se rendre compte de ce qu'il disait

— Audra m'aide. Si j'ai besoin de plus, je demanderai.

Le Charlton contempla de nouveau l'Écossais avant de la dévisager.

— S'il survit, j'enverrai quelqu'un chez les Howard. S'ils offrent une récompense, elle sera pour toi.

Surprise, elle ne dit rien. Que Dieu fasse que l'Écossais soit parti avant qu'arrive la réponse des Howard.

Elle raccompagna le Charlton jusqu'à sa monture, le regarda s'éloigner et retourna à l'intérieur où elle confectionna un nouveau cataplasme à l'aloès pour la brûlure de l'Écossais, dans l'espoir de soulager la douleur à son réveil.

Audra l'aida de son mieux, lui tendant des compresses propres et plongeant les sales dans une grosse marmite d'eau bouillante.

Il ne se réveilla qu'une fois le soir venu. Quand elle sut qu'il survivrait à la nuit, la colère revint. Il avait failli se tuer.

Dès qu'il ouvrit les yeux, il la vit et grimaça.

— Vous n'abandonnez jamais, n'est-ce pas, maîtresse ?

— Et vous, vous ne cessez d'agir comme un idiot.

Ses paupières papillotèrent en réaction à sa colère.

— Je suis... désolé. Je pensais être plus fort...

— Et donc, vous avez décidé d'aller vous promener, vous êtes tombé et êtes resté là, sous la pluie, pendant Dieu sait combien de temps. Sans Ours, vous seriez mort.

— J'ai essayé de le renvoyer.

— Heureusement que ce chien est plus sensé que vous. Il savait que vous n'iriez pas bien loin. Vous n'avez rien dans la tête et ce n'est pas à cause du coup que vous avez reçu.

Il essaya de se redresser, avant de retomber sur sa paillasse en grimaçant.

— Vous avez perdu encore plus de sang et vous avez rouvert la blessure qui commençait à guérir. J'ai dû la brûler pour arrêter le saignement.

— Vous auriez dû... me laisser.

— Ours n'était pas de cet avis. Il serait resté là-bas à vous regarder mourir et cela aurait brisé le cœur d'Audra.

— Je... ne voulais pas vous mettre en danger.

— C'est pourtant ce que vous avez fait, répliqua-t-elle. Vous alliez mieux. Vous auriez pu partir dans quelques jours. À présent, vous allez devoir rester bien plus longtemps.

Ses yeux étaient injectés de sang, et voilés par la douleur. En dépit du baume, il devait avoir l'impression que sa jambe était posée sur des charbons ardents. Elle lui palpa le front. Il était encore chaud, mais la fièvre avait baissé. Ses herbes accomplissaient leur magie. Pourquoi n'y étaient-elles pas parvenues avec Will ?

— Pardon, murmura-t-il, l'air contrit. Ce n'était pas mon intention.

Sa fureur se dissipa. Elle ne doutait pas qu'il avait voulu bien faire.

— Vous ne recommencerez plus ?

— Pas sans vous prévenir d'abord, promit-il.

Elle fronça les sourcils. Ce n'était pas ce qu'elle demandait, mais elle n'obtiendrait pas davantage, soupçonnait-elle. Il ne savait peut-être pas qui il était, mais il était clair qu'il était davantage habitué à donner des ordres qu'à en recevoir.

— Je vais préparer une potion contre la douleur.

— Vous en avez assez fait.

— Cela ne sert à rien de souffrir plus qu'on ne le doit.

— Vous ne vous reposez jamais ?

— Pas quand les hommes se comportent comme des imbéciles.

— Je vais m'efforcer de moins me comporter comme un imbécile, déclara-t-il.

Elle poussa un long soupir.

— Vous ne devez pas parler ainsi, lui rappela-t-elle. Vous êtes un homme de la frontière désormais. Ici, les gens n'utilisent pas des mots compliqués.

— Ils sont compliqués ?

— Oui, répondit-elle avant de se rendre compte qu'il la taquinait.

À l'évidence, il allait mieux.

Mais elle insista :

— C'est important que vous vous en souveniez. Le Charlton veut vous faire transporter à la tour de guet et, là-bas, si vous ne faites pas attention à votre accent ou à votre façon de parler, ils découvriront très vite que vous êtes écossais. Sans un nom qui leur permettra d'obtenir une rançon, ils vous tueront. Ils n'ont eu aucune pitié pour les blessés de Flodden Field.

Il essaya de nouveau de bouger, l'effort lui arracha une grimace.

— Ne bougez pas.

Audra entra et elle ne put en dire davantage.

— Audra, tu veux bien donner une galette d'avoine à Ours pour le récompenser d'avoir aidé M. Howard hier soir ?

Audra adressa un sourire timide à l'Écossais.

— Je suis contente qu'il vous ait trouvé.

— Il refusait de me quitter des yeux, répondit-il.

— Il sait que je vous aime bien, dit Audra.

L'Écossais la gratifia d'un sourire en coin.

— Oui, ce doit être... pour ça.

Il était clair que ces simples mots exigeaient de lui ses dernières forces.

— Va, dit Kimbra à sa fille.

Audra regarda l'Écossais et parut prête à la contredire, alors que d'ordinaire, elle aurait été ravie à l'idée de jouer avec Ours.

L'Écossais hocha la tête. Audra alla chercher une galette d'avoine sur la table et sortit, Ours sur ses talons.

L'espace d'une seconde, Kimbra en voulut à sa fille, qui obéissait plus facilement à cet étranger qu'à sa propre mère.

Sans un mot, elle alla chercher le pot de chambre et voulut aider l'Écossais comme elle l'avait fait avec Will. Un corps d'homme était un corps d'homme et il n'y avait pas de honte à avoir. Mais il refusa.

— Je me débrouillerai seul.

— Pour vous blesser davantage ?

— Je vous jure que non.

Elle lui adressa un regard qui disait ce qu'elle pensait de cette promesse.

Il ne cilla pas et elle comprit qu'il ne céderait pas.

— Je serai derrière la porte.

Elle sortit et resta derrière le battant, prête à se ruer à l'intérieur au premier gémissement, cri ou bruit de chute. Il n'y en eut pas.

Elle se laissa distraire par Audra et Ours qui se pourchassaient l'un l'autre. Elle n'arrivait pas à imaginer ce chien quittant le cottage pour suivre l'étranger. Il devait croire que cet homme était important pour elles.

Elle songea à la panique qui s'était emparée d'elle tandis qu'elle le cherchait dans les bois, la veille. Elle avait été absolument terrifiée.

Elle secoua la tête pour chasser ce souvenir. Elle ne souhaitait pas explorer ses propres réactions à son égard. La façon dont son cœur s'affolait. La chaleur qui s'insinuait en elle dès qu'elle le touchait. Cette étrange sensation dans son cœur dès qu'il souriait.

Assez rêvé. Elle frappa à la porte et entra. Il était allongé, le souffle court, le visage blême, mais le pot avait servi.

Elle le sortit avant d'aller s'asseoir près de l'Écossais pour lui éponger le front. Elle lui prépara ensuite une potion afin de l'aider à trouver le sommeil. Elle lui souleva la tête pour qu'il puisse la boire.

Quand elle mit la tasse de côté, il lui effleura le bras. Elle eut l'impression d'avoir été touchée par une flamme. Un flot de chaleur déferla en elle. Elle s'écarta vivement et se leva.

— Je suis désolé. Je ne voulais pas vous offenser…

Elle savait qu'elle était rouge de honte.

— Ce n'est rien. C'est juste qu'aucun homme ne m'a touchée depuis la mort de Will.

— Cela fait combien de temps… ?

— Deux ans.

— Vous avez vécu seule pendant ces deux années ?

Il semblait surpris.

— C'est inhabituel d'où vous venez ?

Il afficha une expression perplexe. Elle avait espéré déclencher un souvenir en lui posant une question inattendue.

— Oui... Non... Bon sang, je ne sais pas...

— Êtes-vous d'Édimbourg ?

Il secoua la tête, visiblement frustré.

Elle aurait aimé en savoir davantage sur l'Écosse, mais tout ce qu'elle avait appris, c'était grâce aux troubadours qui offraient leurs talents en échange d'un toit et d'un repas. Leurs histoires ne parlaient que de sauvages Highlanders qui violaient et pillaient.

Cet homme n'avait rien d'un sauvage, mais c'était à coup sûr un guerrier, sinon il n'aurait pas été aux côtés de son roi lors de la bataille.

— Vous avez besoin de repos, dit-elle, et j'ai du travail. Le Charlton veut des herbes.

— Vous êtes donc guérisseuse ?

— Je connais les herbes, c'est tout. Comme ma mère.

Il l'étudia un instant, puis déclara :

— Vous êtes une femme très surprenante.

— Non, j'essaie juste de veiller sur ma fille.

— Dans ce cas, pourquoi m'avoir amené ici ?

— Je voulais une rançon, se défendit-elle.

— En vous lançant à ma recherche hier soir, vous saviez qu'une rançon était peu probable.

— Ce n'était pas bien de nous quitter ainsi, dit-elle d'un ton guindé.

— Voilà une raison très étrange de ramener quelqu'un chez soi. Néanmoins, je vous prie d'accepter mes excuses, maîtresse Kimbra.

— Je ne veux pas de vos excuses. Je veux que vous guérissiez.

— Pourquoi ?

— Pour que vous puissiez partir, et que ma fille et moi récupérions notre maison.

— Après tous les efforts que vous avez consentis pour moi, j'essaierai de faire de mon mieux.

Il sourit et le cœur de Kimbra s'emballa. Elle se força à se lever.

— J'ai du travail, répéta-t-elle.

Elle sortit et appela Audra. Elle aurait dû traire Bess plus tôt, mais elle était si fatiguée. Il y avait aussi les poules à nourrir. Elle avait envisagé d'en sacrifier une pour faire une soupe pour l'Écossais, mais ces bêtes étaient devenues leurs amies, et Audra et elle avaient besoin des œufs pour faire du troc.

Kimbra s'occupa de Bess, qui ne se priva pas de manifester son mécontentement, tandis qu'Audra donnait à manger et à boire à Magnus. Ensemble, elles jetèrent des graines aux poules et au coq, avant de récupérer les œufs du jour.

L'Écossais dormait quand elles retournèrent dans le cottage et elle poussa un soupir de soulagement. Elle sentait encore la chaleur de sa main sur son bras. C'était juste parce qu'elle n'avait pas été avec un homme depuis la mort de Will, se dit-elle. Et s'il était vrai que son mari était un amant expéditif, la laissant inassouvie, elle s'était habituée à ses bras, à sa présence à ses côtés.

Pour autant, il n'avait jamais fait naître les folles sensations que l'étranger suscitait en elle. Et cela lui donnait l'impression de trahir la mémoire de Will, d'autant que cet homme était écossais, et donc un ennemi de la famille de son mari et de l'Angleterre.

Il n'avait pourtant rien d'un ennemi. Elle ne pouvait s'empêcher de se rappeler qu'il avait failli mourir pour éviter de les mettre en danger, Audra et elle.

Son cœur était en train de s'en mêler plus qu'elle ne le pensait possible.

Et c'était là le pire des dangers.

8

Un cri réveilla Kimbra.

Audra, qui dormait près d'elle, ne broncha pas.

Il fallut un moment pour que tout lui revienne. Audra et elle étaient de retour sur la paillasse. Elles avaient de nouveau installé l'Écossais dans la chambre. Il avait protesté, mais elle avait déclaré que c'était plus sûr ainsi. Des gens pouvaient venir chercher des herbes. Mieux valait qu'il reste hors de vue.

Elle demeura aux aguets, attendant un autre cri qui ne vint pas. Elle se leva. Le feu brûlait encore grâce aux bûches qu'elle y avait ajoutées quelques heures plus tôt.

Elle s'approcha de la porte de la chambre et tendit l'oreille, ne voulant pas réveiller l'Écossais s'il dormait. Il avait besoin de sommeil. C'est alors qu'il poussa un autre cri, non, un râle plutôt. Elle alluma une chandelle avant de se glisser dans la chambre.

Il se débattait sur le lit, les traits ravagés par la douleur. Les couvertures avaient glissé à terre mais, heureusement, il portait l'une des longues chemises de Will. Ses yeux étaient fermés et elle comprit qu'il faisait un cauchemar.

— Maggie ! cria-t-il.

Un prénom féminin. Quelqu'un de son passé ?

Elle eut envie de le laisser. Mais peut-être était-il en train de recouvrer la mémoire ? Si c'était le cas, elle pourrait prévenir quelqu'un, un membre de sa famille.

Elle ne voyait pas trop comment s'y prendre, mais elle trouverait bien un moyen. Ensuite, il partirait et, avec un peu de chance, leur enverrait une récompense à Audra et à elle. Curieusement, cette perspective lui parut beaucoup moins plaisante que quelques jours plus tôt.

Il poussa de nouveau un cri rauque. Elle fut incapable de rester là à le regarder. Posant sa chandelle sur la table, elle s'approcha, appliqua une main apaisante sur son épaule.

Aussitôt, le bras de l'Écossais se détendit, la frappant sur la bouche. C'était si inattendu qu'elle poussa un cri.

Il se réveilla dans un sursaut si violent qu'elle eut peur pour lui. Elle sentait un liquide salé dans sa bouche.

Elle vit aussi que l'Écossais s'était figé.

— Seigneur, murmura-t-il, les yeux rivés sur ses lèvres.

Il se redressa à demi, malgré l'effort que cela exigeait de lui.

— Que s'est-il passé ? demanda-t-il.

— Vous étiez en plein cauchemar. Vous vous débattiez. Vous ne vous en souvenez pas ?

Il ignora sa question et continua de fixer sa bouche.

— C'est… moi qui ai fait ça ?

— Ce n'était pas volontaire.

L'accablement voila son regard bleu.

— Le cauchemar, insista-t-elle, ignorant le sang qui coulait sur son menton. Vous vous en rappelez ?

Il ferma les yeux.

— Je me battais, répondit-il.

— À Flodden Field ?

— Je... Non... je ne crois pas. Je... Bon sang, il y a quelque chose. Je...

— Vous avez prononcé un nom de femme. Maggie.

Elle vit qu'il essayait de se souvenir. C'était douloureux à regarder. Finalement, il secoua la tête.

Continuer à l'interroger n'aurait servi à rien, elle le sentait.

Elle s'assit sur le lit et posa le dos de sa main sur sa joue. Elle était fraîche. Elle prolongea le contact dans l'espoir de le réconforter.

Il s'écarta.

— Votre bouche, dit-il. Il faut la soigner.

— Ce n'est rien.

— C'est trop... après tout ce que vous avez fait pour moi. Vous saignez.

— Une égratignure. Je vous ai surpris. Je n'aurais pas dû tenter de vous réveiller, mais vous étiez...

— Quoi ?

— Vous criiez. J'ai cru que vous souffriez.

Il lutta pour s'asseoir, avant de lui effleurer les lèvres avec une telle délicatesse que la douleur s'apaisa.

— J'aimerais pouvoir soigner ça aussi bien que vous me soignez.

Elle se sentit rougir. Son corps aussi s'échauffait. Et soudain, elle eut conscience de l'évidence : ils étaient attirés l'un par l'autre. Avec une intensité effrayante.

— Vous n'êtes pas encore remis, dit-elle d'une voix tremblante.

— Mais je le serai bientôt. Grâce à vous.

— Vous commenciez à dire que vous vous souveniez de quelque chose.

— Des images floues. Des émotions. La peur.

Il hésita, puis ajouta à voix basse :

— Quelque chose de terrible. Je le sens. Mais tout est comme perdu dans la brume. Pas assez solide pour que je m'en saisisse.

Il laissa retomber sa main. Il y avait du sang sur ses doigts. Kimbra se leva, trouva un linge et se tamponna la bouche. La coupure en soi n'était pas grand-chose, mais elle allait devoir s'en expliquer.

— Je vais vous donner quelque chose pour vous aider à dormir.

— Non, ce n'est pas nécessaire. Vous devez vous reposer un peu. Avez-vous seulement dormi depuis que vous m'avez trouvé ?

— Oui. De toute façon, je n'ai jamais eu besoin de beaucoup de sommeil. J'accompagnais mon mari lors des raids. Il nous arrivait de chevaucher deux jours d'affilée.

Elle perçut la nostalgie dans sa propre voix. Elle adorait ce sentiment de liberté, galoper sur la lande, traverser les rivières à gué au clair de lune.

— Vous aimiez cela ?

— Beaucoup.

Elle se surprit à se rasseoir sur le bord du lit. Elle n'avait pas envie de partir.

— J'ai toujours trouvé injuste que les femmes soient obligées de cuisiner, coudre et s'occuper des récoltes pendant que les hommes passent leurs journées à dormir et leurs nuits à chevaucher. Will m'a appris à monter. Comme nous étions isolés ici, il m'a aussi enseigné un certain nombre de choses utiles. Tirer à l'arc. Me servir d'une dague. Et même d'une épée. À l'époque, il partait sans moi et j'imaginais toutes sortes d'aventures. Alors, j'ai retouché quelques vieux vêtements qu'il ne mettait plus et, une nuit, je me suis jointe à leur groupe de maraudeurs. Quand ils ont découvert qui j'étais, nous étions trop loin pour rentrer. Cette nuit-là, j'ai pris Magnus chez les Armstrong, et j'ai su me rendre utile.

— Comment a réagi votre mari ?

— D'abord furieux, il a finalement trouvé cela amusant.

— Il devait aussi se dire qu'il avait de la chance, dit l'Écossais, et il n'y avait pas le moindre doute sur le sens de cette phrase.

— Pas tant que cela. Il est mort bien trop jeune. Il aimait Audra, mais il priait pour avoir un fils, et j'aurais voulu lui en donner un. C'était le moins que je puisse faire après qu'il m'avait prise sans dot et contre l'avis de sa famille.

Cette conversation prenait un tour beaucoup trop intime. Il avait posé sa main sur les siennes, croisées dans son giron, et elle aimait bien cela. Cela semblait naturel. Elle n'avait pas réalisé à quel point ce genre de contact avec un homme lui avait manqué.

Sauf que cet homme était un ennemi. Et un noble.

Elle se leva brusquement, prit la chandelle sur la table.

— Je dois y aller.

Et elle s'enfuit.

Il demeura allongé dans le noir.

Décidément, cette femme l'intriguait. Même sans rien savoir de son propre passé ni des femmes qu'il avait connues, il était certain qu'elle était unique en son genre. Ce qui le ramena à cette inquiétude qui le taraudait : était-il marié ?

Si c'était le cas, son épouse ressemblait-elle un tant soit peu à cette femme qui portait des vêtements d'homme, récupérait des inconnus sur les champs de bataille, les soignait et les hébergeait ? Qui chevauchait avec des bandits et dépouillait les morts, et qui pourtant se montrait si douce et si attentionnée avec son enfant ?

Elle l'intriguait, l'attirait, le désarmait.

S'il avait une épouse, il espérait qu'elle ressemblait à Kimbra Charlton.

Était-il en train de la trahir en ayant de telles pensées ?

Malgré sa faiblesse, Kimbra Charlton éveillait en lui un désir si profond qu'il prenait le pas sur ses souffrances physiques.

Il se retourna. Il redoutait de se rendormir. Les émotions qui avaient peuplé son cauchemar le hantaient encore. Il essaya de fouiller dans sa mémoire, de voir les visages de son rêve. En vain. En lui ne restait qu'un terrible sentiment d'échec et de désespoir.

Kimbra s'étendit près de sa fille endormie et la prit dans ses bras.

N'oublie pas ce qui est important.

La vie était importante. Celle d'Audra et, par voie de conséquence, la sienne. Déjà orpheline de père, Audra avait plus que jamais besoin de sa mère.

Les heures passèrent sans qu'elle trouve le sommeil. Finalement, la fenêtre pâlit, annonçant l'aube, et Audra commença à s'agiter.

Kimbra se leva pour rajouter du bois dans la cheminée, puis alla voir l'Écossais.

Il dormait, mais les couvertures étaient de nouveau par terre. Les cauchemars avaient dû revenir.

Elle le contempla un moment. Elle ne comprenait pas pourquoi il la séduisait à ce point. Il ne ressemblait en rien à Will. Pourtant, quelque chose en elle fondait dès qu'elle le regardait. Elle avait essayé de résister à cette attirance. D'être très sèche avec lui. Mais il semblait toujours voir au-delà de cela.

Elle s'arracha à la contemplation de la silhouette allongée pour aller mettre une autre bûche dans le feu. Encore tout ensommeillée, Audra se leva et vint se blottir contre elle.

Kimbra la prit dans ses bras.

— Je t'aime, murmura-t-elle. Pour toujours et à jamais.

La fillette l'étreignit et une immense tendresse envahit Kimbra. Chaque moment avec sa fille était si précieux, elle avait honte de ne pas avoir plus de temps pour jouer avec elle ou lui raconter des histoires. Elle-même avait été privée de l'attention de sa mère qui n'avait jamais le temps – ou l'envie. Elle n'avait jamais vraiment compris cette attitude, jusqu'à la mort de Will. Maintenant, comme sa propre mère, elle devait consacrer pratiquement chaque instant de la journée à veiller à ce qu'elles gardent un toit sur leurs têtes et aient de quoi manger. Les pique-niques à la cascade étaient des exceptions dans une vie de labeur.

Elle avait cru que l'Écossais lui offrirait le moyen de mieux subvenir aux besoins de sa fille.

À présent, il se révélait être un problème insoluble, non la solution espérée.

Elle reposa Audra sur le sol.

— Si tu t'habilles vite, tu pourras m'aider à traire Bess et à nourrir Magnus.

— Je pourrais le monter ? demanda Audra, essayant de profiter de l'occasion.

— Oui, mais seulement autour du cottage.

C'était une promesse qu'elle lui avait faite des semaines plus tôt et dont elle n'avait cessé de retarder l'exécution. Elle aussi avait eu une envie folle de monter sur un cheval quand elle était gamine, mais en tant que fille de servante, cela lui était impossible. Quand elle s'était mariée, Will lui avait appris à chevaucher, et cela avait été un tel plaisir qu'elle voulait que sa fille le connaisse. Bien sûr, elle aurait préféré qu'elle apprenne sur un poney, mais c'était un luxe qu'elle ne pouvait s'offrir.

Cela étant, Magnus semblait comprendre qu'Audra n'était qu'une enfant, et elle-même serait là. Elle ne pouvait guère faire plus.

Elle prépara de l'orge bouillie et y ajouta du miel avant d'en remplir deux bols : un pour Audra, l'autre pour l'Écossais. Elle avait appris à l'appeler Robert Howard, mais dans ses pensées, il demeurait l'Écossais. Elle passa dans la chambre.

Il était assis, apparemment en meilleure forme que la veille, même si quand il se tourna vers elle, elle l'entendit réprimer un grognement.

— C'est de l'orge bouillie avec du miel, dit-elle en lui tendant le bol.

Elle posa aussi une chope de bière sur la table à côté.

Il esquissa un sourire forcé avant de goûter l'orge.

— Ce n'est sans doute pas ce à quoi vous êtes habitué, dit-elle.

Son regard croisa le sien.

— C'est très bon, et je ne sais pas à quoi je suis habitué.

— Il paraît que les nobles font de véritables festins au réveil.

Il avala une nouvelle bouchée avant de répondre.

— Cela est un festin pour moi.

— Parce que vous n'avez rien avalé, ou presque, depuis des jours.

— Et je vous prends tout ce que vous avez.

— Nous avons assez. J'ai un jardin et un champ d'avoine.

— Qui s'en occupe ?

— Moi.

— Y a-t-il quelque chose que vous ne sachiez pas faire ?

— Lire, dit-elle. J'aimerais beaucoup apprendre.

— Votre mari savait lire ?

— Non, mais il savait écrire son nom.

— Je vous apprendrai à lire. Je vous le promets. Ce n'est pas grand-chose en échange de tout ce que vous faites pour moi.

L'espoir qui jaillit en elle la fit tressaillir. Puis il s'éteignit aussitôt. Elle n'avait rien à lire ici. Et il ne resterait pas assez longtemps...

— Je vais commencer par vous apprendre les lettres, dit-il, devinant ses pensées. Une fois que vous les connaîtrez, vous pourrez apprendre le reste par vous-même.

— Audra aussi ?

— Audra aussi, sourit-il.

Son sourire ressemblait à celui d'un gamin à qui l'on vient d'offrir une friandise. Une douce chaleur envahit Kimbra. Mais elle ne tarda pas à revenir sur terre.

— Nous n'aurons sans doute pas le temps, dit-elle. Vous voulez partir. Vous avez essayé. Et vous avez dit que vous recommenceriez.

Le sourire de gamin disparut.

— Oui, pour vous faire courir le moins de risques possible. Mais je trouverai un moyen de tenir ma promesse.

— Une bien jolie promesse, dit-elle, percevant le doute dans sa propre voix.

Mais, après tout, elle se moquait de ses promesses. Elle avait son écusson. Elle pourrait toujours le vendre.

Une fois de plus, elle envisagea de le lui rendre. La vision de cet objet pourrait réveiller ses souvenirs. Mais alors elle n'aurait plus rien. Cet écusson et la bague en or récupérée lors de la nuit de pillage étaient pour Audra et elle le seul espoir de survie.

La culpabilité la saisit et c'était un sentiment désagréable.

Elle retourna à la porte.

— J'ai du travail, mais je resterai près du cottage. Si quelqu'un vient...

— Je suis un Howard, acheva-t-il à sa place.

Kimbra tenait la longue corde nouée autour de l'encolure de Magnus. Le cheval trottait en cercle, une Audra heureuse et fière sur la selle. Elle était douée.

Will avait dit que Kimbra l'était, elle aussi.

Elle jeta un coup d'œil au ciel. Elles étaient dehors depuis une heure et il était plus que temps de traire Bess. Mais sa fille avait l'air si heureuse qu'elle n'avait pas le cœur d'interrompre la séance.

Elle se décida néanmoins. Après avoir arrêté le cheval, elle aida Audra à en descendre et la laissa emmener sa monture dans la grange.

Kimbra enleva la selle pendant qu'Audra allait chercher avoine et eau. Puis elle s'occupa de Bess. La vache, agacée par cette nouvelle négligence, lui lança un coup de queue. Kimbra l'esquiva, non sans renverser un peu de lait. Elle marmonna un juron que les Charlton proféraient trop souvent, et entendit Ours aboyer.

Bess était encore lourde de lait, mais elle n'avait pas le choix. Elle se précipita dehors.

Elle n'eut aucun mal à reconnaître les deux cavaliers qui arrivaient : Cedric et son frère, Garrick, qui était presque aussi odieux. Ours courait à leurs côtés, visiblement décidé à ne pas les lâcher.

Elle appela Audra.

— Va dire à M. Howard que nous avons des visiteurs.

Audra se rua dans le cottage.

Kimbra pria le ciel pour que l'Écossais se souvienne de toutes ses instructions. Elle attendit les deux cavaliers. Cedric la rejoignit le premier. Il se pencha sur sa selle.

— Il paraît que tu as un Howard ici.

— Oui.

— Tu ne m'as rien dit la dernière fois.

— Je l'ai trouvé après ta visite.

Il la fixa d'un regard vitreux.

— Je veux le voir.

— Il est très malade. Il ne faut pas le déranger. Même le Charlton était d'accord.

— Je m'en assurerai par moi-même.

— Tu n'as pas le droit.

— Non ? J'ai tous les droits. Tu es la femme de mon cousin. Je suis responsable de toi.

Il mit pied à terre.

Ours gronda.

— Non ! dit-elle au chien pour lui éviter des coups.

Ours recula en montrant les crocs.

— Je veux voir cet homme, répéta Cedric en se dirigeant vers le cottage, son frère sur ses talons.

Elle n'eut d'autre choix que de les suivre.

9

Audra fit irruption dans sa chambre.

Robert Howard – il ne cessait de se rappeler qu'il *était* Robert Howard – venait tout juste de regagner le lit quand la porte s'ouvrit.

— Maman m'a dit de vous prévenir : Cedric est là.

— Cedric ?

Audra pinça les lèvres de dégoût.

— On l'aime pas, déclara-t-elle avec la solennité d'un juge prononçant une sentence.

Il se souvenait du nom, du ton avec lequel Kimbra l'avait prononcé quelques jours plus tôt. Un mépris mêlé de colère.

Il se souvenait aussi des paroles du chef des Charlton. À moins d'être très malade, il ne pourrait rester ici. Il n'était plus si malade, juste faible.

Selon Kimbra, il avait marmonné des noms dans son sommeil. Même si elle lui avait enfoncé l'accent de la frontière, ainsi que le vocabulaire et les habitudes locales, dans le crâne, il ne pouvait prendre le risque de laisser échapper un mot ou une expression qui le trahiraient.

Il se refusait à penser qu'il y avait une autre raison à son désir de rester ici, que cette femme, malgré sa langue acerbe, lui donnait le sentiment d'être à sa place quand il était avec elle.

Pour l'heure, il devait apparaître beaucoup plus souffrant qu'il ne l'était. Soudain, il sut exactement comment s'y prendre. Il se souvenait de quelque chose.

— Tu peux le retarder un peu ? demanda-t-il à Audra.

La fillette fronça les sourcils avant de lui offrir un grand sourire.

— Oui !

— J'ai besoin d'un tout petit peu de temps pour me préparer.

Elle hocha la tête et fila.

S'aidant de la béquille, il parvint à se lever et à passer dans l'autre pièce. Il n'osa pas regarder par la fenêtre de peur d'être vu.

Dieu merci, le feu ne s'était pas éteint. Il jeta un regard circulaire, repéra une chope en métal qu'il plongea dans les braises. Protégeant la chope avec un linge, il la récupéra et retourna dans la chambre. Une fois allongé, il pressa l'ustensile contre son visage, des deux côtés. La chaleur le brûla à travers le tissu, il sentit ses joues s'empourprer et la sueur lui perler au front.

Des voix se firent entendre dans l'autre pièce, il cacha la chope sous les couvertures et feignit d'être inconscient.

La porte s'ouvrit.

Kimbra Charlton protesta, indignée :

— Il est encore très malade !

— Ce n'est pas convenable qu'il reste ici.

La voix était furieuse.

— Thomas Charlton sait qu'il est ici.

— Le Charlton n'est pas le cousin de Will.

— Mais il est *ton* chef.

Robert Howard gémit et ouvrit les yeux.

— À boire…

Il sentit sa douce odeur quand elle se pencha sur lui. Elle lui palpa le front et il perçut sa soudaine inquiétude.

— Il est brûlant. La fièvre est revenue.

Elle se tourna vers l'homme derrière elle.

— Vois par toi-même à quel point il est malade.

Son visiteur était trapu, mais costaud. Les muscles saillaient sous sa chemise. Ses yeux bruns étaient enfoncés dans leurs orbites et son regard était malveillant.

— Ton nom ? demanda-t-il.

— Robert... Howard.

Il pria pour avoir bien retenu les leçons de Kimbra en matière d'accent.

— Tu ne ressembles pas à un Howard. Et je ne me souviens pas de toi.

— J'ai été sur le continent... et en mer.

Il essayait désespérément de se souvenir des suggestions de Kimbra. Elle avait dit qu'il avait fait la guerre en France. Mais le mot « mer » avait soudain surgi en lui.

— Je ne connais aucun Howard qui ait navigué, dit l'autre, suspicieux.

— Parce que tu les connais tous ? intervint Kimbra.

Le dénommé Cedric lui lança un regard mauvais.

— J'en connais beaucoup, Kimbra, et il est temps que tu apprennes le respect. Will a été bien trop coulant avec toi.

— Je t'interdis de parler de Will.

— J'en parlerai si je veux.

— Tu as vu ce que tu étais venu voir. Je dois le soigner maintenant.

— Il y a un médecin à la tour.

— Le Charlton est venu me demander des herbes, répliqua Kimbra. Son médecin ne doit pas être si bon. Il a accepté que le Howard reste ici jusqu'à ce qu'il aille mieux.

— C'est un étranger. Il pourrait être dangereux.

— Pas dans son état. Une pichenette le ferait tomber.

Cedric plissa les yeux.

— Tu as la lèvre fendue.

— Oui. La fièvre l'a fait délirer et sa main m'a frappée. Mais ce n'était pas sa faute, ajouta-t-elle en hâte. Il ne savait pas ce qu'il faisait.

Les mots tournoyaient autour de l'homme qu'on appelait Howard, si rapidement qu'il ne parvenait pas à les saisir. *Howard.* Il devait penser à lui sous ce nom. Il sentait que la chaleur sur son visage commençait à refluer. Il gémit de nouveau.

— Va-t'en, s'il te plaît, dit-elle à Cedric. Il a besoin de repos. Je t'assure que dès qu'il pourra marcher, il partira.

— Et si jamais il te frappe encore ? rétorqua Cedric. Je m'inquiète pour ta sécurité, même s'il n'a pas vraiment l'air d'un soldat

— Ce n'était rien, assura-t-elle. Et je me suis plutôt bien débrouillée ces deux dernières années.

Elle repartit vers la porte, espérant à l'évidence que Cedric lui emboîterait le pas.

Il n'en fit rien. Il balaya la chambre du regard.

— Il n'avait pas d'arme ?

— Non.

Le doute apparut dans les petits yeux marron.

— Tu avais une cotte de mailles la nuit de la bataille.

— Oui. Je l'ai prise sur le cadavre d'un Écossais.

Le regard de Cedric Charlton revint vers celui qui disait s'appeler Robert Howard.

Celui-ci avait fermé les yeux.

— Tu es sûre que le propriétaire de cette cotte est mort ? demanda-t-il, de plus en plus soupçonneux.

— Il ne respirait plus. Pas plus que beaucoup de ceux qui se sont battus. Et toi, Cedric, tu t'es battu ?

Le défi retentit dans la pièce. C'était une insulte lancée délibérément pour que Cedric cesse de s'intéresser à lui, devina Robert Howard. Il n'aimait pas qu'elle détourne la colère de cet homme sur elle. Mais s'il intervenait, les choses risquaient d'empirer.

— Thomas Charlton a déjà envoyé un messager aux Howard, dit Cedric d'une voix glaciale. Nous ne tarderons pas à savoir s'ils te sont reconnaissants d'avoir sauvé l'un des leurs et si c'est bien un Howard.

Sur ce, il s'en alla, laissant la menace planer dans l'air.

Kimbra Charlton ne le suivit pas, se contentant de le surveiller par la fenêtre. Elle pivota.

— Il est parti.

— Il reviendra.

— Oui, et je ne pourrai pas l'arrêter.

— Dites-m'en davantage sur les Howard.

— C'est une grande famille qui occupe plusieurs domaines tout le long de la frontière. J'ai travaillé autrefois comme servante dans l'un d'eux. C'est pour cela que je les ai choisis. Vous êtes d'une branche qui habite loin d'ici, un... un bâtard qu'on n'a pas vu depuis des années. Vous n'aviez jamais parlé de la mer, ajouta-t-elle en le regardant droit dans les yeux.

— Le mot est juste... sorti.

— Vous êtes un marin alors ?

— Je... vois la mer dans ma tête. Je ne sais pas si j'ai navigué ou si je vivais au bord de la mer...

Elle s'approcha, lui toucha la joue.

— Vous n'êtes pas si chaud, s'étonna-t-elle, avant d'étrécir les yeux. Comment avez-vous... ?

Il sortit la chope des couvertures.

— Je l'ai chauffée dans le feu.

Elle le contempla avec ce qui ressemblait à de l'admiration.

— Comment avez-vous su... ?

— Je l'ignore. Soudain, je me suis souvenu...

Il s'interrompit.

— Souvenu ? insista-t-elle.

— Une brique chaude. Un rire. C'est tout.

— Un rire de femme ?

— Oui.

— Et vous ne vous souvenez de rien d'autre ? Un visage ? Un nom ?

— Non.

— Cela pourrait être votre femme ?

— Je ne sais pas, dit-il avec une frustration évidente.

— Vous avez eu d'autres souvenirs ?

— Quelques-uns. Mais ce sont des fantômes. Ils ne restent pas assez longtemps pour que je les saisisse.

Les yeux gris de Kimbra s'étaient assombris et il songea de nouveau à une mer sous un ciel d'orage. Il voyait cette mer à présent. Pourquoi ne voyait-il rien d'autre ? Il dévisagea cette femme qui semblait si déterminée à résoudre l'énigme de sa mémoire. Des mèches brunes échappées de sa longue tresse lui encadraient le visage. Ses joues étaient encore roses de l'air frais du dehors.

Il aurait voulu lui prendre la main, mais il n'en avait pas le droit. Pas tant que son passé demeurait un mystère.

— Que vous rappelez-vous de la mer ? demanda-t-elle.

— Les couleurs. Grise à l'aube, comme vos yeux. Je sens le vent...

— Vous l'aimez, alors ?

— Oui, je crois. Je...

Oui, il l'aimait. Il le savait. Mais il y avait autre chose, quelque chose qui l'avait attiré. Il avait connu le désir. Le chagrin.

Pour quoi ? Pour qui ?

Son tourment devait se lire sur son visage, car elle eut soudain l'air de quelqu'un qui commet une indiscrétion.

— Je laisserai cette chope près de la cheminée, dit-elle.

— Je l'ai assez retardé ? demanda une petite voix à la porte. Je lui ai posé une question.

— Que lui as-tu demandé ?

— Pourquoi il était aussi méchant, répondit Audra.

Il sourit.

— Pas étonnant qu'il ait fait cette tête. Et il t'a répondu ?

— Il a dit que les enfants devaient se taire. Il a dit d'autres choses aussi, mais j'écoutais plus.

— Tu l'as très bien retardé.

— Et Ours aussi. Il lui aboyait dessus.

— Alors, il faudra que je le remercie lui aussi.

— Je suis resté avec lui jusqu'au départ de Cedric. Ours l'aime pas.

— Je ne l'aime pas, moi non plus, avoua-t-il.

L'enfant afficha un grand sourire.

— Je le savais.

— Viens donc m'aider à préparer le repas, dit Kimbra. Tu as été très brave, ma chérie, mais tu ne devrais pas poser des questions pareilles. Désormais, je veux qu'Ours et toi restiez à l'écart de Cedric.

— M. Howard m'a dit de le retarder.

— C'est moi qui m'en chargerai à l'avenir.

Elles le laissèrent. Sans refermer la porte, mais il eut l'impression qu'une autre porte s'était fermée. Il s'était servi d'une enfant. Il s'était servi de sa mère. Quelle sorte d'homme était-il ?

Il se démena pour s'asseoir. Il portait une longue chemise qui couvrait ses parties intimes, mais guère plus. Il trouva les chausses et les enfila.

Cela fait, il se leva, attrapa la béquille de fortune et fit quelques pas. Il avait toujours mal aux côtes et la douleur dans sa jambe s'intensifia, pourtant il réussit à se rendre dans la grande pièce. Il n'avait pas encore eu le loisir de l'examiner vraiment.

Le cottage était en bois et en pierre ; c'était du beau travail, solide. Il y avait plein de fleurs et de plantes, et des rideaux colorés à la fenêtre, l'œuvre de Kimbra, il le savait. Il n'y avait rien de sinistre ici. Au contraire, c'était un lieu qui inspirait l'espoir.

« J'ai travaillé autrefois comme servante. » Pourtant, elle s'exprimait fort bien, et elle possédait une telle soif d'apprendre.

Se retournant, elle le vit.

— Vous ne devriez pas venir ici. Quelqu'un pourrait arriver.

— Ours nous préviendra.

— Si vous tombez, je ne pourrai pas vous porter.

— Je ne tomberai pas.

— De même que l'autre soir vous vous croyiez capable de marcher jusqu'en Écosse ?

— J'avais un peu surestimé mes forces, admit-il.

Elle continua à le fusiller du regard.

Il préféra s'asseoir avant de s'effondrer.

— Vous n'êtes pas très doué pour obéir, l'accusa-t-elle.

— Je ne sais pas pour quoi je suis doué. Vous travaillez suffisamment dur comme cela sans devoir aussi m'apporter à boire et à manger.

— Je préfère ça qu'essayer de vous soulever si vous tombez.

— Je ne tomberai plus.

Regard encore plus noir.

Seigneur, qu'est-ce qu'elle était jolie quand elle était en colère. Ses yeux gris s'embrasaient. Il aurait voulu la...

Leurs regards s'aimantèrent. Une chaleur formidable naquit en lui. Tout au fond de lui. Une chaleur exquise.

Audra brisa le sort.

— Vous aimez les histoires ?

Aimait-il les histoires ? Il n'en savait rien.

— Je pense, oui, dit-il pour ne pas la décevoir.

— Vous pouvez m'en raconter une ?

— M. Howard a oublié certaines choses, intervint Kimbra.

Kimbra. Il devait penser à elle comme à une Charlton, la femme Charlton ou maîtresse Charlton. Tout sauf Kimbra. Mais c'était sans espoir. Elle était Kimbra. Un joli nom pour une jolie fille. Un nom anglais.

Un frisson le parcourut. Elle avait dit qu'il était écossais et son mari avait été tué par un Écossais. Quant à lui, son roi et ses amis avaient été massacrés par le peuple de Kimbra.

Ils étaient ennemis.

Et pourtant, cette prétendue ennemie lui avait sauvé la vie, au péril de la sienne et de celle de son enfant.

Elle posa une assiette de pain et de fromage devant lui, puis servit sa fille avant de s'asseoir à son tour.

— Ce soir, nous aurons une tarte. Il y a des myrtilles dans le jardin, dit-elle, un peu sur la défensive.

Il mordit dans le pain. Il était froid, mais nourrissant et le fromage était excellent.

— Je n'ai jamais rien mangé d'aussi bon, dit-il.

De façon surprenante, elle sourit.

— C'est parce que vous ne vous souvenez de rien.

Il fut enchanté. Il appréciait bien des choses chez Kimbra Charlton, mais jamais encore il n'avait vu son humour, ni un sourire éclairer son visage. Et il trouvait cela délectable.

Il croisa son regard et elle se figea. Le temps parut s'arrêter, comme bloqué par une attente qui les avait saisis tous les deux, un besoin incandescent. C'était si puissant qu'il dut se forcer à bouger. Il recula sa chaise.

Il respira de nouveau, et réalisa qu'il avait retenu son souffle. Elle se leva, se détourna, mais son pas était incertain, presque autant que le sien lorsqu'il était entré dans la pièce. Il ne la quitta pas des yeux quand elle revint avec un pichet de bière et lui remplit sa chope.

C'était là une tentative pour briser la tension entre eux, devina-t-il. Sa main le frôla soudain et il eut l'impression que la foudre le traversait.

Il porta la chope à ses lèvres d'une main fébrile. L'air était dense, comme avant un orage. Dieu du ciel, jamais il n'avait autant espéré qu'un orage éclate.

— Maman ?

Le mot brisa le cocon qu'ils avaient inconsciemment tissé autour d'eux. Il regarda Audra. Elle les dévisageait tour à tour, sa mère et lui, l'air perplexe.

Il comprit qu'elle avait dû se sentir exclue. Un sentiment qu'il connaissait. Sans se rappeler quand il l'avait éprouvé. Ni pourquoi.

Il se força à s'adresser à elle.

— Je t'ai entendue faire du cheval tout à l'heure.

Aussitôt, le visage de la fillette s'illumina.

— Oui. Maman a dit que j'étais douée.

— Voilà qui ne m'étonne pas.

— Pourquoi ?

— Parce que tu ressembles beaucoup à ta mère et je crois savoir qu'elle est très bonne cavalière.

— Elle chevauchait avec papa.

— Je l'ai entendu dire. C'était très courageux de sa part.

— Quand je serai grande, moi aussi, je chevaucherai avec les maraudeurs.

Il jeta un coup d'œil à Kimbra et lut la peur dans son regard. Elle ne voulait pas que sa fille devienne comme elle.

Il avait perçu son appréhension, sa crainte même quand elle parlait de Cedric Charlton, mais la peur qu'elle ressentait à présent, c'était pour sa fille, pas pour elle-même. Elle semblait n'avoir jamais peur pour elle-même.

Il avala une autre gorgée de bière. Il les mettait en danger toutes les deux en s'attardant ici. Et il n'y avait pas que cela. Entre Kimbra et lui, c'était comme si un incendie couvait.

Il s'écarta de la table.

— J'aimerais aller dehors, dit-il avant de la regarder. Le moment est venu pour votre première leçon de lecture.

Pas très malin. Il ferait mieux de chercher à mettre le plus de distance possible entre eux. Mais il avait promis.

— Comment ?

— Nous allons dessiner les lettres sur le sol.

Elle hésitait encore.

— Quelqu'un pourrait vous voir.

— Ours nous avertira.

Elle rechignait à se laisser convaincre, mais sa soif d'apprendre prit le dessus.

— D'accord.

Il se leva, ignorant les douleurs qui se déchaînaient dans son corps, prit la béquille, gagna la porte et l'ouvrit.

Le soleil brillait, la brise était fraîche, et il apprécia l'un et l'autre. Depuis quand n'avait-il pas vu une aussi belle journée d'automne ? Il ne s'en souvenait pas. En lui, il n'y avait qu'ombre, souffrance et pluie.

Il fit quelques pas difficiles sous le regard inquiet de Kimbra. Elle resta à ses côtés, tandis qu'Ours bondissait autour d'eux.

— Monte la garde, lui ordonna-t-elle.

Le chien aboya et fila.

Le paysage était vallonné et couvert de forêts. Sur la gauche, on avait défriché une bonne parcelle de terrain. Aussitôt, l'esprit de Robert Howard se mit en branle, dressant la liste des travaux à faire.

Était-il fermier ? Propriétaire terrien ?

Il ne se voyait être ni l'un ni l'autre.

Il s'assit sur une souche.

— Peux-tu me trouver trois brindilles ? demanda-t-il à Audra qui partit aussitôt à leur recherche.

Tandis qu'elle s'activait, il contempla le jardin. Des rangées et des rangées de plantes de toutes tailles couvraient la surface. Kimbra Charlton ne s'arrêtait-elle donc jamais de travailler ? Il continua son inspection, découvrit un muret de pierre derrière lequel une vache les considérait d'un œil réprobateur.

— C'est Bess, dit Kimbra. Elle se sent négligée ces temps-ci.

Audra, qui revenait avec un gros tas de brindilles, ajouta :

— Maman me laisse la traire.

Peut-être pourrait-il s'en charger d'ici demain, songea-t-il.

Pour l'instant cependant, il voulait donner à Kimbra la seule chose qu'elle lui avait demandée.

— Il y a vingt-six lettres, dit-il, et quand vous les connaîtrez toutes, lire sera facile.

Il dessina un « a » sur la terre meuble, puis un « b » et un « c », avant de leur demander d'en faire autant tout en nommant les lettres. Puis, à l'aide d'une brindille, il effaça les lettres et leur demanda de les redessiner. Cela fait, il passa aux trois lettres suivantes, et ainsi de suite.

Il n'aurait su dire combien de temps ils étaient restés là, sous le soleil, quand ils finirent les vingt-six lettres. Il leur demanda d'en répéter le plus possible, d'abord Kimbra, puis Audra.

Il fut sidéré d'entendre Kimbra les réciter toutes sans une seule faute. Audra hésita sur quelques-unes, et ce fut sa mère qui la corrigea. Il éprouva une immense satisfaction. Le lendemain, ils commenceraient à écrire des mots simples.

Il regrettait de ne pas avoir un livre, ou du papier. Ses deux élèves apprenaient avec une rapidité confondante.

— J'ai été bonne, déclara Audra, ravie.

— Oui, tu es très vive. Comme ta mère.

Une lueur de joie s'alluma dans leurs regards – la joie d'apprendre. Il découvrait qu'il aimait enseigner et aurait voulu prolonger l'instant.

— Nous ferions mieux de rentrer, dit Kimbra à regret. Nous vous avons trop fatigué.

Il essaya de se lever, mais il était resté assis trop longtemps. Il chancela et elle le soutint tandis qu'il coinçait la béquille sous son aisselle.

Dieu qu'il était fatigué. À bout de forces. Sa poitrine lui faisait abominablement mal. Il réussit à regagner le cottage sans aide, mais une fois dans la chambre il faillit tomber sur le lit. Néanmoins, il y avait des progrès. Il avait marché sur une courte distance. Il pourrait rejoindre la grange, et même les bois, si nécessaire.

Il avait toutefois accompli quelque chose de bien plus important et, pour la première fois depuis qu'on l'avait recueilli, il éprouvait de la satisfaction.

Si seulement il pouvait se souvenir de son nom à présent. De sa famille.

De sa vie.

Angleterre

Jamie Campbell avait perdu la notion du temps. La lumière n'arrivait pas dans la cellule de ce donjon. Il ne pouvait différencier le jour de la nuit. Son unique moyen de se repérer était de compter les repas, qui étaient rares et aussi maigres qu'infects.

Il était harcelé par des images de la bataille, la vision de Lachlan Maclean s'effondrant juste avant que lui-même soit désarçonné. Il aurait dû mourir avec les autres Campbell et Maclean. Il n'aurait pas dû survivre à son roi.

Il pensa à sa femme. Les cheveux dorés qui appelaient ses caresses, les yeux bleu sombre qui l'invitaient dans son lit. Il l'aimait de toute son âme et pourtant il avait été pressé de participer à une grande victoire sur l'Angleterre.

Quel idiot ! Comme il avait traité leur amour avec légèreté !

S'il rentrait chez lui, il changerait du tout au tout. Il en fit le serment. Mais d'abord, il lui fallait savoir ce qu'il était arrivé à Lachlan.

Il entendit un bruit hors de la cellule, le grincement d'une porte qu'on ouvrait. Un autre repas infesté de cafards.

— Campbell.

Il reconnut la voix du baron dans le château duquel il était « invité ». Il se leva. La lumière de la torche le fit cligner des yeux.

— Les tiens ont payé ta rançon.

Il sortit en titubant, toujours aveuglé.

— Depuis combien de temps suis-je ici ?

— Presque trois semaines.

— Milord !

La voix avait retenti derrière le baron et Jamie la reconnut aussitôt. Archibald ! Le capitaine de la garde des Maclean.

Il commençait à y voir un peu mieux. Le vieux soldat se dirigeait vers lui.

— Des nouvelles de Lachlan ? demanda-t-il aussitôt.

— Non, milord. Nous espérions que vous en auriez.

— J'ai vu tomber le roi, puis Lachlan. J'ai été désarçonné par une lance.

Ces mots étaient un aveu de faiblesse. Il aurait dû se battre jusqu'à la mort, même sans arme.

— Vous ne l'avez pas vu se faire tuer ?

— Non. Son cheval s'est écroulé. Je n'ai rien vu d'autre.

Archibald se tourna vers le baron.

— Savez-vous s'il y a d'autres otages détenus ?

— Il n'y en a pas. Le roi a dit qu'il ne voulait pas de prisonniers. Campbell a de la chance d'être encore en vie.

— Et vous, vous êtes beaucoup plus riche.

Le baron haussa les épaules.

— Un conseil, jeune Campbell : quittez l'Angleterre au plus vite. Il y a une récompense pour les Écossais, surtout ceux de haut rang.

— N'envisagez même pas de nous soutirer davantage d'argent, rétorqua Jamie. Ma famille sait où je suis.

Le baron parut offensé.

— Je suis un homme d'honneur.

Jamie haussa un sourcil avant de se tourner vers Archibald.

— Quittons cet endroit. Merci pour votre hospitalité, ajouta-t-il, ironique, à l'adresse du baron. Je m'en souviendrai.

Quelques minutes plus tard, il se hissait sur la monture qu'Archibald avait amenée. Deux Campbell et un Maclean l'avaient accompagné.

— J'ai aussi des vêtements pour vous, milord.

— Je préfère filer de cette porcherie sans attendre, dit Jamie.

D'un coup de talons, il lança le cheval au trot, puis au galop dès qu'ils eurent franchi les grilles. Ils traversèrent une vaste prairie où broutaient quelques moutons. Jamie ne s'arrêta qu'une fois le château loin derrière eux. Il prit le paquet de vêtements et fit signe à Archibald de le suivre.

— Dis-moi tout ce que tu sais, lui ordonna-t-il.

— Il n'y a pas grand-chose à dire. Rory voulait venir, mais il a été appelé à Édimbourg. Les clans se querellent déjà à propos du jeune roi, et la reine Margaret a demandé son aide. Il nous retrouvera à la tour des Armstrong.

— Les Armstrong ?

Il avait entendu parler des Armstrong, un clan qui vivait à la frontière, mais il ne savait pas grand-chose à leur sujet sinon que le roi Jacques ne les portait pas dans son cœur.

— Des maraudeurs écossais. Un clan de voleurs, dit Archibald avec mépris. Mais ils ont une dette envers Rory. Et ils savent tout ce qui se trame le long de la frontière. Ils sont les mieux placés pour savoir ce qu'il est arrivé à Lachlan.

Jamie acquiesça, le cœur battant. Il était prêt à tout pour retrouver son ami, y compris à s'allier à des pillards.

Ils prirent la route de la frontière.

10

Une fois qu'il fut retourné dans sa chambre, Kimbra décida qu'elle garderait ses distances avec l'Écossais. Elle troqua sa robe noire, qu'elle devait laver, contre la bleue, la seule autre qu'elle possède. Elle se changerait de nouveau dès que la noire serait sèche. Elle se sentait gênée à l'idée de porter du bleu devant l'Écossais. Elle se considérait encore en deuil et il avait prononcé un nom de femme. Elle priait le ciel pour que cette folle attirance entre eux s'estompe rapidement.

Elle ne se souvenait pas d'avoir jamais eu ce genre de réaction avec Will. Elle lui était profondément attachée, à la fois parce qu'il était venu à son secours, mais aussi pour son humour et son bon caractère. Mais il n'y avait jamais eu entre eux cette intensité qui la saisissait dès que les yeux si bleus de cet homme se posaient sur elle, dès qu'il souriait.

Pour se distraire de ces pensées qui la mettaient mal à l'aise, elle emmena Audra cueillir des myrtilles pour la tarte qu'elle lui avait promise.

— Cedric va revenir ? demanda la fillette alors qu'elles entamaient leur récolte.

— J'espère que non.

— Il a pas aimé M. Howard.

— Il n'aime personne.

— Il t'aime bien, toi.

— Il me veut parce qu'il veut le cottage et Magnus. Ce n'est pas pareil.

Audra parut soudain réfléchir, puis ajouta :

— J'aime bien M. Howard. Et toi ?

— Moi aussi, mais il va bientôt nous quitter.

— Il reviendra, déclara alors Audra avec certitude.

— Je ne crois pas.

— Il a dit que si et c'est pas un menteur.

— Je ne pense pas qu'il mente volontairement, mais quand il aura retrouvé la mémoire...

Elle ne finit pas sa phrase. Elle n'avait pas voulu dire cela.

— Moi, je le crois, s'entêta Audra en faisant la moue.

— Alors, il reviendra, déclara Kimbra, qui ne désirait pas s'attarder sur ce sujet.

Apparemment, l'Écossais avait ensorcelé sa fille... autant qu'elle-même.

— Je pourrai remonter Magnus ?

— Demain, répondit Kimbra.

Tout plutôt que de penser à l'Écossais.

Quand elles eurent fini de remplir le bol de myrtilles, le crépuscule tombait.

Elles regagnèrent le cottage, et Kimbra alla voir l'Écossais.

Il n'était pas dans la chambre.

Ses vêtements avaient disparu eux aussi.

La panique s'empara d'elle.

Elle revint dans la grande pièce.

— Il n'est pas là, dit-elle en s'efforçant de ne pas laisser voir son inquiétude à sa fille.

— Il est peut-être avec Magnus.

Magnus ! Et s'il avait pris leur cheval ?

Elle se rua dehors et fonça vers la petite grange, Audra sur ses talons. Elle ne tarda pas à entendre une voix qui… chantait.

Elle ralentit le pas. Quand elle pénétra dans la grange, son cœur battait de nouveau à peu près normalement. Assis sur le tabouret de traite, l'Écossais était couvert de lait.

Il leva les yeux et sourit.

— Cette bête ne m'aime pas, dit-il. Elle m'a déjà flanqué un coup de queue et elle a renversé le seau. Je me suis dit qu'une chanson l'amadouerait. Mais non.

— J'aurais pu vous dire qu'elle n'autorise pas grand monde à la traire. *Si* vous me l'aviez demandé.

— Je voulais me rendre utile. Mais j'ai appris quelque chose d'important sur moi-même : je ne connais pas grand-chose à la traite des vaches.

En tout cas, il apprenait vite. Elle le regarda achever sa tâche, évitant avec habileté un nouveau coup de queue de l'irascible Bess.

— Vous devriez être au lit.

— Non. L'activité me fait du bien.

— On pourrait vous voir.

— Je ferai semblant d'avoir une nouvelle crise.

La panique de tout à l'heure se transforma en colère.

— C'est peut-être un jeu pour vous, mais il y va de la vie de ma fille.

La lumière quitta ses yeux et le sourire ses lèvres.

— Je suis bien conscient qu'il ne s'agit pas d'un jeu et des risques que vous prenez pour moi. Ma seule façon de vous payer une partie de ce que je vous dois est de partir le plus tôt possible. Je ne retrouverai pas mes forces si je reste couché. Et je ne peux pas passer mon temps au lit quand je vous vois trimer si dur, ajouta-t-il d'une voix plus douce.

Traire une vache, même une vache acariâtre, est le moins que je puisse faire.

Kimbra ignorait ce que le mot « acariâtre » signifiait mais, étrangement, sa colère reflua.

— Vous pouvez m'aider ? reprit-il. J'ai réussi à m'asseoir, mais...

Elle lui offrit sa main et il s'y appuya le temps de se redresser et de coincer la béquille sous son aisselle. Il allait mieux que ce matin et même que ce midi, quand il leur avait appris les lettres. Il était plus solide. Pas au point de pouvoir partir... mais cela ne tarderait pas.

Le plus tôt sera le mieux.

Kimbra resta à ses côtés tandis qu'il regagnait péniblement le cottage.

Ils étaient presque arrivés à la porte quand il trébucha. Elle se précipita et glissa un bras autour de sa taille. Il retrouva son équilibre sur-le-champ, mais son bras s'était posé sur ses épaules.

Des frissons brûlants la secouèrent. Et autre chose.

Je suis bien dans ses bras. La pensée était si forte et l'émotion si évidente qu'elle en eut le souffle coupé.

Elle leva les yeux sur lui. Un nerf palpitait à la base de son cou.

— Je... je pensais être assez solide, dit-il finalement, retirant lentement son bras. Je suis désolé. Je voulais...

— Aider. Oui, je sais.

Il ne la touchait plus, mais la chaleur était toujours en elle.

— Il vaut mieux que vous alliez dans la chambre, dit-elle comme il se dirigeait vers une chaise. Si quelqu'un vient...

Mais c'était moins une visite inopinée qui l'inquiétait que de rester dans la même pièce que lui. Son cœur battait la chamade et ses mains tremblaient.

Qu'est-ce qui ne tournait pas rond chez elle ?

— Je veux que M. Howard reste avec nous, déclara Audra.

L'Écossais – M. Howard – regarda la fillette.

— Ta mère a raison, dit-il en prenant la direction de la chambre. Il faut que je laisse cette jambe se reposer.

— Je peux venir avec vous ?

— Je crois que ta mère apprécierait ta compagnie.

Blessée, Audra ouvrit de grands yeux.

— Pas vous ?

— Mais si, mademoiselle Audra, répondit-il en adressant un regard d'excuse à Kimbra.

— Vous pouvez m'apprendre la chanson que vous chantiez à Bess ?

— Je crains qu'elle n'ait guère amélioré son humeur, dit-il, une lueur amusée dans le regard. Je ne pense pas que ta mère aimerait que tu sois fâchée.

— C'était pas la chanson, le rassura Audra. Bess est difficile avec tout le monde. Hier, elle m'a flanqué un coup de queue.

— J'espère qu'elle ne t'a pas fait trop mal.

— Oh non, je l'ai esquivée !

— Il faudra que j'apprenne à faire cela.

Kimbra écoutait cet échange avec un mélange de joie et de tristesse. Elle retint sa langue comme Audra le suivait dans la chambre. Il était clair que ces deux-là s'entendaient à merveille. Il n'y avait pas d'enfants avec qui sa fille pouvait jouer par ici et Jane était la seule adulte qu'elle fréquentait en dehors de sa mère.

Cela ne durera qu'un jour ou deux. Pas plus.

Elle aurait préféré que ce constat ne soit pas aussi douloureux. Sa présence allait lui manquer, son sourire gentiment ironique, la musique dans sa voix.

Et il partirait sans savoir où aller.

« Tu dois te marier. »

Les paroles du Charlton jaillirent soudain dans son esprit. Il avait été très clair et, jusqu'à présent, il avait fait preuve à son égard d'une patience inhabituelle. Mais elle ne supportait pas l'idée d'épouser l'un de ceux qui lui avaient témoigné de l'intérêt. Cependant, sans moyens de subsistance, elle n'aurait d'autre choix que de fuir – et d'abandonner le cottage – ou de céder à l'un d'entre eux.

Refusant de s'attarder sur cet autre dilemme, elle entreprit de préparer la tarte et des galettes d'avoine. De l'autre côté du mur, elle entendait l'Écossais chanter, cette fois accompagné par une petite voix haut perchée.

Elle essuya une larme. Cela faisait très, très longtemps qu'elle n'avait pas pleuré.

La galette d'avoine était abominable, mais la tarte aux myrtilles divine.

Il s'était forcé à avaler la galette en se disant que s'il avait le malheur de la faire tomber, elle rebondirait sur le sol tant elle était dure.

Mais cet inconvénient fut largement compensé par le plaisir de voir le jus de myrtille assombrir les lèvres de Kimbra et barbouiller le sourire d'Audra. En cet instant, il n'aurait voulu être nulle part ailleurs. Il se moquait du passé. Ou du futur. Il ne voulait que ce moment. Maintenant.

Il plongea son regard dans celui de Kimbra. Elle avait une petite tache brillante sur la joue. Il mourait d'envie de la toucher, de glisser les doigts dans ses cheveux, de sentir son corps contre le sien. Bon sang, qu'est-ce qu'il lui prenait ? Il aurait dû n'avoir qu'une seule envie : rentrer chez lui. Dans son propre pays.

S'arrachant à la contemplation de Kimbra, il regarda Audra qui essayait en vain de réprimer un énorme bâillement. Ses paupières papillotaient. Une vague de tendresse déferla en lui.

Comme si elle avait lu dans son esprit, Kimbra se leva et souleva sa fille dans ses bras. Elle l'étreignit quelques secondes avant de la porter jusqu'à la paillasse devant la cheminée. Elle attendit qu'elle s'endorme avant de revenir à table.

Elle lui servit une nouvelle chope de bière. Il la but lentement, ne voulant pas se griser. Le feu rugissait dans la cheminée, il faisait chaud et la formidable attirance entre eux était plus palpable que jamais.

— J'occupe votre lit, dit-il. Je peux dormir ici.

— Non. Audra dort déjà et mieux vaut que vous restiez caché. C'est plus sûr.

Il posa la question qui le hantait depuis un moment.

— Et si les Howard répondent qu'ils n'ont pas de Robert parmi eux ?

— Il y a de nombreux Robert Howard. Trop pour qu'on puisse les compter. Il leur faudra des semaines pour joindre chaque branche de la famille.

— Mais quand ils découvriront qu'il n'en manque aucun, c'est vous qu'ils interrogeront.

— Je ne peux que leur dire ce que vous m'avez dit.

Cela n'apaisa en rien son inquiétude pour elle. Elle prenait bien trop de risques. Au début, elle avait prétendu que c'était pour la rançon, pourtant elle avait continué à le soigner après avoir appris qu'il n'y en aurait sans doute pas.

Il se fit le serment de la récompenser. Quoi qu'il arrive, elle ne souffrirait pas de l'avoir aidé.

Il se leva en s'aidant de la béquille. Il faisait nuit à présent et Kimbra le suivit avec une lanterne. Il s'arrêta devant le lit et la regarda poser la lanterne par terre.

— Il faudrait que je change votre bandage.

— Ce n'est pas nécessaire.

Elle était proche, trop proche. La béquille glissa entre ses doigts et il posa la main sur son épaule.

Son visage, ce beau visage d'ordinaire si réservé, était mélancolique. La petite tache était toujours là ; il la frôla et réalisa que c'était une larme séchée. Elle affichait une expression circonspecte qui le bouleversa.

Il dénoua sa natte, admira les boucles qui déferlaient sur ses épaules, les caressa.

Prenant appui sur sa bonne jambe, il referma les bras autour d'elle et la serra contre lui. Savourant son parfum fleuri auquel se mêlait celui des myrtilles, il inclina la tête. Ses lèvres effleurèrent la peau si douce de son visage, jusqu'à ce qu'il trouve sa bouche pour y déposer un baiser timide.

Elle réagit aussitôt. Se hissant sur la pointe des pieds, elle noua les bras autour de son cou tandis que leur baiser se faisait plus ardent. Leurs langues se mêlèrent avec ferveur.

Il aurait dû s'arrêter, il le savait, mais rien n'aurait pu lui paraître plus *juste* que de tenir cette femme dans ses bras, d'accueillir cette passion si forte qu'elle balayait toutes les barrières. Le besoin prenait le dessus et il était féroce. Il la pressa contre lui à l'écraser, la bouche insatiable.

Instinctivement, leurs corps se cambraient l'un vers l'autre. Elle ne cessait de lui caresser les cheveux et la nuque.

Elle lui lécha les lèvres. Il répondit de la même manière, savourant son goût, son ardeur.

Un grognement naquit dans sa gorge. Il était conscient d'un désir qu'il ne pouvait contrôler, auquel se mêlait quelque chose de beaucoup plus tendre.

Il la désirait follement et il voulait aussi la protéger. Les deux étaient incompatibles. Tant qu'il ne savait rien de sa vie.

Il s'écarta. Ses yeux gris entre ses paupières mi-closes ressemblaient à de l'acier fondu. Ses joues étaient empourprées, ses lèvres gonflées par leur baiser.

— Kimbra, dit-il d'une voix rauque.

Il lui caressa la joue avec une infinie douceur puis, incapable de résister, captura de nouveau sa bouche.

Il s'écarta à contrecœur. Dans la lueur vacillante de la chandelle, il contempla son visage, le désir qu'elle ne pouvait masquer, le même émerveillement dans ses yeux que celui qu'il éprouvait.

Il s'assit sur le lit, l'attira près de lui. Quand il plia la jambe, la douleur déferla dans ses muscles déchirés. Il l'accueillit avec soulagement. C'était un rappel de ce qui lui était interdit.

— Je n'aurais pas dû, souffla-t-il.

Elle le fixa. Ni reproche ni regret dans son regard.

— Je suis tout aussi fautive.

Elle lui caressa le visage comme si elle cherchait à graver ses traits dans sa mémoire.

— Si j'étais libre...

— Vous êtes issu d'une famille noble, à l'évidence. Et vous êtes écossais. Que vous soyez libre ne changerait rien à la situation.

Il aurait voulu répliquer que peu lui importait, mais il ne savait rien de sa propre vie. De sa famille. L'honneur exigeait qu'il attende jusqu'à ce que la mémoire lui revienne.

Sauf que l'honneur ne l'intéressait pas. Pas en cet instant.

Elle se leva et recula de plusieurs pas.

Il comprit et respecta sa décision.

— Je *reviendrai*, dit-il alors.

Et vit qu'elle ne le croyait pas.

Elle se dirigea vers la porte.

— Demain matin, je trairai Bess.

— Non, dit-elle avant de sourire. Elle ne donnera sans doute plus jamais de lait si vous vous occupez d'elle.

— Voilà qui est blessant.

— Reposez-vous, c'est le mieux que vous puissiez faire.

Leurs voix étaient tendues, tous deux préférant ignorer ce qu'il venait de se passer.

— Je marche mieux. Et je respire mieux. Vous êtes une grande guérisseuse.

— Je fais juste pousser des herbes. Si j'avais pu faire venir un médecin, je l'aurais fait.

Et là-dessus, elle s'enfuit.

11

Il avait commis une grave erreur.

Il n'avait pas le droit de l'embrasser.

Il alla à la fenêtre. La nuit était douce. Sans nuages. Juste un ciel d'un noir bleuté et des millions d'étoiles. Il était difficile d'imaginer que, sous ce même ciel, une telle violence s'était déchaînée quelques jours plus tôt, emportant des milliers d'hommes dans la mort.

Il la vit alors se diriger vers la grange, la tête haute, le dos droit, ses merveilleux cheveux noirs tombant librement dans son dos.

Je la veux. Je la veux plus que la vie elle-même. Avait-il jamais éprouvé un tel désir pour une autre femme ?

Comme convoquée par cette pensée, la vision d'une fille aux cheveux châtains surgit dans son esprit. Elle courait, sa chevelure flottant derrière elle. Elle se retourna pour lui adresser un grand sourire. Puis, aussi soudainement qu'elle était apparue, elle disparut, avalée par un épais brouillard.

Sa femme ?

Il enfouit son visage entre ses mains. Était-ce un vrai souvenir ? Un rêve ?

Il se détourna de la fenêtre avant que la tentation de rejoindre Kimbra devienne incontrôlable. Il avait été totalement incapable de se contrôler tout à l'heure. S'il restait dans cette maison, il finirait à coup sûr par se perdre. Il ne pouvait déshonorer la femme qui lui avait sauvé la vie. Pas plus qu'il ne pouvait trahir celle à qui il avait peut-être juré fidélité.

Bon sang, quel genre d'homme avait-il été ?

Avait-il toujours été si... faible ?

Appuyé sur la béquille, il fit le tour de la chambre. Il se sentait plus solide. La douleur à la jambe était atroce, mais supportable. Dans sa poitrine, elle s'intensifiait à chaque geste.

Pourrait-il tenir en selle ?

Oui, s'il le fallait.

Il essaya de se concentrer là-dessus. Et sur ces questions qui le taraudaient. Mais son esprit ne cessait de retourner vers Kimbra. Son visage quand elle l'avait embrassé, son désarroi quand elle l'avait quitté.

Il l'entendit rentrer, se la représenta un seau de lait à la main. Il se coucha. Elle allait venir le voir. Elle le faisait toujours, comme si elle craignait qu'il ne parte de nouveau.

Cette fois, il dormirait. Il le fallait.

L'honneur l'exigeait.

Et il était un homme d'honneur.

Non ?

Audra dormait toujours quand Kimbra regagna le cottage. Les flammes dans la cheminée projetaient des ombres mouvantes dans la pièce. La porte de la chambre était fermée.

Elle hésita avant d'aller y jeter un coup d'œil. Il semblait endormi.

Elle referma vite la porte, se rappelant ses lèvres sur les siennes, sa folle réaction. Et cette façon qu'elle avait eue de le fuir, littéralement.

Elle alluma une chandelle, la plaça dans une lanterne avant de grimper à l'échelle menant au grenier. Sous la paillasse qui servait aux amis de Will, elle trouva l'écusson et la bague. Délaissant la bague, elle s'empara de l'écusson. Elle avait deux indices sur son identité. Cette broche. Et le nom de cette femme qu'il avait prononcé dans son rêve.

Maggie. Qui était-elle pour lui ?

Elle étudia l'écusson. Un bouclier, un casque et une tour ornés de pierres précieuses enchâssées. Et des mots. Elle maudit son ignorance. Savoir lire ne lui avait jamais paru aussi important.

Rends-le-lui.

Mais alors, elle n'aurait plus rien. Il partirait, rejoindrait sa famille, sans doute fortunée, et oublierait toutes ses promesses. Elle serra l'objet dans sa main. L'honneur contre la survie.

Le passé d'un inconnu contre l'avenir de sa fille.

Elle le remit dans sa cachette. De toute manière, ce n'était pas le moment de lui rendre cette broche. Si quelqu'un la trouvait sur lui, ce serait la mort assurée.

Elle s'efforçait juste de justifier l'injustifiable, elle le savait.

Elle retourna s'allonger auprès d'Audra. Sa fille méritait de vivre sans connaître la peur. Ni la faim.

Et l'Écossais méritait son héritage.

C'était un choix impossible. Et elle ignorait comment elle allait le faire.

Kimbra se leva après une nouvelle nuit agitée. Elle n'avait pas fermé l'œil, ne cessant de ressasser ses doutes et ses craintes.

Maggie. Sans doute une dame de haute naissance, aux manières exquises. Même si c'était plutôt un prénom de femme de condition modeste.

L'Écossais l'intriguait. Elle avait servi des nobles et aucun n'avait jamais fait preuve d'une telle courtoisie. Sa mère avait souffert par la faute d'un noble et lui avait appris à s'en méfier.

Or, l'Écossais se montrait respectueux et faisait preuve d'une gentillesse et d'une patience rares avec Audra.

Ours aboya. Elle sortit aussitôt, suivie par Audra.

Jane approchait, sa canne à la main.

Audra courut à sa rencontre.

— Tu m'as manqué, ma chérie, dit Jane en se penchant pour l'étreindre.

Kimbra les rejoignit.

— C'est gentil de venir nous voir. Tu viens chercher des feuilles de laurier ?

— Oui, et aussi te dire un mot.

Jane jeta un coup d'œil à Audra et Kimbra comprit.

— Tu veux bien aller nourrir Bess et Magnus, ma chérie ? Ensuite, tu m'aideras à faire du pain pour Jane.

Audra les regarda tour à tour d'un air sombre, comme si elle savait qu'elles allaient se dire des choses importantes en son absence. Puis elle pivota et gagna la grange.

— C'est une bonne petite, commenta Jane.

— Oui.

Visiblement mal à l'aise, Jane hésita avant de se lancer.

— On parle de toi et d'un soldat.

— Et que dit-on ?

— Que c'est un étranger et que tu fais honte à ton mari.

— Ne serait-ce pas Cedric Charlton qui dit cela ?

— Si, mais ce n'est pas le seul.

— Le Charlton m'a donné la permission de m'occuper de lui.

— On dit qu'il est en assez bonne santé pour quitter ta maison.

— C'est faux, répliqua Kimbra, sans doute un peu plus fort que nécessaire. Il est encore très faible.

— Je voulais juste te prévenir. Peut-être que si je restais ici pour t'aider à le soigner...

— C'est très généreux de ta part, mais il devrait partir d'ici quelques jours.

Le regard de Jane ne quittait pas le sien.

— Il paraît que c'est un Howard.

— Oui, mais il est parti pendant des années. J'ai l'impression qu'il n'a que peu de liens avec sa famille.

Jane resta plantée devant elle et Kimbra comprit qu'elle voulait voir le soldat en question.

Elle savait que son amie ne la trahirait jamais, et c'était l'occasion ou jamais de savoir si son Écossais pouvait passer pour un Anglais.

— Entre et vois par toi-même, proposa-t-elle.

Jane hésita, comme si elle réalisait qu'elle avait été un peu trop directe. De fait, elle parlait toujours sans détour. Elle était honnête et protégeait ceux qu'elle aimait.

Dans la maison, Kimbra la fit asseoir dans la grande pièce avant de frapper à la porte de la chambre. Elle entra.

L'Écossais était assis au bord du lit.

— Mon amie, Jane Carey, est ici, dit-elle en s'approchant. C'est elle qui veille sur Audra quand je dois m'absenter. Elle veut vous rencontrer.

Il haussa un sourcil interrogateur.

— Vous êtes Robert Howard, chuchota-t-elle.

Il hocha la tête et passa la main dans sa tignasse auburn, comme pour dompter ce qui était indomptable.

— Je *suis* Robert Howard.

— Elle va sans doute poser des questions.

— J'essaierai d'y répondre.

Elle pria pour qu'il y parvienne et retourna à la porte.

— Jane, viens, s'il te plaît.

Pendant les quelques secondes qu'il fallut à Jane pour atteindre le seuil, l'Écossais se remit au lit, sa jambe bandée posée sur les couvertures. Il n'avait guère eu le temps de se préparer, mais il réussissait quand même à avoir l'air vraiment mal en point.

Il l'était, se rappela-t-elle. Seules sa volonté et sa détermination le faisaient paraître plus fort qu'il ne l'était.

Elle s'efforça de le voir avec les yeux de Jane. Il avait les traits tirés et des cernes sombres sous les yeux.

— Jane a proposé de m'aider à m'occuper de vous, dit-elle. Jane, je te présente Robert Howard.

Il tourna les yeux vers Jane et lui adressa ce lent sourire qui ne manquait jamais de faire frémir le cœur de Kimbra.

— C'est très gentil à vous, dit-il.

Kimbra regarda Jane qui dévisageait l'Écossais d'un air étonné. Ses joues rosirent, puis sa bouche sévère s'incurva en un sourire.

— Ce n'est pas gentil du tout. Kimbra travaille trop dur. Elle se met en quatre pour les autres et personne ne fait jamais rien pour elle.

Embarrassée par ces louanges, Kimbra recula d'un pas.

— La plaie à sa jambe était très profonde et je pense qu'il a des côtes cassées. Il a aussi reçu un vilain coup sur le crâne.

— Kimbra connaît les herbes mieux que personne, assura Jane.

— Je lui dois la vie, répondit-il.

— Alors, vous lui devez aussi de partir le plus tôt possible, déclara Jane avec sa franchise habituelle. Les ragots commencent à pleuvoir.

— Dans ce cas, je pars sur-le-champ.

— Non, intervint Kimbra. Je me suis donné trop de mal pour le sauver. Il ne partira que quand il sera suffisamment remis.

Elle avait adressé cette réponse à Jane.

— Le Charlton sera ravi d'accueillir un nouveau soldat, fit remarquer celle-ci. Il pourrait habiter là-bas.

— Il ne sait rien de moi, dit l'Écossais. Pourquoi me prendrait-il à son service ?

— Il a toujours besoin d'un guerrier. Et toutes ces blessures prouvent que vous en êtes un.

L'Écossais coula un regard à Kimbra avant de revenir sur Jane.

— Je partirai demain.

Le cœur de Kimbra se serra. Il semblait bien trop pressé de la quitter et de reprendre les armes.

Elle tenta de se convaincre que cela valait mieux ainsi. Le cottage allait de nouveau lui paraître bien vide. Un sentiment de solitude, de perte l'envahit, terrible et poignant.

Mais ce fut Audra qui donna voix à son désarroi.

— Je veux pas que vous partiez.

Tous les regards se tournèrent vers la porte où se tenait la fillette, qui affichait un air buté inhabituel.

— Il le faudra pourtant, mademoiselle Audra, dit l'Écossais. Cela fait bien trop longtemps que je vous impose ma présence à ta mère et à toi. Je mange votre nourriture, je prends les vêtements de ton père, j'occupe votre chambre.

— Ours veut que vous restiez, s'entêta Audra.

Jane dévisagea la fillette puis l'Écossais d'un air incrédule, et Kimbra devina ce qu'elle pensait.

Audra avait toujours été plus à l'aise avec les animaux qu'avec les gens et Kimbra en était en partie responsable. Pour lui épargner la peur dans laquelle sa mère et elle avaient vécu, elle avait cherché à la protéger en limitant leurs contacts avec les humains. À présent, sa fille défendait cet étranger avec la même passion que lorsqu'elle recueillait un oiseau blessé.

— Je vous remercie, Ours et toi, dit l'Écossais avec émotion. Mais il est temps que je parte. Vous pouvez dire à ceux que cela intéresse que j'irai demain à la tour de guet si le Charlton m'y autorise, ajouta-t-il à l'adresse de Jane.

Celle-ci parut à la fois soulagée et perplexe. La peur saisit Kimbra. Même s'il avait réussi à adopter l'accent de la frontière, l'Écossais s'exprimait bien mieux que la plupart des hommes de la région.

— Jane, allons à côté manger un morceau de pain avec du miel, proposa Kimbra. Je dois aussi te préparer des feuilles de laurier.

Tandis que Jane sortait, Kimbra se retourna brièvement vers l'Écossais. Elle n'avait jamais vu une telle expression de solitude sur un visage. Dès qu'il vit qu'elle le regardait, il rendossa son masque impassible, si bien qu'elle se demanda si son imagination ne lui avait pas joué un tour.

Dès qu'elle passa dans l'autre pièce, Jane déclara :

— Tu ne m'avais pas dit qu'il était si séduisant.

— Je n'ai pas vraiment remarqué.

— Ni aussi bien éduqué.

— Je crois que c'est le fils bâtard de l'un de ces nobles. Il ne parle pas beaucoup.

— Audra l'aime beaucoup.

— Sans doute parce qu'Ours l'aime aussi.

— Je comprends que Cedric n'apprécie pas sa présence.

— Cedric n'apprécie personne, répliqua Kimbra qui hésita avant d'avouer : J'ai peur qu'il ne revienne d'un moment à l'autre.

— Tu devrais peut-être envisager de lui accorder ta main.

Kimbra frissonna.

— Jamais ! Audra ne l'aime pas et il est cruel avec les animaux. Regarde-toi. Tu te débrouilles très bien sans mari.

— J'en ai eu un pendant de nombreuses années.

— Il te manque encore ?

— Oui. Il n'était pas facile, mais il tenait à moi à sa manière. Il est resté alors que je n'ai pas eu d'enfants.

Kimbra savait à quel point c'était une blessure pour Jane. Elle avait transféré son amour sur tous les enfants du village et des environs.

— Cedric est toujours à la tour ?

— Non. On a demandé au Charlton d'envoyer des hommes à la recherche des Écossais. Le roi ne veut plus de soulèvements et a offert une forte récompense. Tu sais que Cedric cherche à prendre la place de Will comme favori et successeur du Charlton. Ce serait pour lui un grand pas en avant s'il apportait un noble écossais à la Couronne.

Kimbra se demanda si Jane ne soupçonnait pas quelque chose et n'était pas en train de lui donner un avertissement subtil. D'un autre côté, la subtilité n'avait jamais été le fort de Jane.

— Je suis contente qu'il soit occupé ailleurs.

Jane mangea le pain et le miel avec plaisir. Kimbra y ajouta un morceau de fromage et une chope de bière, et Jane prit son temps pour les savourer, visiblement heureuse d'avoir de la compagnie.

Kimbra ne lui en voulait pas, même si son cœur battait la chamade depuis que Jane lui avait parlé de la récompense de l'Anglais. L'Écossais avait raison de vouloir partir, mais désormais il ne pouvait plus se rendre à la tour des Charlton.

Bien que cela lui brise le cœur, elle lui prêterait Magnus pour qu'il franchisse la frontière au plus vite.

Prêterait ?

Ce ne serait vraisemblablement pas un prêt, mais un don. Une fois en Écosse, il ne penserait plus à un cottage à la frontière ni à une certaine veuve.

Voilà qui soulageait sa culpabilité à l'idée de garder l'écusson. Ce serait un modeste paiement en échange de Magnus.

Jane partit enfin et Kimbra se rendit aussitôt dans la chambre. L'Écossais était en train de se lever.

— Vous ne pouvez pas aller chez le Charlton, dit-elle. Il y a une récompense pour quiconque trouve un Écossais.

— Grâce à vous, je peux me faire passer pour un Anglais.

— La moindre erreur et ils comprendront. Je crois que Jane a des soupçons, mais on peut lui faire confiance. Elle ne dira rien.

— Il est alors d'autant plus important que je parte.

— Vous n'irez pas loin à pied.

— Je me reposerai souvent.

— Ils passent la frontière au peigne fin.

— Il n'est pas question que je vous mette davantage en danger.

— Prenez Magnus.

Il la dévisagea.

— Vous n'êtes pas sérieuse. Vous – et Audra – adorez ce cheval.

— Elle sera d'accord avec moi.

— Pas moi, dit-il.

— Garder Magnus ne nous sauvera pas la vie. Si vous le *volez*, on ne pourra pas nous accuser.

C'était un argument qui, pensait-elle, fonctionnerait avec cet homme.

Elle vit la détresse dans son regard, puis la capitulation.

— Je vous le ramènerai. Je vous le jure.

Elle songea à ce seigneur qui avait juré d'aimer sa mère pour mieux la trahir. En ce monde, les puissants n'obéissaient qu'à leurs propres règles. Thomas Charlton ne s'en privait pas. Cela arrivait même à Will.

Mais elle se contenta de hocher la tête.

— Ce soir, dit-elle. À la nuit tombée. Je vous indiquerai le meilleur chemin pour passer la frontière.

Elle le laissa. Elle avait pris sa décision. Il était hors de question d'en changer ou de la regretter. Mais elle doutait de réussir à déloger la boule douloureuse qui lui obstruait la gorge.

La matinée se traînait. Il ne voulait pas partir. Quitter cet endroit paisible et confortable où il se sentait si bien.

Il n'avait pourtant pas le choix. Il ne pouvait mettre plus longtemps leurs vies en danger.

Il se leva et s'empara de sa béquille. De nouveau, il sentit la faiblesse de son bras gauche. Une cicatrice courait sur son biceps ; une fois de plus, il se demanda comment elle lui avait été infligée. Avait-elle un lien avec ces brèves visions de violence et de panique, accompagnées d'une émotion tellement suffocante qu'elle était à peine supportable ? *Ma famille. Quelque chose en rapport avec ma famille.*

Puis Audra déboula avec le luth.

— Vous voulez bien m'apprendre à en jouer ?

— Oui, répondit-il.

Il ignorait s'il en était capable, mais il n'imaginait pas lui refuser quoi que ce soit.

Il lui prit l'instrument des mains et fit courir ses doigts sur les cordes.

— Il faut les caresser... légèrement.

Il avait failli dire « comme un amant ».

Le mot « amant » fit naître d'autres images. Le baiser qu'il avait échangé avec sa mère, la chaleur qui montait en lui dès qu'elle entrait dans la chambre.

— Je peux essayer ? demanda Audra.

Il lui montra comment chaque corde émettait son propre son et comment placer les doigts pour les pincer. Elle trouva quelques accords à une vitesse stupéfiante.

Il se souviendrait d'elle ainsi, ses petites mains courant sur les cordes, un grand sourire aux lèvres.

Kimbra l'appela et Audra lui rendit le luth à regret.

— S'il vous plaît, ne partez pas, l'implora-t-elle.

Partir était bien la dernière chose qu'il voulait faire et la seule qu'il devait faire. Reviendrait-il ? Le pourrait-il ?

— Il vaut mieux que tu rejoignes ta mère.

Elle s'arrêta sur le seuil et se retourna.

— Je veux vous montrer la cascade. C'est notre endroit à nous.

— Où est-ce ?

— Pas loin. Vous pourrez monter Magnus, et maman et moi on ira à pied.

Son bon sens lui disait que c'était une mauvaise idée. Mais, une fois de plus, il était incapable de refuser quoi que ce soit à cette enfant.

— Si ta mère est d'accord.

Le visage d'Audra s'illumina et elle fila en courant.

Il alla à la fenêtre. Vêtue de sa robe de deuil, Kimbra Charlton était agenouillée dans le jardin de simples, coupant soigneusement des feuilles qu'elle déposait dans un panier. Elle ne portait pas de bonnet ce matin et ses longs cheveux noirs étaient tressés, comme d'habitude. Tout en travaillant, elle repoussait parfois une mèche de son visage. Il y avait une grâce en elle qui le captivait.

Elle leva les yeux comme sa fille la rejoignait. La joie éclaira son visage et elle tendit les bras. Ours, qui avait accompagné Audra, s'assit sur son arrière-train, un sourire canin lui retroussant les babines.

Dieu qu'il aimerait appartenir à ce petit cercle.

Il continua à contempler la mère et la fille jusqu'à ce qu'elles reviennent, main dans la main. Il grava l'image dans son esprit.

Peu après, la porte s'ouvrit.

— Audra veut vous montrer la cascade, dit Kimbra. Vous en sentez-vous la force ?

— Oui. Je vous suis reconnaissant pour tout ce que vous avez fait, ajouta-t-il après un silence. Je ne l'oublierai pas.

Il lut le doute dans son regard – pour elle, c'était visiblement une promesse sans lendemain. Elle se trompait. Il était prêt à mourir plutôt que de trahir sa confiance.

C'est un cavalier.

Kimbra le sut instantanément. À cause de sa blessure, il se hissa sur Magnus en se servant d'une souche, mais dès qu'il fut en selle, il parut à son aise.

Il se pencha, souleva maladroitement Audra qu'il déposa devant lui. Puis il regarda Kimbra.

— Je préfère marcher. C'est plus facile avec ceci, dit-elle en indiquant le luth qu'Audra l'avait suppliée d'emporter.

Mieux valait éviter de le toucher, de sentir son corps contre le sien, d'entendre battre son cœur.

Il guidait le cheval non par la force, mais avec son corps, et Magnus, pourtant souvent contrariant, se montrait docile.

L'idée d'aller à la cascade lui avait d'abord paru mauvaise. Et si Cedric venait ? Ou Thomas Charlton ?

À en croire Jane, Cedric traquait les Écossais, quant au Charlton, elle pourrait expliquer qu'elle essayait de voir si le Howard était en état de chevaucher jusqu'à la tour.

Ce n'était pas une raison très convaincante, mais elle n'en trouvait pas de meilleure.

Au fond, elle voulait cet après-midi pour Audra. Et pour elle-même.

La cascade et le bassin qu'elle alimentait n'étaient pas très éloignés. La journée était belle, le soleil haut dans le ciel, la brise tiède. Ours resta à leurs côtés jusqu'à ce qu'il flaire un lapin. Il ne tarderait pas à revenir, la gueule vide et la langue pendante.

La promenade fut bien trop courte. Voir l'Écossais se pencher pour parler à sa fille lui rappelait ce qu'était une famille.

Ils ne tardèrent pas à atteindre la cascade. Creusé par l'eau qui déferlait, le bassin tapissé de roches paraissait bleu, la surface miroitait d'étincelles dorées.

L'Écossais fit descendre Audra, puis lança sa bonne jambe par-dessus l'encolure et glissa à terre prudemment. Elle se rendit compte qu'ils n'avaient pas pris la béquille. Elle le rejoignit.

— Appuyez-vous sur moi.

Il posa un bras autour de ses épaules et ils gagnèrent un rocher sur la rive où ils s'installèrent.

Pendant qu'Audra jouait avec Ours, la main de Kimbra trouva la sienne. Il la serra.

— Avez-vous eu d'autres souvenirs ? demanda-t-elle.

Elle lut la réponse dans ses yeux.

— Une femme ?

Il se tourna vers elle.

— Oui. Brune avec des yeux bruns. Je me souviens aussi de hurlements. Je ne pense pas qu'elle soit encore en vie.

— Un lieu ? dit-elle, changeant de sujet parce que celui-ci était trop douloureux.

— Non. La mer, parfois. J'ai été en mer.

— Une tour ? demanda-t-elle en songeant à l'écusson.

Il secoua la tête.

— Et la bataille ?

— Rien à propos de Flodden, dont vous m'avez parlé. Mais une autre, je pense...

Elle attendit qu'il continue.

— Quelqu'un est mort. Quelqu'un de très proche. Par ma faute, je crois. Je me vois m'agenouiller près de lui.

Son regard était tourmenté.

Elle lui étreignit la main. Elle ne lui poserait plus de questions. Si seulement elle savait lire. Si seulement elle pouvait déchiffrer les mots sur l'écusson.

Dis-lui. Ces mots pourraient lui rappeler quelque chose.

— À quoi pensez-vous ? s'enquit-il. Vous avez l'air si sombre.

— À rien. Juste qu'Audra va vous regretter.

— Et vous ?

Horriblement. Mais il n'était pas question de l'avouer.

Par chance, Audra les rejoignit à cet instant précis.

— Je veux faire les lettres, dit-elle.

— Tu t'es entraînée ? demanda-t-il.

— Oui. Je les connais toutes, répondit-elle fièrement.

— Kimbra ?

Elle acquiesça.

Kimbra n'hésita que sur une seule d'entre elles. Audra se trompa sur trois.

S'emparant du luth, il se mit fredonner la suite de lettres sur un air très simple, puis il tendit l'instrument à Audra.

— Essaie.

Elle fit bien quelques fausses notes, mais se corrigea très vite, et chanta la « chanson des lettres ». Sans aucune erreur cette fois.

Quand elle eut terminé, il se servit d'une branche pour dessiner des mots. Il commença par « chien », puis passa à « Kimbra » et à « Audra ».

— Ne les effaçons pas, dit-il. Ils seront peut-être toujours là la prochaine fois que vous viendrez.

Kimbra contempla les lettres gravées dans la terre. Audra et elle allaient revenir souvent.

L'heure de rentrer arriva trop vite. Il fallait s'occuper de Bess et des poules, et surtout ne pas trop le fatiguer.

— Il faut rentrer, dit-elle.

Une lueur de regret apparut dans les yeux de l'Écossais.

— J'ai passé un moment délicieux, avoua-t-il. Je ne vous oublierai pas.

— Vous avez sans doute une femme et sept enfants à la maison. Allez à Édimbourg. Quelqu'un vous reconnaîtra.

Il soutint son regard.

— Je trouverai un moyen de vous dédommager.

Elle ne voulait plus de ce dédommagement qui lui paraissait si important quelques jours plus tôt. Elle se sentait misérable et indigne de lui avoir volé l'écusson. Elle ne voulait rien d'autre de sa part.

Menteuse !

Elle voulait beaucoup. Trop. Et rien n'était possible.

Soudain, il leva la main et lui toucha doucement les cheveux.

Subjuguée, elle se pétrifia. Se noyant dans le bleu si profond de ses yeux, elle sentit son cœur s'affoler, un flot de chaleur se répandre entre eux.

Elle se leva brusquement, titubant presque sur ses jambes qui ne voulaient plus la soutenir.

Il se leva à son tour, un peu maladroitement.

— Vous avez raison de fuir, murmura-t-il. Je n'ai rien à offrir.

Il avait tout à offrir. C'était elle qui n'avait rien.

Elle s'efforça d'y voir plus clair dans son esprit et dans son cœur, mais ni l'un ni l'autre ne coopérèrent. Alors, elle alla chercher Magnus qui broutait l'herbe grasse, puis le ramena auprès de l'Écossais.

Elle regarda ce dernier grimper en selle, puis aider Audra à le rejoindre. Elle marcha à leurs côtés. Le soleil avait perdu de son éclat, des nuages étaient apparus. Elle essaya de ne pas se dire que le lendemain Magnus et cet homme seraient partis.

Ils avaient presque atteint le cottage quand Ours se mit à aboyer.

Sa gorge se noua quand elle découvrit six Charlton et une monture sans cavalier devant le cottage. Elle chercha aussitôt Cedric des yeux mais, Dieu merci, il n'était pas parmi eux.

L'un d'eux, un ancien ami de Will, les rejoignit. Il se toucha le front en signe de respect pour elle avant de lorgner l'Écossais.

— Thomas Charlton nous a envoyés pour te ramener à la tour. Nous avons un cheval pour toi. Tu pourras le monter, apparemment, ajouta-t-il, ironique. On m'avait dit que tu étais aux portes de la mort.

— Il comptait se rendre à la tour demain, Ritchie, intervint Kimbra. Nous voulions voir s'il était en état de monter.

Il haussa un sourcil.

— On dirait qu'il l'est, Kimbra, rétorqua-t-il, puis, se tournant vers l'Écossais : Tu peux prendre ce cheval, là-bas.

Le cœur battant, elle regarda ce dernier mettre pied à terre avec difficulté, et boiter jusqu'à l'autre monture. Elle se précipita dans la maison pour y récupérer la béquille. Quand elle revint, il était déjà en selle.

Elle la lui tendit.

— Encore merci, maîtresse Charlton, dit-il. Et toi, mademoiselle Audra, continue à travailler le luth.

Sur ce, il fit volter son cheval et s'éloigna avec les autres.

Kimbra resta plantée là, hébétée. Elle avait su que ce moment arriverait, mais elle avait espéré qu'il partirait seul et non encadré par des hommes en armes.

Audra glissa sa petite main dans la sienne. Elle avait les larmes aux yeux.

Kimbra lutta pour retenir les siennes.

12

La tour de guet dominait une lande marécageuse.

Tandis qu'ils approchaient de cette construction lugubre, Robert Howard – il devait s'habituer à penser à lui-même ainsi désormais – l'étudia avec attention. Un large mur d'enceinte l'entourait. Un *barnekin*, s'il se rappelait les leçons de Kimbra. Ces petits édifices fortifiés pullulaient le long de la frontière, lui avait-elle expliqué. Chaque famille, chaque clan avait le sien – parfois même, comme les Howard, plusieurs – pour se défendre contre les raids.

Ils franchirent un portail en fer manœuvré par des hommes qui portaient une tenue semblable à celle que lui avait donnée Kimbra : des chausses et une chemise grossière sous un pourpoint en cuir garni de protections. Il n'avait pas pris le sien pour la promenade et on ne lui avait pas laissé le temps d'aller le chercher.

Ils chevauchaient en silence. Il était encore faible, sa poitrine le brûlait et sa jambe lui faisait mal. La petite promenade jusqu'à la cascade l'avait fatigué et cette dernière chevauchée avait sapé le peu de forces qui lui restaient.

Mais il devait garder l'esprit clair. La moindre erreur lui coûterait la vie. Quant aux conséquences pour Kimbra et Audra, il n'osait y penser.

Il avait mémorisé ce qu'il devait dire. Né bâtard, il était resté à l'écart de sa famille, les Howard, pendant pratiquement toute sa vie et n'était revenu dans la région que peu avant la bataille. Cela expliquerait son accent et pourquoi les Howard en savaient si peu sur lui.

La tour haute de trois étages était dotée d'une entrée assez impressionnante – une double porte composée d'une grille en fer, puis d'un battant en chêne épais renforcé par des coins métalliques. Ce ne serait pas facile de forcer le passage, surtout avec les meurtrières juste au-dessus, d'où l'on pouvait jeter des rochers et de l'huile bouillante.

Alors qu'ils s'en approchaient, deux jeunes garçons sortirent en courant et attendirent qu'ils mettent pied à terre. Ce qu'il fit, péniblement. Sa jambe céda sous lui et il se rétablit grâce à la béquille. Ritchie, qui l'observait, ne lui offrit pas son aide.

Il claudiqua jusqu'à la porte.

La grille était déjà ouverte, le battant en chêne s'ouvrit à son approche. Un homme imposant apparut et le dévisagea avec un intérêt suspicieux. Le géant s'effaça pour le laisser entrer.

— Je m'appelle Jock, dit-il.

Il prit la tête de la petite troupe qui gravit en silence un escalier très étroit.

Pour Robert Howard, chaque marche était une montagne, mais personne ne proposa de l'aider. S'aidant de la béquille et du mur, il les gravit une à une. Chaque pas était une souffrance. Il avait le front inondé de sueur.

Ils s'arrêtèrent au premier étage et Jock se dirigea vers une porte ouverte.

Robert Howard entra en titubant dans la pièce où l'attendait le chef des Charlton. Ayant feint d'être inconscient quand cet homme était venu lui rendre visite, il découvrait celui qui allait décider de son sort, et tenait la vie de Kimbra et d'Audra entre ses mains.

Le Charlton était installé dans un grand fauteuil. C'était un homme déjà âgé, au regard perçant.

— Je te croyais mort, dit-il. Dieu a dû décider de t'accorder la vie.

— Dieu et maîtresse Charlton, précisa Robert Howard. Je vous remercie de m'avoir permis de rester chez elle.

— Elle sait y faire avec ses herbes.

Robert Howard commença à chanceler. Il n'allait pas tarder à s'écrouler.

Le Charlton lui montra un siège.

— Assieds-toi.

Il s'y laissa tomber avec reconnaissance.

— Kimbra dit que tu es un Howard.

Il hocha légèrement la tête.

— Oui, mais il y a peu de chances qu'ils se souviennent de moi, déclara-t-il avec amertume.

— Ton père ?

— On m'a dit que c'était Sim Howard. Je serais son bâtard.

— Il est mort.

— Je l'ai appris à mon retour. J'ai été élevé assez loin d'ici pour ne pas être une gêne pour sa famille.

— Ta mère ?

— Morte en me donnant le jour.

— Tu as un drôle d'accent.

— J'ai longtemps été mercenaire en Europe. Je n'avais pas ma place ici. Il m'a fallu dix ans pour revenir.

— Comment t'es-tu retrouvé mêlé à la bataille ?

C'était la question cruciale.

— À mon retour, je me suis engagé dans l'armée de l'Anglais. Il avait besoin de soldats.

C'était une piètre explication, Kimbra et lui le savaient, mais ils n'avaient rien trouvé de mieux.

Le regard du Charlton le transperça.

— Où étais-tu pendant la bataille ?

— Sur le flanc gauche. J'ai vu des ennemis s'enfuir et je me suis lancé à leur poursuite. Je voulais récupérer leurs armes et leurs armures. Tout à coup, je me suis retrouvé encerclé. J'en ai tué deux avant de tomber à mon tour. Quand je suis revenu à moi, il y avait bien deux Écossais morts près de moi et mon cheval avait disparu. J'ai essayé de me lever, mais... Je ne me souviens de rien après cela jusqu'à ce que je me réveille dans le cottage de maîtresse Charlton.

Le Charlton le considérait toujours avec méfiance.

— J'ai envoyé des messagers chez les Howard. Il y aura peut-être une récompense.

— Pour moi ? J'en doute. Ils ne sont pas nombreux ceux qui me connaissent. Et même si certains se rappellent encore de moi, je ne suis rien pour eux.

— Pourtant, tu te rendais chez eux.

— Ça paraît si étrange de vouloir connaître son père ? Même s'il vous a abandonné ?

— Tu t'es battu pour eux.

— Pas pour eux. Pour moi. L'armée me donnait une solde. Et j'avais dans l'idée de voler un peu de butin aux Écossais.

— Tu es habillé comme un homme de la frontière.

— Ceux qui m'ont recueilli autrefois habitaient à la frontière. J'aime bien ces vêtements.

— En ce moment, on se méfie des étrangers par ici.

Robert Howard ne répondit pas. Il ne voulait ni protester ni se défendre.

— Tu resteras ici jusqu'à ce que tu ailles mieux, déclara le Charlton. Et jusqu'à ce qu'on ait une réponse des Howard. Jock va s'occuper de toi. Mon médecin aussi, même si, à te voir, je dirais que Kimbra t'a été plus utile qu'il ne pourra l'être.

Le Charlton se détourna et Robert comprit qu'il était congédié. Il se demanda où était Cedric. C'était *lui* qui représentait le plus grand danger.

Cedric, et ses propres cauchemars. Que se passerait-il s'il se mettait à parler dans son sommeil ?

Il était évident qu'il n'avait pas convaincu le Charlton.

Il se leva et suivit Jock dans un couloir éclairé par des torches fixées aux murs. S'appuyant lourdement sur sa béquille, il pria le ciel pour qu'il n'y ait plus d'escalier à gravir. Le ciel entendit ses prières car Jock s'arrêta devant une porte et l'ouvrit.

La pièce, petite, ne contenait qu'un lit grossier et une chaise. Une étroite meurtrière était la seule source de lumière. Il se laissa tomber sur le lit avec soulagement.

— On va t'apporter à boire et à manger, dit Jock.

Il hocha la tête. Il voulait parler le moins possible.

— Je serai dehors si tu as besoin de quelque chose.

Le géant quitta la chambre.

Dehors.

Malgré l'hospitalité qu'on lui accordait, il était clair qu'il était prisonnier. Jusqu'à ce que son histoire soit confirmée.

Ou non.

Depuis le départ de l'Écossais, la veille, le cottage semblait intolérablement vide.

Comme il l'avait été deux ans auparavant. Pour sa fille, Kimbra avait passé des mois à tenter d'y insuffler un peu de vie. À présent, même Audra et Ours semblaient accablés.

Quand elle alla traire Bess, elle se rappela l'expression espiègle de l'Écossais et ses vêtements trempés de lait. D'autres souvenirs affluèrent. Sa façon de tenir le luth quand il chantait. De dessiner des lettres sur le sol. L'histoire qu'il avait racontée à Audra. Elle pria comme elle ne l'avait pas fait depuis très longtemps pour qu'il rentre en Écosse et retrouve les siens. Sa famille.

Plus tard, elle se surprit à fredonner sa berceuse pour aider sa fille à s'endormir dans le grand lit qu'il avait déserté. Bien qu'elle ait lavé les draps, elle croyait sentir son odeur. Son pourpoint oublié était accroché au mur. Elle avait là une bonne excuse pour se rendre à la tour.

Mais pas aujourd'hui, ni demain. Mieux valait éviter de montrer qu'elle s'inquiétait pour lui.

Dès qu'elle fut certaine qu'Audra dormait, elle monta au grenier pour examiner de nouveau la broche. Elle était incrustée de pierres précieuses qu'elle ne connaissait pas, à l'exception des rubis – le Charlton en avait un sur une bague à laquelle il tenait beaucoup. Elle s'attarda sur les cinq mots gravés à l'intérieur d'un double cercle.

Elle les effleura du bout des doigts.

Elle devait absolument découvrir ce qu'ils signifiaient. Elle n'avait cessé d'y penser depuis le départ de l'Écossais et maintenant elle avait pris sa décision. Elle irait au village sous prétexte de vendre des herbes ou de les échanger contre un peu de viande. Les gens étaient bavards, ils aimaient partager des ragots. Elle passerait aussi chez Jane ; celle-ci avait peut-être appris quelque chose.

Il y avait également un prêtre qui serait capable de lire les mots sur l'écusson, mais il avait refusé de lui apprendre à lire quand elle le lui avait demandé quelques années plus tôt. Une femme de la frontière n'avait pas besoin de savoir lire, avait-il dit.

Un tel homme ne garderait jamais son secret.

Elle ne pouvait pas non plus se fier aux quelques autres personnes de sa connaissance qui savaient lire. Elles aussi s'étaient moquées d'elle quand le prêtre avait révélé son ambition à tout le village.

Mais peut-être en apprendrait-elle davantage sur la bataille, sur les clans qui y avaient participé et sur les nobles qui étaient tombés aux côtés du roi Jacques.

Elle replaça l'écusson dans sa cachette et alla enfin se coucher. Elle n'avait pas dormi la nuit précédente.

Au matin, elle annonça à Audra qu'elles iraient au village.

— Tu veux bien aller cueillir quelques herbes pendant que je m'occupe de Bess et que je ramasse les œufs ? Nous pourrons peut-être les troquer contre un morceau de mouton.

D'ordinaire, se rendre au village déclenchait l'enthousiasme d'Audra. Pas aujourd'hui.

— Je veux rester ici avec Ours, dit-elle d'un air buté.

— Tu ne peux pas rester seule ici. Voici ce que nous allons faire : Ours viendra avec nous et nous prendrons aussi Magnus.

— On pourra voir M. Howard ?

— Il vaut mieux attendre quelques jours.

Audra fronça les sourcils.

— Pourquoi ?

Kimbra décida de lui dire la vérité.

— Parce qu'il serait dangereux qu'on nous croie trop proches de lui.

— Pourquoi ?

— Parce que Cedric veut m'épouser et il est à prêt à tout pour cela. Par jalousie, il pourrait s'en prendre à M. Howard.

Cette fois, Audra n'insista pas.

Kimbra ne voulait pas l'effrayer, mais sa fille devait être consciente des risques et ne rien dire qui pourrait faire croire à une relation inconvenante. Un autre remords à ajouter à tous ceux qui l'accablaient déjà. C'était un fardeau supplémentaire qu'elle faisait peser sur cette enfant.

— Mais on le reverra ?

— Oui, j'imagine.

Les yeux bleus de sa fille, qui ressemblaient tant à ceux de Will, se plantèrent dans les siens. La douleur familière ne fut pas aussi forte qu'elle l'avait été. Audra était d'un naturel calme et curieux, quand son père était sûr de savoir tout ce qu'il avait besoin de savoir. Il n'avait jamais compris la soif d'apprendre de Kimbra, sa fascination pour les peuples et les contrées éloignés.

— Il est temps de partir, dit-elle.

Le trajet leur prendrait au moins une heure et demie, sans doute davantage. Elle ne voulait pas rentrer à la nuit avec sa fille.

En moins de temps qu'elle ne l'aurait cru possible, elles se retrouvèrent en selle, un panier d'herbes et d'œufs serré entre les bras d'Audra. Une méchante bise descendait des collines. Le petit corps de sa fille cherchait la chaleur en se blottissant contre le sien. Kimbra frissonna. Cela faisait deux ans que Will ne les accompagnait plus quand elles empruntaient cette route.

Le village était bien plus animé que d'ordinaire. Des hommes en uniforme anglais formaient des petits groupes ici ou là. C'était un bourg minuscule avec une chapelle, un boucher, un forgeron et un unique marchand, Davie Carroll, qui vendait aussi bien des vêtements que des semences et des outils. Ce fut chez lui que Kimbra se rendit en premier, sachant qu'il était au courant de tout.

Davie, qui discutait avec un soldat, se précipita vers elle.

— Maîtresse Kimbra, content de te voir. Et ta jolie petite demoiselle aussi.

— J'ai des herbes et des œufs qui vous intéresseront peut-être.

Le visage de Davie s'éclaira.

— Je peux toujours vendre tes herbes et je suis presque à court d'œufs, tu tombes bien.

Il proposa une somme qui couvrirait à peine le mouton qu'elle convoitait. Mais elle n'avait guère le choix. Elle hocha la tête et lui tendit son panier en échange de deux pièces.

— Vous avez appris quelque chose depuis la bataille ?

— Il paraît que dix mille Écossais ont trouvé la mort, dit-il en baissant la voix. Que leurs plus puissants nobles et chevaliers ont tous été tués.

— Et le roi écossais ?

— Emmené à l'église de Branxton. Il leur a fallu du temps pour savoir qui c'était. Il était nu comme un ver. On l'avait dépouillé et il avait reçu un vilain coup à la tête.

— Et les Anglais ? Combien sont morts ?

— À peu près la moitié. Des familles de la région ont recueilli certains blessés.

— Oui, moi aussi, j'en ai trouvé un.

— C'est ce que j'ai entendu dire.

Eh bien, cela n'avait pas traîné.

— Il est à la tour maintenant.

Davie hocha la tête.

— Et des prisonniers ? Il y en a ?

Elle se rappelait ce qu'avait dit Jane, et Jane était honnête. Mais elle avait du mal à croire que ses compatriotes soient prêts à massacrer des blessés.

— Non, le roi a ordonné de tuer tous les survivants, mais on dit que plusieurs familles puissantes de la frontière ont défié les ordres et demandé une rançon.

Elle encaissa l'information et s'en tint là. Insister davantage aurait paru suspect, mais le peu qu'elle avait appris suffit à lui redonner un maigre espoir. Une ébauche de plan émergeait dans son esprit.

— Merci.

— Viens plus souvent, dit-il avant d'hésiter puis d'ajouter : Will nous manque à tous.

Elle se contenta de hocher la tête.

— J'ai entendu des rumeurs de mariage. Cedric, peut-être ?

— Tu as mal entendu.

Sur ce, elle tourna les talons et s'en alla.

Elle acheta un morceau de mouton avant de se rendre chez Jane.

Le médecin que le Charlton lui avait envoyé voulait le saigner.

Après avoir examiné ses blessures, il refusa d'attribuer le moindre mérite à Kimbra Charlton.

— Dieu a eu pitié de toi, marmonna-t-il en commençant à sortir des sangsues d'une boîte.

— Dieu est bien trop occupé ailleurs, répliqua Robert Howard. C'est à maîtresse Charlton que je suis redevable.

Le médecin le regarda comme s'il venait de proférer un blasphème.

— J'ai juste besoin d'un bandage propre, reprit Robert Howard sur un ton plus accommodant.

Il devait tenir sa langue et paraître plus mal en point qu'il ne l'était.

— Thomas Charlton prétend que tu étais mourant il y a quelques jours.

— La fièvre est tombée subitement.

Le médecin le fixa comme il aurait fixé un démon.

— Ma jambe me brûle encore comme les feux de l'enfer, grommela Robert Howard, et jusqu'à hier je ne pouvais pas me tenir debout. Mais le poison a quitté mon corps et j'ai déjà perdu trop de sang. Ce n'est pas en me saignant que tu me soigneras.

— Je vais dire au Charlton que tu refuses mes services, annonça le médecin, indigné, avant de quitter la pièce.

Une fois la porte fermée, Robert Howard quitta le lit et, s'aidant de la béquille, entreprit d'arpenter la petite chambre. Il devait trouver un moyen de filer d'ici avant que quelqu'un découvre qu'il n'était pas anglais. Et encore moins un Howard.

Vêtue de sa robe de deuil, les cheveux cachés sous un bonnet, Kimbra se mit en route pour Branxton. Elle n'y était jamais allée, mais elle estimait que le voyage prendrait plus d'une demi-journée de cheval.

Comme convenu la veille, Jane était venue au cottage veiller sur Audra et traire Bess pendant les deux prochains jours. Kimbra n'avait pas expliqué les raisons de ce voyage, se contentant de dire qu'elle devait s'absenter. Si on la demandait, notamment Cedric, Jane devait répondre qu'elle était allée soigner une amie malade.

Elle allait devoir passer par le champ de bataille où, supposait-elle, les détrousseurs de cadavres étaient toujours à l'œuvre. Ce serait dangereux, mais elle avait sa dague.

Tant qu'elle serait sur les terres des Charlton, elle ne risquait pas grand-chose, en revanche, dès qu'elle les aurait quittées, elle devrait se montrer prudente. Elle ne voulait pas que le prêtre qu'elle comptait consulter découvre qui elle était.

Mentir à un prêtre est un péché.

Et dépouiller les morts, alors ?

Elle s'enfonça dans le bois où elle avait retrouvé l'Écossais quand il avait quitté le cottage. Au cœur de la forêt, elle mit pied à terre pour se changer. Elle avait emporté sa tenue de maraudeur. Elle commença par comprimer ses seins avec un bandage, avant d'enfiler chemise, chausses et pourpoint. Finalement, elle retira son bonnet, le remplaça par une calotte de laine sur laquelle elle enfonça le casque en métal.

Elle fourra sa robe et sa cape au fond de sa sacoche, avant de remonter en selle, heureuse de ne plus être gênée par ses jupes.

En approchant du champ de bataille, la puanteur la prit de nouveau à la gorge. Elle était encore pire. Dix mille Écossais et cinq mille Anglais étaient morts, et pourquoi ? Cela faisait trois semaines maintenant et beaucoup n'avaient toujours pas été enterrés. Elle bifurqua pour contourner cette scène de désolation, mais les images et les odeurs resteraient à jamais gravées dans sa mémoire. De même qu'elle n'oublierait pas ce soldat anglais qui avait quémandé de l'eau avant de rendre son dernier soupir, ni comment elle avait retiré la bague du doigt d'un mort.

Elle laissa finalement le champ de bataille et ses relents derrière elle. Sur la route, elle ne tarda pas à rejoindre un sinistre convoi : des gens transportant des cadavres sur des chevaux ou dans des chariots.

Elle s'arrêta auprès d'un vieil homme qui tirait une charrette. Une paire de pieds nus en dépassait.

— Je cherche Branxton, dit-elle d'une voix plus grave que d'ordinaire.

— Si c'est pour voir le roi d'Écosse, il y est plus, répondit l'homme en se signant. Ils ont emporté son corps à Londres.

— C'est ton fils ?

— Oui. Il a voulu rejoindre l'Anglais juste avant la bataille. L'idiot. C'était mon dernier.

Puis, comme s'il se souvenait soudain de sa question, il ajouta :

— C'est tout droit.

Il se remit en route, le dos voûté par l'effort et le chagrin. Le cœur de Kimbra saignait pour lui et pour tous ceux qui avaient perdu un fils, un frère, un mari ou un père. Quelqu'un pleurait-il son Écossais ?

Elle poursuivit son chemin. Les gens à pied regardaient Magnus avec envie, ou détournaient les yeux. Elle atteignit enfin Branxton, un bourg beaucoup plus important que le village des Charlton. L'église lui parut grandiose comparée à la petite chapelle qu'elle connaissait.

Elle descendit de selle, noua la bride à un poteau et entra. Une poignée de fidèles priaient en silence. Un prêtre vint à sa rencontre.

— Que puis-je faire pour toi, mon fils ?

— J'espérais que vous pourriez m'aider.

Elle sortit l'écusson de la bourse qu'elle avait attachée à sa ceinture et débita l'histoire qu'elle avait préparée :

— J'ai tué un homme sur le champ de bataille. En rendant son dernier soupir, il m'a demandé de rapporter ceci à sa famille, mais il est mort avant de me dire qui était cette famille. J'espérais que vous pourriez m'aider.

Elle tendit la broche au prêtre, qui l'examina.

— « La vertu est mon honneur », lut-il. Je ne connais pas ce blason, ni cette devise. Il te faudra sans doute aller en Écosse pour trouver le nom de cette famille. Si tu veux, je peux garder cet écusson et voir si je trouve quelque chose.

— Non, je dois m'en charger moi-même. J'ai donné ma parole.

Le prêtre ne lui fit pas remarquer que les gens de la frontière rendaient rarement – pour ne pas dire jamais – un objet à son propriétaire, surtout si l'objet en question avait de la valeur, mais il n'en pensait sans doute pas moins.

— Merci, mon père, dit-elle en tendant la main vers la broche qu'il hésita à lui rendre.

Elle s'en alla aussitôt, préférant éviter de devoir répondre à ses questions.

Elle n'avait pas ce qu'elle était venue chercher – un nom, une famille, un titre –, en revanche, elle avait un premier indice, quelque chose à offrir à l'Écossais pour l'aider dans sa quête. Elle ignorait encore ce qu'elle lui raconterait pour expliquer comment elle avait découvert cette devise.

La nuit était tombée quand elle quitta l'église. Magnus était là où elle l'avait laissé et elle remercia le ciel.

La vertu est mon honneur.

Belle devise pour un noble, qui contredisait son expérience. Pourtant, son Écossais paraissait digne de ces mots. Sauf que l'homme n'était plus lui-même. Était-il possible que le caractère change quand on perdait la mémoire ?

Le ciel était nuageux et la nuit serait très noire. Elle rechignait à chevaucher de nuit. Même s'il avait le pied sûr, Magnus aurait du mal à éviter tous les pièges, y compris sur les pistes balisées. Louer une chambre dans une auberge était hors de question. D'abord, elle n'en avait pas les moyens, mais surtout, on logeait les voyageurs dans des salles communes. Garder son casque et passer la nuit au milieu de dix ou douze soldats ne lui disait rien qui vaille.

Une fois qu'elle aurait quitté le bourg, elle pourrait trouver un endroit à l'écart pour se reposer jusqu'à l'aube. Elle avait sa cape pour lui tenir chaud.

Et c'est ainsi qu'elle reprit la route en direction du champ de bataille, de toute cette violence et de toutes ces tragédies. Et de tous ces mystères. Combien de familles ne sauraient jamais ce qu'il était advenu de leurs fils, de leurs frères, de leurs pères ? Au moins, elle avait pu enterrer Will et lui dire qu'elle l'aimait.

La femme de l'Écossais, s'il en avait une, saurait-elle un jour la vérité ?

Elle déglutit péniblement. Elle avait fait de son mieux pour découvrir son identité. En vain. L'écusson était son unique lien avec son passé. Avec les siens. Elle devait le lui rendre. Même si c'était au prix de sa propre liberté.

13

Robert Howard arpentait la petite pièce en traînant la jambe.

Même si la douleur était abominable, plus il s'exerçait, plus elle se renforçait. Mais il y avait de fortes chances qu'il boite pour le restant de ses jours, il le savait.

Il était clair désormais qu'il était moins un invité qu'un prisonnier. On ne lui permettait pas de sortir de sa chambre. Il passait son temps à y faire les cent pas. Cet exercice ô combien rébarbatif se révéla efficace. Au bout de trois jours, il put se passer de béquille.

Il ne cessait de fouiller dans son esprit, mais celui-ci restait désespérément vide. À quelques exceptions près. Quand il regardait le mur d'enceinte par l'étroite meurtrière, un autre mur surgissait dans sa tête. Plus épais, et plus haut. Mais, dès qu'il cherchait à quoi cette image se rattachait, elle s'effaçait. Comme s'il cherchait à saisir une poignée de brume.

Et puis, il y avait le cauchemar. Toujours le même, encore et encore. L'homme à terre. L'immonde culpabilité.

Si le rêve hantait ses nuits, Kimbra occupait ses journées. Sa fille et elle. Allaient-elles bien ? À la moindre erreur de sa part, elles en paieraient le prix.

Le troisième soir, le Charlton lui rendit visite.

— C'est un miracle, dit-il en le trouvant debout près de la meurtrière.

— Oui, acquiesça Robert Howard.

— Le médecin était persuadé que tu serais mort à l'heure qu'il est.

— C'est ce qu'il m'a dit quand j'ai refusé qu'il me saigne.

— Pourquoi refuser ?

— J'ai été assez saigné comme cela par les Écossais. Inutile que mes compatriotes s'y mettent eux aussi.

Le Charlton sourit.

— Je partage ton avis. Kimbra est une bien meilleure guérisseuse, sauf qu'elle rechigne à soigner. Elle se contente de fournir ses plantes. Sauf avec Will. Et, ajouta-t-il d'un air pensif, avec toi.

— Je lui suis reconnaissant.

— L'un de mes messagers est revenu. Aucun Howard ne te connaît. Il n'y a pas de cheveux auburn dans leur famille.

Robert Howard haussa les épaules.

— Cela ne me surprend pas. Je ne les ai jamais rencontrés. Et je ne sais pas non plus si ma mère était blonde ou rousse.

— Sim avait la réputation de semer des bâtards derrière lui. Quelle famille t'a recueilli ?

Grâce à Kimbra, Robert Howard avait une réponse toute prête.

— Les Forster. John Forster.

Le Charlton émit un grognement agacé. Les Forster et les Charlton, bien qu'anglais tous les deux, étaient en guerre depuis des années.

— J'ai été heureux de les quitter, ajouta Robert Howard.

— Cedric se méfie de toi.

— Je ne l'aime pas non plus. J'ai entendu dire qu'il ne s'était pas beaucoup battu.

— Seul l'or l'intéresse, admit le Charlton. Il ne voit pas d'honneur à se battre pour autre chose. Ce qui doit être aussi ton cas, puisque tu as été mercenaire en France.

— Et en Espagne. J'aime l'aventure.

Ce qui était probablement vrai, découvrait-il. Si la vie et la sécurité de Kimbra n'avaient pas été en jeu, il aurait aussi apprécié ce duel verbal.

Après l'avoir dévisagé, le Charlton quitta la pièce sans un mot. Robert Howard – l'homme qu'il était à présent – savait qu'il ne l'avait pas entièrement rassuré.

Le lendemain, le Charlton réapparut accompagné d'un serviteur portant un plateau avec un pichet de bière et deux chopes. Le vieux chef, lui, avait un échiquier sous le bras et une boîte contenant des pièces délicatement sculptées.

— Tu joues aux échecs ?

Bon sang, il n'en savait rien. L'échiquier lui parut cependant familier. Pourquoi diable se souvenait-il de choses aussi futiles et pas de son nom, de sa famille, ni de l'endroit d'où il venait ?

Cela faisait plusieurs jours qu'il était seul. Un peu de compagnie n'était pas pour lui déplaire, et il avait aussi envie de relever le défi, même s'il était conscient que chaque instant passé avec cet homme était un risque supplémentaire.

Il hocha la tête.

— Sois béni, mon garçon ! s'exclama le Charlton. Personne ici ne sait bouger un cavalier.

Le Charlton posa l'échiquier sur la table et, avec ses doigts gonflés par la goutte, entreprit d'y disposer les pièces. Robert Howard l'aida. Oui, il connaissait la place et le rôle de chaque pièce. Le roi. La reine. Les tours. Les fous. Les cavaliers. Les pions.

Ayant tiré les blancs, Robert joua le premier. Il bougea un pion. Le mouvement suivant lui vint automatiquement et, déjà, son esprit calculait les coups à venir. Il les voyait clairement, tandis que son adversaire prenait le temps de réfléchir.

Qui lui avait appris à jouer ?

Quinze coups plus tard, il sut qu'il pouvait mettre le Charlton échec et mat. Il n'était toutefois pas sûr que ce soit une bonne idée.

— N'essaie pas de me faire plaisir, dit le Charlton comme s'il avait deviné ses pensées. Je n'aime pas perdre, mais j'aime encore moins qu'on me laisse gagner.

Robert Howard le prit au mot.

— Mat.

Le Charlton contempla l'échiquier avec stupeur, essayant de comprendre ce qu'il venait de se passer.

— On a souvent du temps de libre entre deux batailles, expliqua Robert, sans savoir si cette explication était vraie ou non. Je me suis beaucoup entraîné.

Le regard du Charlton le transperça.

— Tu n'avais pas grand-chose à parier, mais tu as gagné. Tu peux choisir une récompense.

— Alors, je veux un livre, dit-il aussitôt.

Un livre pour Kimbra.

Que Dieu lui en soit témoin, il la reverrait.

— Tu sais donc lire ?

— Oui.

— Comment ?

Si seulement il le savait.

— Un prêtre m'a appris.

— Tu es un homme aux nombreux talents, semble-t-il.

Robert Howard ne répondit pas.

— Un livre, donc. Et ce soir, tu te joindras à nous pour le dîner.

Le Charlton se leva et le dévisagea un moment avant de déclarer d'une voix douce :

— J'espère pour toi que tu ne me décevras pas, le Howard.

Kimbra resta à l'écart de la tour aussi longtemps qu'elle le put.

Au cours d'une visite à Jane, elle apprit que le Howard s'y trouvait toujours. Cedric était revenu de sa traque aux Écossais. Les soldats du roi commençaient à quitter la région. Une trêve avait été décrétée pour permettre aux Écossais de venir chercher leurs morts.

Des *Écossais*. Des Écossais allaient venir par ici.

L'un d'entre eux reconnaîtrait peut-être l'écusson.

Comme toujours, cette idée provoqua en elle des sentiments contradictoires. Elle voulait que l'Écossais retrouve sa famille. Mais alors elle le perdrait à jamais.

— Que dit-on à propos de M. Howard ? demanda-t-elle à son amie.

— Oh, Cedric a beaucoup à dire, surtout depuis que le Charlton a invité le Howard à sa table, mais il reste prudent. Il semblerait, si j'en crois Jock, que le Charlton s'est entiché de ton invité.

Elle aurait sans doute dû être surprise, mais elle ne l'était pas. Ne s'étaient-elles pas aussi entichées de lui, Audra et elle ? Il avait le don de se faire apprécier partout où il allait, semblait-il. Pas par Cedric bien sûr, car celui-ci avait immédiatement perçu la menace pour lui-même et pour ses ambitions. Mais plus l'Écossais restait à la tour de guet, plus il se mettait en danger, et ce d'autant plus que Thomas Charlton recherchait sa compagnie.

Il fallait qu'elle le voie.

Audra et elles regagnèrent le cottage sur Magnus. On était au milieu de la journée, deux jours après son voyage à Branxton. Elle rassembla en hâte quelques herbes pour le Charlton et fourra le pourpoint de Will dans un sac.

Elle avait juste le temps d'aller à la tour de guet et de revenir avant la nuit.

Audra était ravie à l'idée de revoir son ami et ne tint pas en place jusqu'à ce que sa mère la hisse sur Magnus.

Lorsqu'elles arrivèrent en vue de la tour, le cœur de Kimbra s'affola. C'était ridicule.

La première personne qu'elle vit en franchissant le mur d'enceinte fut Cedric. Il chevaucha à sa rencontre en la déshabillant du regard.

— J'allais justement te rendre visite.

Ours gronda.

— Tu as encore ce chien ?

— C'est le chien de ma fille. Personne ne portera la main sur lui.

Il haussa un sourcil, et elle comprit qu'elle avait intérêt à surveiller son chien.

— Je voulais te prévenir. Les Armstrong ont repris leurs raids maintenant que l'armée du roi est partie. Tu ne devrais pas rester seule. Pense à ta fille.

— C'est ce que je fais, rétorqua-t-elle.

— Et tu ferais mieux de ne pas t'intéresser au Howard.

— Je ne m'intéresse à personne.

— Il y a quelque chose de louche chez lui et je le prouverai au Charlton.

— Je ne vois pas de quoi tu parles.

— Ça viendra, dit-il avec assurance. Je vais t'attendre pour te raccompagner au cottage.

— Nous n'avons pas besoin que tu nous raccompagnes.

— Le Charlton préférera te savoir en sécurité, Kimbra.

— Je ne repars pas tout de suite.

— Tu auras donc encore plus besoin de moi. Il fera nuit.

Elle retint une réplique cinglante. Elle préférait être seule dans le noir qu'avec lui.

Un garçon d'écurie vint prendre les rênes de Magnus. Kimbra mit pied à terre et posa Audra sur le sol. Elle récupéra le sac contenant le pourpoint.

On l'escorta jusqu'à la chambre de Thomas Charlton, pendant qu'une servante emmenait Audra à la cuisine pour lui donner une friandise.

— J'espère que tu as apporté quelque chose pour le calmer, dit Jock qui montait la garde devant sa porte. Il est d'une humeur de chien.

Le Charlton la considéra en effet d'un œil mauvais quand elle entra. Sa cheville, posée sur un tabouret devant lui, était rouge et enflée.

— Je vous ai apporté des feuilles de laurier. Je vais les préparer, si vous voulez.

— Vas-y. Saleté de jambe. Je ne peux même pas grimper en selle.

— J'ai aussi rapporté le pourpoint de Robert Howard. Vos hommes ne lui ont pas laissé le temps de le prendre quand ils sont venus le chercher.

— Je veillerai à ce qu'on le lui donne.

— J'aimerais vérifier l'état de ses blessures.

— Il va bien. Tu es une bonne guérisseuse.

— Je ne suis pas une guérisseuse.

— Je ne pensais pas qu'il survivrait. Tu as un don, Kimbra.

Elle secoua la tête.

— Je n'ai pas pu sauver Will. J'aurais dû laisser votre médecin le soigner.

— Non. Rien n'aurait pu le sauver une fois que le poison s'était répandu dans son sang.

Elle ne répondit pas. La culpabilité la rongeait encore. Pourquoi n'avait-elle pas été capable de sauver son mari alors qu'elle avait sauvé un inconnu, un ennemi ?

— Ce Howard, reprit le Charlton, il ne parle pas beaucoup.

— Il a été blessé à la tête. Je crois qu'il a oublié des choses.

— Il n'a pas oublié comment me battre aux échecs.

Elle dut paraître surprise, car il lui adressa un sourire rusé.

— Il n'y en a pas beaucoup, le long de la frontière, qui en sont capables, enchaîna-t-il. Je voulais le jauger. Apparemment, il ne déborde pas de loyauté envers les Howard. Un homme comme lui pourrait m'être utile. Depuis la mort de Will...

Elle était sidérée. De toutes les issues possibles, elle n'avait jamais envisagé celle-ci.

— Et Cedric ? Et ses frères ?

— Ils n'ont pas la confiance de mes hommes.

— Vous ne savez rien de ce Robert Howard.

— Je me flatte de savoir juger les caractères. Jusqu'à présent, je ne me suis jamais trompé. Il a failli mourir en combattant pour le roi Henry. Quand il me parle, son regard ne fuit pas le mien. Et il sait jouer aux échecs, ajouta-t-il en souriant.

Elle ne répondit pas, mais elle était accablée. La dernière chose dont l'Écossais et elle avaient besoin, c'était la confiance et l'amitié d'un homme qui détestait qu'on le trompe. D'un autre côté, cela pourrait faciliter l'évasion de l'Écossais.

Cela ne faisait aussi que décupler le sentiment de déloyauté qui montait en elle. Elle ne voulait pas que le Charlton fasse confiance à cet homme.

— Audra aimerait le voir, dit-elle.

— Je vous accompagne.

— Et votre jambe ?

Il haussa les épaules, se mit debout et attrapa sa canne. Il la précéda dans le couloir.

Jock, qui avait été l'un des meilleurs amis de Will, se tenait près de la porte devant laquelle ils s'arrêtèrent.

Elle lui sourit avec une affection sincère et il lui rendit son sourire.

— Le Howard est réveillé ? s'enquit le Charlton.

— Oui. La dernière fois que je l'ai vu, il essayait de creuser une tranchée dans la pierre à force de faire des allers-retours.

— Va chercher maîtresse Audra à la cuisine, ordonna le Charlton.

Tandis que Jock s'éloignait dans le corridor, le Charlton et elle entrèrent dans la chambre du Howard.

Son Écossais était en train de faire demi-tour. Il parut d'abord surpris, puis inclina la tête pour saluer le Charlton. Il afficha une expression prudemment neutre quand il se tourna vers elle, mais elle vit un muscle palpiter sur sa gorge.

— Maîtresse Kimbra, dit-il.

— Je voulais voir où en étaient vos blessures, dit-elle, et vous ramener le pourpoint que vous avez laissé au cottage.

Elle lui tendit le sac.

— Merci, dit-il. Encore une fois.

Il la regardait dans les yeux, mais demeurait impassible, alors qu'elle sentait son propre cœur battre bien trop rapidement.

Elle resta plantée là, maladroite, ne sachant que faire, redoutant de dire quoi que ce soit devant le Charlton.

L'Écossais s'avança vers elle. Il boitait, mais ses pas étaient assurés et il n'utilisait pas la béquille.

— Vous avez fait du bel ouvrage, dit-il et cette fois un sourire apparut sur ses lèvres.

— Non, je vous ai juste donné ce que Dieu nous procure.

Elle sentit la chaleur de son regard pendant une minuscule seconde avant qu'il se tourne vers la porte sur le seuil de laquelle Audra venait de s'encadrer. Elle courut aussitôt vers lui. Il lâcha le sac pour la soulever dans les airs.

— T'es-tu entraînée avec le luth ? demanda-t-il, ignorant visiblement la douleur qu'il venait de réveiller dans sa poitrine.

— Oui. Mais ça fait peur à Ours. Il se cache sous la table.

— C'est pour mieux t'écouter, dit-il, une étincelle dans les yeux.

Kimbra craignait qu'il ne fasse preuve d'un peu trop de familiarité pour un homme prétendument mourant quelques jours plus tôt. Mais comment empêcher Audra de le contempler avec adoration ?

— Le luth ? répéta le Charlton.

— M. Howard m'apprend à en jouer, dit fièrement Audra.

Le Charlton observa l'Écossais.

— Tu ne m'en as pas parlé.

L'Écossais haussa les épaules.

— Je ne joue pas si bien.

— Comme aux échecs ? répliqua Charlton, ironique. Y a-t-il autre chose que je devrais savoir ?

— Non.

— Je vais vous laisser un instant, dit le Charlton. Kimbra, tu dîneras avec nous ce soir. Edith s'occupera d'Audra, et Jock vous raccompagnera.

Pas de Cedric. C'était là une raison suffisante pour accepter.

— Je n'ai pas apporté de robe, protesta-t-elle néanmoins.

— Claire te montrera celles de ma femme. Prends celle que tu veux.

Ébahie, elle ne put que hocher la tête. Le Charlton avait perdu sa seconde femme trois ans plus tôt et l'avait sincèrement pleurée, comme elle-même avait pleuré Will. Sa première épouse, avait-elle entendu dire, était morte en couches. Mary, la seconde, lui avait donné un fils qui était mort après une fièvre et une fille qui avait commis le péché impardonnable d'épouser un Écossais. Il ne s'était pas remarié.

— Merci, dit-elle.

Il les quitta. Et ils se retrouvèrent tous les trois, l'Écossais, sa fille et elle.

Il reposa Audra sur le sol et tendit la main pour frôler la joue de Kimbra.

— Je m'inquiétais pour vous.

— Je sais prendre soin de moi, dit-elle d'une voix un peu trop tremblante.

— Je vous mets toutes les deux en danger.

Elle baissa les yeux sur Audra et il pinça les lèvres. Il se pencha.

— T'es-tu aussi entraînée avec les lettres ?

— Oui, répondit la petite.

Et elle entonna la « chanson des lettres ».

— Très bien, la félicita-t-il. Je n'ai jamais eu de meilleure élève.

Le sourire d'Audra n'aurait pas pu être plus éclatant. Celui de l'Écossais non plus.

Sainte Mère de Dieu, ce sourire était ensorcelant.

Elle aurait voulu lui caresser la joue, elle aussi. Et beaucoup plus encore.

Mais elle devait se souvenir des raisons pour lesquelles elle était ici.

— Audra, tu veux bien redescendre à la cuisine, voir si la cuisinière a des friandises ? s'enquit-elle.

Aussitôt, une moue rebelle apparut sur le visage de sa fille.

— J'aimerais bien une friandise, intervint l'Écossais, et Audra n'eut pas besoin d'un autre encouragement.

Dès qu'elle fut partie, Kimbra annonça :

— L'armée anglaise se retire. Certains Écossais traversent la frontière pour venir chercher leurs morts.

— Je suis surveillé en permanence.

Elle hésita, puis :

— Avez-vous eu d'autres souvenirs ?

— Le visage d'un homme, c'est tout. Et j'ignore si c'est un souvenir ou un cauchemar.

— Le Charlton a dit que vous saviez jouer aux échecs.

— Oui, un mystère de plus.

Il se frappa la paume du poing.

— C'est si frustrant. Je me rappelle de choses futiles, mais pas des gens.

— Mais ici, personne ne vous soupçonne ?

— Le Charlton a des doutes, je crois.

— Pas tant que cela. Il envisage de vous prendre dans la famille.

Il la dévisagea.

— Il croit être un bon juge des caractères, reprit-elle.

L'Écossais se rembrunit.

— Il a insisté pour que je participe au repas du clan hier soir.

— Du clan ?

— Je ne devrais pas utiliser ce mot ?

— Non. Cedric était là ?

— Non, mais il y en avait d'autres qui me considéraient avec hostilité.

— Je continue à penser que vous devriez fuir à la première occasion.

— Pour aller où ?

— N'importe où en Écosse, répondit-elle, avant d'ajouter à brûle-pourpoint : Est-ce que « La vertu est mon honneur » signifie quelque chose pour vous ?

Il répéta les mots avant de secouer la tête.

— Cela devrait ?

Déçue, elle haussa les épaules.

— J'ai entendu dire que c'était une devise courante en Écosse. J'ai cru que cela réveillerait des souvenirs.

Il la répéta, plusieurs fois, puis secoua de nouveau la tête.

L'écusson. Parle-le-lui de l'écusson.

La porte s'ouvrit et Audra apparut avec une assiette garnie de friandises. Derrière elle se tenait la gouvernante des Charlton.

Kimbra connaissait bien Claire. C'était la cousine de Will, une célibataire endurcie, qui était déjà la gouvernante de Thomas Charlton bien avant son mariage avec Will. C'était une belle femme d'âge mûr et beaucoup se demandaient pourquoi elle ne s'était jamais mariée. Ce n'étaient pourtant pas les prétendants qui lui manquaient, disait-on. Kimbra ne la considérait pas comme une amie, mais pas comme une ennemie non plus.

Le regard aiguisé de Claire passa d'elle à l'Écossais pour revenir sur elle.

— Le Charlton m'a demandé de te trouver une robe.

Kimbra voulait désespérément rester encore un peu avec l'Écossais, mais elle n'avait pas le choix. C'était trop dangereux pour lui. Surtout maintenant que le

Charlton s'intéressait à lui. Les luttes de pouvoir au sein des Charlton étaient d'autant plus acharnées que le chef de famille n'avait pas d'héritier, elle le savait.

Si l'Écossais était considéré comme un obstacle à certaines ambitions, il deviendrait une cible. Certains se contenteraient d'essayer de le discréditer, mais d'autres chercheraient à l'éliminer.

Ce qui rendait son évasion d'autant plus urgente.

Si seulement cette devise avait éveillé un souvenir.

Elle laissa l'Écossais et Audra avec leurs friandises, et suivit Claire dans une autre pièce un peu plus loin dans le couloir. Claire ouvrit un coffre et en sortit plusieurs robes, toutes bien plus belles que tout ce que Kimbra avait jamais possédé.

L'une, en soie bleu sombre, retint son attention. La coupe était modeste, les lignes simples.

Claire l'aida à l'enfiler. Elle était trop serrée par endroits, trop lâche à d'autres. La gouvernante fit venir une couturière qui, en moins d'une heure, retoucha le vêtement.

En dehors de quelques instructions données à la femme, Claire était restée silencieuse. Les travaux de couture achevés, elle considéra la coiffure de Kimbra et secoua la tête. Peu après, une autre jeune fille vint nouer ses cheveux en un chignon compliqué.

Sa tâche accomplie, la fille disparut.

Kimbra se tourna vers Claire.

— Pourquoi fait-il cela ?

— Le Charlton ?

— Oui.

— Il se sent seul, je pense.

Cette réponse surprit Kimbra, moins pour son contenu que pour la tristesse qu'elle perçut dans la voix de Claire.

— Le Charlton ?

— Il envisageait de faire de Will son héritier.

Kimbra se souvint de la visite du Charlton alors qu'elle tentait de soigner Will. Il était revenu après sa mort. Elle avait pensé qu'il s'agissait d'un témoignage de respect à l'égard de l'un de ses soldats.

— Il t'a toujours appréciée, dit alors Claire.

Quelque chose dans sa voix fit sursauter Kimbra, on aurait dit… de la jalousie. Elle fouilla dans sa mémoire. Claire était la cousine de Will, mais c'était une parente éloignée. En revanche, elle était la cousine germaine du Charlton. Se pouvait-il qu'elle soit amoureuse… ?

Non, c'était impossible. L'Église l'interdisait. Mais Claire était visiblement dans le secret des pensées intimes du Charlton.

— Je croyais qu'il était contre notre mariage, à Will et moi.

— Au début, oui. Tu n'apportais rien à la famille et rien à Will non plus, mais quand il a appris que tu participais aux raids avec lui, il en a rugi de rire. Il a dit qu'à toi seule tu valais au moins deux soldats.

Kimbra était éberluée. C'était donc pour cela qu'il lui avait permis de garder le cottage. Cedric avait menti en prétendant que Thomas Charlton voyait sa cour d'un bon œil. C'était plutôt le contraire : il espérait, en l'épousant, devenir le favori du Charlton.

Elle se demanda si c'était aussi la raison pour laquelle le Charlton avait souhaité qu'elle reste ce soir. Pour montrer qu'elle était sous sa protection.

Elle se souvint alors du sort de l'un de ses anciens favoris, quatre ans plus tôt, quand il avait découvert qu'il l'avait trompé.

Un frisson la parcourut.

Le Charlton n'était pas homme à pardonner la trahison. Ni à tolérer le mensonge.

Maintenant que l'Écossais et elle avaient ses faveurs, ils étaient plus en danger que jamais.

14

Robert Howard prit place au milieu des ennemis de son pays avec l'impression d'offrir son cou au bourreau. Il essaya de ne pas regarder Kimbra Charlton, assise à la place d'honneur auprès du Charlton.

Lui-même avait été installé plusieurs sièges plus loin, entre Jock d'un côté et un certain Fils de Davey de l'autre. En face de lui, Cedric affichait un visage empreint d'animosité. Il était flanqué d'un individu qui lui ressemblait beaucoup. Garrick, son frère.

Comme presque tous les hommes présents, Robert Howard avait beaucoup de mal à ne pas garder les yeux rivés sur Kimbra Charlton. La couleur de sa robe faisait paraître ses yeux bleus, et sa chevelure sombre était tirée en arrière, quelques boucles encadrant son visage. Elle était splendide, et quand elle était entrée dans la salle avec le Charlton, son cœur s'était arrêté de battre.

Elle était aussi belle qu'un coucher de soleil sur un loch écossais et aussi impétueuse qu'une tempête en mer.

D'où lui venaient ces images ? Soudain, il se vit assis au sommet d'une falaise surplombant la mer, les vagues s'écrasant en contrebas sur un rocher jaillissant de l'écume.

La vision disparut.

— Howard ?

Jock s'adressait à lui.

— Oui ?

— Tu n'as pas l'air bien.

— Ce n'est rien. Une faiblesse passagère.

— Mange donc.

Il s'efforça de suivre ce conseil. Il avait l'embarras du choix : une profusion de plats se succédait. Du mouton, du bœuf, du faisan. Tout en profitant de ce repas abondant, il tenta de se concentrer sur sa vision. Ce rocher avait eu une grande importance dans sa vie. Il en était certain.

Il coula un regard à Kimbra. Elle souriait à quelque chose que le Charlton avait dit et il en ressentit une intense jalousie. C'était ridicule. L'homme avait presque trois fois son âge.

— Personne n'a pas demandé de tes nouvelles, lui lança soudain Cedric. C'est bizarre, on dirait que personne ne te connaît.

Il haussa les épaules sans répondre.

— C'est à se demander si tu es vraiment un Howard, insista Cedric.

Robert Howard haussa de nouveau les épaules, toujours sans répondre, et se tourna vers Jock.

— Il paraît que l'armée de Henry s'en va.

— Oui, et les Anglais n'arrêtent pas de perdre chevaux et matériel, répliqua Jock avec un grand sourire.

— Les Écossais, sans doute, suggéra Robert Howard.

— Sans doute, répéta Jock, amusé.

Cedric intervint.

— Il paraît que tu as combattu sur le continent. Pour ou contre les Français ?

— Pour ceux qui me payaient le plus.

— Les Français sont nos ennemis.

— Pas toujours.

Cedric s'empourpra.

— Je ne crois pas un mot de ton histoire.

— C'est ton choix, dit Robert Howard avant de se tourner de nouveau vers Jock.

Une espèce de camaraderie était née entre eux ces derniers jours. Ils avaient même partagé un pichet de bière après la première visite du Charlton.

— Son histoire vaut bien celles que tu racontes, rétorqua soudain Jock à Cedric. Tu as vite disparu pendant la bataille.

Il n'avait pas cherché à dissimuler son dégoût.

Robert Howard regarda Kimbra au moment où elle en faisait autant. Leurs regards se croisèrent. Dieu qu'elle était belle ! Puis elle s'adressa de nouveau au Charlton.

Du coin de l'œil, il vit la rage de Cedric et devina qu'il avait surpris cet échange.

Les desserts arrivèrent. Des tartes, du pudding et des fruits.

Il entendit alors Kimbra déclarer qu'elle devait partir. Elle avait une fille à mettre au lit et une vache à traire.

— J'enverrai quelqu'un s'occuper de la vache, dit le Charlton.

— Vous ne connaissez pas ma vache. Elle n'autorise personne à la traire à part moi.

« Ce qui est presque vrai », songea Robert Howard.

— Je la raccompagne, proposa Cedric en se levant.

— Non, l'arrêta le Charlton. Jock s'en chargera.

— Je croyais qu'il devait surveiller ce… cet homme qui se prétend un Howard.

Le Charlton fronça les sourcils.

— Tu mets en doute mes décisions ?

— Non, mais…

— Nous verrons ça plus tard, toi et moi, le coupa le Charlton.

Kimbra se leva et Jock la rejoignit. Elle jeta un coup d'œil à Robert Howard.

— Je n'ai pas regardé ses blessures.

— Tu peux t'en occuper pendant que je prépare les chevaux, dit Jock en ignorant le regard meurtrier de Cedric.

Le géant les accompagna jusqu'à la chambre de Robert Howard.

Dès que la porte se fut refermée, elle murmura :

— Il faut que vous partiez le plus tôt possible. Essayez de venir au cottage. Vous prendrez Magnus.

— Non, Kimbra, je ne peux pas vous priver de votre cheval. Du reste, en dépit de l'hospitalité du Charlton, je suis constamment sous surveillance.

Il s'approcha d'elle.

Elle se laissa aller contre lui et il l'enveloppa de ses bras, lui effleura la joue de ses lèvres.

Seigneur Dieu, c'était comme s'il avait attendu cette étreinte toute sa vie. Comment pouvait-il être marié à une autre et éprouver de tels sentiments ?

Ses lèvres glissèrent le long de sa joue, vers son cou. Elle émit un petit bruit, comme un ronronnement. Lui aussi avait envie de gémir. Sa bouche trouva la sienne, la caressa avec une infinie tendresse. Qui ne dura pas. Très vite, elle devint exigeante, et leur baiser se fit ardent, passionné. Il pouvait à peine se contrôler. Il la plaqua contre lui.

Elle était tout aussi affamée.

Il ferma les yeux, s'imprégnant de ces sensations. Cette femme. Son délicieux parfum de fleurs. Le soyeux de sa chevelure. Il eut soudain l'impression d'être baigné de lumière, plongé dans une chaleur ô combien bienfaisante, et il sut qu'il n'avait jamais rien ressenti de tel.

Elle bougea légèrement et il rouvrit les paupières, s'écarta un peu. Dans ses yeux gris teintés de bleu, il vit la passion à l'état pur.

Il referma la main sur sa nuque.

— Il y a de la magie ici, souffla-t-il.

— Oui, mais cela ne peut pas durer.

— Pourquoi ?

— C'est évident.

— Non.

— Vous êtes noble ou au moins issu d'une grande famille. Quand vous aurez retrouvé les vôtres, je ne compterai plus.

— Vous compterez où que j'aille.

Elle appuya la joue contre son cœur pendant quelques secondes avant de reculer avec détermination.

— Non. Les rêves sont faits pour les idiots, dit-elle.

Les rêves sont faits pour les idiots.

Il se figea. Un homme de haute taille, aux cheveux bruns, mais dont le visage restait invisible.

Nous ne pourrons jamais nous marier. Les rêves sont faits pour les idiots.

Les mots étaient amers, chargés de chagrin.

La vision disparut.

Il secoua la tête pour tenter de la ressusciter. Mais elle avait disparu, noyée dans cette brume où se perdaient toutes les images qui le torturaient.

— Robert ?

C'était la première fois qu'elle l'appelait ainsi. Ce nom commençait à devenir familier.

— Un souvenir... je crois...

— Lequel ? demanda-t-elle d'une voix coupante.

— Une silhouette. Un homme.

— À quoi ressemblait-il ?

— Je n'ai pas vu son visage.

— Disait-il quelque chose ?

Il ne pouvait lui répéter ces mots. Ils étaient comme une brûlure sur son âme. *Nous ne pourrons jamais nous marier.*

— Non, mentit-il.

— Votre frère ? Votre père ? Un ami ?

Il secoua la tête, accablé.

— Bon sang, je n'en sais rien.

— Vos cauchemars ? L'avez-vous déjà vu dans l'un d'entre eux ?

— Non.

— Quelqu'un autre ? insista-t-elle. Avez-vous vu quelqu'un d'autre ?

La fille aux cheveux châtains qui riait. Mais cela non plus il ne pouvait pas le dire.

Kimbra le scrutait. Elle avait deviné qu'il lui cachait quelque chose.

Elle se détourna.

— Je ferais bien d'examiner vos blessures. C'était mon excuse pour venir ici.

— Votre excuse ?

— Cedric et d'autres saisiront le moindre prétexte pour vous faire du mal s'ils s'imaginent que vous ou moi sommes un obstacle à leurs ambitions.

Il y avait de la froideur dans sa voix. Parce qu'il n'avait pas été honnête avec elle, il le savait.

Il ne comprenait pas trop pourquoi il ne voulait pas lui parler de la fille, ni lui rapporter les paroles prononcées par cet homme aux traits invisibles. Mais c'était ainsi, il ne le pouvait pas, pas tant qu'il ne savait pas ce que tout cela signifiait.

Il s'assit sur le lit pour lui permettre d'examiner sa jambe. Le bandage n'était plus nécessaire. La cicatrice laissée par la brûlure était horrible et encore douloureuse, mais en bonne voie de guérison.

— Au moins, vous ne boiterez pas, dit-elle.

— Tant mieux. J'ai déjà une raideur dans le bras gauche.

— Comment est-ce arrivé ?

Il hésita. Elle ne cessait jamais de lui poser des questions dans l'espoir d'éveiller des souvenirs. Une fois de plus, il ne put que secouer la tête, perplexe.

Il se remit debout, mais s'interdit de la prendre de nouveau dans ses bras de crainte que cela ne les mène beaucoup plus loin. Dieu sait qu'il en mourait d'envie. La déshabiller, la caresser, la coucher sur le lit et s'enfouir en elle. Il voulait revoir ce sourire si rare. L'entendre rire.

— Si seulement je le savais, dit-il, répondant enfin à sa question.

— Cela vous reviendra.

Il ne répondit pas. Il n'était pas sûr d'avoir envie que cela lui revienne. Pour la première fois, il voulait que ces voix dans sa tête se taisent.

Il lui caressa la joue avant de soulever son menton si volontaire.

— Je ne veux pas partir.

— Il le faut, murmura-t-elle d'une voix brisée. C'est trop dangereux.

— Vous en valez la peine.

Les mots lui avaient échappé avant qu'il puisse les retenir. Il n'avait pas le droit de lui faire une telle déclaration. Elle avait raison : il devait retrouver son passé avant de pouvoir prétendre à ce que désormais il voulait par-dessus tout.

Il déposa un léger baiser sur sa joue.

— J'essaierai de partir, promit-il.

Le pas lourd de Jock retentit dans le couloir. Ils se séparèrent.

— Je reviendrai, chuchota-t-il.

Elle en doutait, il le vit dans son regard.

Il aurait voulu l'embrasser pour chasser ce doute, mais c'était impossible. Il se posta à la fenêtre tandis que Jock entrait, une Audra endormie dans les bras.

— Les chevaux sont prêts.

Elle hocha la tête.

— Bonne nuit.

Et elle sortit, emportant la lumière.

Rory s'engouffra dans la tour des Armstrong. Il faisait presque nuit.

Il vit Archibald engagé dans ce qui semblait être une lutte à mort avec une espèce de brute barbue et borgne qui le dépassait d'une tête.

Il s'arrêta et regarda Archibald terrasser son adversaire.

Le vieux guerrier le remarqua et le rejoignit.

— Content de te voir.

— Des nouvelles de Lachlan ?

— Non, mais les Campbell ont payé la rançon pour Jamie. Il est déjà à la recherche de Lachlan, avec quelques-uns de ses Campbell. Il m'a demandé de t'attendre ici. Comment va la reine ? ajouta-t-il après un silence.

— Elle a le cœur brisé et elle est entourée par une meute de loups. Le conseil est partagé : les uns veulent une alliance avec les Français, les autres avec les Anglais, et ils ne parviennent pas à s'entendre. Je crains que le nouveau comte d'Angus ne soit en train de gagner son oreille et ne fasse pencher la balance en faveur des Anglais. Pour une raison que j'ignore, elle a choisi sa protection et commence à voir d'un bon œil une trêve avec l'Angleterre.

— Elle est la sœur du roi Henry.

— Oui, mais elle ne l'a jamais porté dans son cœur, et encore moins maintenant que Jacques est mort par sa faute.

— D'après ce que j'ai entendu dire, Jacques est tout aussi responsable de cette débâcle, fit remarquer Archibald avec amertume. Dix mille des nôtres massacrés. Hector, Lachlan et tant d'autres disparus.

— Les Armstrong nous aident-ils à les rechercher ?

— Du mieux qu'ils peuvent. Mais la frontière est dangereuse. Si Lachlan ou Hector se cachent quelque part, les rechercher de façon trop ostensible ne ferait qu'alerter les Anglais, leur révéler qu'il pourrait y avoir des survivants. Jamie et ses hommes sont accompagnés par plusieurs Armstrong. Ils se font passer pour des maraudeurs anglais.

— Oui, Lachlan serait une excellente prise pour la couronne d'Angleterre. Henry adorerait mettre la main sur un Maclean. Nous nous sommes toujours dressés contre les Anglais. Y a-t-il le moindre indice qu'il soit encore en vie ?

— Rien pour le moment, avoua Archibald, et j'ai peu d'espoir. Ces vermines ont dépouillé les cadavres. On leur a tout pris : armes, bijoux et vêtements. Tous ceux qui se trouvaient aux côtés de Jacques auraient été tués. Ils ont même eu du mal à identifier le corps du roi. Il était méconnaissable et entièrement nu.

— Mais personne n'a vu le cadavre de Lachlan ?

— Non, mais…

— Et Hector ?

— Un Maclean affirme l'avoir vu mourir. Mais nous n'avons pas encore retrouvé son corps.

La douleur étreignit Rory. Hector et Archibald avaient été comme des pères pour lui, bien plus que son véritable père.

— Il faut trouver l'endroit où les Maclean sont tombés.

Il n'aurait jamais dû laisser Lachlan prendre sa place.

Plusieurs hommes solides, vêtus de gambisons, s'approchèrent.

Archibald présenta Rory à celui qui semblait être leur chef.

— Voici Tommy Armstrong. Il fait tout ce qu'il peut pour nous aider. Il a pris contact avec d'autres familles de la frontière et envoyé quelques-uns de ses hommes avec Jamie.

Rory lui tendit la main.

— Merci. Les Maclean ne l'oublieront pas.

— Maintenant que leur armée se retire, les recherches seront plus faciles, déclara l'Armstrong d'un air sombre.

— Ont-ils emmené les blessés quelque part ?

— L'Anglais a ordonné de tuer tous les survivants.

— Pourtant, Jamie Campbell a été détenu afin d'obtenir une rançon.

— Par une famille assez puissante pour défier le roi. Il n'y en a pas tant que cela. Non, si Lachlan était encore en vie, tu aurais déjà reçu une demande, et je l'aurais appris d'une manière ou d'une autre.

— Il pourrait avoir été recueilli par quelqu'un.

— Qui aurait été prêt à risquer la mort ? Non, je ne crois pas. À mon avis, s'il a survécu à la bataille, la seule possibilité, c'est qu'il ait réussi à se cacher quelque part. Mais les Anglais écument la campagne. Il y a peu d'espoir qu'il leur échappe.

Le cœur de Rory se serra. Autrefois, il avait abandonné son jeune frère quand celui-ci avait eu besoin de lui. Il n'avait pas compris à quel point Lachlan avait été marqué par la mort de leur père. Égoïstement, il était parti en mer et y était resté dix ans. Malgré cela, à son retour, Lachlan avait risqué sa vie pour lui. Son frère avait fait preuve d'une formidable loyauté à son endroit. La réciproque n'était pas vraie.

Et maintenant, parce qu'il n'avait pas voulu quitter sa femme et ses deux enfants, son frère était peut-être mort.

Il ne pouvait l'accepter.

— Je pars retrouver Jamie Campbell.

— Non. Ils reviennent ce soir. Tu pourras commencer les recherches demain à la première heure.

D'un œil critique, il considéra les chausses, la chemise en lin et le tartan de Rory.

— Tu ressembles trop à un laird. Je vais te trouver une tenue plus adaptée. Laisse-toi aussi pousser la barbe.

On lui montra sa chambre et l'Armstrong l'invita à dîner. Si l'hospitalité exigeait cette invitation, la courtoisie voulait qu'il l'accepte, quand bien même il aurait préféré partir sur-le-champ à la recherche de son frère.

Le repas fut bruyant et très arrosé. Ni le langage, ni les manières, ni les vêtements ne distinguaient les Armstrong les uns des autres. Ils portaient tous la même tenue : des chausses noires, une tunique en laine grossière et un gambison renforcé. Ils buvaient avec entrain, se vantant de leur bravoure et se moquant de la lâcheté des Anglais de la frontière.

Plus tard, les sentinelles annoncèrent l'arrivée de cavaliers. Tous les hommes sortirent dans la cour. Les lumières des torches dansaient dans la nuit tandis que la petite troupe approchait.

À peine arrivé, l'un des nouveaux venus sauta à bas de sa selle et se rua vers Rory.

Il lui fallut un moment pour reconnaître Jamie. À la place de son tartan habituel, il portait le même accoutrement que les Armstrong, y compris ce casque en acier si commun le long de la frontière. Quand Jamie le retira, Rory vit qu'il avait les traits tirés. Ses cheveux roux avaient été noircis par une substance quelconque. Son éternel sourire avait laissé la place à une expression sinistre.

Rory lui étreignit l'épaule.

— Dieu que je suis content de te voir.

— J'ai survécu, dit son ami. Contrairement à beaucoup trop des nôtres.

La culpabilité rongeait visiblement Jamie. Rory ne le comprenait que trop bien.

— J'aurais dû être là.

— Pour ajouter un mort de plus ?

— Lachlan…

— Lachlan s'est battu comme un démon. Je l'ai vu tomber, l'épée à la main.

— Tu n'as donc plus aucun espoir pour lui ?

— Je n'en avais plus pour moi-même et pourtant me voilà.

— Quand l'as-tu vu pour la dernière fois ?

— Il était sur le flanc gauche du roi. Moi, sur le droit. Jacques a chargé. Nous étions en surplomb, nous aurions dû avoir l'avantage. Quand nous avons chargé les Anglais, nous avons été pris à revers. Nous nous sommes retrouvés encerclés. Jacques s'est battu comme un lion. Lachlan aussi. J'ai essayé de le rejoindre, mais une lance a abattu mon cheval. Quand j'ai voulu me relever, il y avait une épée sur ma gorge et j'étais désarmé… J'aurais dû mourir avec eux.

— Non, dit Rory. Ta mort n'aurait servi à rien.

— Sauf à sauver mon honneur.

— Personne ne doutera jamais de ton honneur. Tu ne me demandes pas de nouvelles de ta femme ?

— Je ne la mérite pas. J'ai déshonoré les Campbell. Je vis alors que les meilleurs et les plus braves d'Écosse ont péri.

— Ce n'est pas son sentiment, répondit Rory qui hésita avant d'ajouter : Elle attend un enfant, Jamie.

Les yeux d'un bleu si pur de Jamie le fixèrent. Ils n'étaient remplis que de douleur. Le rire, la légèreté, le charme en avaient disparu.

— Elle a besoin de toi, continua Rory.

— Je ne rentrerai pas tant que je ne saurai pas ce qui est arrivé à Lachlan. Je le retrouverai, je t'en fais le serment.

— Et Hector ? As-tu de ses nouvelles ?

— Non. Je crains le pire. Tu sais comme moi qu'il n'aurait jamais laissé Lachlan. Nous sommes retournés sur le champ de bataille, là où le roi et lui sont tombés, et nous n'avons rien trouvé. Les gens de la frontière, ces pillards, ont tout volé. Ils ont même dépouillé les Anglais.

— Il doit bien y avoir quelque chose, dit Rory.

— Oui, quelques corps ont été emportés dans des églises des environs. Certaines du côté écossais. Lachlan ne figurait sur aucune des listes que nous avons consultées. Maintenant que l'armée anglaise est partie, les Armstrong suggèrent d'essayer celle de Branxton.

— C'est loin d'ici ?

— À une nuit de cheval, lui répondit l'un des Armstrong.

— Alors, nous irons ce soir. Archibald et moi. Toi, reste ici pour te reposer un peu.

— Pas question, répliqua Jamie. Je viens avec vous.

À son air déterminé, Rory sut qu'il ne le ferait pas changer d'avis.

— Prends l'un de nos chevaux, proposa l'Armstrong. Ils sont moins grands que les vôtres, mais ils sont plus endurants, et ils traversent les marécages mieux que n'importe quelle autre bête. Sans compter qu'avec un animal comme le tien, on ne te prendra jamais pour quelqu'un de la frontière.

Il ne fallut que quelques minutes à Rory pour se déguiser en maraudeur. Le gambison était lourd, et la tunique de laine très grossière l'irritait. Le casque lui enserrait le crâne. Quand il grimpa sur un cheval qui lui parut minuscule, il eut l'impression que ses pieds traînaient par terre.

En silence, ils suivirent un Armstrong à travers des herbes hautes qui ne tardèrent pas à laisser place à des marécages. Dans ce paysage morne et désolé, éclairé par une lune aux trois quarts pleine, Rory entrevit ce que devait être la vie ici, le long de la frontière. Pourquoi elle était aussi dure et souvent impitoyable. Il connaissait l'existence des maraudeurs, bien sûr. Le roi Jacques avait souvent manifesté le désir d'agir contre l'impunité qui régnait dans cette région. Non seulement les Écossais attaquaient les Anglais, mais ils s'en prenaient aussi à d'autres Écossais.

Mais les Maclean avaient déjà été en affaires avec les Armstrong, des affaires qui impliquaient un peu de contrebande. Il était donc mal placé pour juger de leur moralité.

Jamie chevauchait à ses côtés.

— C'est une terre peu hospitalière, dit-il.

— Mais non dépourvue de beauté.

— Je n'ai pas tes yeux, Rory. Je hais jusqu'au moindre caillou ici.

Cette amertume était nouvelle chez lui et elle lui ressemblait fort peu. Rory s'interrogea sur ce qu'il avait enduré ces dernières semaines.

Puis il songea à Lachlan. Quelqu'un avait dû le voir. Quelqu'un devait savoir s'il était encore en vie. Il pria le ciel pour trouver des réponses à Branxton.

15

Robert Howard se sentait inextricablement empêtré dans ses mensonges.

Il détestait mentir.

Et en dépit de son mode de vie discutable, il appréciait Thomas Charlton. Il n'avait aucune envie de le tromper. Sainte Mère de Dieu, il ne savait même pas à propos de quoi il mentait.

Il avait réfléchi à ce qu'avait dit Kimbra, mais il ne pouvait pas faire grand-chose. On le surveillait en permanence. Dès qu'il quittait la tour, un homme le suivait comme son ombre. Une précaution assez inutile : jusqu'à présent, il n'avait pas eu la force de tenter de s'échapper.

À présent, il devait l'envisager.

C'était ce que voulait Kimbra.

Pas lui. Il se sentait curieusement à sa place à la frontière, aussi bien dans le petit cottage de Kimbra que parmi ces hommes rudes qui saisissaient la vie à bras-le-corps. Il appréciait la plupart d'entre eux, à l'exception de Cedric, qui semblait avoir décidé de le surveiller plus étroitement qu'il ne l'était déjà.

Pour renforcer sa jambe, il s'était mis à marcher dans la cour et s'était même entraîné à l'épée avec un Charlton. S'appuyant davantage sur sa jambe intacte, il n'avait pas tardé à s'épuiser, mais pendant un moment, il ne s'était pas si mal débrouillé.

Un peu plus tard, le Charlton le rejoignit dans sa chambre avec l'échiquier.

— Je t'ai observé tout à l'heure.

— Ce n'était pas terrible.

— C'était pas mal du tout pour quelqu'un qui a subi de telles blessures.

Il posa l'échiquier sur la table et entreprit de disposer les pièces. Aujourd'hui, Robert avait les noirs.

Mais il n'avait pas l'esprit au jeu et le Charlton remporta sa première partie.

— Tu m'as laissé gagner ?

— Non. Je ne vous insulterais pas ainsi.

— Alors, ton attention était ailleurs.

— Possible, admit Robert en souriant. Il est temps de penser à vous quitter si vous me le permettez.

— Où irais-tu ?

Robert haussa les épaules.

Le Charlton lui adressa un regard perçant.

— Un homme de plus me serait utile si tu choisissais de ne pas rejoindre les Howard.

— Je n'ai aucun amour pour eux... ni aucune loyauté, dit Robert Howard avec prudence. Et j'imagine que je ne compte pas beaucoup pour eux.

— Alors, peut-être accepterais-tu de te joindre à nous pour un raid en Écosse ? Les Armstrong ont attaqué l'une de nos fermes.

— Je croyais que les Anglais traquaient encore les Écossais de ce côté-ci de la frontière.

— Le gros de leur armée est en train de se retirer. Ils envoient bien des patrouilles ici ou là, mais ils ne connaissent pas la frontière et ne s'aventurent pas dans certains endroits. Ce sont des cibles faciles et tentantes. Tous ces chevaux anglais. Ces canons anglais. Ces tentes anglaises.

— Je suis flatté, mais je suis aussi perplexe. Vous ne savez pas grand-chose sur moi.

— Que les choses soient claires : au début, tu seras surveillé. Mais j'ai besoin de quelqu'un en qui je peux avoir confiance. Le Will de Kimbra était un chef. Les hommes étaient prêts à le suivre. Tu me fais l'effet d'être de la même trempe.

— Vous ne savez rien de moi, répéta Robert.

— Je sais que ton regard ne se dérobe pas, répliqua Thomas Charlton. Que Kimbra te fait confiance, et elle n'accorde pas sa confiance facilement. J'ai accepté que Cedric la courtise, mais elle ne veut pas de lui. Depuis, j'ai interrogé les autres, et même si peu ont parlé contre lui, il est évident qu'ils ne l'aiment pas... Mon unique fille, que le ciel lui vienne en aide, s'est mariée de l'autre côté de la frontière. Elle a agi contre ma volonté et je l'ai reniée. Mon fils est mort trop jeune. Will était presque comme un fils pour moi.

Sa voix s'était légèrement brisée. Il haussa les épaules.

— Tes blessures prouvent que tu n'es pas du genre à fuir au combat, même quand ce n'est pas le tien.

Robert Howard s'efforça de ne pas montrer son émotion. Kimbra avait dit que le Charlton le considérait avec bienveillance, mais il avait jugé cette possibilité fantaisiste. Il aurait dû savoir qu'avec Kimbra rien n'était jamais fantaisiste.

— Vous m'accorderiez votre confiance ?

Le Charlton esquissa un sourire.

— Pas complètement. Comme je l'ai dit, on te tiendra à l'œil. Mais fais tes preuves et tu auras une place ici.

Le vieux soldat observa un silence, avant d'ajouter :

— Je veux que la Kimbra de Will soit heureuse. Quand elle te regarde, il y a de la lumière dans ses yeux et cela faisait trop longtemps qu'il n'y en avait plus. Mais laisse-moi te prévenir encore une fois. Ne me mens pas. Ne me trahis pas. Je prendrais cela comme une injure personnelle. Et sache que si tu trahis ma confiance, je te tuerai.

Son regard s'était durci. L'hôte accueillant et le joueur d'échecs avaient disparu. Ce n'était plus un vieil homme que Robert avait devant lui, mais un seigneur impitoyable, chef de l'une des plus puissantes familles de la frontière.

Il se contenta de hocher la tête.

— Tu prendras donc part à notre raid ? insista le Charlton.

— Oui.

Le Charlton remplit alors deux coupes de vin.

— À notre succès, dit-il. Et à un nouveau Charlton.

Robert Howard faillit s'étrangler en avalant son vin. Il venait de se voir offrir ce qu'il désirait pardessus tout. Kimbra pouvait être sienne s'il prouvait sa valeur.

Il voulait rester. Il voulait un foyer. Il voulait Kimbra et Audra.

« Mais laisse-moi te prévenir… Ne me mens pas. »

Depuis qu'il avait mis le pied dans cette tour, il n'avait fait que cela.

Après le départ du Charlton, il alla à la fenêtre. Il était minuit passé et une lune aux trois quarts pleine était suspendue au-dessus du paysage désolé. Des moutons broutaient devant le mur d'enceinte.

Et là-bas, au loin, se trouvait un cottage chaleureux. Kimbra était-elle, elle aussi, incapable de dormir ? Son ventre se tordait-il de désir comme le sien ? Cela arrivait-il seulement aux femmes ?

Un cavalier solitaire approchait au galop.

On ouvrit la grille qu'il franchit sans ralentir. Dès qu'il sauta à terre, plusieurs hommes le rejoignirent et ils entrèrent dans la tour précipitamment. Un frisson courut le long de l'échine de Robert Howard. Quelqu'un avait-il découvert qui il était ?

Il n'y eut pas de bruit de pas dans le couloir et il commença à se détendre, avant de s'inquiéter de nouveau. Y avait-il eu un raid ?

Sa porte n'était plus verrouillée. Ce qui ne changeait rien : il n'avait aucun moyen de quitter la tour sans se faire remarquer. Il boita dans le couloir jusqu'à la chambre du Charlton et rencontra Jock, qui le poussa à l'intérieur.

Il ignora le regard mauvais de Cedric.

— Il s'est passé quelque chose ?

— Une autre ferme a été attaquée, répondit le Charlton d'un ton las.

— Kimbra ?

— Non, pas Kimbra, mais j'ai envoyé des hommes la chercher. Un fermier a été poignardé en essayant de protéger son bétail. Il a perdu tous ses moutons ainsi que ses deux chevaux. J'envoie une troupe à leur poursuite.

— Je veux y aller, dit-il.

Assez curieusement, il avait l'impression que c'était lui qui avait été attaqué. Pourtant, ces gens n'étaient pas les siens. Cette tour n'était pas son foyer.

— Pas cette fois. La chevauchée va être rude et il faut connaître les pistes. Ta jambe n'est pas assez guérie.

— Mais vous avez dit...

— Dans quelques jours, Howard. D'autres Charlton vont nous rejoindre. Nous serons alors assez forts pour les attaquer chez eux, mais ce soir nous pouvons récupérer le bétail. Les bêtes vont les ralentir.

Le Charlton balaya les hommes présents du regard, s'attarda sur Cedric avant de choisir un autre homme.

— Will de Ritchie, prends quinze hommes avec toi.

Cedric s'avança pour protester.

— J'ai besoin de toi ici, dit le Charlton sans lui laisser le temps de prendre la parole. Il y a eu un raid ce soir. Il pourrait y en avoir d'autres.

Amadoué, Cedric acquiesça :

— Comme tu veux.

Le dénommé Will de Ritchie quitta la pièce. Robert suivit le Charlton quand il se leva pour se poster à la fenêtre. Ils regardèrent les seize hommes armés quitter la tour au galop.

Soudain, une nouvelle image surgit dans son esprit. Avec une telle violence qu'il dut poser la main sur le mur pour se retenir...

Il galopait sur un sentier avec un groupe d'hommes. Il chevauchait aux côtés d'un cavalier à la stature imposante.

Soudain, ils étaient encerclés. Il essayait de dégainer son épée, mais sans y parvenir.

Le cavalier intervenait, se plaçait devant lui... avant de s'effondrer, le corps ensanglanté...

Désespéré, il s'agenouillait près de lui.

Père.

Il l'avait tué.

Kimbra attendait avec impatience des nouvelles de son Écossais.

Il avait sûrement eu une occasion de s'enfuir à présent. Sauf que s'il avait réussi, Jane serait venue la prévenir – même chose si on avait découvert qu'il n'était pas Robert Howard.

Elle n'avait pas quitté le cottage ou ses environs immédiats dans l'espoir de le voir arriver. Il n'était pas venu et, chaque jour, son appréhension allait croissant. Combien de temps allait-il encore pouvoir se faire passer pour un Anglais ?

Audra et elle continuaient à travailler leurs lettres. Elle les connaissait toutes maintenant et savait même déchiffrer quelques mots simples. Pendant qu'Audra nourrissait les poules, elle dessina ceux que le prêtre avait lus sur l'écusson. « La vertu est mon honneur. » La forme de chacune des lettres était gravée en elle.

Elle prononça les cinq mots très lentement, essayant de se souvenir du son de chacun.

— Qu'est-ce que c'est ? demanda Audra.

Kimbra ne l'avait pas entendue approcher. Il était trop tard pour effacer la devise.

— Cela dit : « La vertu est mon honneur. »

— Et ça veut dire quoi ?

— Que la vertu est honorable, devina-t-elle.

— Qu'est-ce que c'est, la vertu ?

— Ce sont les grandes qualités comme la loyauté, la bonté, la bravoure, l'honnêteté.

— Alors, tu as la vertu, déclara sa fille avec le plus grand sérieux.

« Oh non ! » songea-t-elle. Elle dépouillait les morts, elle avait dissimulé un objet de valeur appartenant à un invité dans sa propre maison et elle avait trahi à la fois le roi et le Charlton. Elle ne pouvait même pas se repentir car si c'était à refaire, elle agirait exactement de la même façon.

Elle s'était damnée pour l'éternité.

Mais elle ne pouvait pas dire cela à sa fille.

Accablée, elle se contenta d'effacer les mots avec son pied et rentra dans le cottage préparer le repas.

Après un dîner constitué des restes du ragoût de mouton, elle alimenta le feu dans la cheminée, puis chanta une berceuse à Audra jusqu'à ce qu'elle ferme les yeux. Quand elle fut certaine qu'elle s'était endormie, elle ressortit. Ours était assis devant la maison.

— Va monter la garde à côté de la route, lui dit-elle en le grattant derrière l'oreille.

Obéissant, il partit en trottinant.

Elle s'assit et contempla le ciel. La nuit était claire et la lune presque pleine était sertie d'un million d'étoiles. En temps normal, elle aurait savouré une telle beauté. Mais pas ce soir. Les maraudeurs appréciaient la pleine lune qui éclairait les pistes lors de leurs chevauchées nocturnes. Elle frissonna.

Jane avait dit que depuis le départ de l'armée anglaise, les Armstrong avaient repris leurs raids de ce côté de la frontière. Caché au fond des bois, à l'écart des pistes et des routes, le cottage n'avait encore jamais été attaqué. Mais elle savait qu'elle n'arriverait pas à dormir. L'inquiétude était comme un serpent en elle. Inquiétude pour sa fille. Inquiétude pour l'Écossais.

Elle avait dû somnoler, car les aboiements d'Ours la firent sursauter.

Elle se rua aussitôt à l'intérieur. Elle savait quoi faire en cas de raid. Elle réveilla sa fille et l'enroula dans sa couverture et la porta dans la grange. Elle sortit Magnus, hissa Audra sur son dos et les mena tous deux jusqu'au bois voisin, où elle attacha le cheval à un arbre, hors de vue de la maison.

— Audra, reste ici, chuchota-t-elle. Prends soin de Magnus.

Les yeux encore lourds de sommeil, Audra hocha la tête.

— Quoi que tu entendes, reste ici. Si je ne reviens pas, prends Magnus et file chez Jane. Comme une grande fille, d'accord ?

Les yeux effrayés de sa fille se fixèrent sur elle.

— Je veux rester avec toi.

— Non. Fais ce que je te dis. S'il te plaît.

— Oui, dit Audra d'une toute petite voix.

Elle paraissait minuscule. Cela brisait le cœur de Kimbra de la laisser ici, mais avec un peu de chance, elle serait de retour très vite. Elle ne craignait pas les animaux errants. Pour la première fois, elle remercia les Anglais qui avaient chassé tout le gibier ou presque. Cela faisait des semaines qu'elle n'avait pas vu une seule bête sauvage rôder près du cottage.

Luttant contre sa peur, elle regagna la lisière du bois et risqua un coup d'œil, cachée derrière un gros chêne. Trois cavaliers approchaient. Ours, aboyant toujours, galopait à leurs côtés.

Le premier enleva son casque et le soulagement la submergea. C'était un Charlton. Elle sortit de sa cachette.

— Kimbra, c'est le Charlton qui m'envoie. Les Armstrong ont attaqué une ferme plus tôt dans la nuit. Un homme a été gravement blessé. Le Charlton veut que ta fille et toi veniez vous mettre à l'abri dans la tour. Et il a besoin d'herbes pour le blessé.

— Et ma vache ?

— On l'emmène.

— Je vais chercher ma fille. Je l'ai cachée dans le bois. J'ai eu peur que vous ne soyez des pillards.

— Je t'accompagne.

Kimbra courut à toutes jambes. Elle ne voulait pas qu'Audra reste seule une seconde de plus que nécessaire. Elle la trouva serrant l'encolure de Magnus pour se réconforter. Dès qu'elle vit sa mère, elle sauta à terre et se rua vers elle.

— Ce sont des Charlton. Ils veulent que nous allions à la tour.

— On y va ?

— Oui.

— Alors, on verra M. Howard ?

— Je ne sais pas s'il y est encore.

Soulevant sa fille dans ses bras, Kimbra retourna au cottage. Elle rassembla en hâte un assortiment d'herbes et fourra deux robes de rechange pour Audra et elle dans un sac.

Elle donna à manger aux poules, leur laissant une ration de graines supplémentaires, avant de s'installer sur Magnus, sa fille devant elle. Meuglant de déplaisir, Bess les suivit au bout d'une longe.

À chaque pas, le cœur de Kimbra s'affolait davantage, entre espoir et crainte.

Quand ils atteignirent la tour, les premières lueurs de l'aube teintaient le ciel de gris. Il n'y avait pas plus de sentinelles qu'à l'ordinaire sur les remparts. Des garçons surgirent de nulle part pour s'occuper de leurs chevaux. Elle aida Audra à descendre avant de glisser à terre. Un homme prit la fillette dans ses bras et la porta à l'intérieur.

Claire les attendait. Elle les conduisit aussitôt à l'étage jusqu'à une chambre à coucher disposant d'un grand lit de plumes. Le soldat y déposa Audra avant de quitter la pièce.

Kimbra s'assit auprès de sa fille et l'embrassa. La peur qui l'avait saisie quand elle l'avait laissée seule dans le bois était toujours présente. Quand Audra ferma les yeux, Kimbra se tourna vers Claire.

— Quelqu'un est blessé, je crois. J'ai apporté des herbes...

La gouvernante hocha la tête et elles redescendirent au rez-de-chaussée, dans une pièce voisine du grand hall. Kimbra reconnut aussitôt le blessé : c'était l'un de ses voisins.

Son visage était enflé, une coupure lui traversait la joue, et il avait une vilaine entaille sur le flanc. Il souffrait visiblement.

— Kimbra, dit-il, ils n'auraient pas dû aller te chercher pour moi.

— Bien sûr que si, répondit-elle. Ta famille ?

— Je n'ai plus que mes fils maintenant, tu le sais. Ils se trouvaient à la tour pour s'entraîner. Ils sont partis avec les autres pour récupérer nos bêtes. Maudits Écossais. Qu'ils pourrissent en enfer.

Il secoua la tête et cela lui arracha un gémissement.

— Ne bouge pas, ordonna Kimbra. Je vais te donner quelque chose qui t'aidera à dormir et chassera le poison de ton sang.

Elle gagna la cuisine en hâte et entreprit de mélanger du romarin avec du vin qu'elle donna à Claire pour qu'elle l'apporte au blessé pendant qu'elle confectionnait des cataplasmes d'aloès et de consoude.

Quand elle revint, il avait bu la potion et son rictus de douleur avait disparu. Elle lava soigneusement les plaies avant d'y appliquer son remède. Quand il réprima un grognement, elle eut mal pour lui.

— Il faut qu'il dorme, dit-elle à Claire, mais que quelqu'un veille sur lui. S'il a de la fièvre, s'il te plaît, envoie-moi chercher.

— Entendu, dit Claire. À présent va te coucher, sinon le Charlton va m'étriper. Il a un faible pour toi. Il dit que tu lui rappelles sa femme.

Kimbra était trop lasse pour saisir le sens de ces mots. Elle ne voulait que s'effondrer sur le lit de plumes et tenir sa fille dans ses bras, sachant qu'elles étaient toutes les deux en sécurité.

Pour le moment.

— Robert Howard ? Comment va-t-il ? s'enquit-elle.

Claire lui offrit l'un de ses rares sourires.

— Il marche sans béquille. Le Charlton compte l'emmener à un raid dans deux jours.

— Et ceux qui ont attaqué la ferme ?

— Des Armstrong. Will de Ritchie est parti à leurs trousses.

Elle connaissait aussi Will de Ritchie. On l'appelait ainsi pour le distinguer des nombreux Will de la famille Charlton. C'était une coutume de la frontière à laquelle elle avait eu un peu de mal à s'habituer – des hommes qu'on appelait à la fois par leur nom et par celui de leur père.

— Cedric ?

— Il est ici pour protéger la tour.

Kimbra aurait préféré l'inverse, mais elle savait que Will de Ritchie était un bon combattant. Son propre Will le disait souvent.

Elle remonta dans la chambre qu'on leur avait attribuée. Elle se trouvait entre celle du Charlton et celle de l'Écossais. L'idée de le voir au matin lui fit du bien, même en sachant que Cedric épierait le moindre de leurs mouvements.

Elle se coucha auprès d'Audra et, quand ses yeux se fermèrent, sa dernière pensée fut pour l'Écossais.

Ils galopaient dans la nuit. Rory avait du mal à apprivoiser ce terrain difficile, si différent des vals verdoyants et des lochs bleus des Highlands. Ceux-ci lui manquaient déjà et il s'étonnait d'avoir pu en rester éloigné pendant ses dix années en mer. Autrefois, il avait détesté Inverleith, et l'héritage qui avait été un tel fardeau pour les trois frères Maclean. Il se rappelait comment, à son retour, il s'était retrouvé face à un clan indiscipliné, un château presque en ruine, des fermiers et des pêcheurs démoralisés. Son père mort, son frère aîné disparu sur le continent tandis que l'autre avait choisi la mer, Lachlan était le chef en titre. À l'époque, Rory ne se doutait nullement des tourments qui l'accablaient. Il n'avait vu qu'un homme qui préférait jouer du luth plutôt que de veiller sur les siens en butte aux attaques des Campbell.

Plus tard cependant, quand cela s'était avéré nécessaire, Lachlan avait largement fait ses preuves. Rory l'ayant remplacé à la tête du clan – le privilège de l'âge –, il était devenu une sorte d'aventurier solitaire, exactement comme Rory l'avait été. Pourquoi tous les Maclean souffraient-ils de cette difficulté à faire la paix avec eux-mêmes ?

L'aube arriva. Le gris teintait l'horizon, écartant lentement le rideau noir de la nuit tandis qu'ils quittaient les crêtes escarpées des monts Cheviot, une barrière rocheuse dépourvue d'arbres et jonchée de tourbières.

Quelques heures plus tard, ils atteignirent Branxton. Dans l'accent et la façon de se vêtir, il semblait n'y avoir que très peu de différences entre les habitants de part et d'autre de la frontière, nota-t-il, étonné.

Après avoir laissé leurs chevaux sous la garde de l'un des Armstrong, ils pénétrèrent dans l'église. Un prêtre vint à leur rencontre.

— Êtes-vous venus vous confesser ?

— Non, répondit l'Armstrong qui leur servait de guide. Nous essayons de découvrir ce qu'est devenu un homme qui accompagnait le roi Jacques. On nous a dit que le corps du roi avait été amené ici. Nous nous demandions si d'autres l'avaient été aussi, ou si vous aviez entendu parler de blessés.

Le prêtre inclina la tête.

— Une triste période pour l'Angleterre comme pour l'Écosse, que Dieu ait pitié d'eux. Le roi a bien été amené ici, avec plusieurs autres corps. Quel est le nom de celui que vous recherchez ?

— Lachlan Maclean.

Le prêtre n'hésita pas.

— Il ne se trouvait pas parmi eux. Tous ont été identifiés.

— Y a-t-il une liste des morts ? intervint Rory.

Peu importait qu'on devine qui il était à présent. L'armée anglaise était partie et il était sous la protection des Armstrong.

Le prêtre le dévisagea avec surprise.

— Vous n'êtes pas d'ici.

— Non, répondit-il simplement.

— Venez avec moi, dit l'homme d'Église.

Il les conduisit dans une petite pièce où il récupéra un parchemin qu'il tendit à Rory.

— C'est tout ce que nous avons. Mais de nombreux corps ont été transportés de l'autre côté de la frontière, à l'église de Southdean ou à Graden Palace, près de Grinton. Sans compter tous ceux qui ont été enterrés là où ils sont tombés.

Rory parcourut la liste. Il y avait là Alexander Stuart, le fils illégitime du roi, qui devait lui aussi se tenir aux côtés de son père. Le chancelier d'Écosse. L'évêque des îles. Le recteur de la cathédrale de Glasgow. Quatorze membres du Parlement. Ainsi que neuf comtes et un certain nombre de chefs de clan. Il connaissait la plupart de ces hommes.

Lachlan ne se trouvait pas sur cette liste.

Rory regarda le prêtre.

— Lachlan Maclean portait une broche, insista-t-il. Le blason des Maclean. Pourriez-vous vous renseigner afin de savoir si quelqu'un l'a vue ou a essayé de la vendre ? Il y aura une donation pour l'église, précisa Rory comme le prêtre semblait hésiter. Conséquente.

La réponse se faisait attendre. Rory sortit quelques pièces d'or de la bourse pendue à sa ceinture et les lui tendit.

Le prêtre les accepta.

— Je vais vous dessiner le motif, proposa Rory.

Il se dirigea vers le bureau où se trouvaient une plume et un encrier. Le prêtre lui remit un précieux morceau de parchemin.

Rory dessina le double cercle avec la devise du clan et la tour.

Les yeux du prêtre s'arrondirent de surprise.

— J'ai vu cette broche. Elle était incrustée de joyaux. Des rubis et des diamants.

— Quand ?

— Il y a cinq jours.

— Qui l'avait ?

— Un jeune garçon.

— A-t-il dit où il l'avait eue ?

— Non, mais c'était un maraudeur. On en a vu beaucoup sur le champ de bataille dépouiller les morts. Je me suis dit qu'il avait dû la voler.

— Que voulait-il de vous ? L'absolution ?

— Non, savoir ce que signifiaient les mots gravés. Il ne savait pas lire. Il m'a demandé si je connaissais cette devise. Ce n'était pas le cas. Il m'a raconté une histoire à dormir debout. Il aurait tué un homme pendant la bataille qui, avant de rendre son dernier soupir, lui aurait arraché la promesse de rapporter cet écusson à sa famille. Mais ce guerrier écossais est mort avant de pouvoir lui dire de quelle famille il s'agissait.

Le cœur de Rory s'était emballé. Était-ce possible ? Mais cela n'avait aucun sens. Aucun pillard ne rendrait un objet d'une telle valeur. Et, visiblement, c'était aussi ce que pensait le prêtre.

— À quoi ressemblait ce garçon ?

— À un gamin dépourvu de respect : il a gardé son casque. Je n'ai même pas vu la couleur de ses cheveux. Et le bougre était rasé de près, même si ses joues étaient couvertes de poussière d'avoir chevauché.

— Chevauché ?

— J'étais intrigué. Je suis sorti pour le regarder partir. Il montait un cheval noir. Une belle bête. Volée, sûrement.

— Et il ne vous a pas donné son nom ?

— Non.
— Il était anglais ?
— Parfois, c'est difficile à dire à la frontière, mais, oui, je pense qu'il était anglais.
— Il est donc venu ici parce qu'il ne savait pas lire, dit Rory.
Il essayait de déchiffrer cette énigme. Un garçon illettré qui montait un cheval noir et prétendait avoir vaincu un soldat aussi endurci que son frère. Même s'il n'aimait pas se battre, Lachlan était un guerrier redoutable.
— Cette histoire est peu plausible, déclara-t-il. Lachlan est un guerrier entraîné. Je vois mal un jeune garçon le terrasser. Et pourquoi celui-ci voudrait-il rendre un objet gagné dans un combat loyal ?
— Je me suis posé la même question, avoua le prêtre.
L'espoir renaquit en Rory. Quelqu'un recherchait la famille de Lachlan. Dans quel but ? Demander une rançon ? Expliquer les circonstances de sa mort ? Non, personne ne se donnerait une telle peine pour cette raison.
Il se tourna vers Jamie.
Celui-ci hocha la tête. Ils n'avaient pas besoin de mots pour se comprendre.
Rory s'adressa de nouveau au prêtre :
— Si vous revoyez ce garçon ou si vous découvrez où il vit, je saurai me montrer généreux. Il vous suffira d'envoyer un message aux Armstrong à l'attention de Rory.
Le prêtre regarda les pièces d'or dans ses mains.
— J'essaierai de le trouver. Que Dieu vous bénisse. Du côté anglais comme du côté écossais, c'est un triste moment pour la frontière.

16

Robert Howard enfila le gambison qu'avait porté Will Charlton, puis coiffa un casque en métal.

Le raid était pour aujourd'hui. Un peu plus tôt, le Charlton avait dévoilé son plan. D'autres soldats les attendaient près de la frontière et, avec eux, ils attaqueraient l'une des plus grosses fermes des Armstrong pour voler le plus de bétail possible.

Trois nuits plus tôt, Will de Ritchie n'avait pas réussi à rattraper les pillards. En revanche, il avait récupéré une partie des bêtes qu'ils avaient laissées derrière eux car, comme prévu, elles les ralentissaient trop.

Robert s'était vu confier une épée, un arc et des flèches. Il avait même une dague à sa ceinture.

Une fois prêt, il sortit dans le couloir, se dirigea vers l'escalier avant de se raviser et de gagner la chambre de Kimbra.

Elle séjournait à la tour depuis trois jours ; trois jours qui n'avaient été que tentation. Il la croisait dans les couloirs et la voyait lors des repas, mais ils n'étaient jamais seuls. Ils n'avaient pu échanger que quelques phrases polies. Chaque nuit, il avait dû s'empêcher d'aller la retrouver dans sa chambre.

Mais elle la partageait avec Audra, et les murs de cette tour semblaient peuplés d'yeux et d'oreilles.

Sa frustration était à son comble. S'y mêlait un abominable sentiment de culpabilité, nourri par l'image du cavalier gisant à terre qui ne quittait jamais son esprit. Il avait autrefois commis un acte terrible, impardonnable. Comment pouvait-il prétendre à Kimbra quand il ignorait quels démons hantaient son passé ?

La plupart des hommes étaient déjà rassemblés devant les écuries, ce qui signifiait que la surveillance s'était relâchée. Il espérait juste lui dire au revoir.

Il frappa à sa porte. Qui s'ouvrit aussitôt.

Elle se tenait là, dans cette robe bleue qui colorait le gris de ses yeux.

Il entra.

— Où est Audra ?

— En bas, aux cuisines.

Il ouvrit les bras et l'attira à lui.

— Ces trois derniers jours ont été un enfer, murmura-t-il.

— Oui.

— J'ai appris que l'homme que vous soignez va mieux.

Elle ne répondit pas, se serra juste davantage contre lui.

— Dieu que vous m'avez manqué, souffla-t-il.

Elle n'eut pas besoin de mots pour lui répondre. Son regard lui dit qu'il n'avait pas été le seul à souffrir.

Il écrasa ses lèvres sur les siennes. Pas de tendresse cette fois, juste un besoin essentiel de combler ce vide en lui, si vaste, si douloureux.

Elle réagit avec la même avidité, nouant les bras autour de son cou. Leur baiser fut une explosion, les émotions qu'ils avaient emprisonnées jusque-là jaillissant comme d'un volcan. Le corps de Kimbra tremblait dans ses bras.

Alors qu'il mourait d'envie de plonger en elle, il leva la main vers son visage et lui caressa doucement la joue.

Elle s'écarta. Ses yeux gris étaient brillants tandis qu'elle le scrutait.

— Soyez prudent, dit-elle d'une voix brisée, et il sut qu'elle pensait à un autre homme qu'un raid lui avait enlevé.

— Je le serai.

— Fuyez si vous en avez l'occasion. Retournez en Écosse. Vivez et... soyez heureux.

— Je ne crois pas que j'aie jamais été heureux, dit-il lentement.

— Un nouveau souvenir ?

Il n'osait répondre. Comment lui parler de l'implacable culpabilité qui l'étreignait ?

— Aucun qui me dise qui j'étais.

— Mais encore ? insista-t-elle.

Il secoua la tête.

Elle lui caressa la joue avec une telle tendresse qu'il faillit lui raconter ce qu'il avait vu. Que penserait-elle de lui, après cela ?

— Je dois partir, dit-il. Restez ici, à l'abri.

— Vous promettez ? Vous promettez de rentrer chez vous ?

— Pour le moment, chez moi, c'est ici.

— Mais cela ne peut pas durer. Quelqu'un apprendra la vérité. Et les vôtres vous attendent.

— Je ne suis pas marié, dit-il. Je le *saurais*.

— Pourquoi le sauriez-vous ? Vous ne vous souvenez même pas de votre nom. En Écosse, on vous reconnaîtra sûrement. Quelqu'un à Édimbourg vous dira tout ce que vous devez savoir.

— Thomas Charlton m'apprécie peut-être, mais il me fait aussi surveiller. Par ailleurs, si je m'enfuis, cela attirera les soupçons sur vous. Et il n'en est pas question.

— Plus tôt vous partirez, plus vite je serai en sécurité.

Il répondit d'un nouveau baiser, d'une douceur infinie cette fois.

Et il la quitta abruptement avant de faire des promesses qu'il ne pourrait pas tenir.

Rory et Jamie chevauchèrent toute la journée et toute la nuit pour regagner le bastion des Armstrong tandis que leur guide restait en arrière pour se mettre à la recherche du jeune garçon qui montait un cheval noir.

Rory avait conscience que Jamie et lui le gêneraient plus qu'autre chose. Les Armstrong leur avaient expliqué que bien malin celui qui pouvait faire la différence entre Anglais et Écossais vivant de part et d'autre de la frontière ; en revanche, leur accent des Highlands les trahirait sur-le-champ.

À leur arrivée, la tour grouillait de cavaliers, bien plus qu'à leur départ. Leur hôte vint à leur rencontre.

— Nous nous rassemblons. Les Charlton ont décidé de nous attaquer. Nous allons les prendre en embuscade.

— Comment le savez-vous ?

— Un traître parmi eux.

— Cela pourrait être un piège.

— Non, l'homme a ses raisons. Vous voulez vous amuser un peu ?

Rory se moquait de guerroyer contre des maraudeurs, il ne voulait que retrouver son frère, mais les

Armstrong leur avaient offert plus que l'hospitalité. Il avait une dette envers eux.

— Oui, acquiesça-t-il.

Jamie hocha la tête à son tour.

— Nous partons dans quelques heures. Reposez-vous le temps que les autres arrivent.

Jamie et lui retournèrent dans la chambre qu'ils partageaient. Après deux jours sans dormir ou presque, Rory était cependant incapable de se reposer. Pourquoi quelqu'un essayait-il de découvrir le sens des mots sur l'écusson de Lachlan ?

Quant à cette embuscade, il n'aimait pas cela. S'il devait se battre, il préférait le faire à la loyale et à découvert. Mais ici, à la frontière, les gens semblaient posséder un sens de l'honneur très particulier. Et en tant qu'invité, ce sens de l'honneur devenait le sien.

Bien que le terrain soit traître, Robert Howard n'avait aucun mal à suivre le train imposé par les Charlton. Le cheval qu'on lui avait prêté, une petite bête vive et robuste, avait le pied agile et réagissait à la moindre impulsion de ses cuisses.

La lune était présente, mais les nuages, légers pour l'instant, se faisaient de plus en plus nombreux. La brise s'était transformée en vent froid.

Malgré l'état de ses jambes, le Charlton chevauchait en tête avec Jock. Robert Howard avait parfaitement conscience que Cedric restait en permanence derrière lui. Selon Jock, il y avait peu de risques que ce raid dégénère. À la faveur de la nuit, ils s'approcheraient discrètement de la ferme où ils voleraient le bétail. Avec un peu de chance, il n'y aurait pas de combats.

Robert n'en était pas aussi certain. Il soupçonnait Cedric de vouloir profiter de l'occasion pour se débarrasser de lui.

Les heures succédèrent aux heures. La jambe de Robert commençait à le faire souffrir et il devait lutter pour rester en selle. Soudain, un cri brisa le silence.

Une flèche transperça l'homme qui le précédait. Des jurons retentirent tout autour de lui. La confusion s'empara des Charlton tandis qu'une horde de cavaliers les chargeait.

— Les Armstrong ! hurla quelqu'un.

Robert Howard dégaina son épée et se retrouva soudain face à un homme vêtu d'une tenue semblable à la sienne. À cette différence près que l'Armstrong avait une plume noire coincée dans son casque, sans doute pour qu'ils se reconnaissent entre eux.

L'homme leva son épée et, en une fraction de seconde, Robert Howard para son attaque. L'Armstrong frappa de nouveau. Et il bloqua de nouveau le coup. Ils étaient si proches l'un de l'autre qu'il put voir ses yeux. Ils étaient gris.

Une autre attaque qu'il dévia. Mais ces yeux...

Sa riposte lui avait procuré une ouverture. Il ne saisit pas l'occasion. Ces yeux...

Un cri retentit.

— Le Charlton !

Sans plus se soucier de son adversaire, il cabra sa monture, l'obligeant à faire volte-face. Au même instant, son instinct le prévint. Du coin de l'œil, il vit Cedric foncer sur lui, lance levée. Robert plongea sur le côté. La pointe le rata de quelques centimètres.

Puis l'Armstrong dont les yeux étaient comme des brûlures dans son esprit attaqua Cedric.

Robert se tourna alors vers le Charlton qui, avec Jock, était encerclé par cinq assaillants. Il lançait sa monture au galop quand il vit un cavalier muni d'une lance foncer droit sur le Charlton.

Forçant sa monture à faire un écart, il se plaça sur sa trajectoire, son épaule encaissant le terrible impact. La violence du choc le désarçonna. Il heurta le sol à plat dos et faillit perdre connaissance.

Un ordre retentit et les Armstrong commencèrent à disparaître dans la nuit, emportant bon nombre des montures des Charlton avec eux, mais laissant leurs adversaires s'occuper de leurs blessés.

Hébété de douleur, Robert Howard chercha du regard le grand Armstrong qu'il avait épargné. Lui aussi avait disparu.

Le Charlton s'agenouilla près de lui.

— Tu as pris cette lance qui était pour moi, dit-il.

Il entreprit de lui retirer son gambison. Robert réprima un grognement. Le sang jaillit. Seuls les renforts en métal avaient empêché que la pointe ne le transperce de part en part.

Jock était là lui aussi. Il noua en hâte un morceau de tissu autour de son épaule.

— Une embuscade, dit-il avec amertume. Ils savaient que nous venions et par quelle route.

— Oui, confirma le Charlton. Il y a un traître parmi nous.

Un silence pensant tomba sur la troupe.

— Il n'y a qu'un étranger ici, déclara Cedric.

— Et cet étranger vient de sauver la vie du Charlton, répliqua Jock.

— C'est commode, marmonna Cedric.

— Je doute que Robert Howard trouve sa blessure commode, riposta le Charlton avant de regarder autour de lui. Nos pertes ?

— Sept hommes à terre, répondit un soldat qui venait de les rejoindre. Dix autres ont perdu leurs montures.

— Des morts ?

— Un. Et un deuxième bientôt. Il ne passera pas la journée. Les autres s'en sortiront si leurs blessures ne s'infectent pas.

— Il faut rentrer, dit le Charlton.

— On devrait les poursuivre, proposa Cedric.

— Une autre fois, répondit le Charlton d'un ton las. Nous n'avons plus assez de chevaux.

Il se pencha et saisit la bonne main de Robert Howard pour l'aider à se relever.

— Tu monteras en croupe derrière moi.

Kimbra avait l'impression d'avoir passé sa vie à attendre.

Elle se rappelait comment elle avait attendu Will lors de ce dernier raid. Avant son départ, elle avait eu un sentiment étrange qu'elle n'avait encore jamais éprouvé. Et elle avait le même aujourd'hui.

Elle regrettait de tout son cœur de ne pas avoir pu se joindre à eux. L'espace d'un instant, elle avait envisagé de se déguiser pour se mêler au groupe. Sauf qu'elle avait Audra désormais.

Elle n'avait pas oublié l'excitation de ces expéditions nocturnes, cette appréhension de ne jamais vraiment savoir ce qui les attendait au prochain tournant. Comme tous les capitaines, Will variait l'itinéraire à chaque raid.

Elle ne dormit pas de la nuit, qu'elle passa à arpenter le hall vide. Il était très tard quand elle trouva Claire dans la cuisine.

— J'ai un peu du meilleur vin de Thomas, dit celle-ci. Tu veux te joindre à moi ?

— Oui.

— On se sent bien seules quand ils partent, avoua Claire. J'aurais aimé avoir ton courage quand tu les accompagnais.

— Le courage est plus facile quand on est jeune.

— Tu es encore jeune, Kimbra.

— Je ne me sens pas jeune. Je suis fatiguée d'attendre des hommes qui risquent de ne pas revenir.

— Le Howard ?

— J'en ai assez de la violence et de la mort, dit-elle, éludant la question. Je veux que ma fille soit en sécurité. Que les Charlton soient en sécurité. Et Robert Howard aussi.

— Ils reviendront. Ce n'est pas leur premier raid.

Si elle en était si sûre, pourquoi Claire traînait-elle dans la cuisine à l'aube ? Avait-elle, elle aussi, un mauvais pressentiment ?

— Tu as de l'affection pour le Charlton, déclara Kimbra.

C'était une constatation, pas une question.

— Oui, comme nous tous.

— Est-ce que tu l'aimes ? demanda-t-elle avec douceur.

Claire mit un moment à répondre.

— Nous sommes cousins germains. Nous ne pouvons nous aimer autrement que comme des cousins.

Sa voix, brisée, la trahit.

— C'est pour cette raison que le Charlton ne se remarie pas ?

— Les hommes ne sont pas comme nous. Ils peuvent aimer de nombreuses femmes. Une femme… n'aime qu'une fois.

— Je crois que nous pouvons aimer plus d'une fois, dit Kimbra.

Le visage sévère de Claire s'adoucit.

— Oui, mais il n'y a qu'un seul amour véritable, et je ne crois pas que tu l'aies déjà connu.

Elle leva la main pour empêcher Kimbra de protester.

— Will a pris de grands risques en t'épousant et il aimait te faire plaisir. Mais je crois qu'au fond, tu veux plus que cela chez un homme.

La colère s'empara de Kimbra. C'était faux ! Elle avait aimé Will et il l'avait aimée. Soudain, son cerveau se figea. Non, ce n'était pas aussi simple que cela. Elle avait eu de l'admiration pour Will, une profonde confiance en lui parce qu'elle savait qu'il la protégerait en toutes circonstances, mais jamais elle n'avait ressenti cette intimité qui la liait à l'Écossais. Comme s'ils étaient faits l'un pour l'autre.

Sauf qu'un noble, écossais ou pas, n'avait rien à faire avec la fille d'une servante, la veuve d'un maraudeur.

— Tout se passera bien. Il va revenir, reprit Claire avec douceur. Nous ferions mieux d'aller nous coucher.

Elle hésita avant d'ajouter :

— Prends tout le bonheur que tu peux trouver, Kimbra. Dieu sait qu'il n'y en a pas beaucoup, ici, à la frontière.

Rory restait à l'arrière, traînant derrière les Armstrong qui guidaient les chevaux volés.

Jamie le rejoignit.

— Je vois que tu es indemne. Je t'ai perdu de vue tout à l'heure.

— Il s'est passé quelque chose de très étrange. Je me suis battu contre un Charlton et il m'a paru familier. Je n'ai pas pu voir son visage sous son casque.

Jamie fronça les sourcils.

— Familier comment ?

— Juste... familier. Et je crois qu'il s'est retenu quand il a eu une ouverture.

— Tu veux dire qu'il avait l'avantage sur toi ? demanda Jamie, incrédule.

— Oui.

— Où veux-tu en venir ?

— S'il n'avait pas été avec ces Anglais, j'aurais juré que c'était Lachlan. Sa façon de se tenir en selle, de manier l'épée, sa parade pour écarter la mienne...

— Et tu dis qu'il n'a pas profité de son avantage ?

— Oui. Mais c'est impossible. Lachlan se serait fait connaître.

— Si tu as des doutes, nous pouvons faire demi-tour et les suivre.

Rory secoua la tête.

— Non, c'est juste que j'aimerais que ce soit lui, c'est tout. S'il ne m'a pas frappé, c'est sans doute parce qu'il a été distrait par autre chose.

Pourtant, durant tout le trajet du retour, il ne cessa de penser à cet homme qui montait un petit cheval bai. Rien ne le distinguait des autres. C'était juste un Anglais parmi d'autres.

Ce ne pouvait être Lachlan.

Il commençait à s'habituer à la douleur. Contrairement à certains, sa blessure n'était pas si grave, mais son épaule lui faisait un mal de chien. Seule l'idée de retrouver Kimbra et Audra rendait cette souffrance supportable.

En revanche, il ne s'habituait pas aux images qui lui revenaient de plus en plus vite à présent.

D'abord, il y avait le visage de cet Armstrong. Qui se mêlait à d'autres dans son esprit. L'Armstrong – ce ne pouvait être qu'un Armstrong ! – debout aux côtés d'une femme tenant un bébé dans ses bras.

Un ami ? Quelqu'un de plus proche ?

Par tous les diables, pourquoi ne parvenait-il pas à s'en souvenir ? Pourquoi ces images le narguaient-elles ?

Après un voyage de retour beaucoup trop long et éprouvant, ils arrivèrent enfin à la tour. Ayant été prévenus par un éclaireur, les gens du château les attendaient. On porta les blessés à l'intérieur pour les remettre aux bons soins du médecin, de Claire et de Kimbra.

Robert Howard attendait son tour, mais Kimbra se précipita vers lui pour examiner sa blessure.

— On dirait que vous cherchez à vous faire du mal, se fâcha-t-elle, alarmée, avant de se détendre en découvrant sa blessure. Ce n'est pas trop grave.

Le Charlton intervint.

— Il m'a sauvé la vie en encaissant une lance qui m'était destinée. Merci, ajouta-t-il à l'adresse de Robert Howard.

Puis il alla voir les autres blessés.

Kimbra le suivit et Robert prit plaisir à la voir s'activer, administrant ses soins avec sûreté et rapidité. Elle ne tarda pas à s'opposer au médecin qui, brandissant ses sangsues, voulait une fois de plus prélever du sang à des malheureux qui en avaient déjà trop perdu.

La dispute prit de l'ampleur, au point que le Charlton s'en mêla. Il donna raison à Kimbra.

Bien plus tard, elle revint s'occuper de lui. La pointe avait été déviée par les renforts en métal cousus dans son gambison, mais elle lui avait quand même troué la peau.

Des serviteurs apportèrent de l'eau ; elle lava la blessure, ses doigts s'attardant sur sa peau comme s'ils avaient du mal à s'en détacher. Puis elle y appliqua ce cataplasme si familier.

— Restez tranquille et reposez-vous, dit-elle. Je reviendrai vous voir.

— Les autres ?

— Deux hommes ne survivront sans doute pas.

— Vous les connaissez ?

— Oui. Ils étaient avec Will. Comment se fait-il que vous soyez tombés dans une embuscade ?

Il soupira.

— Ils disent que quelqu'un les a trahis.

C'était évident. Comment, sinon, les Armstrong auraient-ils su où les attaquer ? Certes, ils devaient se douter qu'après leur raid, les Charlton chercheraient à se venger. Mais ils étaient en nombre et ils les *attendaient*. Un traître était la seule explication.

Il monta dans sa chambre. Il avait chevauché toute la nuit et n'avait déjà que très peu dormi la nuit précédente. Un peu de repos ne lui ferait pas de mal, mais il avait surtout besoin de réfléchir. De revoir ce visage aux yeux perçants. De se souvenir.

Il savait que tant qu'il ne connaîtrait pas son passé, tout projet d'avenir lui serait interdit. Qu'il commence à se sentir chez lui ici le troublait. Et il voulait de tout son être lier sa vie à celle de Kimbra.

S'il avait cru que son passé avait disparu à jamais, il aurait peut-être pu rester ici et s'en satisfaire. Mais les images étaient plus fréquentes à présent, distillant des fragments de plus en plus troublants. Comment prendre une épouse s'il se réveillait un matin en découvrant qu'il en avait déjà une ?

Il fallait qu'il se concentre. Qu'il revienne à ce moment.

Ils se battaient. Non, pas un combat, un entraînement. L'épée était très lourde. Il n'était qu'un gamin. Il n'avait pas voulu s'entraîner. Il avait imploré un homme plus âgé.

Je veux entrer dans les ordres.

Pas mon fils.

Je ne veux pas me battre.

Tu te battras !

Le vieil homme était le même que celui qu'il avait déjà vu, celui qui gisait à terre, saignant abondamment. Le sentiment de culpabilité revint, si puissant qu'il se plia presque en deux.

Vint alors la question importante : s'il détestait se battre, comment avait-il pu se retrouver aux côtés du roi au cours de la bataille ?

Son épaule l'élançait douloureusement, mais il s'en moquait. Il devait découvrir qui il était, s'il avait des obligations. Mais comment ? Il ne pouvait pas se rendre chez les Armstrong pour s'enquérir de l'homme aux yeux gris.

On frappa à la porte et celle-ci s'ouvrit brusquement. Jock pénétra dans la chambre.

— Les Charlton pensent qu'il y a un traître chez nous. Le frère de Cedric t'accuse.

— Je n'ai jamais quitté la tour, dit Robert.

— Il prétend que tu as pu envoyer quelqu'un.

— Et qui cela pourrait-il être ? demanda-t-il. Vous êtes les seules personnes que je vois, le Charlton et toi. Le frère de Cedric, dis-tu ? Où est Cedric ?

— Selon Garrick, il s'est lancé à la poursuite des Armstrong dans l'espoir de récupérer quelques chevaux. Je voulais te prévenir de ces accusations. Et te dire que je n'y crois pas. Le Charlton non plus. Il raconte à tout le monde que tu lui as sauvé la vie. Mais les gens parlent. Tu es un étranger. Pas Cedric. Certains te considèrent comme une menace. Aucun ne te défiera pas, mais tu n'es pas à l'abri d'un coup de poignard dans le dos ou d'un accident. Sois prudent, Robert Howard et, pour le bien de Kimbra, garde tes distances avec elle si tu ne veux pas qu'on s'en prenne à elle aussi.

17

Quand Kimbra eut fini de soigner le dernier des blessés, Claire et les servantes lui conseillèrent de prendre un peu de repos.

Et elle en avait certes besoin.

Les émotions bouillonnaient en elle tels des nuages avant l'orage. Et cela ne s'était pas arrangé quand elle avait appris que l'Écossais était blessé. Dieu soit loué, si elle était douloureuse, sa blessure n'était pas si grave.

Combien de vies cet homme possédait-il donc ? À ce rythme, il allait vite les épuiser. Pourquoi persistait-il à se mettre en danger ainsi ? En le regardant gravir l'escalier qui menait aux chambres, un remords l'avait saisie. Elle aurait dû être reconnaissante qu'il ait sauvé le Charlton mais, sainte Mère de Dieu, l'Écossais courtisait la mort. Et s'il avait gagné la gratitude du Charlton, certains de ses plus puissants lieutenants lui en voulaient.

Après s'être lavé les mains, elle gagna l'étage à pas lents. Elle hésita avant de se diriger vers sa chambre.

Changeant soudain d'avis, elle alla vers celle de l'Écossais. Elle n'avait pas vu Cedric depuis l'arrivée des blessés et tout le monde dans la tour semblait dormir.

Elle frappa doucement avant d'entrer. Elle ne voulait pas s'attarder dans le couloir et, s'il dormait, elle repartirait aussitôt.

Il était allongé sur le lit, les yeux ouverts. Il se redressa aussitôt. Contrairement à son habitude, aucun sourire n'incurva ses lèvres.

— Kimbra, dit-il d'une voix basse et rauque.

— Vous devriez dormir.

— Je n'y arrive pas.

— Je peux vous faire une tisane de romarin.

— Ce n'est pas la douleur, ce sont les souvenirs. D'autres me sont revenus.

— Vous vous rappelez votre nom ?

— Non, mais je vois des visages. Dont celui d'un homme que j'ai vu hier soir. Il était avec les Armstrong.

Elle le dévisagea.

— Vous avez vu quelqu'un dont vous vous souvenez ?

— Je n'en suis pas sûr. Ses yeux...

— Et il était avec les Armstrong ?

— Oui.

— Que voyez-vous au juste ?

— Je suis beaucoup plus jeune, un enfant presque, et je me bats contre lui. Sauf que ce n'est pas un combat.

Il fronça les sourcils. Chaque mot qu'il prononçait semblait lui être arraché.

— Nous nous... entraînons.

— Un frère ? Un cousin ? Quelqu'un avec qui vous avez été élevé ?

— Je l'ignore. Plus je cherche, plus les images s'effacent.

— Il y en a d'autres ?

Il luttait contre lui-même, visiblement.

— Un autre homme, plus âgé. Mon père. Je... je crois... qu'il est mort par ma faute.

Il se leva, chancela légèrement. Elle lui prit la main avant de réaliser qu'il ne portait que sa longue chemise. Elle l'avait déjà vu nu quand elle le soignait. Cette fois, cependant, c'était différent.

Maintenant, son propre corps réagissait. Énormément.

Elle ne cherchait qu'à l'aider à garder son équilibre. Non, c'était un mensonge. Elle l'avait touché, car elle en mourait d'envie depuis son retour.

— Je ne le crois pas.

— Vous ne savez rien de moi, répliqua-t-il durement. De l'homme que j'étais.

— J'en sais suffisamment.

Le désespoir et la solitude qu'elle sentit en lui la transpercèrent comme une épée.

Elle lui étreignit la main.

— Je ne peux pas croire que vous ayez fait le moindre mal à quiconque. Vous n'avez pas cela en vous.

— J'étais prêt à tuer un homme cette nuit. Et j'en ai sans doute tué au cours de la bataille, il y a des semaines. Je *sais* que j'ai un talent pour cela. Et il semble aussi que je sois doué pour mentir. Vous ne savez rien de l'homme que j'étais. Que je suis. Et, par l'enfer, moi non plus.

Le même désespoir la saisit. Elle aussi était une menteuse. Elle avait menti au Charlton et à tous les compagnons de Will.

Elle repoussa ces pensées et songea de nouveau au cavalier qu'il avait vu. Un Armstrong qui lui avait paru familier.

Donc, quelqu'un de sa connaissance se trouvait avec les Armstrong ou était lui-même un Armstrong. Elle avait déjà rencontré des membres de ce clan lors des joutes auxquelles toutes les familles de la frontière – anglaises comme écossaises – assistaient. Elle n'avait jamais vu un seul Armstrong possédant les manières de son Écossais. Et puis, il n'avait ni l'accent ni la façon de parler des gens de la frontière.

— Une chose est sûre, vous n'êtes pas un Armstrong, dit-elle.

— Comment le savez-vous ?

Sa douleur et sa frustration étaient visibles.

Elle se hissa sur la pointe des pieds et frôla ses lèvres des siennes. Aussitôt, son bon bras s'enroula autour d'elle, l'agrippant désespérément.

— Je vous aurais vu. Ou d'autres vous auraient vu.

Elle lui caressa le visage, s'efforçant de faire disparaître ces nouvelles rides d'angoisse qui s'y étaient soudain creusées.

Il referma la main sur sa nuque et elle se colla spontanément contre lui.

Leurs corps brûlants parurent se fondre l'un dans l'autre. Il embrassa fiévreusement son visage et son cou, puis hésita. Elle leva la tête vers lui. Elle ne voulait pas qu'il s'arrête.

Des frissons la parcoururent. Veillant à ne pas toucher son épaule blessée, elle l'enlaça. Son cœur cognait dans sa poitrine, et elle entendait le sien.

Sa bouche quitta la sienne, glissa vers son oreille, qu'il mordilla, son souffle déclenchant des ondes de plaisir en elle. Il savoura sa réaction avant de déposer une pluie de baisers légers dans son cou, s'attardant sur la veine où battait son pouls. Il était si tendre qu'elle en eut les larmes aux yeux. Elle était consciente qu'il luttait pour se retenir.

Le désir la consumait. Elle entendit une sorte de ronronnement sortir de sa propre gorge ; les lèvres de l'Écossais esquissèrent un sourire si mélancolique qu'elle en eut mal.

Il alla à la porte, poussa le verrou. Puis il revint vers elle.

Elle le désirait avec une violence qui faisait fi des mises en garde qui résonnaient dans sa tête. Il avait été blessé quelques heures plus tôt, son épaule devait lui faire atrocement mal, pourtant il semblait s'inquiéter davantage pour elle que pour lui. Mais n'en avait-il pas toujours été ainsi, depuis sa première nuit au cottage ?

Quelqu'un pourrait venir. Le verrou empêcherait quiconque d'entrer, mais une porte verrouillée en disait beaucoup.

Si Cedric... ou même le Charlton... ?

Mais quel mal y avait-il à s'allonger près de lui ? À savourer le fait qu'il était en vie ?

Il dénoua les cordons de sa robe et, soudain, elle se retrouva en chemise. Il la lui enleva, tressaillit quand il dut lever le bras gauche. Mais la souffrance disparut de ses traits quand ses mains glissèrent lentement sur son corps, son dos, sa taille et enfin ses seins.

Il se pencha, enveloppant de ses lèvres la pointe dressée de son sein avec une infinie douceur. Rien n'aurait pu être plus excitant. Cette chaleur, son souffle qui la caressait, l'envie qui se déchaînait en elle. Il leva des yeux brûlants de passion vers elle. C'était... irrésistible. À son tour, elle leva la main, frôla le coin de sa bouche, puis sa joue.

— Ce ne serait pas sage, dit-il, souhaitant à l'évidence qu'elle le persuade du contraire

Elle hésita, se perdit dans son regard.

— Non, approuva-t-elle. Mais j'en ai assez d'être sage.

Il sourit, puis grimaça quand il essaya de bouger.

— Vous souffrez, dit-elle.

— Ce n'est pas la douleur qui me trouble.

— Quoi, alors ?

— Beaucoup trop de choses, mon ange.

— Les images ?

— Oui, et… à quel point j'ai envie de vous.

— Y a-t-il une femme dans ces images ?

— Oui, concéda-t-il à contrecœur.

La jalousie s'empara d'elle.

— À quoi ressemble-t-elle ?

— Elle n'est pas aussi jolie que vous. Elle n'a pas ce nez retroussé, ce menton déterminé et cette chevelure noire.

— Vous l'aimez ?

— J'ai éprouvé quelque chose. De l'amour ? Je ne sais pas.

— Alors, il faut la retrouver. Vous devez partir et retourner chez vous.

Cela lui faisait mal de prononcer ces mots, mais sa conscience l'exigeait.

— Ma place est auprès de vous.

Il parut aussi surpris de dire cela qu'elle de l'entendre.

— Non, votre place est ailleurs.

Il lui prit la main.

— J'ai l'impression de vous connaître depuis toujours. Que nous sommes faits l'un pour l'autre.

— Je suis anglaise. Vous êtes écossais. Je suis la veuve d'un maraudeur. Vous êtes un noble. Nous ne sommes *pas* faits l'un pour l'autre, dit-elle.

— Vous ne savez pas si je suis noble.

— Non, mais c'est évident ! Et je sais que les nobles se soucient peu de ceux qui leur sont inférieurs. Une fois que vous aurez retrouvé la mémoire, vous n'aurez que faire de la veuve d'un maraudeur anglais.

— Vous n'avez pas une très haute opinion de moi.

— Je sais ce que font les nobles.

— Et que font-ils ?

— Ma mère... L'un d'eux lui a promis un amour éternel... jusqu'à ce qu'il apprenne qu'elle attendait un enfant. Alors...

Elle s'interrompit.

— Alors ? insista-t-il.

— Il a essayé de la tuer et il a tué son père. Il ne voulait pas qu'un bâtard vienne embarrasser sa nouvelle fiancée. Ma mère a réussi à s'échapper, mais elle a vécu dans la peur chaque jour de sa vie.

Il la dévisagea.

— Seigneur ! Vous me croyez capable de me comporter de la sorte ?

Elle baissa les yeux.

— Non, mais il se peut très bien que vous soyez marié. Vous croyez qu'une épouse serait heureuse d'apprendre mon existence ?

— Je ne vous trahirai jamais.

— Trahiriez-vous votre femme ?

Un muscle palpita dans le cou de l'Écossais. Elle comprit qu'il avait envisagé cette possibilité. Mais plutôt que de répondre, il s'empara de sa bouche en une promesse silencieuse, et lui demanda sa confiance.

Elle ne savait si elle pouvait la lui donner, mais elle se sentait de nouveau entraînée dans un autre monde, un monde où seules les sensations existaient. Dès qu'il la touchait, elle se moquait que ce soit sage ou non. Elle tenta encore de s'extraire de son étreinte.

— Il faut que je parte, dit-elle d'une voix qui lui parut sonner creux.

— Oui, avant que je fasse quelque chose que vous pourriez regretter.

Son petit sourire était d'une tristesse insondable.

Elle lui caressa de nouveau le visage. Elle voulait effacer cette effroyable expression de solitude. Elle ignorait si elle était due au fait qu'il ne savait pas qui il était, ou s'il s'agissait d'un mal plus profond dont il souffrait déjà dans sa vie d'avant.

Un jour, elle le regretterait peut-être. Mais ce soir, elle s'en moquait. Elle s'approcha de lui.

— Il pourrait y avoir un bébé, dit-il doucement.

Elle se figea. Même si elle le perdait lui, elle aimerait son enfant. Un enfant aux cheveux auburn et au regard sérieux.

Alors, elle l'embrassa et il lui rendit son baiser avec ardeur. Il enleva le bonnet qui emprisonnait encore ses cheveux. Ceux-ci déferlèrent autour de son visage.

— Si belle, murmura-t-il.

Il fit courir ses doigts sur sa peau, la caressant, l'excitant, l'affolant.

Leurs bouches s'aimantèrent, leurs langues se mêlèrent avec fougue et elle crut qu'elle allait pleurer de plaisir.

Il l'allongea sur le lit et se positionna au-dessus d'elle, les derniers vestiges de prudence évanouis. Pourtant, il hésita encore.

— Kimbra ?

Sa voix était rauque. Will ne lui avait jamais demandé sa permission. Et jamais son corps n'avait eu autant envie de s'unir à un autre.

— Oui, souffla-t-elle.

Il la pénétra lentement, avec une infinie prudence. Trop lentement et trop prudemment. Elle l'enlaça et il s'enfonça plus profondément, puis hésita jusqu'à ce qu'elle soit folle de désir. Un désir intense, puissant, qui explosait au plus profond de son corps. Alors, sans la moindre honte, elle se mit à onduler contre lui.

Sa retenue, tandis que la force de son désir était gravée sur ses traits, qu'elle la sentait dans la tension de ses muscles, déchaîna sa tendresse pour lui. Quelque chose le retenait – son passé, son présent – et elle refusait qu'il se retienne. Elle se cambra, l'invitant à continuer ce qu'il avait commencé.

L'hésitation se mua en passion tandis qu'il plongeait en elle. Il commença à aller et venir, et un flot de chaleur l'inonda. Le plaisir déferlait tels des roulements de tonnerre, chacun plus puissant que le précédent jusqu'à ce que la foudre éclate en elle, un long éclair de splendeur.

Elle poussa un cri et il donna un puissant coup de reins, provoquant une dernière explosion qui la combla. Ils retombèrent sur le lit tandis que les spasmes se prolongeaient en elle.

Le tumulte s'apaisa peu à peu, laissant la place à un fabuleux sentiment de plénitude. Elle demeura immobile, à écouter le cœur de son Écossais, leurs respirations haletantes qui se répondaient en écho.

Elle avait aimé Will, mais elle n'avait jamais rien connu qui approche cela. Il avait été un amant pressé, la laissant souvent insatisfaite. Elle ignorait qu'il pouvait en être autrement, que le voyage pouvait être aussi merveilleux et exquis quand chacun donnait autant qu'il recevait.

Elle posa la joue sur le torse de son Écossais, sur son cœur. Elle ne voulait pas le quitter, mais il le fallait. Ni l'un ni l'autre ne pouvaient se permettre de faire l'objet de ragots.

— Il faut que je parte, murmura-t-elle à regret.

— Oui, dit-il simplement.

Elle se força à se lever et enfila sa robe. Elle récupéra par terre l'épingle qui tenait son bonnet et noua sa chevelure en chignon avant de le coiffer.

Elle se tourna vers lui.

— Ai-je l'air respectable ?

Il la gratifia d'un lent sourire.

— Éminemment.

Elle ignorait ce que signifiait ce mot. Mais elle le comprit à son regard approbateur.

— Je viendrai voir vos blessures, dit-elle. Cela dit, je commence à croire que vous êtes indestructible.

— Mon corps n'est pas d'accord avec vous.

Il se leva néanmoins et alla à la porte. Il l'ouvrit, jeta un œil dans le couloir avant de hocher la tête.

Comme elle passait devant lui, il déposa un doux baiser sur sa joue.

— Je ne vous abandonnerai jamais, assura-t-il, retrouvant son accent écossais.

Elle sentit ce baiser et ces mots résonnèrent en elle jusqu'à ce qu'elle soit de retour dans sa chambre.

Si seulement c'était possible…

Mais ça ne l'était pas. Elle prit alors la résolution de l'éviter, car dès qu'elle s'approchait de lui, elle perdait la tête.

Pendant les quelques jours qui suivirent, la tour bourdonna d'activité. On préparait les représailles contre les Armstrong. Mais d'abord, le traître devait être démasqué.

Robert découvrit qu'aux yeux de certains il était devenu un héros – ce dont il doutait – et qu'il était possiblement un scélérat aux yeux d'autres – ce dont il n'était pas certain. Quoi qu'il en soit, il ne cessait de s'enfoncer dans la tromperie.

Il prenait ses repas dans le hall avec les autres. Il lui arrivait d'apercevoir Kimbra, mais soit elle soignait les blessés, soit elle était avec Audra. Il finit par comprendre qu'elle l'évitait. Même quand Audra courait se jeter dans ses bras, elle restait en retrait, son regard se posant sur à peu près tout sauf sur lui.

Il ne pouvait le lui reprocher. Pas plus qu'il ne pouvait se rendre dans sa chambre pour essayer d'obtenir des explications. Trop de gens s'intéressaient à lui, et il ne voulait pas lui causer le moindre problème.

Son épaule guérissait vite et sa jambe allait beaucoup mieux. Il passait l'essentiel de ses journées à s'entraîner à l'épée, à refaire fonctionner des muscles longtemps inutilisés. Il était constamment sur ses gardes de crainte de laisser son accent écossais refaire surface. Il était bien conscient que cela lui était arrivé le soir où Kimbra et lui avaient fait l'amour.

Le regrettait-elle ? Pensait-elle qu'il allait se débarrasser d'elle avec la cruauté dont avait fait preuve ce seigneur avec sa mère ?

Le Charlton lui avait rendu visite à plusieurs reprises, l'interrogeant chaque fois sur ses expériences militaires sur le continent, sur les batailles auxquelles il avait pris part. Curieusement, il était capable de les décrire ainsi que plusieurs villes étrangères. Paris. Rome. Ces choses, ces connaissances étaient simplement là, dans sa tête. Il ne comprenait pas comment c'était possible.

Le troisième jour après le raid, le Charlton apparut dans sa chambre, l'échiquier sous le bras. Alors qu'ils commençaient la partie, le Charlton le dévisagea.

— Qu'as-tu vu la nuit du raid ? Avant de te porter à mon secours ?

— Des maraudeurs, c'est tout. J'ignorais à ce moment-là que c'étaient les Armstrong.

— L'un de nos hommes s'est-il comporté bizarrement ?

Il envisagea de parler de Cedric, mais celui-ci nierait et tenterait de faire porter les soupçons sur lui.

— Non, j'étais trop occupé à me défendre.

— Cedric est rentré hier soir. Il dit qu'il a été attaqué alors qu'il essayait de les suivre et qu'il a perdu son cheval.

Le Charlton planta son regard dans le sien.

— Il dit aussi que tu as eu l'occasion de tuer un Armstrong et que tu ne l'as pas fait.

— Et a-t-il dit ce qu'il faisait précisément à ce moment-là ?

— Non.

Le Charlton attendit.

— Je ne sais pas ce qu'il faisait, moi non plus. Je suis surpris qu'il ait eu le temps de s'occuper d'autre chose que de son propre adversaire.

— Alors, tu n'as épargné personne ?

— Non. J'ai abandonné mon combat dès que j'ai entendu crier votre nom.

Le visage du Charlton se détendit.

— Et je t'en suis reconnaissant. Mais Cedric parle. Il prétend que tu n'as pas frappé cet Armstrong parce que c'était ton allié.

— Alors je regrette que tous les Armstrong ne le soient pas, répliqua-t-il en jetant un coup d'œil à son épaule bandée.

— Il fallait que je t'interroge. Il essaie de monter les autres contre toi.

— Je suis un étranger et Cedric est l'un des vôtres.

— Oui, mais Cedric ne m'a pas sauvé la vie.

— Depuis que je suis ici, je n'ai jamais eu la possibilité d'entrer en contact avec quelqu'un de l'extérieur. J'imagine que ce n'est pas le cas de Cedric. A-t-il été souvent absent ?

— Parce que j'en avais donné l'ordre.

Robert Howard haussa les épaules. Il en avait assez dit. Que le Charlton tire lui-même ses propres conclusions.

— Échec, dit-il en prenant son fou avec sa reine.

Le Charlton fronça les sourcils et se défendit avec son cavalier.

Trois coups plus tard, c'était terminé.

— Échec et mat.

Le Charlton contempla l'échiquier.

— Au moins, cette fois, tu ne m'as pas battu en quinze coups.

Il repositionna les pièces sur l'échiquier.

— Une autre ?

Robert Howard acquiesça, se demandant si le Charlton avait vraiment envie de jouer ou s'il cherchait à le sonder. On pouvait déduire beaucoup de choses de la façon de jouer aux échecs de son adversaire. Était-il téméraire ou prudent ? Sournois ou franc ? Lui-même découvrait beaucoup d'aspects de sa propre personnalité.

Le Charlton joua mieux cette fois et la partie fut plus équilibrée. Robert Howard envisagea de le laisser gagner, avant d'y renoncer. Le Charlton était rusé, il s'en apercevrait. Il n'aimait certes pas perdre, mais il avait aussi dit qu'il ne voulait pas gagner sans l'avoir mérité.

Robert Howard n'était plus qu'à deux coups de la victoire quand le Charlton lui demanda :

— As-tu songé à rester ici une fois que tes blessures seront guéries ?

Il y avait songé, oui. Bien trop souvent. Il doutait que le Charlton, si reconnaissant soit-il, tolère d'abriter un ennemi sous son propre toit. Si on apprenait que Robert Howard était écossais, on l'accuserait à coup sûr d'être le traître. Qu'arriverait-il alors à Kimbra et à Audra ?

— C'est une offre très généreuse, mais j'ai le voyage dans le sang.

— Et Kimbra ? Je vois bien comment vous vous regardez tous les deux.

Il fut sidéré. Il était persuadé qu'ils s'étaient montrés prudents.

— Je ne sais pas, dit-il.

Et c'était la vérité. Il pouvait les emmener, sa fille et elle. Mais où ? Avec quoi ? Il n'avait ni fortune ni famille. Il n'avait même pas de nom.

Ou alors, il pouvait se mettre en quête de sa famille et revenir les chercher. Ce qui ne serait pas sans risques non plus.

Par ailleurs, elle était à la merci de l'homme avec qui il était en train de jouer. Celui-ci pouvait l'« offrir » à qui bon lui semblait. Il avait également peur à l'idée qu'elle vive seule. Il était conscient des dangers de la frontière désormais.

— Tu pourras l'avoir si tu restes, déclara le Charlton de manière inattendue. Tu auras aussi son cottage.

Il ne s'attendait vraiment pas à une telle offre.

— Son avis à elle ne compte pas ?

— Si, mais j'ai la nette impression qu'elle serait d'accord.

— Elle ne manque pas de prétendants. Ils vont être mécontents.

— Je me moque de ce qu'ils pensent, répliqua le Charlton.

Il était tenté. Plus que tenté. Il voulait accepter. Kimbra ne croyait pas qu'il reviendrait pour elle, il le savait. Comment réagirait-elle en apprenant qu'il restait ? Pas juste pour une nuit. Mais pour la vie.

Sauf qu'il avait peut-être une famille.

— Réfléchis-y, mon garçon.

Le Charlton se leva péniblement.

— Je ne comprends toujours pas pourquoi vous accordez une telle confiance à un étranger, déclara alors Robert Howard.

— Un caprice de vieil homme peut-être, répondit le Charlton. Il me faut quelqu'un pour diriger les Charlton après ma mort. À une époque, j'avais pensé à Cedric, mais c'est un sournois et je ne lui fais plus confiance. Son frère ne vaut pas mieux. Les autres, je n'en parle même pas.

— J'y réfléchirai, dit Robert Howard.

— Passe un peu de temps avec Kimbra et Audra, suggéra le Charlton avant de sortir en boitant.

Robert Howard le suivit des yeux, regrettant amèrement de ne pas être l'homme qu'il voyait en lui. Il se trouvait face à une décision impossible et craignait que, quel que soit son choix, il ne le mène à un désastre.

18

Rory ne parvenait pas à se débarrasser de l'idée qu'il aurait dû reconnaître l'homme sous ce casque lors de l'embuscade.

L'image ne cessait de le narguer tandis que Jamie et lui continuaient leurs recherches le long de la frontière. Ils n'avaient rien trouvé dans la dernière église qu'ils avaient visitée.

Ils étaient à présent dans une taverne.

— Je ne comprends pas, dit Jamie. C'est comme si Lachlan avait disparu de la surface de la terre. Et ce garçon au cheval noir, personne ne semble le connaître.

— Au moins, sa mort n'est enregistrée nulle part, dit Rory. J'aimerais juste que nous retrouvions ce garçon. Il sait sûrement quelque chose.

— Les Armstrong ont fouillé partout, sauf sur les terres des Charlton. Ce ne serait pas très sage de s'y risquer en ce moment. D'autant que les uns et les autres se connaissent, apparemment, puisqu'il leur arrive d'assister aux mêmes joutes.

Rory ne dit rien.

Jamie but une gorgée de bière.

— Et puis, il y a ton mystérieux maraudeur. Peut-être qu'on devrait aller chez les Charlton, histoire de satisfaire ta curiosité.

L'un des Armstrong qui les accompagnait les dévisagea d'un air effaré.

— Ils n'accueilleront pas bien un Armstrong. Ni un Écossais.

— Je crois l'avoir compris, répliqua Rory avec flegme. Mais il doit bien y avoir un Armstrong que les Charlton ne connaissent pas. J'offrirais une jolie somme à cet homme s'il acceptait de s'introduire chez eux pour découvrir s'il y a un Écossais dans leurs rangs.

— C'est idiot. Aucun Charlton n'abriterait un Écossais sous son toit.

Rory savait que c'était idiot. Mais il connaissait Lachlan et sa capacité proprement stupéfiante à se faire apprécier ; ainsi que son talent à endosser le rôle de son choix, sans doute parce qu'il avait dû le faire depuis sa plus tendre enfance. Il y avait été forcé pour apaiser un père qui se disait constamment déçu par lui. À sa grande surprise, Rory avait découvert que son frère à l'âme apparemment si délicate était un survivant.

Il était très tard quand Kimbra acheva de bander son dernier blessé. Elle voulait rentrer chez elle. Au cottage.

Deux hommes étaient morts. Les autres s'en sortiraient. Si on ne pouvait compter sur le médecin, les servantes qui l'avaient assistée savaient maintenant quoi faire.

Elle ne pouvait plus rester ici, si près de l'Écossais. Chaque fois qu'elle le voyait, son corps brûlait de désir. Elle devait se retenir pour ne pas aller le toucher.

Et puis, il y avait Cedric.

Elle se souvenait de son expression la veille quand elle l'avait soigné. Il venait tout juste de rentrer et avait demandé qu'elle s'occupe de sa blessure. Une égratignure. Il n'avait cessé de l'interroger sur Robert Howard en la scrutant. Quand exactement l'avait-elle trouvé ? Qu'avait-il dit précisément ?

Elle avait ignoré ses questions, se concentrant sur une griffure que la plupart des hommes n'auraient pas pris la peine de lui montrer. C'était à croire qu'il voyait là une preuve de sa bravoure.

Le lendemain matin, elle alla voir le Charlton.

— Je souhaite rentrer chez moi. J'ai des poules à nourrir, un jardin dont je dois m'occuper et nous avons besoin d'herbes pour les baumes et les cataplasmes.

— Je peux envoyer quelqu'un.

— Non, il ne saurait pas quoi prendre.

— C'est encore dangereux.

— Le cottage est très à l'écart des routes. Nous n'avons jamais été attaqués.

Il poussa un soupir.

— Pars, si tu veux, mais quelqu'un t'accompagnera. Et sache qu'il y a déjà deux hommes qui gardent le cottage.

Elle alla chercher Audra qui, bien sûr, ne voulait pas partir. Robert Howard était là et toutes les servantes de la tour la gavaient de friandises.

— Non, dit la fillette, il faut rester avec M. Howard.

— Bess a besoin de sa maison et Ours aussi, expliqua Kimbra avec patience et non sans appréhension.

Sa fille commençait à trop s'attacher à l'Écossais.

— Ils aiment bien être ici.

C'était sans doute vrai. Ours avait le droit de rester avec Audra, quant à Bess, elle se repaissait de l'excellent foin des Charlton.

— M. Howard nous rendra peut-être visite, dit-elle. Mais lui et les autres blessés ont besoin de nos plantes. Il n'y en a plus ici, il faut aller en chercher.

Cet argument eut raison d'Audra.

— Mais on reviendra ?

— Oui.

À regret, elle rassembla leurs maigres affaires. Elle ne reverrait sans doute plus l'Écossais. Il avait davantage de liberté de mouvement maintenant et il savait qu'il était en danger ici. Ce serait bien le diable s'il ne trouvait pas une occasion de s'enfuir.

Même si le cœur de Kimbra se brisait à cette idée.

Elles allèrent récupérer Bess et Magnus. Tandis qu'un garçon s'occupait de passer une longe à la vache, Kimbra et sa fille se dirigèrent vers la stalle de Magnus. L'Écossais était en train de le seller.

Elle se figea et son cœur manqua un battement.

Il se retourna vers elle.

— Le Charlton m'a demandé de vous accompagner, Audra et vous.

La fillette lui adressa un sourire radieux.

Kimbra ne voulait pas admettre qu'elle partageait son plaisir.

— Vous êtes assez remis ?

— Oui. Vos potions ont accompli des miracles, dit-il avec un sourire en coin, comme s'il admettait que le destin venait de leur jouer un drôle de tour.

Elle fut incapable de répondre. Elle se rendait compte qu'elle avait voulu partir non seulement pour le fuir, lui, mais surtout pour fuir ses propres sentiments.

Il portait un pourpoint sur une chemise et des chausses ajustées. Où avait-il bien pu se les procurer ? Le Charlton, sans doute.

L'élévation de l'Écossais du statut de prisonnier à celui de favori avait provoqué bien des réactions dans la tour. Certains lui étaient reconnaissants d'avoir sauvé leur chef. D'autres étaient jaloux. Et il y avait des questions. Beaucoup trop de questions.

C'était aussi l'une des raisons qui la poussaient à quitter la tour. Elle ne voulait pas être responsable d'un déchaînement de violence de la part de Cedric.

Se posait aussi la question du rôle du Charlton. Que cherchait-il en désignant une telle escorte ? Était-ce pour lui un moyen de garder Robert Howard parmi les siens ?

Un second cheval était prêt. L'Écossais attacha des sacoches aux deux selles avant de l'aider à monter Magnus. Il lui passa Audra avant de se hisser sur sa propre monture et de prendre la longe de Bess.

C'était une journée splendide. Le ciel était pur, le soleil éclatant et la brise caressante.

— Vous ne devriez vraiment pas faire un trajet aussi long, dit Kimbra.

— Je fais rarement ce que je devrais, semble-t-il.

— Et si vous l'aviez fait, vous seriez loin d'ici à l'heure qu'il est.

— C'est vrai, reconnut-il, mais alors ce serait peut-être Cedric qui vous raccompagnerait chez vous.

— Le Charlton ne me ferait pas ça.

— Ce n'est pas ce que vous pensiez il y a quelques semaines.

— Il connaît mieux Cedric à présent.

— Oui, je le crois aussi.

Insouciant, il se remit à siffloter. C'était exaspérant. Quand diable se soucierait-il de sa propre vie ?

Ils franchirent la grille. Comme s'il sentait qu'il allait rentrer chez lui, Ours se mit à aboyer joyeusement, avant de partir en éclaireur.

Si Kimbra garda le silence, Audra, elle, se montra intarissable, évoquant toutes les personnes qui l'avaient gâtée. Elle avait peu vu sa fille ces derniers jours, ayant passé l'essentiel de son temps auprès des blessés, et savourait de la tenir enfin dans ses bras et de profiter de la compagnie de l'Écossais.

L'espace d'un instant, elle fut plus heureuse qu'elle ne l'avait été depuis longtemps.

Quand ils arrivèrent au cottage, ils y trouvèrent, comme annoncé, deux Charlton.

L'un, Timothy, surveillait le chemin qui menait à la maison. Il s'approcha d'eux, jeta un regard à Robert Howard et se toucha le front en signe de respect pour elle.

— Geordie de Gibbs est dans la grange.

— Avez-vous vu quelque chose ? demanda Robert Howard.

— Non, rien, ni personne. Quelles nouvelles apportez-vous ?

— Tu es au courant pour l'embuscade ? s'enquit Kimbra.

— Oui, on nous a prévenus.

— Deux hommes sont morts. Sim de Rob et Jack Carey. Les autres se remettent.

— Les salauds ! gronda Timothy. Quand allons-nous les attaquer ?

— Bientôt, je crois.

— Qu'est-ce qu'il fait là ? demanda Timothy en désignant son compagnon.

— Le Charlton a tenu à ce qu'il m'escorte. Le Howard lui a sauvé la vie au cours de l'embuscade. Il a pris une lance pour lui.

— On doit regagner la tour ?

— Non, dit son Écossais. Je ne resterai qu'un jour ou deux. Le Charlton veut que le cottage soit gardé en permanence. Pour ne pas compromettre Kimbra, je dormirai dans la grange.

Timothy hocha la tête et ils poursuivirent leur chemin.

— Je m'occupe des chevaux et de la vache, annonça l'Écossais en mettant pied à terre.

Il aida Audra à descendre, puis tendit les bras à Kimbra qui s'y laissa glisser. Il la retint un instant et leurs regards se croisèrent, brûlants.

— Je veux aider à leur donner à manger, dit Audra.

L'Écossais s'écarta.

— Et je serais content que tu m'aides.

— Mais d'abord tu dois nourrir les poules, intervint Kimbra. Va chercher les graines dans la maison.

Audra obéit et, pour la première fois depuis longtemps, Kimbra put parler sans craindre que sa fille n'écoute.

— Partez tant que vous le pouvez.

— Avec deux gardes ici ?

— On ne leur a pas donné l'ordre de vous garder. Allez en Écosse. À Édimbourg. C'est l'occasion ou jamais.

— Il n'y a aucune certitude que j'y découvre qui je suis.

— Vous devez essayer.

— Pourquoi ?

— Il faut vraiment que vous le demandiez ? Même si vous avez sauvé la vie du Charlton, vous ne pouvez pas rester ici. Votre sort ne dépend pas de lui, mais du roi.

— Je me sens chez moi ici, dit-il simplement.

Oh, elle aurait tellement voulu que ce soit le cas !

— Vous n'êtes pas chez vous, répliqua-t-elle durement avant de prononcer des mots qui lui brisèrent le cœur. Vous n'avez rien à faire ici. C'est le cottage de Will. Je ne veux pas de vous chez lui. Vous n'avez aucun droit sur cette maison. Et le Charlton ne peut pas vous la donner.

Ses yeux bleus la transpercèrent – il savait qu'elle mentait.

— Vous nous mettriez tous les deux en danger, reprit-elle. C'est ce que vous voulez ?

— Non. Je veux... Bon sang, c'est vous que je veux. Et Audra. Venez en Écosse avec moi.

— Je ne peux pas. C'est ma maison. La maison de ma fille.

Mais ce n'était pas la vraie raison. Si elle avait envie de lui accorder sa confiance, elle faisait la différence entre ce qui était réel et ce qui ne l'était pas. Comment elle, la veuve d'un maraudeur anglais, pourrait-elle suivre en Écosse un homme qui était visiblement un seigneur ? Elle ne serait qu'une gêne pour lui, sa fille une bizarrerie. Elle ne pourrait jamais être plus que sa maîtresse, or, c'était inenvisageable.

Il lui toucha le visage.

— Je ne vous abandonnerai pas, dit-il doucement.

— C'est la reconnaissance qui parle.

— La reconnaissance et l'amour.

— Vous oubliez une chose : il est fort possible que vous ayez une épouse.

Sur ce, elle pivota et courut presque jusqu'au cottage. Arrivée à la porte, elle se retourna.

L'Écossais n'avait pas bougé. Il la regardait, le visage impénétrable. Puis il fit demi-tour avec les chevaux et entra dans la petite grange.

Timothy et Geordie de Gibbs dînèrent avec eux tandis qu'Ours montait la garde. Ni l'un ni l'autre n'avaient pu trouver le moindre gibier.

À leur demande, l'Écossais raconta l'embuscade, comment les Armstrong avaient surgi de nulle part.

— Quelqu'un les a prévenus, marmonna Timothy.

L'Écossais ne dit rien.

Peu après, les deux hommes sortirent. L'un pour prendre la relève d'Ours sur le chemin, l'autre pour dormir dans la grange.

L'Écossais resta. Il chanta une berceuse à Audra qui s'endormit dans ses bras. Il la porta dans la chambre et la déposa sur le lit avec une infinie tendresse. Il se comportait de façon très naturelle avec elle, comme s'il avait lui-même des enfants, songea Kimbra.

Il se redressa. Ils étaient très proches l'un de l'autre. Trop. Soudain, ses bras furent autour d'elle. Pas de sensation de brûlure cette fois, mais celle qu'elle était à sa place. La passion était là, inévitable entre eux, mais elle était accompagnée d'un calme paisible, d'un sentiment d'appartenance qu'elle n'avait jamais éprouvé avec Will, malgré toute l'affection qu'elle avait eue pour lui.

Mon Écossais.

Il ne l'avait été que brièvement.

— Venez, dit-il en lui prenant la main pour l'entraîner dans l'autre pièce. J'ai quelque chose pour vous.

Il la lâcha pour aller fouiller dans la sacoche qu'il avait laissée près de la porte. Il lui tendit un livre.

— Le Charlton me l'a donné.

Elle s'en empara, tâta le cuir épais, les pages en vélin. Émerveillée, elle dévorait des yeux les enluminures, d'extraordinaires représentations d'animaux d'une richesse inouïe. Elle fit courir ses doigts sur un mot.

— Je reconnais ces lettres, dit-elle.

— Et bientôt, vous saurez lire tous les mots.

Son cœur exulta. C'était la seule chose qu'elle avait toujours voulue. Un trésor. Plus précieux que n'importe quel bijou.

Elle suivit le titre du doigt.

— *La Thrisill et les Rois*, lut-il. C'est un poème racontant le mariage de Jacques IV avec Margaret Tudor. Le Charlton l'a volé lors d'un raid, mais il a avoué qu'il se moquait bien d'une histoire d'amour écossaise.

Il toucha l'ouvrage, ses doigts hésitant sur le titre. Elle vit un muscle palpiter sur son cou. Il commença à se lever.

— Qu'y a-t-il ? s'enquit-elle.

— Je ne sais pas trop. Je ne l'ai pas vraiment regardé quand il me l'a donné. Vous étiez sur le point de partir. Mais il m'est familier. Je... je connais le roi et la reine. Je les ai vus danser ensemble. Ils étaient amoureux. Et l'homme qui a écrit cela...

Il s'interrompit.

— L'homme qui a écrit cela ? répéta-t-elle.

C'était ce qu'elle voulait : qu'il retrouve la mémoire. Elle le voulait et le redoutait.

— Un ami, je crois. Je... Bon sang, je n'ai que des morceaux.

— Vous avez dit que le Charlton vous l'avait donné ?

— Oui. Il m'a demandé ce que je désirais, en guise de récompense. J'ai répondu un livre. Je savais que c'était ce que vous vouliez.

Il aurait pu demander n'importe quoi, mais c'était à elle qu'il avait pensé d'emblée. Une douce chaleur envahit Kimbra, même si elle se rendait compte que ses souvenirs revenaient peu à peu. Ce qui signifiait qu'elle ne tarderait pas à le perdre.

Comment peut-on perdre ce qu'on n'a jamais possédé ?

Voyant son visage changer d'expression, elle l'observa avec attention. Un nouveau souvenir. C'était comme un mur qui commençait à s'effondrer. Chaque morceau qui se détachait en délogeait un autre.

— Qui était-ce ? demanda-t-elle. L'homme qui a écrit ce livre ?

— Je ne sais pas. Je vois juste son visage dans ma tête. Un ami… Je l'ai vu à la Cour. Un scribe. Non, plus que cela…

De nouveau, il ne finit pas sa phrase.

— Quoi d'autre ? Quand avez-vous vu le roi et la reine danser ?

Il secoua la tête.

— Vous ne vous rappelez toujours pas votre nom ?

— Non.

— Si vous avez vu le roi et la reine danser, cela signifie que vous étiez à la Cour, qu'on vous y connaît. Vous pourriez partir dès ce soir. Vous rendre à la cour d'Écosse.

— Bon sang, pourquoi est-ce que je me souviens de certaines choses, mais pas de toutes ?

— Lisez le livre. Il fera peut-être remonter d'autres souvenirs.

Il caressa le titre gravé dans le cuir.

— Vous vous souvenez des lettres que je vous ai apprises ?

— Oui.

— Alors, vous connaissez celle-ci.

Il désignait la première lettre du mot gravé.

— Oui, c'est un « l ».

Il lui demanda de nommer toutes les autres lettres et elle fut ravie d'y parvenir. Elle s'était entraînée en son absence, les dessinant sur le sol.

— Le premier mot est « la ». « L » et « a » font « la ».

C'était un professeur patient. Quand bien même les souvenirs ne cessaient de jaillir dans sa tête, elle le savait, cela ne l'empêchait pas d'expliquer comment les lettres se combinaient pour former tel ou tel son. Ils arrivèrent au mot « thrisill ».

Un mot qu'elle n'avait jamais entendu.

— C'est une plante épineuse à fleurs pourpres qui pousse dans les Highlands.

Encore une chose dont il se souvenait.

Grâce au livre ?

De quoi se souviendrait-il si elle lui montrait l'écusson ?

C'est trop tard. Si je le lui montre maintenant, il ne me fera plus confiance. Et puis, cela ne semblait plus nécessaire. La mémoire était en train de lui revenir. Il retrouverait sa maison, quand cette broche resterait son seul moyen de protéger sa fille.

Il ouvrit le livre et se mit à lire :

— Maintenant, belle entre toutes les belles, / Princesse plaisante et illustre, / La plus vigoureuse des jeunes pousses. / Bienvenue en Écosse pour y être reine.

Sa voix vibrait tandis qu'il lisait. À l'évidence, il aimait ces vers. Et il voulait qu'elle les aime aussi.

Les heures passèrent tandis qu'il la conduisait ainsi, de mot en mot, à travers le poème, lui faisant répéter chaque son. Jusqu'à ce que les lettres commencent à se mélanger.

— C'est assez pour ce soir, dit-il comme s'il lisait dans ses pensées.

Ce qui lui arrivait bien trop souvent.

— Merci, souffla-t-elle.

— Non, le plaisir était pour moi.

Elle le crut. Il était là, dans sa voix, dans son sourire, dans la chaleur de son regard. C'était un professeur doué.

— Nous continuerons demain, proposa-t-il.

— Vous devriez partir.

Combien de fois le lui avait-elle dit ? Mais elle n'avait jamais été aussi peu sincère que maintenant.

— Je dormirai dans la grange, dit-il. Je refuse de mettre davantage votre réputation en danger.

Elle ne voulait pas qu'il dorme dans la grange. Elle le voulait près d'elle. Sentir la chaleur de son corps, le réconfort de ses bras. Elle en avait tellement besoin. Au lieu de cela, elle lui tendit le livre.

— Non, dit-il, il vous appartient.

Elle le serra contre sa poitrine. Après Audra et Magnus, c'était son bien le plus précieux. Plus important même que l'écusson caché dans le grenier.

Elle était incapable de dire un mot.

Alors, il se pencha et déposa un doux baiser sur sa joue.

— Je n'ai jamais rien fait d'aussi difficile, avoua-t-il.

— M'embrasser ?

— Non, vous embrasser de façon si convenable alors qu'en vérité je veux vous dévorer de baisers.

Sa voix était rauque de désir.

Un désir qui faisait écho à celui qu'elle ressentait. Mais elle savait aussi qu'il avait raison. L'autre nuit, ils avaient pris le risque de concevoir. Ce n'était qu'au matin qu'elle avait pris conscience de cette folie. Elle pouvait à peine s'occuper d'Audra. Et si elle mourait en couches ? Qu'arriverait-il à sa fille ? Ces pensées la hantaient depuis qu'elle avait quitté son lit quelques jours plus tôt.

Ne jamais faire confiance à un noble. Elle avait confiance en cet homme, mais qu'en était-il de celui qui était en train d'émerger de sa mémoire ?

Comme s'il comprenait son tourment intérieur, il recula.

Elle lui donna l'une des deux chandelles allumées. Un instant, il referma la main sur la sienne et la chaleur des flammes n'était rien comparée à celle qui explosa entre eux. Elle crut que le cottage allait prendre feu.

Mais il tourna les talons et sortit sans un mot.

Elle posa le livre sur la table et se mit à en tourner les pages. La lueur de la bougie dansait sur les mots et sur les enluminures. L'une représentait une cérémonie de mariage. L'homme et la femme se regardaient et il y avait de l'amour dans ce regard.

Était-ce possible ? Les nobles et les rois pouvaient-ils se marier par amour ?

Elle se décida enfin à éteindre la chandelle et gagna la chambre. Elle se déshabilla, s'allongea près de sa fille. Elle avait pris le livre qu'elle posa à côté d'elle. Elle ne voulait pas qu'il lui arrive quoi que ce soit.

Lire. S'il restait assez longtemps, elle apprendrait à lire.

Et il pourrait en mourir.

Il représentait la pire des tentations. Même maintenant, son corps palpitait de désir tandis qu'elle se remémorait leur étreinte. C'en était presque douloureux.

Elle se tourna vers Audra, lui caressa les cheveux, et son cœur se gonfla de tendresse.

Sa fille passait avant tout. Toujours.

Il aurait pu rester. Il le savait et la quitter avait été d'autant plus difficile.

Regarder son expression ravie quand elle épelait les lettres avant de les assembler pour en tirer des mots avait été une pure joie. Seigneur Dieu, elle avait l'esprit vif.

Il était sûr à présent qu'il devait partir pour essayer de répondre aux questions qu'ils se posaient l'un et l'autre. Il lui fallait découvrir quelles obligations étaient les siennes ailleurs.

Elle serait en sécurité. Le Charlton avait été très clair, il la protégerait et cela ne changerait pas s'il disparaissait. On se dirait qu'il les avait trompés tous les deux.

L'un des Charlton dormait déjà dans la grange. Il dénicha une couverture qui sentait le cheval et un endroit où s'allonger. Mais le sommeil le fuyait.

De nouvelles images se pressaient dans sa tête. À l'instant où il avait touché le livre, il avait vu l'homme qui l'avait écrit.

Il connaissait le couple auquel le titre faisait référence. Il voyait le roi Jacques contempler avec amour la femme magnifique à ses côtés.

Et soudain, la vision se transforma. Tous deux étaient assis sur leurs trônes, puis le roi quittait le sien pour venir au-devant d'un homme aux cheveux bruns à qui il prenait la main pour la poser sur celle d'une autre femme. Il en eut le souffle coupé.

Cet homme était celui qu'il avait failli tuer lors de l'embuscade.

19

Kimbra se leva à l'aube. Elle avait passé une nuit agitée à s'interroger sur les choix qu'elle avait faits ces dernières semaines. Pourtant, pour la première fois depuis très longtemps, elle envisageait la journée avec optimisme.

Un optimisme qui pouvait bien s'avérer dangereux. Et même trompeur.

Elle enfila une chemise propre avant de passer sa nouvelle robe. Un présent du Charlton qui s'ajoutait aux deux robes qu'elle possédait déjà. Une richesse inhabituelle pour elle. D'autant que quelqu'un les avait toutes lavées avant qu'elle quitte la tour.

Elle ajouta des bûches dans la cheminée. Elle comptait traire Bess avant de préparer du porridge pour le petit déjeuner. Elle avait cinq bouches à nourrir aujourd'hui.

Quand elle pénétra dans la grange, ce fut pour découvrir que l'Écossais s'était déjà occupé de Bess. La preuve en était le seau rempli qui attendait devant la stalle.

Elle sourit à l'idée d'un noble bataillant avec sa vieille vache. Puis son sourire s'effaça quand elle se rendit compte qu'elle était seule. Il n'y avait personne dans la grange, ni Timothy, ni Geordie, ni l'Écossais.

Sa monture, celle que le Charlton lui avait donnée, avait disparu.

Son cœur cessa un instant de battre.

Il ne serait quand même pas parti sans la prévenir. À moins qu'il ne soit arrivé quelque chose ?

Ne sois pas idiote. Il devait partir. Peut-être avait-il retrouvé davantage de souvenirs qu'il ne l'avait dit ? Peut-être que le baiser de la veille était un baiser d'adieu, un dernier cadeau qu'elle garderait avec elle toute sa vie.

Elle ressortit et réalisa qu'Ours aussi avait disparu. Elle l'appela et fut soulagée de l'entendre aboyer. Quelques secondes plus tard, il arriva en galopant. Geordie l'accompagnait.

— M. Howard ? demanda-t-elle.

— Il est allé chasser. Il a pris mon arc.

La vie revint en elle. Il n'était pas parti. Pourtant, elle implora l'Écossais en silence. *Fuis, fuis.*

— Il a dit quand il rentrerait ?

— Non.

— Et Timothy ?

— Il vient de me relever au chemin. Je pensais dormir un peu dans la grange.

— Je vais préparer à manger. Ce sera bientôt prêt.

— Merci, Kimbra. Je vais attendre.

Le seau de lait à la main, elle retourna au cottage, Ours sur ses talons.

Audra s'était levée et l'attendait dans la grande pièce, le visage chiffonné. Elle avait enfilé sa robe, mais sans en avoir noué les lacets.

— J'ai faim.

— Moi aussi, ma chérie. On va mettre du miel dans le porridge.

La fillette sourit.

Le miel était une friandise rare. Six mois plus tôt, Kimbra avait trouvé une ruche et réussi, au prix de nombreuses piqûres, à en tirer du miel. Elles l'avaient consommé avec modération et il n'en restait presque plus. Mais Timothy et Geordie étaient des invités venus protéger le cottage.

Une fois qu'elle eut fini de tout préparer, elle demanda à Audra d'aller chercher Geordie.

Il mangea comme s'il n'avait rien avalé depuis des jours. Audra le contemplait avec fascination, touchant à peine à sa nourriture. C'était un homme de forte carrure. Grand et lourdement bâti, c'était un sacré morceau. Il parla de ses deux enfants, un fils qui travaillait aux écuries du Charlton et une fille.

— Ton Edie doit se languir de toi, dit Kimbra.

L'Edie de Geordie avait été l'une de celles qui l'avaient aidée à envelopper le corps de Will dans un linceul après sa mort. Aussi simple que son mari, elle était d'une gentillesse sans limites.

— Sa mère est malade. Elle est allée s'occuper d'elle.

— Je suis désolée. Les enfants sont partis avec elle ?

— Oui. C'est pour cela que j'ai été envoyé ici. Le Charlton sait que Will était mon ami et qu'Edie est la tienne.

— Je suis contente que ce soit toi.

Et elle l'était. Geordie était un homme honnête, dépourvu de toute malice.

— Edie et moi, on se faisait du souci de te savoir seule ici.

— J'étais seule aussi quand Will partait pour ses raids.

— Oui, mais la frontière est plus dangereuse maintenant.

— Comme s'il n'y avait pas eu assez de sang versé à Flodden Field.

— C'est comme ça ici, Kimbra, tu le sais.

— Oui, des siècles de massacres et de vols, dit-elle avec amertume. Qui ont coûté la vie à Will.

— Il connaissait les risques, répondit Geordie avant de changer de sujet. Que sais-tu au juste de ce Robert Howard ?

— Seulement que c'est un Howard. Pourquoi ?

— Il y a quelque chose de bizarre chez lui. Je ne sais pas trop quoi. Mais je crois pas qu'il est ce qu'il prétend être.

Kimbra eut l'impression de recevoir un coup de poing dans le ventre. Elle n'aurait jamais pensé que Geordie se douterait de quelque chose. Cedric avait des soupçons, bien sûr, mais c'était dans son intérêt.

— Qu'est-ce qui te fait dire ça ?

— J'ai vu comment il te regarde, et comment tu le regardes, répondit-il, prudent. Et je reconnais que c'est facile de l'apprécier. Mais il est pas des nôtres.

— Mais si, il l'est, protesta Audra, et Kimbra réalisa soudain que sa fille n'avait cessé de les écouter.

Geordie rougit violemment. Lui aussi avait oublié la présence d'Audra.

— Peut-être, dit-il avant de reprendre du miel.

Le repas s'acheva dans un silence gêné. Geordie ne tarda pas à les remercier et à partir.

— Tu n'aurais pas dû dire cela, déclara Kimbra à sa fille. Il ne faut pas interrompre une conversation entre adultes.

Cette remontrance fit monter les larmes aux yeux d'Audra.

Kimbra l'entoura de son bras et déposa un baiser sur sa joue.

— Je sais que tu veux défendre M. Howard, et c'est loyal et brave de ta part, mais il faut que tu sois très prudente. Cedric ne l'aime pas et ce n'est pas le seul. D'autres aussi sont jaloux de lui. Nous ne devons pas leur donner de raisons de s'en prendre à lui.

— Alors on devrait le protéger.

— Je ne crois pas qu'il aimerait que nous le protégions.

— Toi et moi, on se protège. Pourquoi pas lui ?

Pourquoi pas, en effet ?

La loyauté absolue et si simple de sa fille forçait son admiration.

Toutes deux passèrent une partie de la matinée dans le jardin à cueillir des herbes destinées aux blessés à la tour ainsi qu'à Jane. Leur panier était presque plein quand elles entendirent Ours aboyer.

Quelques instants plus tard, l'Écossais apparut sur son cheval, traînant un sanglier mort derrière lui.

Kimbra éprouva un mélange de plaisir et de désarroi. Plaisir qu'il soit de retour, désarroi qu'il n'ait pas profité de l'occasion pour s'enfuir.

Il descendit de selle.

— Vous auriez dû partir, chuchota-t-elle pour qu'Audra ne l'entende pas.

Il la dévisagea. Comme s'il essayait de graver ses traits dans sa mémoire.

— Je ne voulais pas vous laisser sans nourriture. Geordie a dit qu'il le dépècerait pour vous.

Ainsi, il allait bel et bien partir. C'était ce qu'elle voulait. Ce pour quoi elle priait le ciel. Pourtant, le sentiment de perte fut immédiat et incroyablement douloureux.

— C'est certainement un vieux sanglier à la chair trop coriace, ajouta-t-il. Mais c'est tout ce que j'ai trouvé. Il n'y a plus beaucoup de gibier dans ces bois. Trop de chasseurs, sans doute... J'ai aussi vu des traces de loups. S'ils ont faim, ils pourraient venir rôder par ici.

Audra contemplait le sanglier avec une sorte de respect effaré. Puis elle leva les yeux sur l'Écossais.

— Vous auriez dû être là ce matin. On a eu du miel.

— Je regrette de ne pas avoir été là, dit-il, solennel. Demain, vous aurez de la viande.

Il regarda ses bras et ses vêtements couverts de sang.

— Il faut que je me nettoie.

— Je m'occupe de vos vêtements, dit Kimbra.

— Non, vous avez déjà assez à faire comme cela. Je les laverai moi-même.

Surprise, elle le dévisagea.

— Je suis en train de découvrir que je ne suis pas sans talents, dit-il avec ce petit sourire d'autodérision qu'elle commençait à bien connaître.

Ce qui ne changeait rien à l'effet qu'il avait sur elle chaque fois.

— Il y a une rivière derrière les arbres, dit-elle.

— Oui, je l'ai vue.

Elle se tourna vers Audra qui tenait le panier rempli d'aloès, de romarin et de feuilles de laurier.

— Tu veux bien les porter à l'intérieur et m'attendre ? Je dois parler à M. Howard.

Audra les dévisagea tour à tour avant de fixer l'Écossais.

— Vous me donnerez une leçon de luth ?

— Oui, répondit-il. Cet après-midi ?

Il adressa un regard à Kimbra comme pour lui demander son autorisation. Elle hocha la tête.

— Si tu laves et broies les herbes pendant que je m'absente, précisa Kimbra. Ours restera ici et veillera sur toi.

— Vous allez où ? voulut savoir Audra. Je veux venir, moi aussi.

— Pas cette fois, dit sa mère. Nous ne partirons pas longtemps. Reste et tiens compagnie à Ours et à Geordie.

Déçue, Audra fit la moue, mais elle retourna au cottage, le dos raidi d'indignation.

L'Écossais conduisit sa monture dans la grange et la débarrassa de sa selle avant de ressortir. Kimbra lui donna deux seaux, elle en prit elle-même deux autres, puis ils se dirigèrent vers la rivière, au pied de la cascade qu'Audra et elle aimaient tant.

Une fois sur la rive, il s'accroupit pour se laver les mains avant de se tourner vers elle.

— Je ne suis pas sûr de pouvoir partir.

— Pourquoi ?

Il haussa les épaules.

— Les raisons ne manquent pas. Mais la plus importante est que j'ai le sentiment d'être à ma place ici. Et nous n'avons pas fini vos leçons de lecture. Ni celles de luth pour Audra.

— Elles ne valent pas que vous risquiez votre vie.

— Personne ne se doute de rien.

— Si. Quelqu'un a des soupçons.

Il se figea.

— Qui ?

— Geordie. Il pense que vous n'êtes pas celui que vous prétendez être.

— Il n'a aucune certitude ?

— Non, mais je le connais. Il va vous observer. Chercher des détails qui pourraient vous trahir. Il peut être comme un chien avec un os.

L'Écossais la regarda.

— Audra et vous pourriez venir avec moi en Écosse.

Il en avait déjà parlé. Mais si merveilleux que cela paraisse, c'était impossible. Dieu savait qu'elle en avait envie. Mais s'il avait une famille, que deviendraient-elles, Audra et elle ?

Il enleva son pourpoint puis sa chemise pour rincer le sang qui les imbibait. Elle le contempla. Elle l'avait trouvé trop svelte, mais à présent elle voyait les muscles. Les nouvelles cicatrices contrastaient avec les anciennes.

Il était incroyablement attirant, et ce fut pire encore quand il tourna son regard bleu vers elle.

— Comment avez-vous tué le sanglier ?

— Avec une flèche.

— Une seule ?

Curieusement, elle connut la réponse avant qu'il ouvre la bouche.

Il hésita puis avoua :

— Oui.

N'importe qui d'autre s'en serait vanté, que ce soit vrai ou non. Et ce fut cette hésitation qui lui confirma que l'Écossais disait vrai. Contrairement à tous les hommes qu'elle connaissait, il détestait mettre en avant ses talents.

Abattre un sanglier d'une seule flèche n'était pas un mince exploit, elle le savait. Cela confirmait qu'en dépit de la douceur de son caractère, cet homme était un vrai guerrier.

— Avez-vous eu d'autres souvenirs ?

— De plus en plus à présent.

— Mais toujours pas de nom ?

— Non.

Cette fois, elle perçut ses regrets. Des émotions du passé commençaient à lui revenir. En dépit de son insistance à proclamer qu'il se sentait ici chez lui, elle détectait les premiers signes du mal du pays. Et un besoin de savoir.

— Partez, murmura-t-elle.

Il se redressa et la prit dans ses bras.

— Je préférerais rester, mais ce ne serait juste ni pour vous ni pour moi. Je dois retourner en Écosse et découvrir qui je suis.

— Oui.

— Je reviendrai.

Elle appuya son visage contre son torse. Elle se rendait compte à quel point le combat en lui était féroce. Il était déchiré entre son envie de rester et son besoin de partir.

— Vous aviez raison, dit-il. Il y a des choses que je dois savoir. Et elles sont douloureuses, je crois. Je ne peux pas vous demander d'attendre.

Elle resta silencieuse. Elle était prête à l'attendre jusqu'à la fin de ses jours, mais elle ne le lui dirait pas. C'était son secret.

Il l'écarta un peu de lui et la regarda.

— Un jour, vous m'avez dit ces mots. « La vertu est mon honneur. » Je n'arrête pas d'y penser, de me les répéter. Ils signifient quelque chose pour moi. Ou je pense qu'ils le devraient.

Elle était incapable de lui avouer qu'elle lui avait dissimulé quelque chose de si important pour lui. Il la mépriserait comme la voleuse qu'elle était.

La peur était une chose terrible. Elle poussait à commettre des actes qu'on n'aurait jamais faits en temps normal.

Rends-lui la broche. Elle l'aidera à retrouver sa famille.

Il ne reviendra pas.

Elle ne dit pas un mot alors même que son âme se révoltait contre ce silence. *La vertu est mon honneur.* Elle n'avait pas d'honneur.

La peur l'avait éradiqué.

Comme s'il percevait son malaise, il resserra son étreinte.

Elle voulait plus encore, mais elle venait de lui mentir, au moins par omission. Elle ne méritait rien de plus.

Pourtant, sans qu'elle l'y invite, il l'embrassa. Ses lèvres ardentes et exigeantes eurent raison de toutes ses réticences, de toutes ses peurs.

Très vite, ils se retrouvèrent sur le sol, chacun enlevant avec fièvre les vêtements de l'autre.

Il lui fit d'abord l'amour avec sa bouche avant de la pénétrer. Cette fois, l'explosion vint très vite.

Audra finit de réduire les herbes en poudre et les répartit avec soin dans des fioles.

Se sentant abandonnée, elle monta dans le grenier et regarda par la fenêtre. Elle ne vit ni sa mère ni M. Howard, mais Geordie qui s'éloignait à cheval.

Elle regarda autour d'elle. En cas de danger immédiat, lui avait dit sa mère, elle devait monter ici et se cacher dans un petit placard dissimulé dans un coin. Si elles en avaient le temps en revanche, elles iraient dans les bois.

Elle ne comprenait pas pourquoi M. Howard et sa mère ne l'avaient pas laissée venir avec eux. Et donc, elle boudait.

Elle envisagea de se cacher dans le placard. À leur retour, ils ne la trouveraient pas et, par conséquent, ils s'inquiéteraient pour elle. Assez peut-être pour décider de s'occuper d'elle.

Elle avait besoin d'un papa.

Elle ne se rappelait plus très bien le sien et cela la troublait. Elle devrait s'en souvenir mieux que cela. Elle ferma très fort les paupières et essaya de faire revenir des images de lui.

Il était grand. Et brun. Mais elle ne voyait plus son visage et cela la rendait triste et lui donnait l'impression d'être déloyale.

Il devait être comme Robert Howard, supposait-elle. Elle l'avait tout de suite aimé, malgré tout ce mystère qui l'entourait. Il était gentil et ne la traitait jamais comme un bébé.

Sauf tout à l'heure.

Non, elle n'allait pas se cacher. Sinon ils la prendraient vraiment pour un bébé.

Elle entreprit d'explorer le grenier. Elle aimait bien monter ici. C'était son refuge. Elle se mettait devant la fenêtre et imaginait des histoires en regardant les nuages.

Elle souleva la paillasse. C'était là qu'elle cachait ses trésors. Un bracelet qu'elle avait eu à une foire. Un caillou très spécial. Un joli bouton. Ici, ils ne risquaient rien. Elle trouva la boîte, l'ouvrit, et fut déçue de constater que ses trésors n'étaient finalement pas si fabuleux. Elle allait remettre la boîte en place quand elle aperçut un reflet dans la paille du matelas. Elle eut un peu de mal à récupérer l'objet qui était coincé là. C'était une broche ornée de pierres magnifiques que le soleil faisait étinceler. Elle la mania avec précaution. Elle était si belle.

Pourquoi était-elle cachée ?

« Contre les pillards », devina-t-elle.

Et où sa mère l'avait-elle trouvée ? Ce devait être une merveilleuse histoire, elle en était certaine.

La serrant dans sa petite main, elle descendit et la posa sur la table.

Puis elle sortit de la maison pour attendre.

20

Kimbra était allongée entre les bras de l'Écossais. Elle aurait voulu ne jamais les quitter.

Son corps frémissait encore, mais la frénésie de la passion charnelle cédait maintenant la place à une immense tendresse.

Comment pourrait-elle le laisser partir ?

Elle lui caressa le bras, savourant la sensation des muscles si durs qui roulaient sous sa main.

Elle n'avait jamais connu cela, le délice d'être dans les bras d'un homme sans rien faire, de se comprendre et de communiquer sans l'aide des mots.

Il écarta une mèche de son visage.

— Tu es chaque jour plus belle, souffla-t-il, la tutoyant spontanément.

Grâce à toi.

Elle lui prit la main, la porta à ses lèvres. Il avait un goût salé, délicieux.

Il déplaça légèrement la tête et leurs regards s'aimantèrent.

— Tu m'as un peu parlé de ta mère. Tu as d'autres parents ?

— Non.

— Et son père ?

— C'était un médecin. Pas comme celui des Charlton. Il croyait aux plantes. C'est lui qui a appris à ma mère à les utiliser et elle me l'a appris à son tour.

— Et sa mère ?

— Elle est morte en couches quand ma mère avait huit ans.

La peine familière quand elle songeait à la disparition de toute sa famille revint en force.

Elle réalisait à présent qu'elle n'avait jamais accordé à Will la confiance qui lui venait si naturellement avec cet homme. Cela la choqua au point qu'elle resta silencieuse de longues minutes.

Il attendit patiemment avant de demander d'une voix douce :

— Et ton père ?

— Il a fait des promesses, ma mère était amoureuse. L'histoire habituelle. Mais dès qu'elle s'est retrouvée enceinte...

— Dès qu'elle s'est retrouvée enceinte ? répéta-t-il.

— Il ne voulait pas d'un bâtard. Et son père, le comte, non plus. Ils sont venus un soir et ont brûlé notre cottage. Mon grand-père se trouvait à l'intérieur. Le comte et son fils ont dû croire que ma mère y était aussi, mais elle était allée cueillir des champignons avec sa servante. Elles sont revenues en apercevant la lueur des flammes. Les deux hommes étaient encore là, ils contemplaient l'incendie en riant. Elles se sont cachées avant de gagner la frontière. Elles se sont réfugiées dans la famille de sa servante. Ma mère s'est mise à travailler comme servante.

— Sais-tu qui était ce comte ?

— Il s'appelait Burlington. Un homme très puissant. Jusqu'à sa mort, elle a vécu dans la peur qu'il ne la retrouve. Elle a longtemps refusé de me révéler d'où nous venions, mais c'est grâce à elle que je connais les plantes.

— Elle ne t'a pas appris à lire ?

— Non. Elle craignait que cela n'attire l'attention sur moi. Le comte aurait pu l'apprendre. Une fille de servante ne sait pas lire.

— Je suis désolé, dit-il en lui frôlant la joue.

— Tu n'y es pour rien. Elle m'a appris à me méfier des hommes, des nobles surtout. Et elle était terrifiée par le feu. Une autre de ses peurs qu'elle m'a léguées.

— Et ton mari ? Il était au courant ?

— Non. Mon passé ne l'intéressait pas et je ne souhaitais pas lui en faire porter le fardeau. Il aurait été capable de s'en prendre à Burlington. Et je crois qu'il appréciait d'avoir une femme un peu... différente. Il a toujours été rebelle.

Le souvenir lui arracha un sourire.

— Je crois qu'il m'aurait plu, dit l'Écossais.

— Je le crois aussi. Tout le monde l'aimait.

Il demeura silencieux un long moment et elle eut peur d'en avoir trop dit. Elle ne comprenait toujours pas pourquoi elle lui confiait des choses qu'elle n'avait jamais avouées à personne.

— Il faut que j'y aille, dit-elle sans conviction. Audra est seule.

À peine eut-elle dit ces mots qu'elle se rendit compte qu'il devait être plus tard qu'elle ne le pensait. Les premières ombres du crépuscule avaient surgi. Cela étant, Audra ne risquait rien. Elle savait qu'elle devait rester à l'intérieur de la maison et les deux Charlton veillaient sur elle.

Elle s'étira dans la chaleur de cette fin d'après-midi et une douce brise la caressa. Pour la première fois de sa vie, elle avait enfin avoué ses plus sombres secrets et cet homme les avait accueillis comme un cadeau.

Il l'aida à se relever avant de nouer les cordons de sa robe. Il était habile, comme dans tant d'autres domaines.

Il l'embrassa. Il l'avait déjà embrassée. Passionnément. Ardemment. Tendrement. Mais ce baiser-là était différent et il abattit toutes ses défenses. Ce baiser n'était qu'amour. Promesse. Sa douceur lui alla droit au cœur parce qu'elle signifiait aussi qu'il la comprenait.

Quand il eut fini, il plongea son regard bleu dans le sien.

— Tu sais que peu importe qui fournit la graine. Ce sont les gens que tu aimes qui comptent et je crois que ta mère t'aimait énormément.

— Je n'en étais pas si sûre, avoua-t-elle. En tout cas, à l'époque. Maintenant, je sais comme c'est difficile d'élever un enfant seule et sans protection. Elle aurait pu m'abandonner ou me laisser dans un couvent. Elle a choisi de me garder.

— C'est une belle chose, l'honneur. En te gardant, elle en a fait preuve.

La vertu est mon honneur.

Elle sut alors que le moment était venu de lui parler de l'écusson.

— Quand je t'ai trouvé…

Une nuée d'oiseaux s'envola brusquement dans un vacarme de battements d'ailes.

— Quelqu'un vient, murmura-t-elle.

Ils tendirent l'oreille, mais le silence était retombé.

— Nous ferions mieux de rentrer, dit-il.

Et elle acquiesça à regret. Il enfila ses chausses et elle le regarda à faire en proie à une insondable mélancolie.

Les cheveux de son Écossais étaient en bataille et elle les recoiffa de ses doigts. Il l'aida à remettre son bonnet. Puis ils époussetèrent les feuilles et la terre sur leurs vêtements.

Ils échangèrent un sourire tels deux gamins espiègles.

« Dis-lui », s'ordonna-t-elle.

Plus tard.

Ils rebroussèrent chemin.

Le sentiment de plénitude qui l'avait envahie chassait les ombres de son mensonge. Il tenait à elle. Peut-être même l'aimait-il. Il comprendrait quand elle le lui expliquerait. Pendant quelques précieuses secondes, elle crut même à un avenir commun. Mais elle chassa cette idée. Elle avait déjà eu beaucoup. Elle ne voulait pas se montrer avide.

Audra était assise devant la maison. En les voyant, elle se leva d'un bond, tout excitée.

— Maman ! Viens voir ce que j'ai trouvé !

— Quoi, ma chérie ?

Un petit animal sans doute.

La prenant par la main, sa fille l'entraîna dans la maison. L'Écossais les suivit.

Kimbra vit aussitôt la broche. Impossible de ne pas la voir, avec les diamants et les rubis qui étincelaient. Elle se sentit blêmir

— Qu'est-ce que c'est ? s'enquit l'Écossais.

Audra lui tendit la broche.

— Elle est tellement jolie.

Kimbra voulut s'en emparer, mais il la devança. Il fixait la broche, l'air médusé.

Elle demeura immobile. De toute façon, il était trop tard pour faire quoi que ce soit.

Il ferma la main et se laissa tomber sur une chaise. Puis il rouvrit les doigts, et elle vit les émotions se succéder sur son visage.

Il la reconnaissait !

Un muscle palpita sur sa gorge et il baissa la tête. Avant de la relever pour dévisager Kimbra.

Lachlan Maclean était hébété. En lui, les émotions se bousculaient et les images déferlaient.

L'écusson des Maclean. Un cadeau de son frère, Rory, des années auparavant quand il l'avait aidé à démasquer un traître. Il se souvenait de lui à présent, et c'était bien l'homme qu'il avait failli tuer lors de l'embuscade à la frontière.

Il se souvenait aussi de son père. Qu'il avait trahi.

Il se souvenait du nom de la fille aux cheveux châtains qui lui était apparue. Maggie, la première femme de son frère, qu'il avait aimée de loin, avec cet aveuglement propre aux très jeunes hommes.

D'autres visages. La nouvelle femme de Rory, Felicia, et Jamie Campbell, le premier à lui avoir accordé sa confiance.

Où était Jamie maintenant ?

Ils étaient ensemble au début de la bataille. *Mon Dieu, faites qu'il n'ait pas péri.* Ni lui ni Hector, l'homme qui lui avait tout appris, qui avait été un père pour lui, qui l'avait protégé et soutenu quand les autres membres du clan l'avaient traité de lâche.

Lâche.

Comment avait-il pu survivre quand tant d'autres étaient morts à Flodden Field ? Avait-il fui encore une fois ?

Bon sang, il n'arrivait pas à se souvenir de la bataille elle-même. Que s'était-il passé ?

Il toucha la broche. Elle lui servait à maintenir son tartan.

Et puis, il regarda Kimbra. Elle possédait cette broche depuis le début. Pendant tout ce temps, elle avait gardé la clé de son passé. Mais était-ce bien certain ? Sa mémoire serait-elle revenue s'il l'avait vue plus tôt ? Ou était-ce l'accumulation d'images qui avait eu besoin d'un dernier élément décisif ?

La vérité le frappa de plein fouet. Elle n'avait jamais eu l'intention de lui montrer l'écusson. Une part de lui comprenait pourquoi : elle avait une fille à nourrir et c'était un joyau de valeur. Mais cela montrait aussi à quel point, même après toutes ces semaines, elle lui faisait peu confiance.

C'était sans doute le seul objet qui ait jamais eu une signification pour lui. Il lui avait été offert en signe de respect et de reconnaissance de sa valeur après des années de mépris à son endroit sous prétexte qu'il n'aimait pas la guerre.

Et pourtant, au bout du compte, il y était allé.

Il dévisagea Kimbra qui était comme pétrifiée. Son visage était rigide et il lut la souffrance dans son regard.

Elle lui avait sauvé la vie. À deux reprises. Il avait en elle une confiance absolue. La réciproque n'était pas vraie. Après tout, pourquoi lui aurait-elle accordé la sienne ? Elle ne savait rien de lui sinon qu'il était sans doute noble. Et elle avait de bonnes raisons de se méfier des nobles.

Pour autant, il ne pouvait nier la déception qui l'emplissait, le sentiment d'échec. Et cette amertume familière. Il avait échoué avec elle, tout comme il avait échoué avec d'autres. Elle n'avait pas cru en sa promesse de veiller sur elle.

La petite voix d'Audra brisa le silence.

— Qu'est-ce qu'il y a ?

Il baissa les yeux sur la fillette et s'accroupit devant elle.

— C'est un écusson, Audra.

La fillette contempla de nouveau la broche.

— Il est à vous ?

— Il appartient à ta mère maintenant.

— Non, dit Kimbra d'une voix brisée. Assez de mensonges. C'est l'écusson de votre clan.

— Clan ? répéta Audra, perplexe. Les Howard ?

Il entendit Kimbra prendre une brève inspiration.

— J'ai dit que c'était un Howard parce qu'il avait perdu la mémoire et ne savait plus qui il était.

Un éclair de compréhension passa dans le regard d'Audra.

— Il est écossais ?

Sa mère hocha la tête.

— Alors, tu m'as menti, l'accusa Audra, les lèvres tremblantes.

— Oui, dit simplement Kimbra, sans se chercher d'excuse.

— Tu as toujours dit que tu me mentirais jamais. C'est un Écossais qui a tué papa.

Elle regarda Lachlan, visiblement déchirée entre la loyauté envers son père et les sentiments qu'elle avait pour lui.

— Je suis désolé, dit-il.

— Vous aussi, vous m'avez menti, l'accusa-t-elle, les larmes aux yeux.

Puis elle pivota, courut jusqu'à la porte qui était restée ouverte et s'enfuit à toutes jambes.

Kimbra se lança à sa poursuite. Il ne bougea pas. Il envisagea de les suivre, mais il craignait de faire plus de mal que de bien. Faire souffrir Audra était la pire des choses qui puisse arriver. Seigneur, il aurait donné sa vie pour cette enfant.

Et pour sa mère.

Audra pardonnerait à sa mère. Les enfants étaient capables de cela.

Il ignorait s'il l'était. Pas parce qu'il valait mieux qu'elle – Dieu savait qu'il avait copieusement menti au Charlton –, mais parce qu'il en était venu à penser qu'elle l'aimait comme il l'aimait. Or, si ç'avait été le cas, elle lui aurait fait suffisamment confiance pour lui montrer la broche. Elle aurait dû savoir qu'il les protégerait, sa fille et elle.

Mais elle avait préféré le bijou. Et la sécurité. Et elle l'avait laissé se demander jour après jour qui il était.

Il pensa à son frère. Ce dernier devait être rongé par la culpabilité. Rory avait déjà subi de trop nombreuses pertes et avait endossé la responsabilité pour chacune d'entre elles. Il se reprocherait d'avoir laissé son cadet partir à sa place, même si c'était ledit cadet qui l'avait demandé.

Et dire que, quelques jours plus tôt, lors de cette embuscade, il avait failli le tuer. Tout comme son frère aurait pu le tuer.

Lachlan – oui, il s'appelait Lachlan – ferma les yeux et remercia le ciel d'avoir arrêté sa main.

Kimbra entra en courant, affolée.

— Je ne la trouve pas !

— Tu étais juste derrière elle.

— Elle a atteint le bois avant moi et elle a pour ainsi dire disparu. Je ne l'ai jamais vue aussi bouleversée !

— Tu as regardé dans la grange ?

Elle se rua dehors en appelant Geordie et, cette fois, Lachlan la suivit. La grange était vide. Elle se tourna vers lui.

— Il a dit qu'il allait dormir.

Son visage était crispé par la peur. Il se souvint de ce qu'elle lui avait dit. Geordie avait des soupçons à son sujet. Il repensa à la nuée d'oiseaux. Geordie les avait-il espionnés ?

Mais cela n'avait plus aucune importance à présent. Pour l'heure, seule comptait cette enfant qui se sentait trahie.

Ensemble, ils coururent vers les arbres. Audra n'avait pas pu aller bien loin.

— Tu vas à gauche, et moi à droite, dit-il à Kimbra. Arrête-toi de temps en temps et tends l'oreille. Il y a des chances pour qu'elle fasse du bruit.

Elle n'avait pas pu aller bien loin, se répéta-t-il en s'enfonçant dans les bois.

21

Elle avait l'impression que cela faisait des heures qu'elle cherchait et jamais elle n'avait été la proie d'une peur aussi effroyable. Elle croyait pourtant les avoir toutes connues. La peur de mourir. La peur que sa mère ne soit découverte. La peur de la faim. Mais rien de tout cela n'approchait la terreur qui lui étreignait le cœur.

Elle n'avait jamais vu Audra dans un tel état, son visage se transformer de cette manière.

Comme si cela ne suffisait pas, un autre visage se superposait à celui de sa fille : celui de l'Écossais quand il avait compris qu'elle lui avait menti depuis le début, qu'elle n'était rien d'autre qu'une voleuse. Il n'y avait ni colère ni rage chez lui, juste de la déception, et c'était encore plus insupportable.

Mais pour le moment, seule comptait Audra. Elle entendait la voix de l'Écossais qui l'appelait lui aussi.

Le crépuscule céda la place à la nuit.

Ours ! Ils auraient dû emmener le chien. Mais elle avait cru qu'elle retrouverait très vite Audra.

Elle appela l'Écossais. Malgré sa jambe blessée, il revint vers elle en courant. Ses traits étaient creusés par l'inquiétude.

— Il faut aller chercher Magnus et Ours, dit-il avant même qu'elle ait ouvert la bouche. Cela nous permettra de couvrir davantage de terrain.

Elle regarda le ciel sombre.

— Elle est si petite.

— Nous allons la trouver.

— Tu as vu des traces de loups, dit-elle, la voix brisée.

— Nous allons la trouver, répéta-t-il.

— Je... je ne voulais pas lui mentir.

— Il nous faudrait des torches, dit-il, refusant de la suivre sur cette voie-là.

— Va au cottage pendant que je continue à chercher. C'est la pleine lune. Je connais ces bois.

Il parut réticent.

— Va. Je t'en prie. Vite !

Il hocha la tête.

— Ne t'éloigne pas trop d'ici, dit-il avant de rebrousser chemin.

Elle repartit, appelant sa fille avant de tendre l'oreille.

Le moindre son la faisait sursauter. Un bruissement dans un buisson, des feuillages agités par la brise.

— Audra ! Audra !

Pas de réponse.

— Audra !

Seule une pie fit entendre son cri agacé. Presque aveuglée par les larmes, elle dépassa la cascade et s'enfonça dans la forêt beaucoup plus dense.

Lachlan sella Magnus à toute allure. Puis il lança le cheval au galop sur le chemin que gardaient Timothy et Ours. Le chien aboya à son approche avant de se calmer en le reconnaissant. Timothy lui adressa un regard interrogateur.

— Audra a disparu. Kimbra est en train de la chercher, mais nous avons besoin d'aide. Et de torches.

Timothy ne perdit pas son temps à poser des questions superflues. Il grimpa sur sa monture et ils retournèrent au cottage.

— Depuis quand a-t-elle disparu ?

— Cela doit faire plusieurs heures maintenant.

— Et Geordie ? Il ne veillait pas sur elle ?

— J'ignore où il est. Ours devrait être capable de suivre la piste d'Audra, selon Kimbra.

— Oui, sûrement.

Dès qu'ils arrivèrent au cottage, Lachlan se rua à l'intérieur. Il rassembla plusieurs torches et en alluma deux au feu dans la cheminée. Ils auraient peut-être besoin des autres plus tard.

Il ressortit, tendit les torches à Timothy avant de s'accroupir devant le chien.

— Audra, Ours, dit-il en le caressant. Trouve Audra.

Il espérait que le chien comprendrait. Il avait fait preuve d'une intelligence remarquable en l'accompagnant dans la forêt et en allant chercher Kimbra quand il s'était effondré.

Ours le fixa d'un air perplexe.

— Trouve Audra, répéta-t-il.

Ours alla jusqu'à la porte du cottage, la poussa et revint en remuant la queue.

— Non, Ours. Elle n'est pas là. Elle a besoin de toi. Trouve-la.

Ours aboya, comme s'il comprenait enfin, fit volte-face et partit au galop en direction des bois.

Lachlan grimpa en selle et prit l'une des torches que lui tendait Timothy. L'air s'était considérablement rafraîchi, d'épais nuages roulaient dans le ciel, masquant la lune.

Le chien les devançait, le museau collé au sol, lançant parfois un regard en arrière comme pour s'assurer qu'ils le suivaient toujours. Très vite, il quitta le sentier, et Lachlan et Timothy durent se frayer un passage à travers les ronces et les feuillages. Ils ne cessaient d'appeler Audra.

Lachlan sentait la peur lui glacer l'échine. Il aurait dû se douter que la fillette l'assimilerait à ceux qui avaient tué son père. On lui avait sans doute appris que tous les Écossais étaient des démons sans scrupule, tout comme on lui avait inculqué dès l'enfance la même chose à propos des Campbell. À l'époque, l'ennemi était le Campbell, pas l'Anglais.

La haine pouvait être tenace quand on l'apprenait jeune. Il priait pour que ce ne soit pas le cas avec Audra.

Plus le temps passait, plus il découvrait que l'angoisse pouvait atteindre de nouveaux sommets. La nuit était noire. Audra devait être terrifiée. Avec un peu de chance, Kimbra l'avait peut-être déjà retrouvée.

Soudain, une autre peur le saisit. Il n'aurait pas dû laisser Kimbra seule. Mais il avait compris son besoin de continuer à chercher sa fille et il était vrai qu'elle connaissait bien ces bois.

Soudain, Ours poussa un jappement et partit en courant. Il le perdit de vue. Un aboiement retentit. Puis un autre.

Et un cri. Un cri de femme.

Il planta ses talons dans les flancs de Magnus et, sans se soucier des branches qui lui griffaient le visage et lacéraient sa chemise, le lança au galop. Les aboiements s'étaient transformés en grondements féroces.

Auxquels répondirent d'autres grondements. Lachlan n'avait pas d'arme sur lui, mais quand il entendit un nouveau hurlement, il éperonna davantage son cheval.

Les bruits d'un combat d'animaux emplirent la forêt. Les grondements et les râles étaient furieux, et Magnus était de plus en plus nerveux. Soudain, la torche de Lachlan lui révéla Kimbra adossée à un arbre. Elle brandissait un long bâton. Plus loin, Ours affrontait deux loups et il était en mauvaise posture.

— Aide-le, supplia Kimbra.

Lachlan poussa un hurlement proprement terrifiant et jeta sa torche sur le loup le plus proche d'Ours. Celui-ci couina, avant de se tourner vers lui.

— Attrape ! lui cria Timothy en lui lançant sa dague avant de tenter de repousser l'autre loup avec sa torche.

Poignard à la main, Lachlan se concentra sur l'animal qui lui faisait face. Il était en sang et enragé. La plupart des loups auraient fui, mais ces deux-là étaient assez affamés pour affronter des humains. La bête bondit vers l'une des jambes de Magnus qui réussit à l'éviter. En selle, Lachlan ne pouvait l'atteindre. Il sauta à terre et, d'une tape sur l'arrière-train, incita le cheval à s'éloigner. Le loup en profita pour attaquer. Lachlan l'accueillit en lui plantant sa dague dans la gorge. La violence du choc le fit tituber.

Arrêté dans son élan, le loup s'écroula, mais se redressa aussitôt en montrant les crocs. C'est alors qu'Ours revint à la charge. Le loup se retourna pour faire face à ce nouvel assaillant et Lachlan lui planta sa dague dans le dos. Il s'y reprit à deux fois pour trouver le cœur.

Il se tourna vers le deuxième animal. Lui aussi était à terre, une flèche plantée dans le crâne.

Ours haletait et gémissait. Il était couvert de sang.

Kimbra tenait toujours devant elle son bâton ensanglanté. À l'évidence, elle était en train de repousser les attaques des loups quand Ours avait surgi.

Ils avaient failli arriver trop tard.

Cette pensée lui coupa le souffle.

Il se dirigea vers elle. Elle était immobile, paralysée par la peur.

Un petit bruit lui fit lever les yeux. Audra était perchée sur une branche juste au-dessus de Kimbra. Il lui tendit les bras, mais elle ne bougea pas.

— Viens, dit-il avec douceur.

Elle hésita avant de se laisser tomber dans ses bras. Il la tint quelques secondes contre lui avant de la donner à sa mère. Celle-ci l'étreignit si longtemps qu'Audra commença à se tortiller. Après l'avoir déposée sur le sol, Kimbra se précipita auprès d'Ours pour inspecter ses blessures.

— Tu es un chien très brave, murmura-t-elle. Nous allons te soigner à la maison.

Elle se redressa et regarda Lachlan.

— Merci.

Il hocha la tête. Il ne s'était pas encore acquitté de sa dette envers elle. Elle lui avait sauvé la vie deux fois.

— C'était le moins que je puisse faire...

Il s'interrompit en voyant à quel point elle était rigide.

Il s'avança pour la prendre dans ses bras, mais elle se détourna.

Le cœur de Lachlan se serra.

— Audra et toi, vous pouvez rentrer avec Timothy sur Magnus, dit-il. Je prendrai Ours sur le cheval de Timothy.

Elle acquiesça avec raideur.

Il enleva la couverture qui se trouvait sous la selle et en enveloppa le chien. Quand il regarda de nouveau Kimbra, elle était à genoux, la tête appuyée contre celle de sa fille. C'était une scène si poignante qu'il dut détourner les yeux.

Il monta en selle. Timothy lui donna le chien, et Lachlan le déposa doucement devant lui en travers de la croupe du cheval. Timothy aida ensuite Kimbra, puis Audra à se hisser sur Magnus avant de partir à pied en tenant la bride de ce dernier.

Lachlan les suivit, l'image de la mère avec l'enfant gravée en lui.

22

Quand ils arrivèrent au cottage, Kimbra découvrit, effarée, que l'endroit était envahi de cavaliers.

Lorsqu'elle repéra Geordie parmi eux, son cœur s'arrêta de battre. Elle se retourna pour alerter l'Écossais, l'inciter à fuir, mais il les avait déjà vus. Tenant Ours d'une poigne solide, il continua d'avancer.

Il sait ce qu'il va se passer et il ne cherche même pas à s'enfuir. Pourquoi avait-elle cru qu'il pourrait agir autrement ? Il n'avait jamais cédé à la peur, s'était toujours conduit avec honneur et courage. Contrairement à elle.

Jock s'avança à leur rencontre. Il prit la bride du cheval de l'Écossais.

— Le Charlton veut te voir.

L'Écossais hocha la tête.

— Le chien a été blessé par des loups en tentant de protéger Kimbra et Audra, dit-il. Kimbra doit le soigner.

Jock jeta un coup d'œil à Ours.

— Le Charlton veut aussi voir Kimbra. On emmènera le chien, dit-il d'une voix dure.

— Il saigne, dit l'Écossais. Laisse au moins Kimbra s'occuper de lui avant que nous partions.

Jock hésita puis finit par donner son accord à contrecœur.

Deux des Charlton vinrent prendre Ours et le déposèrent sur le sol où il s'effondra. Son pelage était couvert de sang, tout comme les vêtements de Lachlan à présent.

Kimbra descendit de cheval et se précipita près d'Ours qui geignit faiblement.

— Ça va aller, mon chien, fit-elle en espérant de tout son cœur ne pas se tromper.

L'Écossais mit pied à terre et fut aussitôt entouré par trois Charlton.

— Attachez-le, dit Jock.

— Je ne fuirai pas, répliqua l'Écossais.

— Ça, tu peux en être certain.

Deux soldats lui lièrent les mains dans le dos.

— Qui es-tu ? demanda Jock. Pas un Howard, je parie.

— Non. Mais je ne le sais que depuis très récemment. J'avais perdu la mémoire après la bataille.

Jock ricana.

— Un conte bien commode. Très récemment ? répéta-t-il. C'est-à-dire ? Et qui es-tu ?

— Maclean. Lachlan Maclean.

Un Maclean. Le nom surprit Kimbra qui venait d'envoyer sa fille chercher de l'eau, une aiguille et du fil, des linges et la bouteille d'aloès. Son Écossais était donc un Maclean, songea-t-elle en le dévisageant. Elle avait entendu parler d'eux. Des marins qui ne dédaignaient pas de se livrer à un peu de contrebande avec les gens de la frontière. C'était aussi l'un des plus importants clans d'Écosse.

Ours tenta de se redresser, mais elle l'en empêcha.

— Non, dit-elle doucement alors qu'Audra revenait avec ce qu'elle l'avait envoyée chercher.

Oubliant l'Écossais, et tous les autres, elle entreprit de s'occuper d'Ours. Certaines blessures étaient profondes. Elle commença par verser de l'aloès sur les plaies.

Puis, elle leva les yeux.

— Je dois le recoudre. J'ai besoin que quelqu'un le tienne.

Timothy se proposa. Il s'agenouilla près d'elle pour maintenir l'animal pendant qu'elle s'activait avec son fil et son aiguille. Ours gémit quand elle le piqua la première fois, puis resta silencieux.

— Bon chien, murmura-t-elle en s'efforçant de faire le plus vite possible.

Quand elle eut terminé, elle demanda :

— Pouvons-nous utiliser la litière qui est dans la grange pour le transporter ?

— Oui, répondit Jock.

Elle vit la rancœur dans son regard. Il se tourna vers l'Écossais, le Maclean, avant de la fixer de nouveau.

— Elle ignorait tout, intervint l'Écossais. Elle ne pouvait pas savoir. Je ne savais pas moi-même.

— Elle savait que tu n'étais pas anglais.

— Non, dit l'Écossais d'une voix qui bouleversa Kimbra. Quand j'ai vu que les Anglais achevaient les Écossais blessés, j'ai pris les vêtements d'un mort et j'ai réussi à ramper dans un bosquet. Elle m'a pris pour un Anglais. J'avais entendu quelqu'un crier ce nom, Howard, pendant la bataille. Ne me souvenant pas du mien, je l'ai adopté.

— Ce n'est pas ce que Geordie a entendu.

L'Écossais haussa les épaules.

— J'ignore ce qu'il a entendu ou cru entendre.

— Est-ce que c'est toi qui as prévenu les Armstrong ?

— Quand en aurais-je eu l'occasion ? À ce moment-là, je ne savais même pas qui étaient les Armstrong.

— Que tu dis, répliqua Jock, toujours aussi méfiant.

Il se tourna vers Kimbra.

— Que savais-tu, Kimbra ?

— Que c'était quelqu'un qui avait besoin d'aide, répliqua-t-elle d'un ton sec. Tout comme ces Charlton que j'ai soignés.

— Le Charlton voudra des réponses. Et il ne sera pas le seul.

Elle regarda Geordie, qui se détourna. Elle se sentait affreusement trahie.

— Je vais chercher la litière, dit-elle en se levant.

— Je m'en charge, intervint Timothy. Reste avec la petite.

Audra glissa la main dans celle de sa mère et fixa l'Écossais.

— Je voulais pas lui dire ce que j'ai dit, murmura-t-elle, les larmes aux yeux.

— Je sais, ma chérie.

Quand Timothy revint, on attacha Ours sur la litière. Jock aida Kimbra à monter sur Magnus avant de lui tendre sa fille.

Deux Charlton hissèrent l'Écossais sur sa monture. Bien qu'ayant les mains liées, il gardait le dos droit, le menton haut.

Il n'y avait aucune peur chez lui.

Elle songea à ce qu'il avait dit quelques minutes plus tôt. « Elle m'a pris pour un Anglais. » Il avait tenté de la protéger.

Un Charlton tenait la bride de son cheval et Lachlan se forçait à regarder droit devant lui, mais ses yeux ne cessaient de revenir vers Kimbra. Il aurait voulu être près d'elle quand elle avait soigné Ours et il se sentait responsable de la culpabilité qui pesait sur

Audra. La vue de l'écusson l'avait plongé dans une telle stupeur qu'il n'avait pensé à rien d'autre.

Ce trajet lui donnait le temps de réfléchir. Sa vie ne tenait plus qu'à un fil, mais, au moins, il mourrait en Maclean. En sachant qui il était. Il s'inquiétait davantage pour Kimbra et le sort qui les attendait, Audra et elle.

C'était étrange comme il lui avait été facile de se glisser dans la peau d'un Anglais de la frontière. À vrai dire, il avait apprécié le Charlton et de nombreux membres de son clan.

La broche n'avait finalement que peu d'importance. En la découvrant, il avait été comme frappé par la foudre et les souvenirs qu'elle avait réveillés avaient été autant d'éclairs qui l'avaient traversé. Mais quand il regardait Kimbra à présent, il ne voyait que la douceur avec laquelle elle avait soigné Ours. Celle-là même dont elle avait fait montre avec lui.

Jock se porta à ses côtés.

— Tu es donc un Maclean ?

— Oui.

— Tu étais avec le roi écossais ?

— Je pense... Oui.

Il se souvenait d'avoir chevauché avec le roi. Mais après, c'était le noir. Certains souvenirs étaient encore incertains. La recherche d'Audra avait interrompu leur déferlement. Le fil avait repris lors du retour des bois et se poursuivait. Il s'appelait Lachlan Maclean. Il avait deux frères. Pas de femme. La fille aux cheveux châtains... c'était la première épouse de son frère, dont il avait été secrètement amoureux. Il savait désormais que ce n'était pas vraiment de l'amour, mais de l'affection pour la première personne qui avait pensé qu'il avait des mérites.

À tort.

Il n'allait pas nier ce qu'il était. Il pouvait juste essayer d'empêcher que Kimbra ne souffre à cause de lui.

— Comment ça, tu *penses* ?

— Je me souviens d'avoir chevauché à ses côtés... mais ensuite... plus rien jusqu'à ce que je reprenne conscience sur le champ de bataille.

— Tu possèdes un titre ?

— Non. Je suis un fils cadet.

— Mais les Maclean seraient prêts à payer une belle rançon ?

Pour moi ?

— Sans doute. Mais je croyais que le roi Henry...

Jock haussa les épaules.

— Il préférerait que tous les Écossais soient morts. Il ne veut plus avoir à les combattre. J'ignore ce que le Charlton compte faire de toi. Quand je suis parti, il était au comble de la fureur. Il n'aime pas qu'on le prenne pour un idiot.

— Ce n'est pas un idiot. Je ne savais vraiment pas qui j'étais.

— Mais tu savais que tu n'étais pas un Howard.

— Je le soupçonnais, admit-il, et il vit le petit sourire de Jock.

Lachlan s'en tint là. Le Charlton l'avait prévenu et il n'avait cessé d'empiler les mensonges.

Jock repartit en tête de colonne, le laissant avec les souvenirs qui surgissaient de nouveau. Le château d'Inverleith. L'entraînement au combat. Les livres qu'il aimait.

Son père. Maintenant, il connaissait la source de ses cauchemars.

Et Jamie. Qu'était-il arrivé à Jamie Campbell ? Son ami était avec lui lors de la bataille. Tout comme Hector Maclean et tant d'autres membres de son clan. Où étaient-ils à présent ?

Chaque souvenir qui revenait appelait un nouveau tourment.

Ils arrivèrent à la tour. Si elle lui avait paru menaçante la première fois, ce n'était rien comparé à maintenant. Il était écossais. Sa tête était mise à prix. Ce qui n'avait aucune importance. Il aurait dû mourir bien des années auparavant. Son père était tombé à sa place. Le poids de cette faute n'avait cessé de l'accabler. Même pendant les quelques semaines où il avait perdu la mémoire, elle était revenue le hanter sous forme de cauchemars. À présent, avant d'en finir avec cette existence, il n'avait plus qu'un seul devoir : protéger Kimbra et Audra.

Rory était tout près d'ici. Il en était certain : son frère était à sa recherche.

Audra et Kimbra l'aimeraient. Et il les aimerait lui aussi. Rory appréciait les femmes fortes et singulières. Comme celle qu'il avait épousée. Lachlan sourit à ce souvenir qui était désormais bien solide et réel. Les souvenirs… Si précieux, et fragiles.

Il réussit à glisser à terre et se tourna vers Kimbra. Ralentis par la litière, Magnus et elle franchissaient le portail seulement maintenant. Il aurait voulu les attendre pour voir comment Ours avait supporté le trajet, mais Jock le poussa à l'intérieur du château.

Il savait où aller. Il monta les marches, les mains liées dans le dos cette fois, et s'arrêta devant la porte du Charlton.

La porte s'ouvrit et il se retrouva face à l'homme qui allait décider de son sort. Ainsi que de celui de Kimbra et d'Audra.

Le Charlton était en train de manger. Il leva les yeux et le fusilla du regard.

— Je t'avais dit de ne jamais me trahir.

— Je ne vous ai pas trahi.

— Mais tu as menti.

— Oui.
— Tu es un Écossais.
— Un Maclean, dit Lachlan. Mais je l'ignorais quand j'étais ici.
Le Charlton haussa un sourcil.
— Et comment est-ce possible ?
— J'avais perdu la mémoire.
— Et tu l'as retrouvée.
— Oui, mais seulement depuis hier.
Le Charlton se leva.
— Je t'avais choisi. Je passe pour un imbécile.
— J'en suis désolé. Je n'ai jamais eu l'intention de vous tromper. Mais ce n'est pas moi qui ai choisi de venir ici.
— Quel impudent ! maugréa le Charlton.
— Kimbra n'a rien à voir avec ça, enchaîna très vite Lachlan. Je lui ai menti à elle aussi.
— Tiens donc ?
Cette réponse parut de mauvais augure à Lachlan.
— Elle n'est coupable que de m'avoir témoigné de la compassion. Traitez-moi comme vous voulez, mais ne lui faites aucun mal.
Le Charlton le dévisagea, le visage impénétrable.
— Un Maclean ? dit-il, pensif. Il paraît qu'un Maclean cherche son frère le long de la frontière.
— C'est sans doute Rory, laird et chef du clan.
— J'ai entendu parler de lui. Il fait un peu de contrebande.
— Oui, cela m'est arrivé aussi.
— Où était ton frère pendant la bataille ?
— Il n'y était pas. Sa femme vient de lui donner un enfant. J'ai pris sa place.
— Grave erreur, commenta le Charlton.
— Non, combattre aux côtés d'hommes braves n'est jamais une erreur.
Le Charlton abattit la main sur la table.

— Bien dit ! Je savais que tu me plaisais. Tu me poses un problème, Maclean, ajouta-t-il, les sourcils froncés. Mes hommes savent qui tu es. Le roi souhaite ta mort. Cedric est aussi vindicatif que sournois.

Lachlan resta silencieux.

— Cependant, le fait que ton frère soit dans les parages pourrait m'inciter à envisager un petit échange profitable à tout le monde avant que le roi ou l'un des siens apprennent ta présence ici.

Il examina Lachlan d'un air critique, comme un bout de viande sur un étal.

— Je vais envoyer un messager pour voir s'ils sont intéressés, enchaîna-t-il. En attendant, tu resteras sous bonne garde. Je n'ai pas de donjon ici, sinon je t'y enfermerais sans hésiter. Je n'aime pas les menteurs.

— Kimbra ? Audra ?

— Je ne fais pas la guerre à des femmes, mais Kimbra doit se marier. Je veux bien lui laisser le choix, à condition qu'elle se décide. Et vite. Jock, appela-t-il, ramène le Maclean dans son ancienne chambre. Qu'il soit gardé nuit et jour. Aucune visite. Pas même maîtresse Kimbra.

— Entendu, répondit Jock en ouvrant la porte.

Lachlan n'eut d'autre choix que de sortir, mais cette phrase, « Kimbra doit se marier », le poursuivait.

Certes, elle lui avait caché l'existence de la broche. Mais qui était-il pour la juger ? Et c'était un prix bien faible à payer pour avoir eu la vie sauve.

La chambre était telle qu'il l'avait laissée. Lugubre. Quand la porte se referma derrière lui, il entendit la clé tourner dans la serrure.

Si le Charlton demandait une rançon, il exigerait que Kimbra et Audra fassent partie du marché.

Bien sûr, la déception était toujours là, mais il savait ce qu'était le désespoir. Il l'avait éprouvé plus que quiconque. Kimbra n'avait cherché qu'à protéger sa fille. Encore une fois, qui était-il pour dire qu'elle avait eu tort ?

La journée fut interminable. Il la passa à regarder par la meurtrière. Il vit des cavaliers, mais aucune jeune femme avec une enfant. Pas de grand chien blessé. Il priait pour qu'Ours ait survécu. Sa perte serait terrible pour Audra.

Pendant ce temps-là, les souvenirs continuaient à remonter à la surface, mais la plupart d'entre eux étaient doux-amers. Avant de rencontrer Kimbra, il n'avait jamais été vraiment heureux. C'était étrange de ne pas trouver en soi la moindre trace de bonheur.

Le Charlton allait-il réussir à localiser son frère ? Rory aurait-il les moyens de payer la rançon exigée ? C'était loin d'être certain. Il se rappelait maintenant que le clan venait d'acheter un nouveau navire. Les Maclean étaient à court d'argent.

Et Kimbra ? Si le Charlton ne faisait pas « la guerre à des femmes », il savait que d'autres ici n'avaient pas les mêmes scrupules.

Un Maclean. Cela semblait toujours impossible. Elle avait toujours pensé qu'il était noble, pourtant cette confirmation la stupéfiait. Il était issu de l'une des plus grandes familles d'Écosse.

Pas étonnant qu'il ait paru doué de tant de talents. Il avait des années d'entraînement derrière lui. Des années d'éducation.

Contrairement à elle. Elle connaissait les lettres à présent. Et quelques mots. Mais elle était loin d'être capable de lire un livre ou même un simple message. Et elle n'était qu'une voleuse. Elle lui avait volé son écusson et sa mémoire.

Se mordant les lèvres pour ne pas laisser échapper un cri de désespoir, elle contempla Audra, qui était allongée sur une fourrure, les bras noués autour du cou d'Ours. Tous deux dormaient et elle se demanda si elle-même retrouverait jamais le sommeil.

Le Charlton serait furieux. Au point de tuer son Écossais ? C'était possible.

Si le Charlton la forçait à se marier, ou la bannissait, elle n'avait plus que la bague en or pour assurer la subsistance de sa fille. Ça et Magnus.

Magnus. L'idée de le vendre la révoltait.

Elle regarda ses mains nouées. Et froides. Si froides.

Elle avait parié et elle avait perdu.

Son Écossais était en danger de mort. Son propre avenir semblait très sombre. Et, par voie de conséquence, celui de sa fille aussi. En mentant, elle avait perdu la confiance de tous ceux qui lui étaient chers, y compris Audra.

Mais elle redoutait que le plus grand prix qu'elle ait à payer pour sa folie soit exigé de l'Écossais.

Cedric avait assisté avec une fureur croissante au retour de l'Écossais et de Kimbra.

Il soupçonnait cet homme depuis des semaines. Il avait essayé de convaincre le Charlton. Et maintenant, c'était Geordie qui allait recevoir la récompense qui lui était due.

Et Kimbra ?

Le Charlton lui avait fait savoir qu'il ne la lui donnerait pas, parce qu'elle était contre cette union. Depuis quand une femme avait-elle son mot à dire ?

Il méritait Kimbra. Bon sang, il la voulait. Et il l'aurait. Sinon, il s'assurerait que personne d'autre ne l'ait.

Son rejet ne faisait que décupler son désir. Il voulait lui montrer qui était le maître. La voir ramper de terreur devant lui. Juste avant de la prendre.

C'était ce dépit, autant que l'idée de toucher une belle somme, qui avait inspiré sa décision. Alors qu'il était soi-disant à la poursuite d'Écossais survivants, il était allé prévenir les Armstrong du raid des Charlton. En échange de quelques pièces d'or, bien sûr.

Si on découvrait sa trahison, sa vie ne vaudrait plus rien. D'autant que les Armstrong n'auraient aucun scrupule à expliquer son rôle s'ils estimaient ne plus avoir besoin de lui. Il devait filer d'ici, mais il ne comptait pas partir seul.

Depuis des jours maintenant, il espionnait Jock, le bras droit du Charlton. C'est ainsi qu'il le surprit en train d'ordonner à deux hommes de porter un message à Rory Maclean chez les Armstrong.

Maclean. Donc, l'Écossais était un Maclean et le Charlton avait décidé de défier le roi anglais.

Cedric réfléchit. Il pouvait galoper à la poursuite de l'armée anglaise qui battait en retraite pour les dénoncer, l'Écossais et lui. Sauf qu'une simple dénonciation ne lui vaudrait aucune récompense et que tous les Charlton l'apprendraient.

Ou alors, il pouvait prendre la place des messagers et toucher la rançon qu'ils avaient pour mission de collecter. Elle serait sûrement conséquente, les Maclean étaient un clan puissant.

Il opta pour la seconde possibilité. Ne voyant pas l'argent venir, le Charlton serait forcé de livrer l'Écossais aux Anglais. La famille l'exigerait.

Quant à lui, il serait riche. Kimbra et sa fille retourneraient vivre dans le cottage et il lui suffirait de louer les services de quelques sbires pour les enlever.

Plus il songeait à son plan, plus il se félicitait de sa propre intelligence. Ayant déjà fait affaire avec lui, les Armstrong persuaderaient les Maclean de lui confier la rançon.

Content de lui, il alla trouver son frère. Comme toujours, Garrick fut très facile à convaincre.

Ils ne perdirent pas une seconde pour s'équiper. Il fallait partir avant les messagers.

Au garçon d'écurie, il expliqua qu'ils allaient chasser, ce qui n'avait rien d'inhabituel. Son frère et lui, experts au tir à l'arc, faisaient partie des meilleurs chasseurs de la famille. Il connaissait l'endroit idéal pour tendre une embuscade aux deux hommes de confiance du Charlton.

Ils filèrent au galop vers une passe qui reliait l'Angleterre à l'Écosse. C'était le chemin le plus court qui, précisément pour cette raison, n'était guère utilisé au cours des raids qui exigeaient secret et surprise. Pour cette mission, la route la plus directe était la plus probable.

Ils prirent leur poste au sommet de la passe en veillant à rester en territoire anglais ; les deux Charlton seraient moins méfiants de ce côté-ci de la frontière.

Cedric était confiant. Avec un arc, personne n'était meilleur que lui. Pas même Garrick.

Deux flèches lui suffiraient à désarçonner ces hommes. Et s'ils n'étaient pas déjà morts, il les achèverait.

Bien sûr, tout le monde accuserait les Armstrong.

Il sourit en s'installant plus confortablement pour attendre.

23

Inverleith, Écosse

— Tu es sûre ? demanda Felicia Campbell Maclean.

— Certaine, répondit Janet Campbell. Ce sera une bonne expérience avant l'arrivée de mon bébé, conclut-elle en souriant.

Janet était arrivée à Inverleith quelques minutes plus tôt avec un message de son mari.

— Il va bien et il m'exprime son… affection, avait-elle dit en rougissant. Ils n'ont toujours pas trouvé le corps de Lachlan, mais quelqu'un a vu son écusson. Ils ont encore l'espoir qu'il soit vivant.

— J'aimerais tant les rejoindre, avait dit Felicia. Mais les enfants…

Le regard de Janet s'était illuminé.

— Je peux les garder, si tu veux. J'en serais ravie.

Une réelle excitation s'était emparée de Felicia. Elle était en train de devenir folle à attendre des nouvelles de Lachlan. Ç'avait été son premier ami ici, à Inverleith, quand elle avait été faite prisonnière. Il était même devenu son protecteur. Et il avait failli trouver la mort en les aidant à se marier, Rory et elle. Une union qui avait mis un terme à la querelle ancestrale entre Campbell et Maclean. Il lui était aussi cher que son mari et ses enfants.

Après avoir accepté la proposition de Janet, elle se rendit à la nursery pour voir d'abord le petit Patrick, deux ans, qui se réveillait de sa sieste. Il lui tendit aussitôt les bras.

Elle l'étreignit longuement, avant de s'asseoir près de lui sur le petit lit.

— Je t'aime, dit-elle. Je vais devoir partir, mais pas très longtemps.

— Partir ?

— Oui, pas très longtemps, répéta-t-elle.

Ses yeux gris, si semblables à ceux de Rory, la fixaient avec la même curiosité. Elle ne savait pas trop s'il comprenait vraiment.

— Papa ? demanda-t-il.

— Il sera bientôt là.

Un grand sourire illumina le visage de son fils. Ce dernier vénérait son père, qui l'adorait.

— Sois un bon garçon, dit-elle.

— Touzours bon garçon.

— C'est vrai. Veille bien sur ta sœur.

Un autre grand sourire.

Après l'avoir gratifié d'un gros baiser, elle s'approcha du berceau où dormait Maggie et lui caressa la joue. C'était un beau bébé aux cheveux roux et aux yeux verts. Un pur bonheur. Alors que Patrick avait souvent été agité et capricieux, Maggie faisait ses nuits, mangeait avec appétit et ne savait que sourire.

Felicia n'ayant pas assez de lait, elle avait une nourrice. Elle ne manquerait donc de rien si son absence n'excédait pas quelques jours.

Elle ne les avait encore jamais quittés. Ni l'un ni l'autre.

Un doute l'assaillit. Avait-elle raison de partir ?

Puis elle pensa à tous les risques que Lachlan avait pris pour elle. Rory avait pris un peu d'or avec lui, mais s'il fallait payer une rançon, elle n'était pas sûre que cela suffise. Elle emporterait ses bijoux, décida-t-elle. Les bijoux des Maclean.

Son mari ne serait pas ravi.

Moins d'une heure plus tard, elle était prête. Duncan, qui commandait la garde, lui avait préparé une escorte de quatre soldats. Elle avait commencé par protester, avant de réaliser qu'il était sage de protéger les bijoux. Selon ses calculs, le voyage devrait prendre deux jours et demi, à condition de mener bon train.

— Va chez les Armstrong, lui conseilla Duncan. Rory devrait y être. Tu es sûre de vouloir partir ? insista-t-il. Ils sont peut-être déjà sur le chemin du retour.

— Ou peut-être pas.

Duncan se contenta de hocher la tête. Il connaissait Felicia et savait à quel point il était difficile de la faire changer d'avis une fois qu'elle avait pris sa décision.

Elle attacha son paquetage à sa selle. Il contenait une robe de rechange plus digne de son rang, ainsi qu'une tenue d'homme. La robe qu'elle portait actuellement était toute simple pour ne pas attirer l'attention, de même que sa cape.

Elle lança sa monture au trot. Elle s'attendait à éprouver un peu d'excitation. Ce ne fut pas le cas. À peine eut-elle franchi la grille du château que ses enfants lui manquaient déjà.

Les bijoux étaient cousus dans l'ourlet de sa robe. Elle pria le Seigneur pour qu'ils soient utiles.

Et que Lachlan soit encore en vie.

Kimbra soignait Ours tout en chantant pour Audra. Celle-ci voulait aller voir l'Écossais, ce qui était impossible, le Charlton l'ayant interdit. Kimbra priait pour qu'il se souvienne que Lachlan lui avait sauvé la vie.

— Il est pas méchant ? dit soudain Audra.

Kimbra sut aussitôt de qui elle parlait.

— Non.

— Mais c'est un Écossais, comme ceux qui ont tué mon papa.

— Ton père aussi a tué des Écossais, essaya-t-elle d'expliquer. Et ce n'est pas le Maclean qui a tiré cette flèche.

Une lueur dansa dans le regard d'Audra, puis elle demanda :

— Est-ce qu'il a des enfants ?

— Je ne sais pas. Et lui non plus ne le savait pas. Il ne s'en souvenait plus.

— Comment c'est possible ?

— Cela arrive parfois quand on reçoit un grand coup sur la tête.

— Je regrette ce que je lui ai dit.

— Je ne pense pas qu'il te le reproche.

— Je peux le voir ?

— Il faut demander au Charlton.

— Tu veux bien lui demander ? dit Audra, le regard suppliant.

— Oui.

On frappa à la porte et Jock apparut.

— Le Charlton veut te voir.

Elle embrassa Audra.

— Veille sur Ours. Je reviens très vite.

Elle espérait pouvoir tenir cette promesse.

Dès son entrée, le Charlton la transperça du regard.

— Tu savais qu'il était écossais ?

Elle savait quelles questions il allait lui poser et elle avait réfléchi aux réponses. L'Écossais avait tenté de l'innocenter et elle devait avant tout protéger sa fille. Pourtant, elle se rendit compte qu'elle était incapable de mentir. Il y avait déjà eu trop de mensonges.

— Oui, dit-elle dans un souffle.

— Alors, il m'a encore menti.

— Il cherchait à me protéger. Les hommes d'honneur agissent ainsi.

— Toi aussi, tu m'as menti.

— Je ne savais pas qui il était. Il avait une blessure à la tête. Il ne se souvenait de rien. C'est moi qui l'ai ramené au cottage.

— Pourquoi l'as-tu sauvé ? Tu savais qu'on avait donné l'ordre de tuer les Écossais.

— Au début, j'ai pensé à une rançon.

Elle prit une longue inspiration.

— J'avais peur que vous ne me forciez à épouser Cedric. Ou un autre. Je me disais que si je vous apportais un moyen de toucher une récompense...

— Pourtant, tu ne me l'as pas amené.

— Non. J'ai appris que le roi ne voulait pas d'échange de prisonniers. Je ne souhaitais pas qu'il meure... pas après l'avoir soigné comme je l'ai fait.

Le Charlton la fixa d'un regard acéré.

— Tu l'aimes ?

— Ai-je le droit de choisir qui j'aime ?

Le Charlton resta silencieux un moment avant de pousser un long soupir.

— Tu me rappelles un peu trop ma première femme. Franche et têtue, grommela-t-il, mais sa voix s'était radoucie.

— Lui laisserez-vous la vie sauve ?

— En échange d'une bonne rançon, oui. Je ne veux pas d'une rébellion dans la famille, et les hommes ne seront pas contents si on n'obtient pas quelque chose pour tout le mal qu'on s'est donné.

Elle ne lui rappela pas que c'était surtout elle qui s'était donné du mal.

— A-t-il dit si quelqu'un était prêt à payer ?

— Je suis prêt à le parier. C'est le frère du laird des Maclean. Et quelqu'un cherche des informations sur un certain Lachlan Maclean.

Le frère du laird. Pas un simple Maclean, le frère du chef de clan. Oui, il y avait des chances pour qu'il ait la vie sauve à présent.

— Et Audra et moi ?

— Je veux que tu te maries. Tu as besoin de protection. Et tu n'as pas répondu à ma question, ajouta-t-il en la scrutant. Est-ce que tu aimes l'Écossais ?

De toute façon, tout était terminé. Il allait rentrer chez lui, retrouver sa famille. Sa femme.

— Non, mentit-elle. J'ai vu trop de morts et j'ai juste voulu sauver une vie. Qu'elle soit anglaise ou écossaise.

— Tu as le cœur trop tendre pour la frontière, Kimbra.

— Non. J'aime la frontière.

— Donc, tu n'as pas envie de le voir une dernière fois ?

Elle hésita juste un peu trop longtemps.

Une lueur brilla dans les yeux du Charlton.

— Audra et toi, vous pouvez aller le voir, mais pas longtemps.

— J'aimerais le voir seule, d'abord. Je… J'ai quelque chose à lui dire.

Il acquiesça.

— Ne me mens plus jamais, Kimbra. Je ne serai pas aussi clément la prochaine fois. S'il ne m'avait pas sauvé la vie, rançon ou non, je l'aurais déjà remis à l'Anglais.

Elle sortit avant qu'il change d'avis.

Très vite, elle se retrouva devant la chambre que l'Écossais avait déjà occupée.

Jock tourna la clé dans la serrure avant de s'écarter pour la laisser entrer. Il referma la porte derrière elle.

L'Écossais était debout. Il devait faire les cent pas, devina-t-elle. Elle eut du mal à déchiffrer son regard, mais il ne souriait pas.

Elle ne s'attendait pas à ce qu'il l'accueille avec joie, mais cette froideur apparente l'accabla.

Elle aurait voulu qu'il la prenne dans ses bras. Se serrer contre lui et oublier tout ce qu'il s'était passé depuis qu'ils avaient fait l'amour au bord de la rivière.

— Le Charlton va demander une rançon, annonça-t-elle.

— Mon frère la paiera.

— C'est le Maclean ?

— Oui, à moins que notre frère aîné ne soit revenu. Il est parti depuis plus de sept ans maintenant.

— Et votre femme ?

Elle ne parvint pas à le tutoyer.

Il esquissa un sourire.

— Je n'ai pas de femme.

Un soulagement insensé l'envahit. Mais elle n'avait pas le droit d'être soulagée. Elle n'avait aucun droit sur lui.

— Vous avez mentionné… une femme aux cheveux châtains.

— La première épouse de mon frère. Elle est morte il y a longtemps.

Quelque chose avait changé dans son regard. Cette femme avait été plus qu'une simple belle-sœur.

— Alors, tout est revenu ? Votre mémoire ?

— Pas tout, non. Je ne me souviens plus de la bataille. J'ignore ce qui est arrivé à mon roi, ainsi qu'à mon meilleur ami et à l'homme qui a été un second père pour moi.

Sa voix était rauque tout à coup.

— Mais vous allez rentrer chez vous.

— Je ne peux pas rester ici. Mon hôte n'a sûrement guère envie d'offrir l'hospitalité à un Écossais, déclara-t-il avec l'ombre d'un sourire.

Ils se parlaient comme des étrangers. C'était leur première vraie conversation depuis qu'il avait récupéré la broche. Hormis, bien sûr, ces quelques moments après l'attaque des loups où ils étaient sous le coup de l'émotion. Depuis, il avait eu le temps de réfléchir à ce qu'elle avait fait, comment elle avait tenté de le priver de son passé. Maintenant, il savait qui elle était.

Elle frissonna.

Soudain, il s'avança vers elle et posa la main sur son épaule.

— Veux-tu venir avec moi ?

Elle le regarda droit dans les yeux. Oh oui, elle le voulait ! Sauf que rien n'avait changé : elle demeurait la veuve d'un maraudeur anglais, une ancienne servante et une voleuse.

Le Charlton avait désavoué sa fille pour avoir épousé un Écossais d'un rang pourtant égal au sien. Comment la famille de Lachlan pourrait-elle accepter cette liaison – sans parler d'un mariage – avec une créature qui détroussait les morts ?

Cela lui brisait le cœur, mais elle n'avait qu'une seule réponse à lui donner.

— Ma maison est ici. Je suis anglaise.

— Je croyais que tu craignais de rester ici.

— Le Charlton m'a assuré que je pourrai épouser qui je veux, dit-elle en refoulant ses larmes.

— Alors épouse-moi.

— Tu es écossais et je suis anglaise. Tu viens d'une famille noble et je suis la veuve d'un maraudeur. Le Charlton a répudié sa fille parce qu'elle a épousé un Écossais. Ta famille en fera autant et je ne le supporterai pas... Pour le moment, tu m'es reconnaissant, reprit-elle après une hésitation, comme je te suis reconnaissante d'avoir sauvé Audra. Mais la gratitude ne suffit pas pour désirer se marier.

— Tu penses que ce n'est que cela ? De la gratitude ?

— Nous sommes... attirés l'un par l'autre. Mais cela ne durera pas. Si tu perds ta famille, tu finiras par nous haïr.

En réponse, il se pencha et effleura ses lèvres des siennes, doucement d'abord, puis plus ardemment. Et ce fut comme s'il avait réveillé l'incendie qui couvait en eux. Leurs bouches se soudèrent l'une à l'autre. Kimbra se hissa sur la pointe des pieds pour nouer les bras autour de son cou. Ils frémirent ensemble, telles deux flammes mêlées.

Dans cette fournaise, elle garda, tout comme lui, les yeux ouverts, et le regard qu'ils échangèrent était aussi de braise. Puis leur baiser engloutit le monde autour d'eux. Il n'y avait plus que le désir, la frénésie. Quelque part, au fond d'elle-même, elle savait que cela ne pouvait pas durer, que plus jamais son âme ne s'envolerait ainsi.

Mais le feu ne cessait de croître, alimenté par un désir insensé. Acharnés, leurs corps se pressaient l'un contre l'autre, impatients de s'unir. Comment une telle union était-elle seulement possible, se demanda-t-elle avant d'oublier cette question, emportée qu'elle était dans la spirale de sensations.

Ce fut lui qui s'écarta, ses yeux bleus fouillant les siens.

— Attirés ? Petite, je crois que c'est bien plus que cela.

Elle était hébétée, sous le choc.

Il lui caressa le visage.

— Tu ne sais donc pas que je ne pourrai jamais te haïr ? Je ne peux que t'aimer.

— C'est impossible.

Elle entendit les mots, mais n'aurait su dire qui les avait prononcés. Quoi qu'il en soit, c'était à elle de faire preuve de sagesse. Elle ne pouvait prendre le risque de détruire trois vies. Peut-être plus.

— Ma famille t'aimera, assura-t-il. Mon frère se moquera que tu sois anglaise ou écossaise.

— Comment le pourrait-il ? demanda-t-elle d'une voix brisée. Après le massacre de Flodden Field...

Continuer à énumérer des arguments était au-dessus de ses forces. Elle se précipita vers la porte et faillit heurter Jock en sortant. Elle vit son air surpris quand elle se figea, chancelante.

Jock la prit par le bras.

— S'il t'a fait du mal...

— Non, dit-elle avant de s'enfuir.

Lachlan regarda la porte se refermer. Elle était partie sans un regard en arrière.

Aurait-il voulu la rattraper qu'il en aurait été incapable, et pas à cause de cette clé qui tournait dans la serrure. Son corps vibrait encore de la passion qui s'était emparée d'eux. Pourtant, même cela n'avait pas suffi. Elle n'avait aucune confiance en lui. Ni en eux deux. Ou en eux trois.

Elle avait peut-être de bonnes raisons. Les circonstances de sa naissance avaient de quoi la rendre méfiante, mais il avait espéré qu'elle finirait par dominer ses craintes.

Il ramassa la broche sur la table où il l'avait laissée. Il avait eu l'intention de la lui offrir, mais n'en avait pas eu le temps. Il contempla l'écusson et pensa aux portes qu'il avait ouvertes dans son esprit.

Un rayon de soleil tomba sur les joyaux qui scintillèrent et il eut l'impression d'avoir une chose vivante entre les doigts.

Il se souvint du jour où Rory lui avait donné cette broche. Ils étaient de retour à Inverleith après avoir démasqué un traître à la Couronne, ce qui avait donné à Rory le droit d'épouser une Campbell.

Trois semaines plus tard, son frère était venu le trouver sur une falaise alors qu'il contemplait les vagues qui déferlaient sur un rocher en contrebas.

— Cela te plairait de naviguer ? De prendre ma place sur nos vaisseaux ?

— Je ne connais rien à la navigation.

— Tu apprendras vite. J'ai un bon capitaine qui saura te faire aimer la mer. Tu t'occuperais de la vente et de l'achat de cargaisons. Tu as toujours été doué avec les livres et les chiffres.

— Tu me ferais confiance ?

— J'ai déjà remis ma vie entre tes mains, tu t'en souviens ?

Rien n'aurait pu faire plus plaisir à Lachlan que cette dernière déclaration. Quant à l'opportunité de quitter ces terres peuplées de mauvais souvenirs qu'il lui offrait, elle était plus que tentante.

— Je veux bien essayer.

Rory avait alors sorti quelque chose de sa poche. Un objet enveloppé dans un velours épais.

— Je l'ai commandé quand nous étions à Édimbourg. Il vient d'arriver.

Il avait écarté le tissu, dévoilant l'écusson. La gorge de Lachlan s'était nouée. Il ne s'était jamais senti totalement accepté au sein des Maclean. Il demeurait une sorte d'étranger dans son propre clan, lui qui préférait les livres et la musique aux armes et au fracas des batailles.

Cette broche disait qu'il était enfin un vrai Maclean.

Elle avait été son bien le plus précieux.

Quand il l'avait vue dans les mains d'Audra, les souvenirs avaient déferlé, avec toutes les émotions auxquelles ils étaient liés. Fierté. Sentiment d'appartenance.

À présent, elle lui brûlait les doigts.

Rory Maclean, Jamie Campbell et un Armstrong buvaient de la bière dans une taverne du côté anglais de la frontière. L'Armstrong avait passé la commande et ils s'étaient prudemment installés à une table à l'écart des autres clients.

Rory sentait la sueur et le cheval. Habitué à la douce laine de son tartan, le tissu grossier de ses vêtements le grattait. Sa barbe avait poussé et il n'aimait pas cela non plus. Mais au moins, il ressemblait aux hommes qui les entouraient et pouvait se fondre dans la masse.

Ils attendaient une certaine Mary Armstrong qui voyageait avec eux. On lui avait confié un peu d'argent pour qu'elle achète de l'avoine au marché du village. Et recueille des informations.

Ils se trouvaient sur les terres des Charlton.

Trois jours étaient passés depuis leur départ. Rory et Jamie avaient eu la surprise de constater que les Armstrong possédaient des agents à leur solde dans pratiquement chaque village. Ils les avaient interrogés à propos du garçon au cheval noir. Et de la broche sertie de rubis et de diamants.

En vain. Pour l'instant, leurs efforts n'avaient servi à rien, même si Rory s'était montré généreux. Sa bourse maigrissait à vue d'œil. Si Lachlan ou Hector étaient encore en vie et si une rançon était demandée, il aurait du mal à la rassembler.

Il étira ses longues jambes et contempla son gobelet d'un air morne. Sans l'apparition de ce garçon à l'église de Branxton, il aurait peut-être déjà renoncé. Il avait nourri de grands espoirs sur ce village-ci, le premier de leur périple, qui se trouvait sur le domaine des Charlton. Il avait observé avec attention chaque passant. Aucun n'avait éveillé en lui cette extraordinaire impression de familiarité qu'il avait éprouvée lors de l'embuscade.

Cette scène continuait à le hanter.

Elle lui apparaissait comme un signe. Une promesse de Dieu.

Il aurait préféré venir directement ici, mais d'autres bourgades se trouvant sur leur route, ç'aurait été stupide de ne pas s'y arrêter. À présent, il se demandait si ce voyage n'était pas une quête inutile. Le Charlton de l'autre nuit ne pouvait pas être Lachlan.

Ils venaient à peine de finir leurs chopes de très mauvaise bière quand la porte s'ouvrit et deux maraudeurs entrèrent. Ils commandèrent bruyamment à boire avant d'annoncer à la cantonade une nouvelle qu'ils estimaient d'importance :

— Ce soldat qui habitait chez maîtresse Charlton, il paraît que c'est un seigneur écossais. Un Maclean, rien que ça.

Aussitôt, la taverne s'anima, les questions pleuvant de toutes parts. Rory eut bien du mal à ne pas se joindre à ce chœur. Mais il eut le bon sens de laisser l'Armstrong s'en charger.

— Un rescapé de Flodden Field ?

— Oui. Apparemment, c'est Kimbra, la veuve de Will Charlton, qui l'a trouvé. Elle croyait qu'il était anglais et elle l'a soigné. Le médecin dit que c'est un miracle qu'il ait survécu. Ou de la magie noire. Avec un diable d'Écossais, ça doit plutôt être ça.

Des ricanements saluèrent cette remarque.

— Et tu dis que c'est un Maclean ? demanda quelqu'un.

— Oui. Il se faisait passer pour un Anglais. Il a même participé à ce raid contre les Armstrong. Et c'est lui qui a sauvé la vie du Charlton.

— C'est sûrement lui qui avait monté cette embuscade, marmonna quelqu'un.

Rory essayait de cacher son exaltation. Ce Charlton casqué était donc bien Lachlan. Par tous les dieux, il aurait pu le tuer cette nuit-là. Pourquoi son frère ne s'était-il pas fait connaître ? Pourquoi était-il reparti avec les Charlton ? Et, au nom du ciel, pour quelle raison avait-il pris part à ce raid contre les Armstrong ?

Par loyauté. Une Charlton lui avait apparemment sauvé la vie, et son frère n'était pas homme à négliger une telle dette. Mais Lachlan l'avait sûrement reconnu, même sous son casque. Pourquoi n'était-il pas reparti avec eux ?

Tout cela n'avait aucun sens.

Il échangea un regard avec Jamie et tous deux se levèrent et quittèrent la taverne qui se remplissait rapidement de villageois impatients de discuter des dernières nouvelles. Maintenant qu'un Écossais avait été découvert caché parmi eux, tout étranger allait devenir source de méfiance.

Une fois dehors, ils virent Mary Armstrong qui venait à leur rencontre d'un pas rapide. Elle aussi savait visiblement. Sans attendre, ils grimpèrent sur leurs montures.

Ils ne s'arrêtèrent qu'à bonne distance du village.

— Il est à la tour des Charlton, annonça Mary. Je la connais. Elle ressemble beaucoup à celle des Armstrong. Impossible d'y pénétrer.

— Que comptent-ils faire de lui ?

Elle haussa les épaules.

— Certains disent qu'ils vont le livrer à l'Anglais. D'autres qu'ils veulent une rançon.

— Qui décide ?

— Le Charlton. Thomas Charlton. Le chef de la famille.

— Celui que Lachlan a sauvé ?

— Oui.

— Sais-tu où habite cette femme, cette Kimbra ?

Mary sourit.

— Oui, j'ai demandé. Il semblerait qu'elle ait aussi un cheval noir.

Rory lui donna l'une de ses précieuses pièces d'or.

— Merci. Dis-moi comment aller chez elle et rentre chez toi.

— Je préférerais venir, milord. Je pourrais vous être utile.

— C'est risqué. Je doute que les Charlton apprécient beaucoup les Armstrong en ce moment.

— C'est sûr, mais je viens quand même, dit-elle.

24

Le cœur en miettes, Kimbra retourna dans sa chambre.

Audra était toujours assise auprès d'Ours et le caressait. Le chien martelait avec vigueur le tapis de sa queue. En voyant Kimbra, il se dressa sur ses pattes, la langue pendante, et agita la queue de plus belle.

Elle s'agenouilla et l'étreignit avec précaution.

Il lui lécha le visage.

Cela ne la dérangea pas. Elle avait besoin d'affection.

— Comment va M. Howard ? demanda Audra.

— C'est M. Maclean.

— Pour *moi*, c'est M. Howard.

Comme il resterait à jamais l'Écossais pour Kimbra.

— C'est un seigneur, Audra. Un homme important, j'imagine. Ce n'est pas « notre » Robert Howard.

— Mais il nous quittera pas, affirma Audra, têtue.

— Si. Il a sa maison et sa famille.

— On pourrait partir avec lui ?

— Non.

— Pourquoi ?

— Parce qu'il est noble et pas nous. Qu'il est écossais et nous anglaises. Qu'il a sa vie et nous la nôtre.

— Je peux le voir ?

— Si le Charlton le permet, mais nous ferions mieux de rentrer chez nous.

Elle avait beaucoup à faire au cottage. Il y avait Bess et les poules. Son jardin. Ses herbes. Elle avait promis des feuilles de laurier à Jane.

Une boule s'était logée dans sa gorge et elle eut du mal à avaler. Quoique difficile, la vie au cottage était la *sienne*. Et grâce à Audra, elle était satisfaisante. Elle avait voulu croire à un conte de fées alors qu'elle savait depuis le début qu'il aurait une fin.

— Il devait me donner des leçons de luth, insista Audra.

— Peut-être le fera-t-il quand même. Voici ce que je te propose : je vais aller chercher le luth au cottage.

C'était l'occasion ou jamais de partir d'ici, de retourner chez elle et de faire ce qu'elle faisait tous les jours.

Cela lui éviterait de penser à l'Écossais et à ce qu'elle avait ressenti la veille quand il lui avait fait l'amour...

Était-ce seulement la veille ?

— Je vais demander au Charlton si tu peux le voir.

Elle alla frapper à la porte du Charlton. Il était seul et lui fit signe d'approcher.

— Puis-je retourner chez moi pour m'occuper de mes animaux et aller chercher le luth de ma fille ? Elle restera ici. Je reviendrai avant la nuit.

— Je peux envoyer quelqu'un.

— Je dois aussi récupérer certaines plantes. Vos hommes ne les connaissent pas.

— Alors, on t'accompagnera.

— J'aimerais y aller seule, insista-t-elle sans trop savoir pourquoi.

— C'est dangereux.

— Il fait jour.

Elle tenait vraiment à être seule. Elle en avait besoin.

— J'ai fait ce trajet des centaines de fois, reprit-elle. Et personne ne lance de raid en plein jour, vous le savez.

Il soupira.

— Si tu n'es pas là au crépuscule, j'enverrai des hommes te chercher.

Elle ne perdit pas une seconde. Elle passa prendre sa cape dans sa chambre, promit à Audra qu'elle reviendrait très vite et se rendit aux écuries. Magnus était déjà sellé. Le Charlton avait dû donner des ordres.

Très vite, elle laissa les remparts derrière elle et lança Magnus au galop. Elle voulait fuir ses pensées, elle en était consciente. Avait-elle commis une terrible erreur en rejetant l'Écossais ? Son âme saignait chaque fois qu'elle se souvenait de son dernier regard, ce regard qui la suppliait de croire en lui.

Quand elle bifurqua sur le chemin qui menait chez elle, elle jeta un coup d'œil par-dessus son épaule et aperçut un cavalier qui la suivait à distance. Elle le reconnut.

Finalement, le Charlton avait envoyé l'un de ses hommes pour la protéger. Cette attention la surprit et lui réchauffa le cœur. Cela signifiait qu'il tenait à elle. Elle savait qu'il aimait bien Will, mais elle avait toujours cru lui être indifférente.

Elle avait donc un protecteur.

Malheureusement, ce n'était pas un grand Écossais aux yeux très bleus.

Sa mère ne lui ayant pas rapporté la permission qu'elle attendait, Audra alla trouver le garde en faction devant la chambre de l'Écossais et déclara avec audace que le Charlton l'avait autorisée à le voir.

Il la dévisagea d'un air soupçonneux.

— Tu n'as pas d'arme, hein ?

— Non.

— Et tu ne caches rien sur toi ?

Elle se sentit rougir. Elle avait bien dissimulé une galette au miel dans sa manche. Un peu piteuse, elle la montra au garde.

— C'est tout ? Rien d'autre ?

Ne sachant pas trop s'il était sérieux ou s'il plaisantait, elle secoua la tête.

— Alors, tu peux entrer, dit-il avec un sourire.

Il lui ouvrit la porte et la referma derrière elle.

L'homme qu'elle connaissait sous le nom de Robert Howard était à la fenêtre. Il se retourna vers elle.

— Mademoiselle Audra, dit-il de cette voix si douce qu'il utilisait toujours avec elle.

— Ça vous dérange pas de me voir ? demanda-t-elle sans détour.

— Jamais.

— Mais vous voulez pas voir maman.

— Pourquoi dis-tu cela ?

— Elle est très triste. Je crois qu'elle a pleuré. Elle pleure jamais, déclara-t-elle avec solennité.

Il s'accroupit devant elle.

— Je suis désolé de l'apprendre.

— Vous avez été méchant avec elle ?

— Ce n'était pas mon intention.

— Elle dit que vous allez partir.

— Oui, il le faut.

— Pourquoi ?

— Parce que les Écossais ne sont pas les bienvenus ici.

— Vous êtes le bienvenu dans notre cottage.

— Malheureusement, tu es l'exception qui confirme la règle.

— C'est quoi, une « ception » ?

— Une exception, cela veut dire que tu ne penses pas comme les autres et que tu es la seule.

Elle réfléchit, puis annonça :

— Comme ma mère.

Il sourit.

— Oui, comme ta mère.

— Elle est allée chercher mon luth. Vous m'apprendrez une autre chanson ?

— Oui, même si tu n'as plus vraiment besoin de moi désormais. Tu connais les notes. Tu peux apprendre seule.

— Je veux aussi savoir lire.

— Tu te souviens des lettres que tu as apprises ?

— Je me les répète chaque soir avant de dormir, pour pas oublier.

— Tu peux me les réciter ?

Elle s'exécuta, n'oubliant que le « p ».

Il leur enverrait des livres, se promit Lachlan. Des tas de livres.

Non, il ne les enverrait pas. Il voulait être là quand elles les ouvriraient. Il voulait voir le même plaisir sur leurs visages que celui qu'il éprouvait quand il découvrait un livre.

Il voulait entendre Audra lire à haute voix. Voir Kimbra penchée sur les pages, l'air concentrée.

Bon sang, il ne voulait perdre ni l'une ni l'autre.

« Elle est très triste. Je crois qu'elle a pleuré. Elle pleure jamais. »

Il l'avait vue partir par la fenêtre. Il avait deviné que c'était lui qu'elle fuyait.

— Tu dis que ta mère est partie chercher le luth ?

Elle acquiesça.

Elle avait enfourché Magnus et était partie seule. À quoi pensait-elle donc ? Il vit l'inquiétude se peindre sur le visage d'Audra et comprit qu'il lui avait communiqué son angoisse.

— Il ne va rien lui arriver, dit-il pour la rassurer, même si son propre cœur battait à tout rompre.

Cedric rôdait là, quelque part. Les Armstrong pouvaient attaquer à n'importe quel moment. Et Dieu seul savait quels autres dangers planaient du côté de la frontière. Au diable le Charlton qui l'avait laissée partir !

— Tu veux que je te raconte une histoire ? demanda-t-il pour ne pas laisser voir ses craintes. Celle d'un garçon qui va en mer pour la première fois ?

— J'aimerais beaucoup, dit-elle d'un ton un peu guindé.

— Alors, voilà. Dan, un garçon à peine plus âgé que toi, s'est un jour retrouvé matelot sur un bateau...

Et tout en racontant les aventures de Dan, il ne cessait de penser à Kimbra qui chevauchait seule.

Elle était très triste.

Le cottage ne lui parut pas aussi accueillant que d'ordinaire. Maintenant que l'Écossais allait disparaître de son existence, l'avenir s'annonçait lugubre. Heureusement, il lui restait Audra.

Elle emmena Magnus dans la grange, le débarrassa de sa selle et lui donna de l'avoine. Bess se mit à meugler. Kimbra lui rendit le service de la traire. Son seau de lait à la main, elle atteignait la porte du cottage quand un homme de haute taille surgit devant elle. Elle fit volte-face, un autre était là, lui barrant la route.

La peur la saisit. Des Armstrong ?

C'était possible. Ils portaient la tenue des maraudeurs, mais ce n'étaient pas des Charlton. Elle les aurait reconnus.

— Maîtresse Charlton ? Kimbra Charlton ?

La voix de l'homme devant elle était douce et courtoise. Elle lui rappelait celle de l'Écossais quand elle l'avait découvert. Cette voix jurait avec ses vêtements grossiers. Elle aurait été plus à sa place dans la bouche d'un laird vêtu d'un tartan de qualité.

— Oui, répondit-elle, circonspecte.

— Y a-t-il un garçon ici ?

— Non, dit-elle, surprise.

Elle envisagea de dire que son mari, accompagné de plusieurs amis, n'allait pas tarder à rentrer de la chasse. Mais si cet inconnu connaissait son nom, il devait aussi savoir qu'elle était veuve. Elle l'examina. Il avait des cheveux sombres et des yeux gris.

Elle se retourna. L'autre derrière elle, presque aussi grand, était roux et incroyablement beau garçon.

— Maîtresse, la salua-t-il. Nous ne vous voulons aucun mal.

Il s'exprimait avec un fort accent, bien plus prononcé que celui de son Écossais ou de l'autre étranger.

Elle regarda de nouveau ce dernier.

— Vous êtes seule ici ? demanda-t-il en jetant un regard circulaire.

Elle ne répondit pas.

— La frontière est dangereuse, m'a-t-on dit, ajouta-t-il, prenant à l'évidence son silence pour une réponse.

Et lui, était-il dangereux ?

— Que voulez-vous ?

— Connaissez-vous un homme nommé Lachlan ?

— Pourquoi cette question ?

— C'est mon frère.

Elle en fut médusée. Il ne ressemblait pas du tout à Lachlan. Mais ce devait être le Maclean, le chef de leur clan. À la tour, on racontait qu'il était à la recherche de son frère.

Il prenait d'énormes risques en venant de ce côté-ci de la frontière.

Elle n'avait aucune raison de mentir. Le Charlton savait à présent que son Écossais était un Maclean. Elle ne voulait pas que cet homme tente quoi que ce soit qui mettrait Lachlan en danger.

— Oui, je le connais, répondit-elle.

— Je m'appelle Rory Maclean. Voici Jamie Campbell.

— Jamie Campbell ?

Celui-ci la contourna pour venir se placer aux côtés de Rory Maclean.

— J'étais avec Lachlan à Flodden Field. J'ai été fait prisonnier et échangé contre une rançon. En a-t-il été de même pour lui ?

— Non, dit-elle, même si ce n'était pas tout à fait la vérité.

— Est-il en bonne santé ? intervint Rory Maclean.

— Il l'est maintenant, mais il a été gravement blessé. Il boitera peut-être toute sa vie.

Elle n'avait plus peur de ces deux étrangers et voulait des informations à présent.

— Dieu merci, souffla le Maclean, et elle comprit que Lachlan comptait beaucoup pour ces deux hommes.

Le roux avait même pris le risque d'être de nouveau capturé, et tué peut-être, pour le retrouver.

— Le Charlton a envoyé un messager chez les Armstrong pour demander une rançon. Il a appris que quelqu'un était à la recherche de Lachlan.

Le Maclean la fixa durement.

— Je croyais que le roi Henry avait interdit aux familles de la frontière d'échanger des Écossais contre une rançon.

— C'est vrai, mais le Charlton a un faible pour... l'Écossais.

Elle pensa alors à l'homme qui l'avait suivie. Où était-il à présent ? Se contentait-il de monter la garde à l'entrée du chemin ?

— C'est dangereux pour vous ici, dit-elle. Un Charlton m'a suivie.

— Un homme à nous monte la garde sur le chemin, répondit Rory Maclean.

La peur s'empara d'elle.

— Je ne veux pas qu'un Charlton soit blessé à cause de moi.

Les deux hommes échangèrent un regard et le dénommé Jamie partit abruptement. Ces deux-là ne semblaient pas avoir besoin de mots pour communiquer et elle en était surprise. Même de ce côté-ci de la frontière, on connaissait la haine légendaire entre les Campbell et les Maclean.

— Entrez dans la maison, proposa-t-elle au Maclean.

Une fois à l'intérieur, il balaya la pièce du regard. Elle devait lui paraître bien humble, se dit-elle.

Rory Maclean était l'un des hommes les plus intimidants qu'elle ait jamais rencontrés. Ces yeux gris ne laissaient passer aucune émotion. Le pli de ses lèvres était sévère.

— Vous avez l'écusson des Maclean, déclara-t-il sans préambule. Comment l'avez-vous obtenu ?

Prise de court, elle ne put répondre. Puis elle chercha à gagner du temps.

— Pourquoi pensez-vous...

— Un prêtre nous a rapporté qu'un garçon montant un cheval noir lui avait demandé de lui lire la devise.

— Ce ne sont pas les garçons et les chevaux noirs qui manquent.

— C'était vous ? répliqua-t-il sans tenir compte de sa réponse.

— J'ai trouvé Lachlan dans les bois, dit-elle, répétant l'histoire qu'elle racontait à tout le monde – elle ne voulait pas avouer à son frère qu'elle détroussait les cadavres. Il était blessé. Je l'ai ramené ici.

— Blessé gravement ?

— Il a failli mourir. Il avait plusieurs blessures. Un coup à la tête. Une plaie très profonde à la cuisse. Et sans doute plusieurs côtes cassées. Il avait aussi perdu beaucoup de sang.

— Et maintenant ?

— Il boite. Je ne sais pas si cela durera.

Le Maclean maugréa quelque chose.

— Vous l'avez guéri ? demanda-t-il alors.

— Non. Votre frère s'est guéri tout seul. Il était déterminé à vivre.

— Il a combattu avec les Charlton. Pourquoi ?

Elle le dévisagea, surprise.

— Comment savez-vous…

— Je l'ai affronté. Je séjournais chez les Armstrong. Ils m'ont demandé de participer à une embuscade. Pendant le combat, j'ai cru reconnaître l'un des… ennemis. Mais il portait un casque et je n'étais pas sûr que c'était lui. Il brandissait son épée quand soudain, il s'est arrêté comme s'il était surpris… non, sidéré plutôt. Mais si c'était Lachlan, pourquoi n'a-t-il rien dit ? Pourquoi combattait-il aux côtés des Anglais ?

— Il avait perdu la mémoire. Il ne se rappelait même plus son nom. Il ne devait pas savoir qui vous étiez, mais quelque chose chez vous a dû le troubler.

Elle s'interrompit un instant avant d'enchaîner :

— Quand je l'ai trouvé, je savais que les Anglais avaient ordonné de tuer tous les Écossais. J'ai dit au Charlton qu'il était anglais - un Howard. Je lui ai appris à parler comme les gens de la frontière et je lui ai donné des vêtements de mon mari. Quand il a commencé à aller mieux, le Charlton l'a fait venir à la tour, il craignait que sa présence ici ne me compromette. Le Charlton en est venu à l'apprécier au point de lui proposer de... rejoindre la famille.

Le Maclean se laissa tomber sur une chaise.

Kimbra, quant à elle, était accablée. L'Écossais avait combattu son propre frère sans le savoir. Pas étonnant qu'il ait été aussi en colère. Si elle lui avait donné la broche plus tôt, il aurait peut-être recouvré la mémoire et ce combat n'aurait jamais eu lieu. C'était un miracle qu'il ait retenu son coup. Il aurait pu tuer son frère.

Le Maclean la fixait comme s'il se faisait exactement la même réflexion.

— Pourquoi avoir porté la broche au prêtre ?

— Je n'ai pas dit que je l'avais fait.

— Non, mais vous l'avez fait.

Elle en avait assez de mentir.

— Je voulais découvrir qui il était.

— Pourquoi ? demanda-t-il sèchement.

— Pour qu'il puisse rentrer chez lui.

— Pas à cause de la rançon ?

Elle rougit.

— Au début, oui, peut-être.

— Et après ?

— Après, je voulais juste qu'il aille bien.

— Comment ont-ils découvert qui il était ?

Elle tressaillit.

— Quelqu'un nous a entendus parler et a compris qu'il était écossais. Ses souvenirs lui sont revenus à peu près au même moment. La plupart, en tout cas.

— Une rançon va être demandée ?

— Oui. Le Charlton est prêt à défier la colère du roi.

— Pourquoi ?

— Votre frère lui a sauvé la vie cette nuit-là. Et puis, comme je vous l'ai dit, le Charlton l'apprécie. Mais s'il n'y a pas de récompense, les autres Charlton seront furieux d'avoir risqué la colère du roi. Ils savent que vous êtes à la recherche de Lachlan.

L'Écossais se leva, la dominant de toute sa hauteur.

— Je vous remercie de vous être occupée de lui.

La porte s'ouvrit et le Campbell entra.

— On a l'Anglais. Il a une bosse sur le crâne et il est solidement attaché, mais sinon il va bien, ajouta-t-il à l'adresse de Kimbra.

— Merci, souffla-t-elle.

Elle écouta Rory répéter tout ce qu'elle lui avait dit.

Le Campbell écouta avec attention avant de sourire.

— Notre Lachlan, un vulgaire maraudeur anglais ? Par tous les lochs d'Écosse.

La dérision avec laquelle il avait prononcé les mots « maraudeur anglais » la fit tressaillir.

Rory lui jeta un coup d'œil et le Campbell saisit aussitôt le reproche implicite.

— Mes excuses, maîtresse, dit-il. Je ne voulais pas vous manquer de respect. C'est juste que Lachlan n'a jamais aimé la guerre, ni tout ce qui y ressemble. À une époque, il voulait même devenir prêtre.

Son Lachlan ? Prêtre ?

— Pourquoi était-il à Flodden Field ? demanda-t-elle, perplexe.

— Il a pris ma place parce que ma femme vient d'accoucher, répondit le Maclean, l'air coupable.

— Il ne se souvient toujours pas de la bataille, précisa Kimbra. Rien après le début des combats.

— Il est resté près du roi, intervint le Campbell. Je n'étais pas très loin. Il s'est battu comme un lion, mais nous étions cernés.

Un coup à la porte l'interrompit. Un homme et une femme apparurent. Ces deux-là étaient visiblement de la frontière.

— On ferait mieux de partir, dit l'homme sans accorder la moindre attention à Kimbra.

La femme, en revanche, la regarda. Et Kimbra la reconnut – c'était la femme du champ de bataille.

Un grand sourire apparut sur le visage de celle-ci.

— J'espérais bien te revoir un jour pour te remercier.

Le Maclean se racla la gorge.

— Vous vous connaissez ?

Les deux femmes échangèrent un regard. Ni l'une ni l'autre n'avaient envie d'avouer qu'elles avaient détroussé des morts.

— Nous nous sommes rencontrées, se contenta de répondre Kimbra.

Le Maclean la considéra quelques secondes avant de renoncer à poser d'autres questions. Il se tourna vers le Campbell.

— Partons. Je veux être chez les Armstrong quand la demande de rançon arrivera. Maîtresse, vous venez avec nous.

Kimbra recula.

— Non. Ma fille est à la tour. Il y a une vache ici dont il faut s'occuper. Je dois aussi...

— Je suis navré, la coupa-t-il d'une voix dure. Je ne peux prendre le risque qu'on apprenne notre présence ici. L'homme qui vous suivait ne nous a pas vus. Vous, si. Si un Maclean a de la valeur, imaginez deux Maclean et un Campbell.

— Je ne dirai rien à personne.

— Je ne peux prendre le moindre risque. Vous rentrerez dès que nous serons en lieu sûr.

— Je refuse.

— Vous n'avez pas le choix. Mary veillera sur vous.

— Ma fille... elle n'a que sept ans...

— Est-elle en sécurité chez le Charlton ?

Elle le dévisagea, désespérée. Il n'y avait aucune compassion dans son regard, pas la moindre pitié. Il n'était pas comme son frère. Ou peut-être que si. Elle avait parfois perçu cette dureté chez Lachlan.

— Ou vous venez de votre plein gré ou je vous attache sur votre cheval, dit-il avec impatience. À vous de décider.

— Je viens. Mais seulement parce que vous m'y obligez. Vous êtes un barbare.

— Il paraît, lâcha-t-il. Rassemblez quelques affaires. Nous partons sur-le-champ.

25

Le voyage semblait interminable. Kimbra était folle d'inquiétude pour Audra ; elle se demandait comment elle allait réagir en ne la voyant pas revenir, comme promis.

Le Maclean menait un train d'enfer, les obligeant à galoper tout l'après-midi, le soir et maintenant la nuit. Il ne s'arrêtait que pour que les chevaux se reposent et boivent.

L'aube approchait quand ils atteignirent enfin la tour des Armstrong. Elle était épuisée, mais la colère et la fierté lui interdisaient de le montrer. Elle pouvait être aussi forte qu'eux.

La tour de guet ressemblait beaucoup à celle des Charlton. Jusqu'au *barnekin* qui l'entourait.

Elle refusa l'aide de Rory Maclean pour descendre de sa monture et se retrouva dans la cour du clan qui avait tué son mari. Des gens qui attaquaient et pillaient les Charlton depuis des décennies. Plusieurs hommes les entouraient déjà.

Ils s'écartèrent pour laisser le passage à celui qui était de toute évidence le chef. Alexander Armstrong. Laird. Voleur et meurtrier.

Il s'adressa au Maclean :

— Nous avons reçu un message à propos de ton frère. Une demande de rançon. Entre, que je te le montre.

Il coula un regard empreint de curiosité à Kimbra.

— Qui est-ce ?

— Kimbra Charlton. Elle a aidé mon frère après la bataille, répondit le Maclean avant d'ajouter sur un ton d'avertissement : Elle est sous ma protection.

— Une jolie fille est toujours la bienvenue ici, répliqua l'Armstrong. Elle ne risque rien.

— Je ne pense pas que la femme du fermier que vous avez pillé la semaine dernière croit cela, rétorqua-t-elle, méprisante.

— Ah, et fougueuse, en plus ! Que comptes-tu faire d'elle ?

— La rendre aux siens. Je ne pouvais prendre le risque qu'elle aille prévenir le Charlton de notre présence. Cet homme qui nous a apporté le message pourra peut-être la raccompagner.

— Il est en train de dormir. Lis le message et prépare ta réponse.

L'Armstrong ordonna qu'on s'occupe des chevaux et s'immobilisa devant Magnus. Il saisit ses rênes.

— Une belle bête, commenta-t-il, admiratif. Il me rappelle un cheval que j'avais il y a quelques années.

Le Maclean s'interposa entre Kimbra et lui.

— Le cheval est lui aussi sous ma protection. Cette fille ne souffrira pas d'avoir aidé mon frère.

L'Armstrong s'inclina, mais une lueur cupide s'était allumée dans son regard.

Une fois dans le château, il demanda à un serviteur de la conduire dans une chambre et de lui donner à boire et à manger.

Rory aurait préféré ne pas emmener la femme.

Il n'avait pas eu le choix. S'il était fait prisonnier lui aussi, les Maclean n'auraient pas les moyens de payer la rançon exigée pour deux d'entre eux.

Quant à la femme, elle lui inspirait des sentiments mitigés. Il avait vu le regard qu'elle avait échangé avec Mary. Pour en avoir entendu parler des deux côtés de la frontière, il savait que par ici, on ne dédaignait pas de dépouiller les morts après une bataille. Une conduite qu'il trouvait répugnante.

Mais cette maraudeuse, quel qu'ait été son motif, avait à l'évidence sauvé la vie de Lachlan. Il veillerait donc à ce qu'aucun mal ne lui soit fait.

Il suivit l'Armstrong dans une petite pièce munie d'un lutrin. Un parchemin l'y attendait.

Les Charlton exigeaient dix mille livres d'ici une semaine ou son frère serait livré à l'Anglais.

Il ne disposait pas tout à fait de cette somme. Pas sur lui, en tout cas. Avant de partir, il n'avait pas vraiment cru à la possibilité que Lachlan fasse l'objet d'une demande de rançon car elle lui serait parvenue à Inverleith.

Mais l'échange d'un otage contre des pièces d'or n'était après tout qu'une simple transaction commerciale. Il était toujours possible de négocier.

Il échangea un regard avec Jamie.

— Nous pouvons proposer d'envoyer ce que nous avons tout de suite et promettre le reste d'ici une quinzaine de jours.

— Si Henry apprend que le Charlton détient un Écossais – un Maclean, qui plus est –, il enverra ses troupes le chercher, avertit l'Armstrong. Les rumeurs circulent rapidement par ici. Mieux vaut le récupérer au plus vite.

Rory regretta d'avoir dépensé une grosse partie de ses fonds disponibles dans l'achat d'un navire. Quant à contracter un emprunt, c'était impensable dans la période actuelle.

— Accepteraient-ils une reconnaissance de dette ?

— D'un Écossais ? dit l'Armstrong en grimaçant. Tu plaisantes. Je n'en accepterais pas de la part d'un Anglais.

Rory le regarda droit dans les yeux.

— Et en accepterais-tu une de moi ?

— Oui, mais je ne dispose pas de ce genre de somme. Notre fortune est en chevaux et en bêtes, et je ne peux sacrifier ni les uns ni les autres.

— Alors, je m'offrirai comme monnaie d'échange.

— À quoi cela servira-t-il ?

— Lachlan a pris ma place. Je ne peux pas faire moins. Il a combattu lors de la bataille. Pas moi.

— Et si nous essayions d'abord de proposer ce que nous avons ? suggéra Jamie. Nous pouvons déjà lui donner une belle somme et promettre le reste. Peut-être acceptera-t-il. La femme a dit qu'il s'était pris d'affection pour Lachlan. Bon sang, ce n'est pas difficile d'aimer Lachlan, mais charmer un maraudeur anglais au point de...

Il s'interrompit en sentant le regard de Rory.

— Que veux-tu dire ? demanda l'Armstrong.

Rory avait envie d'assommer Jamie. Révéler à leur hôte que Lachlan s'était battu contre eux n'arrangerait pas leurs affaires, perte de mémoire ou non.

— Que Lachlan est quelqu'un qu'on apprécie facilement, intervint-il. C'est tout.

L'Armstrong le scruta avant de hausser les épaules.

— Je vais envoyer chercher le Charlton. Tu peux rédiger ton offre en attendant, ajouta-t-il en indiquant une plume et un parchemin vierge.

On leur offrit de la bière. Jamie accepta. Pas Rory. Il voulait avoir les idées claires pour rédiger son message et parler au messager. La vie de Lachlan était en jeu.

Le Charlton ne tarda pas à arriver. C'était un homme trapu, solide, à l'expression revêche. Son visage était rouge, comme s'il avait bu.

— J'ai une réponse pour Thomas Charlton, annonça Rory.

— Il voudra une partie de la rançon en or, avertit l'homme. Et il n'acceptera pas de promesses de la part d'un Écossais. Il faudra que je rentre avec une somme conséquente, sinon…

Il laissa la menace planer.

Le bonhomme déplaisait à Rory. Il avait le regard fuyant et quelque chose en lui éveillait sa méfiance. Mais il n'avait pas le choix.

— Combien ?

— Mille livres.

— Comment savoir si nous pouvons te faire confiance ?

— Je vous ai apporté la lettre du Charlton.

Rory n'aimait pas cela. En fait, il n'aimait rien chez cet homme. Il songea à lui parler de la fille, mais il y avait quelque chose…

Il hocha la tête.

— J'ai l'argent. Tu pourras partir dès que j'aurai écrit ma réponse.

L'autre acquiesça.

Les dés étaient jetés.

Kimbra n'était pas revenue !

Lachlan se tenait devant la fenêtre tandis que les premières lueurs de l'aube teintaient le ciel. Il n'avait pas dormi de la nuit.

La veille au soir, Jock était venu lui annoncer qu'elle n'était pas rentrée. Et que certains le soupçonnaient de savoir quelque chose, car elle avait dû se confier à lui.

Il ne savait qu'une chose : jamais elle n'aurait laissé Audra.

Son visage le hantait.

Les Armstrong l'avaient-ils enlevée ? Ou Cedric ? Cette possibilité le glaçait.

Audra devait être terrifiée.

Il alla cogner au battant.

Sans résultat.

Il frappa de nouveau et cette fois ne s'arrêta pas.

La porte finit par s'ouvrir. Ce n'était pas Jock, mais un autre Charlton de très mauvaise humeur. Apparemment, il l'avait réveillé, car il se frottait les yeux.

— Pourquoi un tel boucan ?

— Je veux voir Thomas Charlton.

— Il n'a peut-être pas envie de te voir.

Lachlan était à bout de patience.

— Va lui demander.

Le garde lui claqua la porte au nez. Lachlan regretta d'avoir été aussi poli. Il aurait dû se contenter de l'assommer.

Cette idée le chagrina. Pour quelqu'un qui n'aimait pas la violence, il envisageait bien vite d'y recourir.

Il était sur le point de défoncer la porte quand le Charlton pénétra dans la pièce. Il avait les traits tirés et semblait plus vieux.

— J'avais envoyé quelqu'un pour veiller sur elle. On l'a retrouvé ligoté et bâillonné. Il dit qu'il a été assommé.

— Par des Armstrong ?

— C'est ce qu'il croit. Il n'a pas vu ses assaillants.

Une peur glacée inonda le ventre de Lachlan.

— Audra ?

— Elle dort. Elle ne sait pas encore.

— Laissez-moi partir, l'implora Lachlan. Je ramènerai Kimbra. Vous avez dit que mon frère se trouvait chez les Armstrong. Si elle est là-bas, il m'aidera à la libérer. Si elle n'y est pas, il m'aidera à la retrouver.

— Impossible, répondit le Charlton en soupirant. Mes hommes ne l'accepteraient pas. Ah, pourquoi n'es-tu pas celui que je pensais que tu étais ?

— J'aurais pu rester ici et être heureux, dit Lachlan. Mais, désormais, je ne serai plus jamais accepté, nous le savons tous les deux. C'est pour Kimbra et la petite que je m'inquiète. Elle a refusé de partir avec moi en Écosse, mais elle n'est pas en sécurité dans ce cottage. Pas avec les raids et encore moins avec Cedric qui rôde.

Le Charlton le dévisagea.

— Tu l'aimes.

— Oui. Mais elle n'a pas confiance dans cet amour.

Il hésita avant de lâcher :

— Elle a peur que ma famille ne me renie comme vous avez renié votre fille.

Au lieu de s'emporter, le Charlton parut encore plus vieux.

— J'ai eu tort. Mais ce qui est fait est fait.

— Parfois, ce qui est fait peut être défait. La fierté est une compagne solitaire, riposta Lachlan.

Le regard du Charlton se durcit et il ne répondit pas.

Lachlan changea de sujet.

— Où est Cedric ?

— Pas ici. Tu ne crois quand même pas qu'il a enlevé Kimbra ? Mon homme a dit que c'étaient des Armstrong.

— Vous avez dit qu'il *croyait* que c'étaient eux. Il ne les a pas vus.

— Mais il a aussi dit qu'ils étaient plusieurs et aucun Charlton ne se serait acoquiné avec Cedric pour commettre un tel acte.

— Ils n'étaient peut-être pas si nombreux. Et Cedric a un frère.

Le Charlton secoua la tête.

— Je ne peux pas le croire capable de ça.

— Vous savez aussi bien que moi à quel point il la désire. Libérez-moi, l'implora Lachlan. J'irai chez les Armstrong et nous en aurons le cœur net.

Le Charlton le contempla avec tristesse.

— Si je te permettais de partir sans avoir obtenu de rançon, je ne serais plus le chef de cette famille. Je serais vu comme un faible, ce que je ne peux me permettre. Et personne ici ne croira que Cedric a fait une chose pareille.

Lachlan essaya encore.

— Mon frère paiera la rançon. Je vous en donne ma parole. Elle ne sera peut-être pas aussi importante que celle que vous demandez, mais vous serez payé.

— Je suis prêt à accepter moins. Mais il vaut toujours mieux demander plus.

En d'autres circonstances, Lachlan aurait souri.

Il regarda le Charlton avec espoir.

— Je ne peux pas te libérer, dit celui-ci. Tout dépend de ton frère désormais. Est-il digne de confiance ?

— Oui.

— Alors, vous auriez dû être anglais tous les deux.

Sur ce, il sortit, laissant un Lachlan furieux et frustré, mais plus effrayé qu'il ne l'avait jamais été.

À la seconde où Rory avait rencontré le messager des Charlton, son instinct lui avait hurlé de se méfier.

Rien chez ce Cedric Charlton ne lui plaisait. Il n'avait aucune envie de lui confier mille livres en or, mais c'étaient les instructions.

Cet or conduirait à une rencontre. Les Armstrong avaient suggéré qu'elle ait lieu sur la frontière elle-même, mais Rory doutait que les Charlton acceptent. Ils se souviendraient de l'embuscade. L'église de Branxton semblait un compromis acceptable. Il était prêt à prendre le risque de se rendre en territoire anglais. L'église était un sanctuaire et, en cas de piège, il y aurait assez d'Armstrong avec eux pour les sortir de là.

L'Anglaise avait dit que le Charlton s'était pris d'affection pour Lachlan. Il priait pour que ce soit vrai.

Il envisagea d'aller lui-même chez le Charlton, mais la méfiance des Armstrong était contagieuse. Il valait cher. Contrairement à Archibald ou à un Armstrong.

Il monta voir la femme. Il frappa à la porte qui s'ouvrit aussitôt comme si elle attendait derrière. Elle avait tressé ses cheveux. Ses yeux gris étaient lumineux… jusqu'à ce qu'elle le voie. La lumière se transforma en hostilité.

— Je veux retourner auprès de ma fille.

— Vous irez. Nous avons reçu un message des Charlton. J'accepte leurs conditions pour récupérer Lachlan. Je suis désolé de vous avoir emmenée ici. Vous pouvez rentrer chez vous à présent avec le messager des Charlton.

Elle se contenta de hocher la tête.

— Vous êtes prête à partir ?

— Oui.

Dans la cour, les chevaux étaient déjà sellés. L'émissaire anglais sortait le sien des écuries. Il tressaillit en voyant Kimbra Charlton.

Celle-ci devint livide.

— Kimbra, dit l'autre, je ne m'attendais pas à te trouver ici.

Elle le foudroya du regard.

— Pourquoi ne suis-je pas étonnée de te voir autant à ton aise chez l'Armstrong ?

Il rougit, piqué au vif. Rory étrécit les yeux, se demandant ce que cela signifiait.

— C'est le Charlton qui m'a envoyé, bredouilla l'Anglais.

Rory vit que Kimbra était dubitative, mais elle ne dit rien.

— J'ai un mot à dire à maîtresse Kimbra avant ton départ, intervint-il.

Il l'entraîna à l'écart.

— Vous paraissez troublée par l'homme qu'a envoyé le Charlton.

— Je ne crois pas qu'il l'ait envoyé.

— Il avait une lettre portant son sceau.

Le doute ne quitta pas le visage de Kimbra Charlton.

— Il n'empêche. Cet homme n'est pas... digne de confiance.

Une évaluation qui rejoignait la sienne.

— Alors, comment expliquez-vous sa présence ici ?

— Je ne l'explique pas. Mais si vous voulez récupérer votre frère, ne vous fiez pas à lui. Il déteste Lachlan.

Elle avait prononcé le prénom de son frère avec un grand naturel.

— Pourquoi ?

— Il est jaloux. Il comptait devenir le favori du Charlton. Et... il me voulait, ajouta-t-elle très vite. Pour mon cottage et mon cheval surtout.

Rory digéra cette information. Depuis qu'il la connaissait, il se méfiait de cette femme. Mais, à présent, il percevait autre chose chez elle. Lachlan l'avait-il lui aussi perçue ?

— Vous ne devriez peut-être pas partir. J'ai suggéré une rencontre à l'église de Branxton. Vous pouvez attendre et venir avec nous à ce moment-là.

— Non. Je dois retrouver ma fille. J'irai. Je sais me défendre.

Elle avait dit cela avec un air stoïque, comme si elle savait qu'elle se jetait dans la gueule du loup.

À cet instant, elle lui rappelait sa Felicia : la même obstination, la même volonté farouche de protéger ceux qu'elle aimait et la même force.

Sa méfiance se dissipa. Maraudeuse ou non, cette femme possédait une dignité rare.

— Archibald et un Armstrong partiront avec vous, décréta-t-il. Ils veilleront sur vous.

De nouveau, elle hocha la tête sans répondre, mais il vit quelque chose dans son regard qui l'inquiéta.

Il sortit plusieurs pièces d'or.

— Pour vous être occupée de Lachlan.

Elle recula.

— Non, dit-elle avant de pivoter pour rejoindre son cheval.

Il la suivit, avec l'impression d'être le pire des scélérats. Il venait de toute évidence d'insulter quelqu'un qui avait aidé - sauvé, sans doute - son frère.

L'Anglais les regarda approcher avec appréhension.

— Ton nom ? demanda sèchement Rory.

— Cedric Charlton.

— Il y a un message et mille livres en or dans cette bourse, dit-il en la tendant à Archibald. Le capitaine de ma garde vous accompagne, ainsi qu'un Armstrong.

Cedric se rembrunit.

— Le Charlton ne veut pas d'Écossais sur ses terres. Il a dit que je devais rentrer seul.

— Étant donné la somme concernée, je suis sûr qu'il acceptera ce petit changement.

Rory marqua une courte pause, puis ajouta :

— Maîtresse Kimbra rentrera avec vous. Elle m'a dit qu'elle avait une fille qui l'attendait.

Une étrange lueur s'alluma dans le regard de l'Anglais.

Les doutes de Rory s'accrurent encore.

— S'il lui arrive quoi que ce soit, je pourchasserai le responsable jusqu'au bout de la terre, déclara-t-il froidement.

Cedric l'ignora, rejoignit sa monture et monta en selle.

Rory suivit la petite troupe du regard tandis qu'elle quittait la tour, puis il répéta à Jamie les paroles de Kimbra.

— Tu ne crois pas que nous devrions partir avec eux ? s'enquit Jamie.

— Pas toi, tu as déjà été fait prisonnier.

Il alla trouver l'Armstrong.

— Ce Cedric Charlton a-t-il déjà trahi son clan ?

— Non, dit l'Armstrong, mais Rory vit dans son regard qu'il mentait.

— Je vais les suivre, annonça-t-il. Au moins jusqu'aux terres des Charlton. Jamie, enchaîna-t-il, tu attends ici avec le reste de la rançon. Si je ne reviens pas, tu la paieras toi-même.

— Je veux venir…

— J'ai besoin de toi ici, le coupa Rory. Et je n'ai pas le temps de discuter.

Furieux comme jamais, le Charlton pénétra dans la chambre de Lachlan.

— Nous avons retrouvé les deux hommes que j'avais envoyés chez l'Armstrong. Morts. Le message que je leur avais donné a disparu.

Le cœur de Lachlan rata un battement.

— Où étaient-ils ?

— Pas loin de la frontière. Nous ne les aurions pas retrouvés si nous n'avions pas été à la recherche de Kimbra.

— Un signe d'elle ?

— Non, avoua le Charlton à contrecœur. Si dur que ce soit à admettre, tu avais raison à propos de Cedric, je le crains. On les a vus partir, son frère et lui, juste après les messagers. On ignore où ils sont.

— Auraient-ils eu le temps d'enlever Kimbra ?

— Je ne sais pas. Ils ont peut-être été aidés par les Armstrong.

— Acceptez-vous de me libérer à présent ? demanda Lachlan. Les Armstrong n'oseraient pas s'en prendre à un Maclean.

— Les miens ne seront pas ravis de te voir partir.

— Ils le seront de me voir revenir avec Kimbra et la rançon. Et le traître.

— Oui, cela devrait les satisfaire. Comment puis-je être sûr que tu ne te contenteras pas de retourner en Écosse ? Ou que ton frère paiera la rançon si tu n'es plus là ?

— Vous avez ma parole.

Puis il songea à l'écusson. Il ne valait certes pas dix mille livres, mais sa valeur était loin d'être négligeable.

Il alla le chercher près du lit où il l'avait placé, tel un rappel constant de sa stupidité.

— C'est le blason de notre famille. Il vaut sans doute au moins mille livres.

Le Charlton l'examina avec attention.

— Un bien bel ouvrage. « La vertu est mon honneur », lut-il avant de dévisager Lachlan d'un air soupçonneux. Tu l'avais avec toi depuis tout ce temps ?

— Oui, mentit-il.

— Un noble écossais qui risque sa vie pour la veuve d'un maraudeur anglais ? dit le Charlton, dubitatif.

— Elle n'est pas que la veuve d'un maraudeur pour moi, rétorqua Lachlan. Mais même si elle n'était que cela, je dépenserais jusqu'à mon dernier penny pour celle qui m'a sauvé.

— Alors, tu es un drôle d'Écossais. Et un drôle d'homme. J'accepte ta parole. Tu peux choisir le cheval qui te convient. Combien d'hommes veux-tu avec toi ?

— Aucun. Je ne veux pas déclencher une nouvelle guerre entre les Charlton et les Armstrong.

— Viens choisir tes armes, dit Thomas Charlton. Et il te faudra un guide.

26

Kimbra chevauchait aussi loin de Cedric que possible.

Elle ne comprenait toujours pas comment il avait obtenu la missive. Le Charlton n'était quand même pas devenu fou.

Elle n'avait pas apprécié non plus qu'un Armstrong les accompagne. Cela faisait longtemps qu'elle avait appris à se méfier des membres de ce clan et à les détester. La mort de Will et la récente embuscade dans laquelle étaient tombés les Charlton n'avaient fait que confirmer son opinion.

Au moins, le Maclean lui paraissait compétent. Bien qu'assez âgé, cet Archibald était alerte. Et il portait sur lui un véritable arsenal.

Elle s'efforça de chasser ses appréhensions. Elle *devait* retourner auprès d'Audra.

Et puis, son Écossais était là-bas. Même si leurs retrouvailles s'annonçaient amères. Il partirait dès leur arrivée et elle ne le reverrait probablement jamais.

Ils traversèrent la frontière quelques heures plus tard. Le voyage de la veille l'avait épuisée et il leur restait encore une bonne demi-journée de trajet avant d'atteindre la tour des Charlton.

À bout de forces, elle commençait à somnoler sur sa selle quand soudain un cri retentit. Elle rouvrit brusquement les yeux.

Devant eux, elle vit le Maclean à terre, une flèche plantée dans le dos. L'Armstrong tenta de prendre la fuite, mais une autre flèche siffla et lui transperça la nuque. Son cheval se cabra, le désarçonnant, mais continua de galoper.

Elle voulut l'imiter, mais Cedric lui arracha les rênes des mains.

Garrick surgit de derrière un rocher qui les surplombait. Sautant sur une monture, il se lança à la poursuite du grand destrier d'Archibald Maclean pendant que Cedric immobilisait Magnus. Du coin de l'œil, elle crut voir bouger le Maclean. Elle ne dit rien. Mieux valait que Cedric le croit mort. Et si elle parvenait à le distraire pour éviter qu'il ne s'intéresse à lui de trop près...

Sans hésiter, elle lança la jambe par-dessus l'encolure de Magnus et glissa à terre.

Elle s'élança à l'assaut de la colline. La pente était si escarpée qu'elle dut se servir de ses mains pour trouver des prises. Elle jeta un coup d'œil par-dessus son épaule. Cedric s'était lancé à sa poursuite, tenant toujours Magnus par la bride. Elle ramassa une pierre qu'elle jeta sur le cheval.

Touché, celui-ci rua et se libéra, avant de filer au galop en direction de la frontière et, au-delà, du cottage. Kimbra entendit Cedric jurer. Il se trouvait face à un dilemme : la suivre ou partir aux trousses d'un cheval qu'il convoitait depuis toujours.

Profitant de son hésitation, elle se remit à grimper. Une bordée de jurons retentit – il avait renoncé à Magnus. Désespérée, elle chercha une autre pierre autour d'elle. Elle en ramassa une petite, se retourna et la lança de toutes ses forces.

Il la reçut en plein visage ; le sang jaillit. Il jura de nouveau, mais ne s'arrêta pas.

Elle reprit son ascension. Soudain, une main se referma sur sa cheville et la tira. Se retournant pour donner un coup de pied à Cedric, elle ne vit que son poing. Et tout devint noir.

Cedric la maudit avec férocité.

Il se palpa le visage avant de contempler ses doigts couverts de sang.

Ils devaient filer d'ici, et vite. Le cheval de l'Armstrong était en train de galoper vers son écurie. Le Maclean et l'Armstrong n'allaient pas tarder à comprendre que quelque chose avait mal tourné.

Son frère revenait déjà avec le destrier du Maclean et la sacoche contenant les pièces d'or.

Il tâta le pouls au cou de la femme. Assommée, rien de plus. Il la souleva et la porta jusqu'à sa propre monture qui l'attendait. Il la jeta sans ménagement en travers de la selle.

Sans cette garce, il aurait Magnus *et* l'or. Il devrait la tuer sur-le-champ.

Il se contenta de l'attacher.

— Son cheval a filé, dit-il à Garrick. On va suivre la frontière vers l'ouest. En cas de besoin, on pourra la traverser et nous faire passer pour des Armstrong. Pars en éclaireur. Je prends le destrier.

La frontière n'avait aucun secret pour son frère. Il connaissait mieux que personne chaque grotte, chaque arbre, chaque rocher.

Cedric se demanda encore une fois s'il ne ferait pas mieux de tuer Kimbra. Sauf qu'il la désirait plus que jamais.

Il grimpa en selle, tenant les rênes de la monture sur laquelle était attachée Kimbra. Il se félicita d'avoir choisi cet endroit pour se débarrasser de son escorte. Les montagnes qui les entouraient étaient pour ainsi dire d'immenses rochers sur lesquels les traces des chevaux étaient difficiles à suivre.

Il se retourna. Elle n'avait pas repris conscience.

Tant mieux. À son réveil, elle découvrirait qui était son maître.

Un certain John de Davie guidait Lachlan à travers le labyrinthe des pistes de la frontière.

Ils menaient un train rapide et Lachlan commençait à apprécier ces robustes petits chevaux au pied si sûr qui savaient éviter les pièges d'un terrain qui n'en manquait pas.

John de Davie s'était porté volontaire pour l'accompagner.

— La frontière se trouve juste de l'autre côté de cette passe, annonça-t-il.

Lachlan ralentit l'allure. Le lieu était idéal pour un guet-apens. Il s'y engagea avec méfiance. Comme pour confirmer ses soupçons, il aperçut deux corps gisant à terre. L'un lui était familier. Sautant à bas de sa monture, il se rua vers lui.

Archibald !

Il avait reçu une flèche dans le dos. Le cœur de Lachlan s'arrêta. Comme Hector, Archibald avait été un père pour lui.

— Archibald ?

Seigneur, je t'en supplie, fais qu'il soit encore en vie.

Un faible gémissement. Archibald ouvrit les yeux.

— Lachlan, dit-il et l'ombre d'un sourire apparut sur ses lèvres, on craignait que tu ne sois mort.

— Non, je suis bien vivant. Que s'est-il passé ?

— Un Charlton a apporté une demande de rançon. Rory a donné... mille livres en or en gage... de bonne foi. Kimbra Charlton... Nous l'avons trouvée... Elle a été renvoyée avec la rançon. Un Armstrong et moi devions la protéger.

— Un Charlton ? répéta Lachlan. Tu connais son nom ?

— Cedric.

La haine déferla en lui. Une haine totale, viscérale.

— La femme ? Kimbra ?

— Il l'a emmenée. Elle a essayé de fuir... pour le distraire, je pense, et éviter qu'il ne vienne vers moi.

La haine céda la place à une peur immonde. Cedric avait tué les deux messagers du Charlton, deux membres de son propre clan. Il n'hésiterait pas à tuer une femme ni à abuser d'elle.

Mais il ne pouvait abandonner Archibald ainsi.

— Va, mon garçon, dit ce dernier. Retrouve-la.

— Je ne peux pas te laisser, dit Lachlan, le cœur brisé.

Il jeta un coup d'œil au ciel. Le crépuscule approchait. Bientôt, il ferait nuit et il serait impossible de distinguer la moindre trace.

Il se tourna vers John de Davie qui était penché sur l'autre corps.

John secoua la tête avant de le rejoindre.

— Il est mort. Un Armstrong, je dirais, d'après sa tenue.

— Ils ont emmené Kimbra.

— Je vais chercher de l'aide, annonça John de Davie. Quelqu'un qui sait suivre une piste.

Il grimpa en selle et partit au galop.

Lachlan resta auprès de son mentor. Il prononça une prière silencieuse tout en examinant sa blessure. Par chance, la flèche avait raté le poumon, sinon Archibald serait déjà mort. Mais le moindre mouvement pouvait lui être fatal.

Gémissant, Archibald essaya de se redresser.

— Non, ne bouge pas. Et dis-moi tout ce que tu sais.

— Nous étions… quatre. Ce Cedric, l'Armstrong, la dame et moi. Soudain, j'ai eu l'impression d'être frappé par la foudre. Quelqu'un a dévalé la colline pour poursuivre mon cheval. C'est tout ce que j'ai vu, mon garçon. Je savais que si je bougeais, ils m'achèveraient. Alors, j'ai fait le mort… en espérant qu'ils diraient quelque chose…

— Et ?

— Ils ont parlé de longer la frontière. Vers l'ouest.

— Combien sont-ils ?

— Juste les deux que j'ai entendus, je crois. Mon garçon, j'avais mille livres pour ta rançon. Comment as-tu… ?

— Ils ont trouvé les corps de deux des leurs près de la frontière et Kimbra Charlton avait disparu. J'ai donné ma parole de revenir avec elle. Et le traître.

Le choix qui lui était imposé était un déchirement. Mais Archibald mourrait s'il ne s'occupait pas de lui.

— Maintenant, ne dis plus rien, ajouta-t-il doucement. Je vais retirer cette flèche.

— File à leur poursuite. Ton frère n'est pas loin derrière moi.

— Quand j'en aurai fini avec toi.

Il ramassa un morceau de bois et le plaça devant la bouche du vieux soldat, qui mordit dedans. Inutile de le prévenir qu'il allait souffrir. Le bout de flèche qui émergeait de sa poitrine était assez long pour que Lachlan puisse saisir la hampe. Sans hésiter, il brisa la pointe. Puis il passa dans le dos d'Archibald, serra les dents et tira.

La flèche sortit, accompagnée d'un flot de sang.

Lachlan déchira un pan de la chemise d'Archibald et en fit un bandage. Archibald accepta ce traitement sans broncher, mais il était livide.

C'est alors qu'un cri retentit. Lachlan se retourna et vit Rory qui courait vers eux en tenant la bride d'un cheval qui boitait méchamment.

Les deux frères s'étreignirent avec force, puis Rory regarda Archibald. Le vieux soldat avait fermé les yeux.

— Il est vivant, murmura Lachlan. Cedric Charlton les a piégés. Il a pris l'argent et Kimbra. Je pars à leur poursuite.

Rory serra les dents.

— Bon sang, elle m'avait prévenu. J'aurais dû l'écouter. Je les suivais, mais mon cheval a un problème de sabot.

— Reste avec Archibald, dit Lachlan. Je pars la chercher.

— Non, dit Rory. C'était mon erreur.

— Et elle sera *ma* femme.

Rory le fixa avec stupeur.

— Oui, confirma Lachlan. Donne-moi ton arc et tes flèches. Quelqu'un est allé chercher de l'aide. Archibald les a entendus dire qu'ils allaient longer la frontière vers l'ouest.

Sur ce, il enfourcha sa monture et s'éloigna au galop.

Une violente douleur au visage réveilla Kimbra. Elle était attachée en travers d'une selle et ballottée comme un sac de grains.

Combien de temps était-elle restée inconsciente ? Où allaient-ils ? Qu'était-il arrivé à l'Armstrong ? À Archibald Maclean ? C'est alors qu'elle se souvint de la flèche plantée dans son dos.

Elle essaya de lever la tête pour regarder autour d'elle et la douleur la poignarda. Cedric ne l'avait pas ménagée.

Audra ! Sa fille devait à présent savoir qu'elle n'était pas rentrée. Qui veillait sur elle ? Et si jamais elle ne revenait pas, qui serait une mère pour elle ?

Ce tourment était pire que toutes les souffrances physiques.

Il fallait qu'elle reste en vie pour sa fille. Quoi que lui fasse Cedric, elle *devait* rester en vie.

Ils finirent par s'arrêter. Le ciel s'assombrissait, et les ombres s'allongeaient. On trancha les cordes qui la liaient au cheval, mais pas celles qui lui cisaillaient les poignets.

On la tira brutalement et elle tomba sur le sol. Elle en eut le souffle coupé. Un ricanement lui fit lever les yeux.

— On n'a plus ses grands airs, dit Cedric.

Elle eut envie de lui cracher au visage. Elle se retint. Désormais, l'essentiel était de rester en vie pour Audra.

— Tu ne réponds pas ? Tu as perdu ta langue ?

La tirant par les cheveux, il la remit debout sans ménagement avant de la traîner jusqu'à un arbre où il l'attacha.

— Je te conseille de continuer à la boucler, dit-il, même si ça m'étonnerait que quiconque vienne te chercher. Ils ne vont rien y comprendre. La rançon disparue. Et toi avec. Le Charlton se dira peut-être que tu l'as volée. Et il se retrouvera avec ton Écossais sur les bras. Il sera bien forcé de le livrer à l'Anglais. En attendant, on va apprendre à se connaître, toi et moi.

— Le Charlton ne croira jamais ça.

— Pourquoi pas ?

— Il me connaît. Et il te connaît. Il te retrouvera et tu seras pendu.

— Tu parles avec une telle méchanceté, Kimbra. Tu n'es pourtant pas en position de dire quoi que ce soit.

Il lui effleura la joue du dos de la main... avant de la gifler brutalement.

— Tu as encore beaucoup à apprendre, mais tu peux compter sur moi.

Il la quitta pour aller retrouver son frère qui les observait. Il lui dit quelque chose et Garrick remonta en selle et s'éloigna.

— Nous ne voudrions pas être dérangés, dit Cedric. Encore qu'il leur faudra un bout de temps avant de retrouver les cadavres.

Rien que pour effacer cet air suffisant de son visage, elle eut envie de lui dire que l'Écossais avait survécu, que le frère de Lachlan les suivait de près et l'avait sans doute déjà retrouvé.

Oh, comme elle avait envie de le lui dire !

Pourtant, elle n'en fit rien.

Cedric parut déçu qu'elle garde le silence. Il l'abandonna le temps d'enlever la selle de sa monture. Et revint vers elle.

Vers l'ouest, le long de la frontière

Les deux frères avaient visiblement cru qu'Archibald était mort, mais en dépit de son âge, le bonhomme était solide.

Après avoir galopé un bon moment dans la direction indiquée par son ami, Lachlan tira sur les rênes et mit pied à terre. Le sentier était facile à suivre, mais resteraient-ils dessus ?

Tirant son cheval derrière lui, il chercha des traces fraîches. Le sol était rocailleux, mais certains cailloux semblaient avoir été récemment déplacés. Difficile d'en être certain, des animaux sauvages auraient pu aussi passer par là. Soudain, il trouva la preuve qu'il espérait : du crottin encore frais.

Il pressa le pas. Bientôt, il ferait nuit et il n'avait pas de torche. Cependant, le ciel était clair et un lumineux croissant de lune s'y découpait déjà. Avec un peu de chance, il y verrait assez pour continuer.

La nuit tomba. Le chemin – une longue traînée pâle devant lui – était encore visible, mais pas le sol sous ses pieds. S'ils avaient changé de direction, il n'avait aucun moyen de le savoir. Le désespoir menaçait, quand son odorat l'avertit. Il plissa les yeux et parvint à le distinguer. Du crottin. Encore. Chaud, cette fois.

Il les rattrapait. Kimbra les ralentissait-elle ? S'il la connaissait aussi bien qu'il le pensait, elle ne serait pas une prisonnière docile. Soudain, une autre possibilité le glaça : Cedric avait peut-être décidé de profiter d'elle.

Il s'apprêtait à se ruer en avant quand il entendit un cheval renâcler. Il couvrit le museau de sa propre monture.

— Chut, murmura-t-il, sans savoir si la bête obéirait.

L'animal frappa le sol du sabot, puis le silence retomba. Lachlan noua les rênes à une branche pour continuer à pied, l'oreille tendue, l'arc à la main.

Lachlan s'enfonça parmi les arbres qui bordaient le sentier, entamant un mouvement circulaire. Finalement, il entendit de nouveau l'autre cheval et se dirigea vers lui.

C'est alors qu'il vit la silhouette se détacher au clair de lune. Garrick, le frère de Cedric. Assis sur un rocher, il guettait le sentier en contrebas. Lui aussi avait un arc.

Lachlan banda le sien et visa.

Tire !

Ses doigts refusèrent de lâcher la corde. Soudain, comme s'il sentait quelque chose, Garrick se tourna vers lui, déjà prêt à décocher sa flèche.

Ils ont failli tuer Archibald. Ils ont enlevé Kimbra.

Les doigts de Lachlan s'ouvrirent enfin. Il entendit le choc sourd de la flèche atteignant sa cible. La silhouette s'effondra, avant de rouler le long du rocher. Le sentier arrêta brutalement sa chute. Lachlan rejoignit le corps. Méfiant, il le retourna du bout du pied. La flèche l'avait atteint en plein cœur.

Cedric ne devait pas être bien loin. Comme pour le confirmer, Lachlan sentit une odeur de fumée.

C'est alors qu'un cri retentit. Un cri de femme. Ce fut comme si lui aussi avait reçu une flèche en plein cœur.

Allongée sur le sol, Kimbra se débattait contre les cordes qui lui liaient les poignets et les chevilles.

Cedric était en train d'allumer un petit feu. Quand il revint vers elle, elle réussit à le frapper avec ses jambes attachées.

Elle savait qu'il n'était pas très sage de déchaîner sa fureur, mais sa réaction avait été instinctive. Elle ne renoncerait pas facilement.

Elle avait visé sa virilité, mais il s'écarta assez vite pour qu'elle ne touche que le tibia. Déséquilibré, il s'affala par terre. Il se releva en poussant un juron et la gifla si violemment que sa tête heurta le sol.

Se plaçant au-dessus d'elle, il lui arracha sa robe.

Elle hurla et tenta de lui donner un autre coup de pied.

Il se servit des morceaux du tissu déchiré pour nouer la corde qui lui attachait les chevilles à un arbre et celle qui liait ses poignets à un autre, si bien qu'elle se retrouva étalée de tout son long.

Presque nue à présent, elle sentit son regard immonde la fouiller. Le cœur battant à tout rompre, elle en frémit d'humiliation. Et de rage. Impuissante, elle ne put que le regarder sortir sa dague avec laquelle il entreprit de découper ses dessous. Elle se tordit sur elle-même, mais les liens lui cisaillèrent encore plus cruellement les chairs.

— Au moins, je vais adorer ça, ma petite, se moqua-t-il. Et tu vas enfin voir de quoi un vrai homme est capable.

Il se coucha sur elle et elle sentit son haleine fétide. Une violente envie de vomir la saisit.

Un cri résonna dans la nuit, elle sentit un choc et le corps qui la recouvrait bascula sur le côté.

Lachlan !

Seigneur Dieu, il était loin d'être guéri, et Cedric était fort comme un bœuf.

Il avait profité de l'élément de surprise, mais alors qu'il levait sa dague, Cedric esquiva et roula sur lui. Le poignard échappa à Lachlan.

Les deux hommes se bourraient de coups de poing. Kimbra ne comprenait pas comment, dans son état, Lachlan était encore capable de se battre avec un tel acharnement. Tout à coup, elle vit la dague que Cedric avait jetée de côté avant de l'agresser.

Elle tira sur ses liens. Le tissu qui retenait ses poignets à l'arbre commença à céder. Elle tira de toutes ses forces, malgré la morsure de la corde. Et soudain, elle put bouger.

Elle avait toujours les mains liées, mais elle pouvait se déplacer. Elle rampa jusqu'à la dague et, la tenant à deux mains, s'en servit pour trancher les liens de ses chevilles.

Cedric était sur Lachlan et le martelait de coups de poing.

Elle poussa un hurlement pour le distraire. Dès qu'il tourna la tête vers elle, Lachlan le renversa habilement à l'aide de ses jambes. Elle poussa la dague vers lui. Il s'en saisit et la plongea dans le corps de son adversaire.

Cedric Charlton poussa un petit bruit incongru, essaya de bouger, puis se figea.

— Son frère, chuchota-t-elle. Il est là, quelque part.

— Il est mort, dit Lachlan, haletant.

Il s'accroupit près d'elle, trancha ses derniers liens et examina les profondes coupures sur ses poignets.

— Qu'ils pourrissent en enfer, ces deux-là.

Il enleva son pourpoint, puis sa chemise et l'en enveloppa.

Elle vit alors que lui aussi saignait, mais n'aurait su dire si c'était une nouvelle blessure ou une ancienne qui s'était rouverte. Il avait affronté les loups pour les défendre, Audra et elle, et venait de se battre contre un homme bien plus fort que lui physiquement. Sans la moindre hésitation. Ni la moindre réserve.

Un noble vraiment noble.

— Tu n'arrêtes pas d'être blessé, dit-elle.

— Je n'ai jamais été un bon guerrier.

— Tu es le meilleur d'entre tous, dit-elle avec douceur. Un guerrier qui déteste tuer, mais fait ce qui est nécessaire. Tu ne t'es pas battu contre les Armstrong, mais tu as sauvé le Charlton en prenant le coup qui lui était destiné. Cela demande plus que du courage.

Il resta silencieux un moment avant de dire :

— J'ai laissé mourir mon père... On nous avait attaqués et j'ai été incapable de lever mon épée contre un autre homme. Mon père a été gravement blessé et il est mort une semaine plus tard. La plupart des membres du clan m'ont tenu pour responsable.

Sa voix vibrait d'une souffrance presque palpable. Elle se souvint de ses cauchemars. Elle en comprenait la raison à présent.

— C'est pour cela que tu étais à Flodden Field ?

— Oui. J'avais tué un laird des Maclean. J'espérais en sauver un autre. Mais j'ignore toujours si j'ai combattu ou non.

— Ton ami Jamie t'a vu te battre comme un lion aux côtés du roi. Tu ne l'as jamais abandonné.

— Tu as vu Jamie ?

— Oui, il m'a enlevée.

— Quoi ? Je croyais que Cedric…

— Non, c'étaient tes amis. Ils étaient à ta recherche et craignaient que je ne révèle leur présence.

Lachlan fronça les sourcils.

— Rory s'est bien gardé de me le dire. Les Maclean ont la sale habitude d'enlever des femmes.

Elle glissa sa main dans la sienne.

— Comment cela ?

— Archibald a enlevé celle qui allait devenir la femme de Rory. Il voulait une épouse pour mon frère et il estimait que cette dame serait parfaite pour lui. Malheureusement, ou plutôt heureusement pour nous, il s'est trompé de dame. Felicia te plaira, tu verras.

Elle se figea. Il semblait penser qu'elle partirait avec lui. Mais rien n'avait vraiment changé, hormis la menace que représentait Cedric. Elle était toujours elle-même et il était toujours lui-même.

— Chut ! murmura-t-il, soudain aux aguets.

Elle tendit l'oreille, puis entendit un petit sifflement, celui d'un oiseau du matin. Sauf que ce n'était pas le matin.

Portant un doigt à ses lèvres, Lachlan émit un son similaire.

Peu après, deux cavaliers apparurent dans la clairière. Elle reconnut Rory et Jamie. Après qu'ils furent descendus de selle, Jamie alla vers Cedric et Rory rejoignit son frère. Il lui tendit la main pour l'aider à se redresser et les deux hommes s'étreignirent.

— Tu as neuf vies, mon frère. Remercie le ciel. Nous avons vu l'autre homme sur la piste. Je ne te savais pas si doué avec un arc.

— Archibald ?

— Il vivra s'il n'y a pas de poison dans son sang. L'un des chevaux est rentré tout droit chez les Armstrong. Aussitôt, Jamie et plusieurs d'entre eux sont partis à notre recherche.

Il baissa les yeux sur Kimbra, toujours assise par terre. Son regard s'attarda sur les vêtements tachés de sang et ses poignets écorchés.

— Mes excuses, maîtresse. J'aurais dû vous écouter.

— Oui, dit Lachlan. Elle m'a sauvé la vie, pas une mais deux fois. Et même trois maintenant. Je ne sais pas comment elle s'est débrouillée, mais elle a réussi à se libérer de ses liens et à me passer une dague au moment où Cedric allait m'achever. Regarde ses poignets...

Jamie les rejoignit.

— Il est mort. La dague l'a touché en plein cœur. Comme la flèche avec l'autre canaille.

Il contempla Lachlan avec admiration.

— Pour quelqu'un qui n'aime pas se battre, tu te débrouilles sacrément bien.

Le compliment ne faisait pas sourire Lachlan, nota Kimbra. Au contraire, il pinça les lèvres. Il était vraiment un guerrier malgré lui.

Rory incita son frère à s'asseoir pendant que Jamie et lui ajoutaient du bois dans le feu. Quand les flammes reprirent de la vigueur, il s'assit près d'eux et entreprit de soigner leurs blessures avec une telle douceur que Kimbra changea d'avis sur lui.

— Hector ? s'enquit Lachlan.

— Aucune nouvelle. Nulle part.

Elle vit la douleur sur le visage de Lachlan.

— Qui est Hector ?

— Il était à Flodden Field, répondit-il. Il était comme un père pour moi.

Un silence suivit. Le chagrin de Lachlan et de Rory était palpable. Elle avait mal pour eux, pour tous ceux qui étaient morts ce jour-là et pour tous leurs proches qui leur survivaient.

Toute la nuit, Lachlan garda Kimbra dans ses bras. Il se moquait de ce que pensaient les autres. Il avait bien failli la perdre.

Rory et Jamie avaient emporté le corps de Cedric quelque part. Il ne voulait pas savoir où. À leur retour, un seul regard avait suffi. Ils s'étaient éloignés et étaient restés hors de vue.

Ils étaient allongés côte à côte, savourant le fait d'être encore en vie. Et ensemble.

Une seule chose comptait désormais. Il *devait* la convaincre de venir avec lui. Il savait ce qu'elle ignorait : que Rory et les autres l'accepteraient avec joie. Elle lui avait sauvé la vie et cela faisait d'elle l'une des leurs. Mais comment la persuader ?

Il n'avait jamais rencontré de femme aussi têtue. Felicia exceptée. Il sourit à la pensée de ces deux femmes réunies. Aucun homme ne serait plus en sécurité.

Il resserra son étreinte. Si seulement elle avait assez foi en lui pour accepter d'être sa femme.

L'aube commença à ramper entre les arbres, puis dans le ciel. Un soleil timide apparut enfin. Il avait dû somnoler, car lorsqu'il ouvrit les yeux il s'aperçut que Kimbra le contemplait avec une telle tendresse qu'il crut que son cœur allait exploser. Il l'embrassa sur la joue et elle se blottit davantage contre lui.

Rory s'occupait du feu. Jamie avait disparu.

Son frère se tourna vers lui, affichant un visage sombre qui était trop souvent le sien depuis la mort de sa deuxième épouse. Felicia, la troisième, et les petits lui redonnaient le sourire, mais Rory continuait à considérer le monde et l'existence avec prudence.

— Jamie est parti chasser, dit-il. J'ai trouvé de l'eau. Dès que nous aurons mangé un morceau, nous retournerons chez les Armstrong.

— Non, dit Lachlan. Kimbra voudra voir Audra.

— Nous pourrons la renvoyer.

— Comme tu l'as fait la dernière fois ? Quoi qu'il en soit, j'ai donné ma parole au Charlton. Je n'ai pas l'intention de la reprendre.

Rory soupira, puis hocha la tête.

— L'essentiel de la rançon se trouve toujours chez les Armstrong, mais j'ai récupéré l'or qu'avait volé ce Cedric. Nous l'emporterons avec nous.

— Nous ?

— Pas question de te perdre de vue avant notre retour à Inverleith.

— Mais...

— Tu sembles croire que ce Charlton a le sens de l'honneur. Nous allons devoir compter dessus, dit Rory.

Jamie ne tarda pas à revenir avec deux lapins qu'il prépara et fit cuire. Ils mangèrent rapidement, puis Rory et Jamie sellèrent les chevaux.

Ils empruntèrent la piste en direction de l'est. À mi-chemin, ils tombèrent sur une troupe de cavaliers menée par Thomas Charlton en personne. Ils furent aussitôt encerclés.

Le Charlton s'approcha, son regard passant d'un homme à l'autre.

Puis il s'adressa à Kimbra :

— Dieu merci, tu es vivante. Cedric ?

— Mort. Et son frère aussi.

— De la main de qui ?

— De la mienne, répondit Lachlan. Il avait tué un Armstrong et blessé un homme de mon clan. Il avait aussi volé l'argent de la rançon et enlevé Kimbra.

— Bien, dit le Charlton. Voilà qui m'épargne la peine de le trucider moi-même. La rançon ?

Rory intervint :

— Je suis Rory Maclean. J'ai là mille livres en or. Le reste se trouve chez les Armstrong et te sera remis quand j'estimerai que mon frère est à l'abri.

— Tu mets mon honneur en doute ?

— Je ne te connais pas, dit Rory.

Le Charlton sourit.

— Tu peux récupérer ton frère dès maintenant. Je *lui* fais confiance.

— Je ne partirai pas, déclara Lachlan. Pas sans Kimbra. Je veux votre permission de l'épouser.

Kimbra avait écouté cette conversation avec inquiétude.

— Tu ne devrais pas d'abord demander à ton frère ?

— Peu importe ce que mon frère a à dire. C'est moi qui t'épouse, pas lui.

Elle jeta un coup d'œil à Rory, s'attendant à une objection.

Au lieu de cela, Rory prit les rênes du cheval de Kimbra et l'entraîna à l'écart. Lachlan les suivit. Elle sentait que les Charlton les observaient avec curiosité.

— Pourquoi voulez-vous briser le cœur de mon frère ? lui demanda Rory dès qu'ils furent hors de portée de voix.

Les mains de Kimbra se mirent à trembler.

— Comment pourriez-vous... Votre famille... voudrait bien de moi ? J'ai volé l'écusson. Je... J'ai dépouillé les morts... après la bataille. Je suis anglaise. Une maraudeuse. J'ai même pris part à des raids.

À sa grande surprise, Rory éclata de rire.

— Sainte Mère de Dieu, j'ai l'impression d'entendre ma femme, Felicia. Elle aussi aimait s'habiller en garçon et se fourrer dans toutes sortes de situations impossibles. Mais elle a du cœur, ajouta-t-il d'une voix plus douce. Et j'ai l'impression que vous aussi. Comment pourrions-nous rejeter celle qui a sauvé mon frère ?

— Fiche le camp, intervint Lachlan. Je n'ai besoin de personne pour parler à ma place.

Rory sourit et retourna auprès du Charlton.

— Je t'aime et j'aime Audra, commença Lachlan. Je dispose d'un navire. Si tu n'es pas heureuse en Écosse, nous pouvons aller n'importe où. Et même revenir ici si tu le souhaites. Je n'ai jamais su ce qu'être heureux signifiait avant de te connaître. Cette sensation d'être enfin à ma place.

Il se tut quelques secondes avant d'ajouter :

— Il y a quelque chose que tu dois savoir. Ma famille a été la cible d'une malédiction il y a plus d'un siècle. L'un de mes ancêtres, un autre Lachlan, a enchaîné sa femme – une Campbell – à un rocher devant la mer dans l'espoir que la marée la tue. Ça n'est pas arrivé. Un pêcheur l'a trouvée et secourue. Mais elle est morte peu après, soit d'une maladie des poumons, soit parce qu'elle avait le cœur brisé. Une Campbell a alors jeté ce sort sur nous : « Aucune épouse d'un Maclean ne vivra longtemps. Tous les Maclean connaîtront cette souffrance. »

Il s'interrompit de nouveau.

— Et depuis, dans notre clan, aucune épouse n'a vécu très longtemps et tous les Maclean ont connu cette souffrance. Puis Rory, qui avait déjà perdu deux épouses, est tombé amoureux d'une Campbell et ils se sont mariés.

— Felicia ? devina-t-elle.

— Oui. J'ignore si cela a brisé le sortilège. Je ne saurais le dire. C'est l'une des raisons pour lesquelles je voulais être prêtre. Mais je crois que Rory et Felicia, par leur mariage, ont mis un terme à la malédiction. Je ne peux en être sûr, pas plus que je ne peux être sûr que je n'hésiterai pas quand on aura de nouveau besoin de mon épée.

C'était une histoire déchirante. Kimbra comprit le courage qu'il avait fallu à la Felicia de Rory pour se marier. Pas seulement à cause du sortilège, mais aussi en raison de cette haine centenaire. Ses propres doutes étaient peu de chose en comparaison.

Elle lui tendit la main.

— Tu as toujours été le plus brave de nous deux, que tu t'en rendes compte ou non. Il faudra maintenant que tu sois brave pour trois.

— Je t'aime, Kimbra. Et j'aime Audra.

Ces paroles la bouleversèrent.

Il se pencha et l'embrassa longuement et tendrement tandis que des acclamations retentissaient parmi les Charlton.

Ils les rejoignirent.

Le Charlton arborait un grand sourire.

— Le mariage aura lieu à la tour, même si je vais regretter les potions et les remèdes de Kimbra.

Il hésita avant d'ajouter :

— Je crois bien que je vais inviter ma fille et son barbare de mari écossais.

Kimbra lui sourit. Une joie comme elle n'en avait pas éprouvé depuis très longtemps la submergea. Elle adressa un regard interrogateur à Lachlan.

— Oui, mon amour, dit-il avant de déclarer au Charlton : Nous acceptons avec gratitude.

Elle parut d'abord surprise, puis ravie, par ces mots tendres.

Il comptait les utiliser souvent.

C'était vraiment étrange, la guerre lui avait apporté la paix. Des ennemis étaient devenus des amis. Et il n'aurait jamais osé rêver de l'avenir qui s'annonçait.

Il regarda Rory et crut apercevoir une larme, mais c'était ridicule. Pas Rory.

Pas quand son propre cœur et celui de Kimbra – il le voyait dans ses yeux – chantaient à l'unisson.

Il lui prit la main. Désormais, il serait chez lui partout où Kimbra et Audra iraient.

Il avait enfin trouvé sa place.

Épilogue

Audra vibrait d'excitation.

Kimbra s'agenouilla près d'elle.

— Tu es magnifique.

— Je sais, dit sa fille avec assurance. Je n'ai jamais eu une si belle robe.

— Ce n'est pas que la robe. Comme dit Lachlan, tu es une très jolie petite.

— C'est ce qu'il dit de toi aussi. « Mes deux jolies petites. »

— C'est vrai, confirma Jane.

Elle venait de finir de tresser la chevelure de Kimbra avant de la rassembler en chignon sur sa nuque. Elle avait été aux anges quand on lui avait demandé de se tenir aux côtés de Kimbra pour son mariage.

On frappa à la porte de la chambre de la tour de guet et Felicia Maclean entra.

Elle portait une robe bleue, la seule qu'elle avait avec elle, mais qui mettait en valeur le bleu de ses yeux. À la grande surprise de Kimbra, elles s'étaient plu d'emblée, chacune sentant chez l'autre une âme sœur.

Felicia n'avait pas montré la moindre réticence en apprenant le mariage de Lachlan. Elle avait serré chaleureusement Kimbra dans ses bras. Apparemment, elle était arrivée chez les Armstrong quelques heures à peine après l'enlèvement et n'avait pas tenu compte de leur avertissement de ne pas se rendre chez les Charlton.

Felicia avait écouté Lachlan lui raconter les péripéties de ces dernières semaines, après quoi elle avait déclaré à Kimbra qu'elle aurait toujours une place dans son cœur et dans sa maison pour avoir sauvé Lachlan. Puis elle l'avait étreinte avec une telle spontanéité que Kimbra l'avait crue sur parole.

Elle lui avait même confié ses craintes quand les deux femmes s'étaient retrouvées seules peu après. Qu'un jour Lachlan en vienne à la mépriser.

— Lachlan ne juge jamais personne, lui avait répondu Felicia. À part lui-même. C'est l'homme le plus doux, le plus attentionné que je connaisse, et s'il n'y avait pas Rory, j'essaierais de te le prendre. Non pas que ce serait possible, vu la façon dont il te regarde. Et il adore Audra. J'espère que vous aurez d'autres enfants. Les miens aimeraient avoir des cousins.

Felicia était comme un rocher dévalant une montagne. Rien ne pouvait se mettre en travers de son chemin ou alors elle roulait dessus.

Sa future belle-sœur, qui la contemplait d'un regard approbateur, recula d'un pas.

— Audra et toi êtes vraiment jolies, déclara-t-elle. Merci de rendre Lachlan heureux.

Elle les serra toutes les deux brièvement dans ses bras, puis annonça :

— C'est l'heure.

Le mariage avait lieu dans la chapelle. Kimbra portait une robe qui avait appartenu à la femme du Charlton. Jane et elle avaient travaillé une journée entière pour la retoucher. Elles avaient utilisé le tissu d'une autre robe pour confectionner celle d'Audra, car le temps manquait.

Personne ne voulant d'une invasion de soldats anglais, on avait estimé qu'un mariage rapide et relativement discret était le meilleur choix.

Et maintenant, le moment était venu. Kimbra eut soudain les jambes flageolantes. Elle craignait encore que Lachlan ne change d'avis. Qu'il réalise à quel point elle ne lui convenait pas. Ils avaient discuté de ce qu'ils feraient après la cérémonie et ils avaient décidé de se rendre d'abord à Inverleith, puis tous trois monteraient à bord de son navire pour se rendre à Paris.

Si Audra aimait la vie à bord, ils continueraient à naviguer. Sinon, ils décideraient ensemble où aller.

Elle avait toutefois du mal à croire qu'il ne veuille pas rentrer à Inverleith.

Elle descendit les marches de pierre. La porte de la chapelle était ouverte. Audra la franchit la première, courant pratiquement dans la travée, suivie de Jane et de Felicia.

Kimbra entra à son tour. Elle passa devant le premier rang où avaient pris place le Charlton, sa fille, son mari et leurs trois enfants. Tous rayonnaient. Le Charlton lui adressa un clin d'œil.

Quand Audra atteignit l'autel, elle rejoignit Lachlan et glissa sa petite main dans la sienne. Il se pencha pour lui dire quelque chose qui la fit glousser.

Puis vint le tour de Kimbra.

Lachlan l'attendait. Rory et Jamie l'encadraient, mais elle leur adressa à peine un regard. Elle ne voyait que l'homme qui allait devenir son mari. Ses cheveux auburn, ses yeux bleus, ce dos si droit et ce sourire qui la bouleversait.

Oui, il les aimerait toutes les deux. Ainsi que les enfants qu'ils auraient le bonheur d'avoir ensemble.

Arrivée devant l'autel, elle posa sa main dans la sienne et, sans condition, lui offrit son cœur et accepta le sien.

Puis, sans crainte, elle se tourna vers le prêtre.

AVENTURES & PASSIONS

3 mai

Eloisa James

Les débutantes – Le mariage, non jamais !

Inédit

Pour dissuader de potentiels prétendants et préserver son indépendance, Cleopatra Lewis a imaginé de se présenter aux différents bals dans des robes sans élégance. Pour cela, la jeune femme a commandé des tenues au « Costumes Quimby ». Elle y est abordée par un Américain, Jacob Astor, propriétaire de théâtres à Boston et fraîchement débarqué à Londres. Ce dernier convoite les mêmes costumes et demande à la jeune fille de lui céder son lot. Devant son refus, Jacob lui propose un étonnant marché. D'abord interloquée par l'audace de l'étranger, Cleopatra accepte, sans se douter que ce qu'elle prend pour une plaisanterie va devenir une affaire très, très sérieuse…

✦

Kate Bateman

Rivalités — Rendez-vous sous le cerisier

Inédit

Harriet Montgomery est cartographe. Elle réalise pour la marine royale des cartes erronées destinées à égarer les ennemis de la couronne. Depuis longtemps, Harriet est secrètement amoureuse de Morgan Davis, un homme dont elle est sans nouvelles depuis de longs mois. Quand elle apprend le retour du marin à Londres, son cœur s'emballe. Or, le capitaine Davis a découvert que c'est une carte établie par Harriet qui a fait échouer son bateau sur les côtes de la Martinique, où les Français l'ont capturé et emprisonné. Maintenant qu'il est de retour en Angleterre, Morgan a la ferme intention de faire payer à la jeune femme le prix de sa longue captivité.

Gaelen Folley

Les Knight – Au cœur de l'hiver

Inédit

Damien Knight, comte de Winterley, est un homme fier et distant, en proie aux tourments que lui infligent ses souvenirs de guerre. Malgré sa décision de vivre à l'écart du monde, il se voit nommé tuteur de Miranda, pupille d'un compagnon officier assassiné. Mais la frêle orpheline à laquelle il s'attendait se révèle être une forte tête, passionnée et éblouissante, qui l'oblige à quitter sa forteresse de solitude. Luttant pour préserver son honneur et sa santé mentale, Damien doit à présent faire face à une menace encore plus forte : son désir pour la jeune femme.

✦

Renee Ann Miller

Les fripouilles – Jolie Nina

Inédit

Nina, jeune et jolie héritière, voit en le duc de Fernbridge un futur époux idéal. Hélas, assailli qu'il est par les débutantes, il ne la remarquera jamais. Or, Nina doit faire oublier le scandale de ses fiançailles rompues l'année précédente. C'est alors qu'entre en scène Lord Eliott Havenford, séduisant baron dont l'héritage ne tient plus qu'à un fil. Il propose à la jeune femme de l'aider à conquérir le duc tout en espérant secrètement la séduire lui-même – et empocher au passage sa dot confortable. Malgré la culpabilité, c'est le seul moyen de sauver sa famille de la ruine. Mais lorsqu'il comprend qu'il a involontairement mis Nina en danger, Eliott n'a d'autre choix que de réagir.

Joanna Bourne

Services secrets – Le maître du jeu

Robert Grey exulte d'avoir enfin mis la main sur Annique Villiers, redoutable espionne française et comédienne hors pair capable de résister à la torture et d'assommer un homme. Autrement dit, il sait qu'il ne faut pas la sous-estimer. Toutefois, il ne peut pas la laisser croupir dans une cellule, car il doit la ramener en Angleterre depuis la France : la jeune femme détient des secrets d'une importance capitale qu'il doit lui soutirer… Commence alors un périple où tous les coups sont permis.

Regency

3 mai

Mary Balogh

La fulgurante ascension de Miss Downes

Inédit

Cora Downes a tout pour elle : la richesse, l'esprit, la beauté. Bien dotée, il lui manque toutefois le sésame pour un bonheur complet : un titre ! Un jour, elle sauve le neveu du duc de Bridgwater et, pour récompenser sa bravoure, la duchesse décide de l'introduire dans le cercle fermé de l'aristocratie et de lui trouver un mari. Or, Cora n'est pas très à l'aise dans ce monde de bals et de banquets où les snobs paradent comme des paons dans des tenues extravagantes. Mais, lorsque la jeune femme est surprise dans une situation délicate avec lord Kneller, un dandy enrubanné et hautain, les événements se précipitent et la conduisent directement au pied de l'autel !

✦

Amalie Howard

Les quatre amies — La duchesse en chaussons de satin

Inédit

Lysander Blackstone, comte de Montcroix, s'est réfugié dans la solitude et le travail après la trahison de sa fiancée. Il est devenu un homme d'affaires à la réputation impitoyable, ce qui pourrait bien lui jouer des tours. En effet, lord Bolden, le propriétaire des terres qu'il convoite, se méfie de son caractère taciturne et refuse de les lui céder. Ainsi, lorsque Lysander croise Nève, une jeune danseuse sans le sou aussi jolie qu'intelligente, dans les ruelles de Londres, un plan germe dans son esprit : l'engager pour qu'elle joue le rôle de son épouse et ainsi passer pour un homme respectable aux yeux de lord Bolden. Mais l'attirance qui apparaît entre les deux jeunes gens vient compliquer leur arrangement…

13769

Composition
FACOMPO

Achevé d'imprimer en Italie
par GRAFICA VENETA
le 5 mars 2023

Dépôt légal : avril 2023
EAN 9782290383599
L21EPSN002515-551314

ÉDITIONS J'AI LU
82, rue Saint-Lazare, 75009 Paris

Diffusion France et étranger : Flammarion